Aljoscha Brell

KRESS

Roman

Ullstein

MIX
Papier aus verantwortungsvollen Quellen
FSC® C083411
FSC
www.fsc.org

ISBN 978-3-550-08109-5

Gesetzt aus der Albertina MT Pro
Satz: Pinkuin Satz und Datentechnik, Berlin
Druck und Bindearbeiten: CPI books GmbH, Leck
Printed in Germany

Kapitel 1

Als Kress an einem Morgen im Mai die Tür seiner Wohnung abschloss und die Treppe hinabschritt, stand unten, vor seinem Briefkasten, ein Fahrrad. Erbittert presste er die Lippen zusammen. Schon vergangene Woche hatte dieses Gefährt vor seinem Briefkasten gestanden. Vergangene Woche aber hatte er sich noch nachsichtig gezeigt: Jeder machte einmal einen Fehler, auch er, Kress, war – zumindest theoretisch – vor Fehlern nicht gefeit. Die Wiederholung der Tat bewies jedoch: Dem Fahrradabsteller war nicht lediglich ein Fehler unterlaufen. Er handelte aus Bosheit. Es war ihm an einer Störung des Hausfriedens gelegen. Möglicherweise lag sogar eine gezielte Attacke gegen ihn persönlich vor, den Studenten der Literaturwissenschaft Kress.

Wie einfach wäre es gewesen, die Reifen zu durchstechen oder das Schnappschloss mit Sekundenkleber zu zerstören. Stattdessen setzte Kress seine Tasche ab, entnahm ihr einen Bogen Papier und beschrieb ihn in großen Buchstaben mit den Worten: »FAHRRÄDER SIND LT. HAUSORDNUNG IM INNENHOF ABZUSTELLEN.« Das Ganze unterschrieb er mit »DIE MIETERGEMEINSCHAFT«.

Zwar war er sich nicht sicher, ob die Hausordnung das Abstellen von Fahrrädern im Flur tatsächlich verbot. Wo er darüber nachdachte, war er sich nicht einmal sicher, ob es eine Hausordnung überhaupt gab. Aber wie dem auch sei, es gab immer auch so etwas wie eine gefühlte Hausordnung, und diese gefühlte Hausordnung verbot das Abstellen von Fahrrädern nachdrücklich und stellte es sogar unter Strafe. Also klemmte Kress den Zettel auf den Gepäckträger und verstaute die Schreibutensilien wieder in seiner Tasche. Dann, routinemäßig, zückte er seinen Schlüsselbund und warf einen Blick in den Briefkasten.

Zu seiner Überraschung fanden sich unter den üblichen Wurfsendungen drei richtige, an ihn adressierte Briefe. Das war ungewöhnlich, beinahe niemand kannte seine Adresse. Er stopfte den Werbemüll in die Briefkästen seiner Nachbarn und nahm sich die Briefe vor. Der erste enthielt eine Nachricht seiner Bank. Offenbar war der Dauerauftrag, mittels dessen er seine Miete bezahlte, nicht ausgeführt worden. Die Bank verstieg sich zu der Behauptung, sein Konto habe nicht die notwendige Deckung aufgewiesen. Natürlich ein Irrtum. Beunruhigt ratschte er den zweiten Brief auf, der von seiner Hausverwaltung stammte, einer Eureka/Rivers Property Management GmbH. Die Hausverwaltung stellte das Ausbleiben seiner Miete fest. Zugleich wurde er aufgefordert, den offenen Betrag binnen sieben Tagen zu überweisen. Aha, dachte Kress und ließ seine Zunge über den linken Eckzahn gleiten. Das war irgendwie nicht so gut. Er schob die Briefe in seine Tasche und öffnete den dritten: »Profitieren Sie von ausgezeichneten Renditechancen und investieren Sie in die asiatischen Wachstumsmärkte.«

Er hätte mehr sparen müssen, dachte Kress, während er sich an einen Gummiriemen geklammert von der U-Bahn durchschütteln ließ. Beispielsweise die schöne, historisch-kritische Hamburger Goethe-Ausgabe: Die hätte, strenggenommen, nicht sein müssen. Anderseits, er war nun einmal ein Goethe-Forscher, beziehungsweise beabsichtigte ein solcher zu werden, und die Hamburger Goethe-Ausgabe gehörte zum Goethe-Forscher wie der Fleischerhammer zum Fleischer. Die Hamburger Goethe-Ausgabe war, bei Lichte betrachtet, sogar unbedingt notwendig gewesen, daran war nicht zu rütteln, dort zu sparen wäre unvernünftig, wäre perspektivisch sogar berufsschädigend gewesen.

Wirklich, U-Bahn-Fahren war das Letzte! Er hasste es, Schulter an Schulter mit all diesen Leuten stehen zu müssen, eingepfercht wie Schlachtvieh in einen Tiertransporter. Dienstagmorgens war die Situation besonders fatal. Dienstagmorgens krochen all jene Studenten aus ihren Löchern, die am Montag ihren Rausch vom Wochenende auszuschlafen pflegten. Mittwochmorgens entspannte sich die Lage ein wenig, weil die Studenten empfanden, bereits am Dienstag etwas geleistet und sich daher eine Pause verdient zu haben, und am Donnerstag war im Grunde schon Wochenende und Kress hatte die U-Bahn mehr oder minder für sich. Jetzt aber war erst einmal Dienstag und die Enge kaum auszuhalten.

Er hatte sich einen strategisch günstigen Platz an einer Plexiglaswand neben der Tür gesichert. Direkt vor ihm, keine Fingerlänge entfernt, standen zwei Frauen und erzählten einander in großer Ausführlichkeit von den Aventüren, die ihnen am Wochenende widerfahren waren. »Und denn«, sagte die eine, »waren wir was trinken im *Alhambra,* und denn …« Kress hatte das Gefühl, vom bloßen Zuhören dümmer zu werden. Ein Leuchtturm war er, einsam Wacht haltend auf dem Felsen der Exzellenz. Dagegen brandete die Gischt der Banalität.

Entsprechend froh war er, als am U-Bahnhof Dahlem-Dorf die Türen aufglitten und die Meute aus dem Waggon ins Freie drängte. Augenblicklich rempelte er sich an die Spitze der Bewegung.

Es war ungewöhnlich warm für diese Jahreszeit, seit über einer Woche hatte sich am Himmel keine Wolke sehen lassen, und die Studenten, an denen er jetzt vorüberstapfte, hätten luftiger nicht gekleidet sein können: in kurze Hosen und T-Shirts und Röcke, aus denen die über lange Wintermonate entfärbten Glieder staken wie die weißen Tentakel von Tiefseequallen.

Irgendwie musste er an Geld kommen, überlegte er, während er das Ethnologische Museum passierte, einen grauen Klotz, dessen Inneres er selbstverständlich noch niemals besichtigt hatte. Ohne Geld ging es nicht. Zwar gab es eine eiserne Reserve, ein paar hundert Euro, die er in einer Tupperdose hinter einer Kachel im Badezimmer aufbewahrte. Aber die eiserne Reserve war eigentlich für andere Szenarien vorgesehen, Atomunfälle, Erdbeben, usw. Und selbst wenn er die eiserne Reserve jetzt anbrach, er würde trotzdem eine neue Geldquelle auftun müssen.

Mit Schaudern entsann er sich seines letzten Versuchs, herabzusteigen in die Sphäre der Werktätigen. Elf Jahre war das her. Sechzehn war er damals gewesen. Nachhilfeunterricht! Bestens konnte sich Kress daran erinnern, wie die kleinen, unendlich bornierten Nachhilfeschüler neben ihm am Küchentisch gesessen hatten, sabbernd und zappelnd und nicht in der Lage, Sachverhalte aufzufassen, die ein Schimpanse hätte begreifen müssen. Wie er sich hatte zwingen müssen, ruhig zu bleiben, wie aus der Unruhe langsam Verzweiflung und aus der Verzweiflung schließlich nackte Aggression geworden war; und allein die Aussicht auf den 10-Mark-Schein, der am Ende der ins Unendliche sich ziehenden Agonie den Besitzer zu wechseln versprach, hatte ihn davon abgehalten, die widerlichen kleinen Wesen mit dem Küchenmesser zu zerlegen.

Damals hatte er sich geschworen, niemals wieder zu arbeiten. Oder jedenfalls niemals wieder einer solchen kompletten Idiotenarbeit nachzugehen. Daran, dachte Kress, durfte auch die gegenwärtige Finanzkrise nichts ändern.

Er schob sich durch die Glastür der Rost- und Silberlaube, wie der riesige Gebäudekomplex genannt wurde, der neben der Mensa zahllose Seminarräume und Hörsäle beherbergte, und trat in den Eingangsbereich. Ringsum standen Studenten in Gruppen beisammen, lachten, plauderten, tranken aus Plastikbechern Kaffee, hier und da saß jemand im Schneidersitz auf dem Boden und bearbeitete einen Klappcomputer, dazwischen wurden Handzettel verteilt, es war das ganz gewöhnliche morgendliche Gemenge. Er brauchte eine Arbeit, dachte er, während er sich durch das Gewühl am Schwarzen Brett in den Gang zwängte, von dem aus die Seminar- und Vorlesungsräume abgingen. Kein Geld zu haben, das würde auf Dauer nicht gehen. Irgendwo hatte er aufgeschnappt, es gebe eine freie Stelle bei Herrn Doktor Schleicher. Herr Doktor Schleicher war derjenige Dozent, der das unmittelbar bevorstehende Seminar zu den Erzählungen Heinrichs von Kleist leiten würde. Während der vergangenen drei Jahre hatte Kress in jedem Semester bei Herrn Doktor Schleicher eine schriftliche Arbeit eingereicht, jede dieser Arbeiten hatte Schleicher mit Bestnote bewertet. Waren das nicht ideale Voraussetzungen für eine Anstellung als studentische Hilfskraft?

Zu seinem Leidwesen herrschte in dem Seminarraum, den er jetzt betrat, eine erdrückende Enge. Fast alle Tische waren in Beschlag genommen, einzelne Studenten waren bereits auf die tischfreien Stühle an der Wand und am

Fenster ausgewichen. Was Kress besonders grämte: Sein Stammplatz, links in der letzten Reihe, war von einem riesigen Fettwanst belegt. Er bohrte dem Fettwanst einen bösen Blick in die Stirn, doch dieser sah nicht einmal auf, also postierte er seine Tasche auf einem Ausweichplatz nahe der Tür.

Er hatte eben begonnen, seine Utensilien auf dem Tisch auszubreiten – den dicken grünen Band, in den das gesamte Kleist'sche Werk eingebacken war, eine Ledermappe mit weißen Blättern und einen besonderen, für die Raumfahrt entwickelten Kugelschreiber, der sogar unter Wasser, über Kopf und in absoluter Schwerelosigkeit schrieb –, da wurde die Tür zugedonnert, und unter mächtigen Schnaufern stapfte Doktor Schleicher in den Raum. Schwer atmend ließ er seine Tasche auf das Dozentenpult fallen, fummelte ein Stofftaschentuch aus seinem Cordsakko und tupfte Stirn und Oberlippe ab, ganz so, als habe er eben einen Dauerlauf absolviert. In Wirklichkeit hatte er lediglich die sechzehn Stufen erklommen, die vom Erdgeschoss hinauf in die erste Etage führten, aber bereits diese Winzigkeit hatte ihn so in Anspruch genommen, dass Kress förmlich sehen konnte, wie der rosarote Herzmuskel, der den gewaltigen Seeelefantenkörper mit Blut versorgte, in einen Zustand unkontrollierten Hin- und Herflatterns geraten war.

»Damen und Herren«, sagte er, immer noch schnaufend, während er seine Brille ans Licht wühlte und sie auf seiner Nase platzierte. »Bevor wir anfangen: Ich habe die Protokolle gelesen, die einige von Ihnen nach der letzten Sitzung eingereicht haben. Schön, sehr schön. Also, nicht alle. Ein paar sind schön, ein paar sind in Ordnung. Alles andere klären wir in Einzelgesprächen. Aber es gibt so etwas wie ein übergreifendes Thema in Ihren Arbeiten, ein

Leitmotiv, wenn Sie wollen, und ich möchte diese ersten Minuten dazu nutzen, mit Ihnen darüber zu reden.«

Schleicher ließ den Blick über die gespannten Mienen schweifen.

»Zwei Leidenschaften«, Zeige- und Mittelfinger sirrten in die Höhe, »zwei Leidenschaften habe ich in diesem Leben. Wenn Sie etwas länger an diesem Institut studieren, werden Sie wissen: Meine erste Leidenschaft gilt den Pralinen. Ich liebe Pralinen. Kleine, kunstvoll hergestellte Ingwer-Wasabi-Trüffel mit Krusten aus knackiger Milchschokolade; zarte Marzipankügelchen, in deren Innerem sich feiner Krokrantkrill verbirgt; von weißer Schokolade überzogene, erstarrte Gestirne mit einem Kern aus Rosenblüten in Grappa – Damen und Herren, ich liebe Pralinen, wenn Sie mich bestechen wollen, kommen Sie mit Pralinen vorbei.«

Er faltete die Hände vor seinem mächtigen Bauch.

»Meine zweite Leidenschaft, Damen und Herren, bezieht sich auf etwas, das wir Genitiv nennen. Kann mir jemand hier sagen, was das ist, so ein Genitiv?«

Er blickte in die Runde.

»Irgendjemand? Nein? Genitiv, was könnte das sein? Kann man das essen? Ist das ein Apparat zur Beobachtung der Sterne? Ein Bazillus, den man sich in Afrika einfangen kann? Ah, eine Wortmeldung. Wunderbar! Erleuchten Sie uns, was ist ein Genitiv?«

Auf der Fensterseite war schüchtern ein Zeigefinger in die Höhe gewachsen. Kress warf der dazugehörigen kleinen Frau einen missbilligenden Blick zu.

»Vielleicht so etwas wie eine grammatische Form?«

»Eine grammatische Form! Brillant! Und vielleicht wissen Sie auch, was genau mit dieser grammatischen Form angezeigt werden soll?«

Kress senkte den Blick auf seinen Tisch. Ganz genau die gleiche Rede hatte er bereits im vergangenen Semester gehört, ihm schwante, was als Nächstes kommen würde.

»Vielleicht jemand anderes? Ich bitte Sie, die junge Dame hier ist mutig nach vorne geprescht, vielleicht möchte einer der Herren? Nein, niemand? Herr Kress, würden Sie?«

Kress räusperte sich, streckte den Rücken durch, und mit gepresster Stimme erklärte er: »Der Genitiv ist in der deutschen Grammatik der zweite Fall und wird gebraucht, um Besitzverhältnisse zwischen zwei Nomen anzuzeigen.«

»Herr Kress, vielen Dank! Sehen Sie, Damen und Herren, Herr Kress, Sie werden ihn noch kennenlernen, ist einer der vortrefflichsten Studenten, die wir hier haben, aber er hat leider die Neigung, sich etwas kompliziert auszudrücken, nehmen Sie es mir nicht übel, Herr Kress. Was Herr Kress eigentlich sagen will, ist dies: Der Genitiv ist die grammatische Form, die wir gebrauchen, wenn wir etwas *haben*. Ein Beispiel: Die Pralinen meines Professors. In diesem Fall steht *meines Professors* im Genitiv. Warum? Weil *mein Professor* die Pralinen *hat*. Der besondere Genitiv, über den ich heute mit Ihnen sprechen möchte, heißt Genitivus Auctoris.«

Schleicher erhob sich und stapfte an die Tafel.

»Wann verwenden wir den Auctoris, Herr Kress?«

»Wir verwenden den Auctoris, wenn wir Urheberschaft anzeigen wollen.«

»Episch, Herr Kress, episch!«

Er griff sich ein Stück Kreide und schrieb damit in großen, weit auseinanderstehenden Buchstaben an die Tafel:

KLEIST S ERZÄHLUNG

»Kleists, in diesem Fall, steht im Genitivus Auctoris.

Jetzt aber stehen wir vor einer besonderen Herausforderung. Von unseren englischsprachigen Freunden wissen wir, dass es die Möglichkeit gibt, das S am Ende von Kleists mit einem Apostroph zu versehen. Das Apostroph ist das umgekippte Komma, das bisweilen zwischen zwei Buchstaben baumelt, fragt sich nur: Wo hängen wir es auf? Drei Möglichkeiten bieten sich an. Wir können unseren englischsprachigen Freunden folgen und das S am Ende des Worts abtrennen.«

Er kratzte einen Strich an die Tafel, so dass dort stand:

KLEIST'S ERZÄHLUNGEN

»Wir können es ans Ende des Wortes setzen.«

Er schrieb an die Tafel:

KLEISTS' ERZÄHLUNGEN

»Und wir können kühn vorpreschen wie ein moderner Künstler und sagen: Weniger ist mehr und es gänzlich weglassen. Alle drei Varianten finden sich in Ihren Protokollen, aber leider, ich muss es Ihnen sagen, nur eine ist üblich im Deutschen. Damen und Herren, es stellt sich die Frage: Welche! Ich würde vorschlagen, wir stimmen ab.«

Es war in diesem Moment, dass die Tür aufgeschoben wurde und ein Nachzügler in den Seminarraum schlüpfte. Kress hasste Menschen, die sich verspäteten. Er drehte den Kopf zur Tür und wollte eben einen missbilligenden Gesichtsausdruck aufsetzen, da erblickte er die junge Frau, die hereingekommen war: Sie war nicht sonderlich groß und hatte wellige blonde Haare, und was ihm sofort auffiel, waren ihre Augen, die ein Stück aus dem Schädel ragten, wie bei einem Fisch, aber nicht so hässlich wie bei einem Fisch, sondern …

»Ist da frei?«, wisperte sie und deutete auf den Platz neben Kress. Der Platz war der einzige im ganzen Raum, der frei geblieben war. Halb widerstrebend, halb aufgeregt räumte Kress seine Tasche auf den Boden. Er konnte nicht widerstehen, er musste noch einmal zu ihr emporsehen und die seltsame Form dieser Augen begutachten. Aber schon im nächsten Moment rief er sich zur Ordnung und zwang sich, wieder zur Tafel zu blicken. Die Verspätung stellte ihren Rucksack ab und setzte sich. Es war ihm, als verströmte sie einen leichten Minzegeruch.

»Hi«, flüsterte sie und nickte ihm einen Gruß zu. »Ich bin Madeleine.«

Kress erwiderte ihr Nicken, verbat sich aber, sie anzusehen, und starrte weiter zur Tafel.

»Wie heißt du?«, flüsterte die Verspätung.

»Kress«, flüsterte er zurück. Sie nickte, drehte ihr Gesicht zur Tafel, schien eine Sekunde zu überlegen und wandte sich ihm wieder zu:

»Ist das dein Vorname?«

»Nachname«, wisperte Kress.

»Ah«, flüsterte die Verspätung und nickte und machte ein irritiertes Gesicht. »Und … was ist dein Vorname?«

Das ging nicht, er konnte sich nicht mit dieser Person unterhalten, selbst wenn er gewollt hätte, und er war sich keineswegs sicher, ob er wollte, immerhin war sie zu spät gekommen.

»Ich kann jetzt meinen Vornamen nicht sagen«, flüsterte er.

»Wie meinst du das, du kannst deinen Vornamen nicht sagen? Warum das denn nicht?«

»Weil wir in einem Seminar sind, und in einem Seminar sagt man seinen Vornamen nicht.« Er hatte noch nicht einmal zu Ende geflüstert, da war ihm schon klar, dass das Schwachsinn war, was er redete, er verstrickte sich da in eine Diskussion, die er nicht gewinnen konnte.

»Was ist das bitte für eine hirnrissige Regel«, flüsterte

denn auch gleich die Verspätung, »ich bin Madeleine, verstoß ich jetzt gegen irgendein unausgesprochenes akademisches Gesetz, oder was?«

Auf der gegenüberliegenden Seite begannen ein paar Studenten zu tuscheln. Das ging wirklich nicht, das Letzte, was Kress wollte, war Aufmerksamkeit zu erregen, und in seiner Not griff er zu seinem Weltraumkugelschreiber und kritzelte auf seinen Notizblock: »ES WIRD UM RUHE GEBETEN.«

Die Verspätung musterte das Papier.

»Ist das dein Ernst?«

Kress blickte sie an – wieder diese seltsame Augenform – und nickte.

»Na, du scheinst ja nett zu sein«, flüsterte sie.

»Ich bin nett!«, flüsterte Kress zurück.

»Frau Fischer, gibt es da etwas Wichtiges zu besprechen, wollen Sie uns vielleicht teilhaben lassen daran?«, wandte sich Schleicher in diesem Moment an die Verspätung. Kress ballte seine Hände zu Fäusten, genau das hatte er vermeiden wollen.

»Gar nicht«, sagte die Verspätung. »Ich hab bloß gerade Herrn Kress kennengelernt, der hier neben mir sitzt.«

»Na wunderbar«, sagte Schleicher, »besser hätten Sie es wirklich nicht treffen können.«

»Mhm«, sagte die Verspätung. »Den Eindruck hab ich auch.«

Als er an diesem Abend am U-Bahnhof Leinestraße die Treppe emporkam, war sein Ärger über den morgendlichen Vorfall kein bisschen abgeflaut; im Gegenteil, Kress war sogar noch wütender auf die Verspätung geworden. Natürlich hatte er kein Wort mehr mit ihr geredet. Sobald Schleicher die Sitzung beendet hatte, hatte er seine Siebensachen zusammengeräumt und war erhobenen Hauptes entschwunden.

Was für eine unerhörte Frechheit das gewesen war! Er war nett! Sogar sehr! Eine sympathische, höchst liebenswürdige Persönlichkeit war er, und das war sogar empirisch erwiesen: Gerade einmal drei Tage war das her, da hatte er nach dem Erwerb zweier Brötchen in einer Bäckerei laut und vernehmlich »Danke« gesagt. Und die türkische Verkäuferin hatte geantwortet: »Gern.« Gern: Das bedeutete doch, dass die türkische Verkäuferin ihm das Brötchen gerne verkauft hatte. Und gerne verkaufte man seine Brötchen doch bitte sehr nur, wenn einem der Käufer sympathisch war.

Möglicherweise, dachte er, während er die Hermannstraße entlanglief, konnte er sich mit dieser Verkäuferin anfreunden. Nach Ablauf einer gewissen Frist konnte sie ihm ein Zertifikat ausstellen: *Hiermit bescheinigen wir, die Angestellten des Backshops Gökhan (Hermann-/Ecke Thomasstraße), dass es sich bei Herrn Kress um eine sympathische, höchst liebenswürdige Persönlichkeit handelt.*

Kress mochte die Hermannstraße. Zwar waren in letzter Zeit immer mehr junge Leute in seine Gegend gezogen, aber nach wie vor waren die meisten Menschen, die hier lebten, Arbeitslose und Ausländer. Sein Heimweg war gesäumt von türkischen Imbissen, in denen riesige Kebabspieße glänzendes Fett ausschwitzten, von grell erleuchteten Internetcafés und fremdländisch sprechenden Männern, die Tag und Nacht vor den Eingängen der Spielhallen standen, durch deren geöffnete Türen man bunte Spielautomatenlichter ein flackerndes Eigenleben führen sah.

Selbstredend hatte er keinen Kontakt zu den Leuten hier. Aber sie waren ihm immer noch lieber als das geschniegelte Volk in den anderen, den zurechtsanierten Vierteln, die Studenten und Studienräte, die in lauschigen Straßencafés vegetarische Pasta verzehrten. Jedenfalls fühlte er sich hier weit eher zugehörig als dort.

Unter leisem Klingel-di-Ding drückte er die gläserne Tür zu einem Internetcafé auf. Im Inneren herrschte ein ziemlich unfreundliches Kunstlicht. Vorne, im Eingangsbereich, gab es einen hölzernen Tresen, hinter dem ein junger Araber, eine Wollmütze auf dem Kopf und um den Hals einen Schal gebunden, in einer Zeitschrift blätterte. Er trug eine Brille, deren runde Gläser von einem Metallrahmen eingefasst wurden. Der Rest des Raums war mit Tischen vollgestellt, auf denen, eingekastelt in hölzerne Parzellen, die Computer standen.

»Ich grüße Sie, ich würde, wenn das möglich wäre, gerne Einsicht in das World Wide Web nehmen.« Kress, stolz auf die Kenntnis dieses Begriffs, mit dem in Fachkreisen das sogenannte Internet bezeichnet wurde, setzte sein verbindlichstes Lächeln auf.

Der junge Mann runzelte die Stirn und setzte sich aufrecht hin auf seinem Drehstuhl, in dem er, wie Kress bemerkte, zuvor eher gelegen hatte.

»Einsicht in das World Wide Web nehmen?«

»Ich suche eine bestimmte Webpage«, erläuterte Kress seinen Wunsch.

»Na, an mir soll's nicht liegen. Die Zwei ist frei.«

Kress zog seinen Mantel aus, hängte ihn über den Stuhl, setzte sich an den ihm zugewiesenen Platz und betrachtete den Fernseher seines Computers. Er selbst war nicht Besitzer eines solchen Apparats und darüber genau so froh, wie er stolz darauf war. Seine Hausarbeiten verfasste er sämtlich auf einer fast fünfzig Jahre alten Hermes 3000, der vielleicht besten mechanischen Schreibmaschine, die jemals gebaut worden war. Also gut, dachte er, los geht's, und ließ die verschränkten Finger knacken. Diese Geste hatte er sich in einem Film abgeschaut.

Der Fernseher vor ihm zeigte eine blaue Fläche, über die eine Reihe kleiner Bildchen verstreut waren, die alle eine Bildunterschrift hatten. Kress beugte sich vor und versuchte, in den Bildchen etwas zu entdecken, das in irgendeiner Weise mit dem Internet zu tun haben mochte. Als er etwas Passendes gefunden zu haben meinte, ergriff er das Gerät, das er als »Maus« zu bezeichnen gelernt hatte, und steuerte den damit verbundenen Zeiger über den Fernseher, bis der Zeiger auf einem Bildchen ruhte. Darauf musste man »klicken«. Er »klickte« also, indem er vermittels des Zeigefingers der Maus auf ihr Schnäuzchen schlug. Zu seinem Verdruss erschien daraufhin nicht das Internet. Stattdessen wurde das Bildchen von einem blauen Kasten umrahmt. Kress »klickte« erneut, aber diesmal geschah überhaupt nichts. Hm, das funktionierte offenbar nicht. Er blickte sich nach dem Mann am Tresen um, aber dieser beachtete ihn gar nicht. Also »klickte« er noch einmal, und als wiederum nichts geschah, noch einmal und dann noch einmal … ehe er ein Dutzend Mal kurzabständig auf das vermaledeite Ding einprügelte. Da – Magie! – erschien das Internet.

Im Umgang damit fühlte sich Kress sicherer. Oben gab es einen Kasten, in den er die Anschrift der Universität eintippen musste. Allerdings musste der Anschrift, um korrekt zu sein, eine Buchstabenkombination vorangestellt werden, die Kress sich behufs einer Eselsbrücke eingeprägt hatte: Hans-Theodors törichter Pudel! Tatsächlich erschien nach kurzer Wartezeit die Internetseite (Webpage!), unverkennbar gekennzeichnet durch das Wappen der Universität, das einen blauen Bären zeigte, der unterhalb einer Kuppel ehrwürdiger lateinischer Begriffe eine Art Fackel abzulecken versucht.

Das Gerücht, das Kress irgendwo aufgeschnappt hatte, entsprach den Tatsachen. Nach einigem weiteren Umhergeklicke entdeckte er die Ausschreibung für eine Stelle als studentische Hilfskraft am Lehrstuhl Herrn Doktor Schleichers. Die Ausschreibung lief schon seit einer Weile, tatsächlich war für das Einreichen der Bewerbungsunterlagen nur noch Zeit bis zum Ende der Woche. Mit klopfendem Herzen übertrug Kress die Details vom Fernseher auf seinen Notizblock. Das war sie doch, die Lösung all seiner Probleme. Hatte Schleicher nicht noch heute Morgen gesagt, er, Kress, sei einer unserer vortrefflichsten Studenten?

Er war eben im Begriff zu gehen, hatte bereits seinen Notizblock verstaut und seinen Mantel angelegt, da kam ihm eine Idee. Mit einem plötzlichen Kribbeln im Bauch setzte er sich zurück auf den Stuhl. Er steuerte den Mauszeiger in den Suchkasten, klickte. Ein blinkender Balken erschien in dem Kasten. Er blickte sich über die Schulter. Der Mann hinterm Tresen blätterte in seiner Zeitschrift. Kress beugte sich vor und tippte:

`madeleine fischer`

Das Ergebnis war eine Seite mit zehn blau unterstrichenen Überschriften. Offenbar hatte die Verspätung eine Vielzahl von Namensvetterinnen, es fand sich sogar eine berühmte italienische Filmschauspielerin der fünfziger Jahre darunter. Er klickte weiter … Plötzlich machte sein Herz einen Sprung. Hastig sah er sich um. Der Mensch am Tresen war noch immer mit seiner Zeitschrift beschäftigt.

Das Bild auf dem Fernseher war kaum größer als ein

Zwei-Euro-Stück, ein Halbporträt, das die Verspätung in weißer Bluse vor einem hellblauen Bewerbungsfotohintergrund zeigte. Es befand sich auf der Seite des Deutschen Seminars der Universität Freiburg. Die Seite wies die Verspätung als studentische Mitarbeiterin am Lehrstuhl für Neuere Deutsche Literatur aus, konkreter als Mitarbeiterin eines Professors Heinrich Büsching. Kress kannte Büsching. Nicht persönlich, natürlich nicht. Aber er hatte alle seine Arbeiten gelesen. Büsching, Jahrgang 1948, hatte seinen Lehrstuhl seit 1988 inne, seine Dissertation hatte er im bemerkenswerten Alter von sechsundzwanzig Jahren über das Motiv des Echos in der Lyrik des Barock verfasst, er galt als einer der bedeutendsten Experten für die Literatur des Barock, der Aufklärung und der Goethe-Zeit. Allein die Tatsache, dass die Verspätung für diesen Mann gearbeitet hatte, war unfassbar. Kress spürte einen Anflug von Übelkeit.

»Entschuldigung«, wandte er sich mit heiserer Stimme an den Mann hinter dem Tresen, »ist Ausdrucken möglich?«

»Zehn Cent pro Seite«, erwiderte der Mann, kurz aufblickend.

»Und können Sie mir sagen«, sagte Kress und stand auf, trat fingerknetend näher, »wie das geht, ausdrucken?«

»Na ja, Datei, drucken«, sagte der Mann, hüstelte und rückte seinen Schal zurecht.

Kress nickte und setzte sich wieder, wusste aber nicht im Geringsten, wie das gehen sollte, Datei, drucken. Entsprechend brauchte es eine Weile, bis er die betreffenden Kommandos in den Computer eingeklickt hatte.

»Madeleine Fischer? Ist das deins?«, fragte der Mann, auf ein Papier blickend, das aus dem Drucker am Tresen gerollt war, nachdem Kress das Internet ausgeschaltet und an den Tresen getreten war.

»Was? Ach so, das hatte ich …«, sagte Kress errötend, aber dann sah er ein, dass es hier keinerlei Erklärungen brauchte, und er fischte sein Portemonnaie aus dem Mantel und zahlte schweigend den Betrag.

»Was ist denn jetzt mit Madeleine Fischer«, rief ihm der Mann hinterher.

»Ach so, natürlich«, sagte Kress, drehte sich um, riss dem Mann das Papier förmlich aus der Hand, ratschte unter klirrendem Klingel-di-Ding die Ladentür auf und entschwand auf die Straße.

So schnell es seine Würde gestattete, hastete er den Gehweg entlang. Er schloss die Haustür seines Wohnhauses auf, rannte im Innenhof beinahe den Mieter der Hinterhaus-Erdgeschosswohnung um, einen Glatzkopf mit einem rosaroten Schweinchengesicht, der eben im Begriff war, seinen Pinscher zur abendlichen Gassirunde auf die Straße zu führen, hastete die dreißig Stufen zu seiner Wohnung empor und knallte die Tür hinter sich zu.

O Gott, war das eine schöne Frau, dachte er, an seiner Wohnungstür lehnend, den Ausdruck in beiden Händen haltend. Sogar auf dem etwas arg förmlichen Bewerbungsfoto, sogar durch die schlechte Druckqualität hindurch war sie noch schön. Was waren denn das bloß für seltsame Augen, die sie hatte? Wirklich ein wenig hervorstehend. Aber nicht hässlich, gar nicht, sogar im Gegenteil. Er führte den Ausdruck ganz nah an sein Gesicht, bis seine Nasenspitze das Papier berührte und das Bild verschwamm.

Also, jaja, schön war sie, schon sehr schön, dachte er, während er über die Pfandflaschen hinwegstieg, die er im Wohnungsflur lagerte, um sie bei nächster Gelegenheit einmal in den Supermarkt zurückzubringen. Er knipste das Licht im Arbeitszimmer an. Aber Schönheit allein, das war ja kein Kriterium. Im Gegenteil, gerade bei Frauen wirkte sich Schönheit negativ auf den Charakter aus, das war bekannt. Allerdings, in diesem speziellen, hier vorliegenden Fall hatte er es immerhin mit einer Literaturwissenschaftlerin zu tun. Und sicher war diese Literaturwissenschaftlerin nicht eine jener geist- und seelenlosen Kreaturen, die sich dem Studium der Literaturwissenschaft lediglich aus Mangel an Alternativen verschrieben hatten, weil sie »ganz okay« gewesen waren im Deutsch-Leistungskurs. Nein, diese schöne, kleine blonde Verspätung war eine Vollblutliteraturwissenschaftlerin. Schließlich hatte sie für Professor Büsching gearbeitet!

Mit dem Fuß schob er einen der Umzugskartons zur Seite, der mitten im Zimmer stand und in dem er einen Teil seiner Kleider aufbewahrte, und sackte auf seinen Schreibtischstuhl, was dieser mit einem aufgeschreckten Knarzen quittierte. Sein Herz klopfte. Auf einmal bereute er es, derart ruppig gewesen zu sein. War das nötig gewesen? Nein! Viel freundlicher hätte er sein müssen, gentlemanlike.

Abrupt stand er auf. Also, wohin mit dem Bild? Er blickte sich in seiner Wohnung um. Wirklich, es musste hier einmal aufgeräumt werden. Überall standen aufgerissene Umzugskartons herum, in denen irgendwelche Dinge lagerten, Bücher, Kleider, Ordner, Stapel von Notizblöcken mit selbstverfassten Gedichten, ein kaputter Feuermelder, Skizzenbücher aus seiner künstlerischen Periode – das musste jetzt alles mal in Regale sortiert werden. Immerhin lebte er hier seit über sechs Jahren. Nachdenklich verzog er den Mund.

Vielleicht über den Schreibtisch? Ja, warum nicht über den Schreibtisch, überlegte er, nahm aus einem Wasserglas eine Pinnnadel und kletterte auf den Tisch. Er stemmte ein Knie auf einen Stapel Bücher und war eben im Begriff, die Nadel in das Papier zu drücken – da, plötzlich, rutschten die Bücher weg, Kress kreischte auf und fand gerade noch rechtzeitig Halt, um ein größeres Unglück zu vermeiden. Er blickte auf.

Die Nadel hatte das Papier durchlöchert, das Bild hing an der Wand. Allerdings hatte sie auch die Stirn der Verspätung durchlöchert.

Herr im Himmel, dachte Kress und zog sie heraus. Man durfte froh sein, dass das Leben kein literarischer Text war, in einem literarischen Text wäre so eine Szene geradezu übertrieben symbolisch dahergekommen. So gut es ging, glättete er das Loch und drückte die Nadel zurück in die Wand. So. Perfekt. Aufgewühlt und auf eigentümliche Weise beseelt, klatschte er in die Hände und verfügte sich in die Küche, wo er sich ein Ketchupbrot herzurichten beabsichtigte.

Als am folgenden Morgen das elektrische Fiepen des Weckers die Stille zerriss, lag Kress bereits wach. Ohnehin schlief er in letzter Zeit schlecht, aber die vergangene Nacht war in schlaftechnischer Hinsicht eine Totalkatastrophe gewesen. Schuld war die Frühlingssonne, die ihn bereits ab fünf Uhr früh mit ihrem bläulichen Schimmer belästigte. Er hatte sich eine Schlafbrille besorgt, wie sie in Flugzeugen verteilt wurden, aber die Schlafbrille hatte sich als Quatsch erwiesen, schlicht weil das Wissen darum, dass es draußen hell wurde, stärker auf ihn wirkte als die Dunkelheit unter der Brille. Infolgedessen hatte er sich die Schlafbrille irgendwann in der Nacht entnervt vom Gesicht gerissen, und während in seinem Kopf zehn kleine Doktor Schleichers mit zehn kleinen Verspätungen einen Reigen tanzten, hatte er sich hin und her gewälzt, vom Rücken auf den Bauch auf die Seite, hatte das Gesicht ins Kissen gedrückt, hatte den Kopf unter dem Kissen vergraben und trotz alledem keinen Schlaf gefunden. Als endlich das erlösende Weckerfiepen ertönte, hatte er bereits eine volle halbe Stunde lang einen schwarzen Brandfleck in die Zimmerdecke gestarrt.

Er wand sich aus dem Schlafsack, wankte in die Küche, wo der Wecker stand, und schaltete ihn aus. Sechs Uhr morgens. Er sank auf das einzige Möbelstück in der Küche, einen alten Fernsehsessel aus Kunstleder, den er an der Straße gefunden hatte, und stierte aus dem völlig verschlierten Fenster. Draußen gab es nichts zu sehen als die graue Vorderhauswand im dämmrigen Morgenlicht.

Die Wohnung, in der Kress lebte, bestand aus einem schmalen Flur, der die ziemlich heruntergekommene Küche, das schlauchförmige Bad und das einzige Zimmer, sein Arbeitszimmer, miteinander verband. Obwohl sie im dritten Obergeschoss des Hinterhauses lag, kam niemals direktes Sonnenlicht durch die Fenster. Sogar im Hochsommer, wenn die Hitze die Dächer zum Schmelzen brachte, blieb es hier dumpf und kühl.

Die Wohnung hatte bereits eine ganze Zeit lang leer gestanden, als Kress sie besichtigt hatte. Sieben Jahre war das her. Er war niemals zuvor in Berlin gewesen und wohnte seit knapp zwei Wochen in einer Jugendherberge am Wannsee, von wo aus er jeden Morgen aufbrach, um sich den peinigenden Auswahlverfahren sogenannter Wohngemeinschaften zu stellen. Er hatte bislang überhaupt nicht darüber nachgedacht, nach einer eigenen Wohnung zu suchen – eine eigene Wohnung, das hatte er bereits in Münster gehabt, das brauchte er nicht schon wieder. Doch nachdem er zum gefühlt neunhundertsten Mal aus einer verrauchten Küche gekommen war, wo er bei miserablem Kaffee Fragen zu seinen Essgewohnheiten hatte ertragen müssen, war ihm das Wohnungen-zu-vermieten-Schild im Fenster eines verwahrlosten Altbaus in einer Neuköllner Seitenstraße wie eine Engelserscheinung vorgekommen.

Herr Mittelbeck, der Angestellte der Hausverwaltung, ein schmaler Beamtentyp mit schütterem roten Haar, wirkte beinahe, als habe er ein schlechtes Gewissen, während er Kress durch die Wohnung führte. »Es versteht sich, wir würden ein Toilettenbecken einbauen und eine Dusche, und natürlich auch eine Vordertür.«

Kress ließ den Blick über die scheckigen minzgrünen Wände gleiten, über die Decke, wo ein breiter hellbrauner Fleck gewachsen war. »Nicht, was Sie denken«, beeilte sich der Verwalter zu erklären. Kress fuhr mit der Hand über die Kacheln des Kohleofens, trat zum Fenster. Im Innenhof waren drei schrottreife Fahrräder an einem Baumskelett festgekettet.

Das hier war der letzte Ort, an dem man hätte leben wollen. Heruntergekommen. Düster. Kalt. Und dennoch spürte Kress, dass ihm die massiven Altbauwände Sicherheit geben würden. Und war nach allem, was geschehen war, Sicherheit nicht viel wichtiger als die Gemeinschaft mit ein paar ranzigen Studenten?

Der Verwalter hielt Wort. Am Tag der Schlüsselübergabe war die Spanplatte durch eine schöne, weißlackierte Wohnungstür ersetzt worden. Die Hausverwaltung hatte eine Dusche eingebaut und ein Toilettenbecken, und so als wolle man Kress für die Unannehmlichkeit des Bezugs dieser Wohnung entschädigen, hatte man überdies einen Gasherd und eine klapprige alte Spüle montiert.

Volle anderthalb Stunden brauchte Kress, um unter den nervösen, zunehmend gereizten Blicken Herrn Mittelbecks den Vertrag zu lesen, beide Exemplare, drei Mal.

Als er endlich unterschrieben hatte und Kress zum ersten Mal alleine in seiner neuen Wohnung war, trat er in sein Zimmer und betrachtete die minzgrün gestrichene Wand. Irgendjemand hatte mit Spraydose etwas an die Tapete geschmiert. Das musste man natürlich überstreichen. Ihm schwebte etwas in Dunkelrot vor. Er hatte den Verwalter noch fragen wollen, ob man den Ofen tatsächlich befeuern könne und wie das funktioniere. Aber gut, es würde sich herausfinden lassen.

Die Wohnung war noch vollständig leer. Seine paar Umzugskartons würden erst in einigen Tagen kommen. Er hängte seinen Mantel an die messingfarbene Klinke der Zimmertür und setzte sich auf den Boden. Gott, wie hoch diese Wände waren. So etwas gab es in Westdeutschland gar nicht. Er lehnte sich an die Wand.

Dort, unter das Fenster, da würde der Schreibtisch hinkommen. Und dorthin, in die Ecke neben den Ofen, das Bett. An den Wänden würde er Bücherregale aufbauen. Sollten einmal Gäste zum Essen kommen, konnte er den Schreibtisch in die Mitte des Zimmers rücken. Bei dem Gedanken kribbelte sein Bauch vor Euphorie. Dass er, Kress, jemand war, der Gäste empfing, das konnte er sich noch gar nicht vorstellen. Aber warum nicht? War er nicht im Kern eine freundliche, in hohem Maße sozialkompatible Persönlichkeit?

Als es Abend wurde, kletterte er auf das Dach seines neuen Wohnhauses. Zwar war er sich nicht sicher, ob das erlaubt war, aber in seiner Vorstellung hatte das immer dazugehört, am ersten Tag in seiner neuen Behausung auf das Dach zu klettern. Man musste durch den Hängeboden hindurch, wo es bis auf ein paar Ersatzziegel nichts gab als eine alte, von einer dicken Staubschicht überzogene Zimmertür. Er kletterte auf eine Leiter, entriegelte eine Luke und stieg auf den Dachrücken, der mit grauer Teerpappe ausgelegt war. Am Himmel kräuselten sich ein paar dünne Wolken, der untergehende Sonnenball ließ sie in einem gleißenden Orangerot erglühen.

Ein leichter Wind zauste ihm die Haare, während er vorsichtig, Schritt für Schritt, an den Rand des Daches trat. Weiter hinten tummelten sich ein paar Tauben, scheu nickte ihnen Kress einen Gruß zu. Was für ein Anblick das war! Antennen, Satellitenschüsseln, Schornsteine, Kräne, Kirchtürme, ein Meer aus rotgeziegelten Dächern. Weiter vorn, schien ihm, hatte jemand einen kleinen Garten angelegt. Einen Garten, auf dem Dach! So etwas gab es auch nur in Berlin. Und über allem wuchs der glitzernde Fernsehturm in den Abendhimmel. Hier, dachte Kress, würde alles anders werden. Er war unabhängig, niemand konnte ihm etwas befehlen. Er hatte ja einen Großteil seines Solds aus dem Zivildienst gespart, und natürlich besaß er die kleine Summe, die übrig geblieben war, nachdem sich die Bank zurückgeholt hatte, was ihr vom Verkauf des Hauses im Kranichweg zugestanden war. Wenn er sparsam lebte, würde er eine ganze Weile damit auskommen. Das hier – das war sechshundert Kilometer von den vergangenen zwanzig Jahren entfernt. Niemand würde ihn besuchen kommen. Niemand würde ihn anschreien, wenn er nicht schnell genug putzte. Niemand hatte seine Mutter gekannt. Das hier – das war Berlin.

Am folgenden Morgen kaufte er zwei Eimer mit weißer Farbe – rot war, für den Anfang, vielleicht etwas heftig. Er kaufte eine Leiter und montierte eine weiße Plastik-Fassung mit einer schwach vor sich hin glimmenden Glühbirne an der Decke. Einen nach dem anderen zog er die Nägel heraus, mit denen in der Küche der braune Noppenbelag am Boden befestigt war. Zu seiner Überraschung fanden sich darunter anstatt rotlackierter Dielen, wie sie im Flur und im Zimmer auslagen, gräuliche Spanplatten. Und seltsam: Die Spanplatten waren von weißlich-bläulichen Flecken überzogen – ein wenig, als betrachte man eine Karte der Fidschi-Inseln.

Mit einem unguten Gefühl im Bauch wählte er auf seinem nigelnagelneuen Mobiltelefon die Nummer Herrn Mittelbecks. Herr Mittelbeck ging nicht ans Telefon. Also beschloss Kress, den Noppenbelag fürs Erste an seinem Platz zu belassen. Stattdessen schob er im Zimmer die Leiter an die Wand und begann, die grüne Tapete und das Graffito zu überstreichen. Den Boden zu bedecken lohnte sich nicht, schließlich beabsichtigte er, die Dielen abzuziehen.

Aber leider, nachdem er die ersten paar Quadratmeter Weiß aufgetragen hatte, stellte er fest, dass die grüne Farbe hindurchschimmerte. Auch schien sich die Tapete zu wellen. Er wartete, bis die Farbe einigermaßen angetrocknet war und machte sich daran, eine zweite Schicht anzupinseln. Vermutlich jedoch war der Anstrich noch feucht gewesen – sobald er mit der Rolle darüber fuhr, pellte sich die Tapete ab. Und mit der Tapete kam gleich der ganze Rest hinterher:

In handtellerbreiten Stücken knallte der morsche Putz auf den Boden. Darunter kam ein lehmgelbes, pulvriges Wandmaterial zum Vorschein. In Panik versuchte Kress, dem immer weiter fortschreitenden Ablösen der Wand Einhalt zu gebieten, indem er die Tapetenstücke zurück an die Wand matschte – da klingelte das Mobiltelefon. Herr Mittelbeck.

Mit angststarren Augen blickte Kress auf das winzige bernsteinfarbene Display des summenden Apparats, der auf einer Sprosse der Leiter lag. Auf keinen Fall durfte Herr

Mittelbeck sehen, was hier geschehen war. Und also, mit dem kleinen Finger, der als einziger frei geblieben war von der klebrigen Melange aus Wandfarbe, Putz und Tapete, wollte er den Verwalter wegdrücken. Dabei rutschte das Telefon von der Leiter. Kress versuchte noch, es zu fangen. Vergeblich: Es landete im exakten geometrischen Zentrum des Farbeimers, wo es binnen weniger Sekunden versank, Bug voran, wie der Dampfer *Titanic*.

Kurz gab der Farbeimer ein schluckaufhaftes Bloppern von sich – dann wurde das Telefon für immer von seinen elektronischen Geistern verlassen.

Kress konnte es nicht fassen. Mit hängenden Schultern stand er vor dem Eimer und starrte die Stelle an, wo das Gerät verschwunden war. Auf diesem Telefon waren die Nummern all seiner Bekannten gespeichert! Viele waren es nicht, aber immerhin, die paar Leute, die er kannte, hatte er dort hinein geschrieben. Und all diesen Leuten hatte er diese Nummer gegeben. Er wischte sich die Finger an der Hose ab und ließ sich auf den Boden nieder.

Nun vielleicht ... vielleicht war das gar nicht so schlecht. War das nicht genau das, was er wollte? Einen Neuanfang? Mit Herrn Weiner, seinem ehemaligen Nachbarn, hätte er sich ohnehin nicht mehr unterhalten. Was hätte er zu reden gehabt mit dem rollstuhlfahrenden Alkoholiker, dessen Brathähnchen bei jeder sich bietenden Gelegenheit den Feueralarm ausgelöst hatten? Frau Johansson hatte ihm nichts mehr zu sagen, er war über achtzehn, sogar über zwanzig, nein: Diese Verbindung zu kappen war nur sinnvoll für ihn. Und die Nummer der Bank würde sich herausfinden lassen.

Ja, dachte Kress. Er war frei.

Jetzt musste er bloß diese Wandputzapokalypse in den Griff bekommen.

Während er an diesem Morgen sieben Jahre später das dampfende Wasser in den Papierfilter laufen ließ und dem leisen Knistern lauschte, mit dem das Kaffeemehl den Kontakt zum Wasser quittierte, fragte sich Kress, ob die Verspätung schon wach war. Ob sie wohl, nachdem sie gestern getrennter Wege gegangen waren, überhaupt noch einmal an ihn gedacht hatte? Andererseits, warum hätte sie an ihn denken sollen? Unzweifelhaft war er ihr lediglich durch seine Unfreundlichkeit aufgefallen. Das mit der Unfreundlichkeit war allerdings dumm gewesen, ein Ärgernis, sein Charakter hatte ihm im Weg gestanden, da musste er ran.

Er öffnete das Fenster und schaute hinaus in den Innenhof. Missbilligend nahm er zur Kenntnis, dass in einer der Nachbarwohnungen bereits Licht brannte. »Hm«, machte er und suchte die gegenüberliegende Fassade ab. Gieshübler war nirgends zu sehen. Wie ungewöhnlich. Normalerweise wartete Gieshübler um diese Zeit schon irgendwo in der Nähe.

Kress nahm einen Blechtopf und eine Schöpfkelle und neigte sich aus dem Fenster. Däng, däng, däng, däng, däng, hämmerte er Kelle an Topf. Er beugte sich nach oben und nahm prüfenden Blicks das Dach in Augenschein. Als nichts geschah, wiederholte er das Hämmern. Hinter einem Fenster gegenüber wurde das Licht angeknipst.

»Gieshübler!«, rief er. Seine Stimme hallte von den Wänden zurück. »GIESHÜBLER!«

Auf der gegenüberliegenden Seite wurde das Fenster aufgerissen.

»Sag mal, Alter, hast du ein Rad ab?«, rief von drüben der Nachbar, ein recht ungepflegt wirkender Mensch mit zerzausten dunklen Haaren. Kress machte ein unzufriedenes Gesicht. Er bevorzugte es, nicht zu antworten.

»Sag mal, hallo, ich rede mit dir! Hast du eine Ahnung, wie spät es ist?«

»Ich frage mich, wer Ihnen gestattet hat, mich mit dem vertraulichen Du anzureden«, rief Kress quer durch den Innenhof zurück. »Um aber Ihre Frage zu beantworten: Es ist sechs Uhr siebzehn.«

»Sechs Uhr siebzehn! Du hast ja wohl komplett den Arsch offen!«

Kress stemmte die Hände auf die Fensterbank, plusterte sich auf.

»Entschuldigen Sie mal, wie *reden* Sie denn mit mir?«

»Es ist sechs Uhr siebzehn! Wir versuchen zu schlafen!«

Kress wollte etwas erwidern in der Art, es dürfe sich nicht wundern, wer es im Leben zu nichts brachte, wenn man um sechs Uhr siebzehn noch schlief, kam aber nicht dazu, weil in diesem Moment zwei Stockwerke unter ihm ein weiteres Fenster geöffnet wurde.

»'tschuldigung, könnt ihr zwei das vielleicht irgendwann tagsüber austragen?«

Der erste Nachbar schien etwas erwidern zu wollen, verkniff sich seine Bemerkung jedoch und warf Kress stattdessen einen hasserfüllten Blick zu.

»Fick dich«, rief er herüber. Damit knallte er sein Fenster zu.

Kress, zitternd vor Empörung, hätte am liebsten eine Granate durch das verfeindete Fenster geschmettert.

»Mein Herr«, schrie er zurück. »Ficken! Sie! Sich! Selbst!«

Damit rammte auch er sein Fenster zu. Einige Augenblicke lang blieb er reglos in der Düsternis seiner Küche stehen. Dann, für den Fall, dass Gieshübler doch noch auftauchte, stellte er das Fenster auf Kipp und verfügte sich in sein Arbeitszimmer, wo er sich an den zu schreibenden Brief setzte.

Sehr geehrter Herr Dr. Schleicher,
mit diesem Schreiben bewerbe ich mich auf die von Ihnen ausgeschriebene Stelle als studentische Hilfskraft. Wie Ihnen unzweifelhaft bekannt ist, bin ich ein Experte für die deutschsprachige Literatur des ausgehenden 18. und des beginnenden 19. Jahrhunderts. Aus diesem Grund halte ich mich für in besonderem Maße geeignet …

Nein! Stopp! Scheußlich! Geist- und seelenlos, Doktor Schleicher würde augenblicklich einen Brechkrampf erleiden. Er rupfte das Blatt aus der Schreibmaschine, knüllte den Zettel zusammen und schleuderte ihn in die Ecke. Inzwischen arbeitete er seit einer geschlagenen halben Stunde an dem vermaledeiten Bewerbungsschreiben, sieben Versionen hatte er geschrieben und wieder verworfen, alles Mist, nichts passte, im Übrigen, der Nachbar, dieses Riesenarschloch, ging ihm nicht aus dem Kopf, und zu allem Überfluss erwischte er sich ständig dabei, wie er den Kopf hob und nach dem Bild der Verspätung sah, das ihn von der Wand her anblickte.

Er schüttelte den Kopf. Noch mal.

Lieber Dr. Schleicher,
schon lange treibt mich der Wunsch um, ein Stück meines akademischen Weges gemeinsam mit Ihnen …

Es war in diesem Moment, dass er von der Küche her ein Geräusch wahrzunehmen meinte. Er hob den Kopf und lauschte. Ja, da war etwas, ganz leise, kaum mehr als das Ticken eines Uhrzeigers. Er stand auf, schlich auf Zehenspitzen in den Flur und lugte durch die Küchentür, die einen Spaltbreit geöffnet stand.

»Gieshübler!«, unwirsch zog er die Tür auf. »Sie haben keinen Begriff, was ich Ihretwegen für einen Ärger hatte. Es ist ganz und gar inakzeptabel, dass man sich auf Sie nicht mehr verlassen kann.«

So ärgerlich war Kress, dass er beinahe über den Dampfkochtopf stolperte. Mit zwei schnellen Handbewegungen hatte er das Fenster weit aufgerissen.

Der grau-weiß gescheckte Tauberich mit der türkis-violett schimmernden Brust, der auf der Fensterbank gesessen hatte, flatterte einige Augenblicke lang durch die Luft. Dann, während Kress an den brummenden alten Kühlschrank trat und ihm eine Packung Toastbrot entnahm, landete er wieder auf der Fensterbank und blinzelte ins Innere der Wohnung.

Kress, unzufrieden, teilte ein Toastbrot in der Mitte durch und näherte sich behutsam dem Fenster. Der Tauberich ließ ihn nicht aus den Augen. Auf jede seiner Bewegungen reagierte er mit einem leichten Zucken, als wolle er sofort auf und davon fliegen. Kress, der seinerseits den Blick auf das Tier gerichtet hielt, rupfte einen kleinen Fetzen aus dem Brot und warf ihn auf die Fensterbank. Etwas zu weit, der Fetzen kullerte über den Rand und verschwand im Innenhof. Beim zweiten hatte er mehr Glück. Sofort machte sich der Tauberich darüber her.

Als er nur noch die Rinden in den Händen hielt, goss sich Kress Kaffee in ein Glas und ließ sich in den Fernsehsessel fallen, der so gedreht war, dass er zum Fenster heraus blicken konnte.

»Es ist Folgendes, Gieshübler: Ich habe eine Frau kennengelernt.«

Der Tauberich sah kurz auf, wendete sich aber sofort wieder den Brotfetzen zu.

»Ich weiß, ich weiß«, Kress hob beschwichtigend seine Hand, »ausgerechnet ich, sagen Sie. Eine Frau, das passt überhaupt nicht in mein Leben, in meinen Alltag. Gut, Sie haben recht. Und natürlich wäre zu klären, was ich einer Frau zu bieten habe. Außer meinem Intellekt. Jedoch, die Frage, die man überhaupt zunächst einmal klären muss: Will man das, eine Frau?«

Unzufrieden musterte er den Tauberich, der keinerlei Reaktion zeigte, und nahm einen Schluck von seinem Kaffee.

»Ich denke, wie Sie wissen, viel über diese Frage nach, und ich komme zu widersprüchlichen Ergebnissen. Einerseits, man muss einsam sein. Einsamkeit ist die Daseinsvoraussetzung des geistig tätigen Menschen. Wer nicht einsam ist, wird niemals seinem Geist die Konzentration abringen können, die notwendig ist, um zu wirklich tiefen Einsichten zu gelangen. Und, nebenbei gesagt, kann man sich ernsthaft vorstellen, dass hier, in dieser Wohnung, ein zweiter Mensch sich aufhält? Also dauerhaft aufhält? Nein! Lächerlich! Beispielsweise, ich mache jeden dritten Morgen meine Gymnastik. Natürlich, man könnte den anderen Menschen für die Dauer der Gymnastik in der Küche deponieren, oder man geht selbst in die Küche und macht die Gymnastik hier. Wobei in der Küche, Sie sehen es ja selbst, eigentlich kein Platz ist dafür. Und das ist überhaupt nur ein Beispiel von Hunderten, die ich bringen könnte. Die Wahrheit ist: Das Leben mit einem zweiten Menschen ist unvorstellbar.«

Er beugte sich vor und streckte den Zeigefinger aus, woraufhin der Tauberich kurz innehielt und mit ruckendem Kopf in die Wohnung blickte.

»Und trotzdem, so einfach ist es nicht. Man will eben doch, dass ein zweiter Mensch da ist. Man kann es sich zwar nicht vorstellen, bei dem Gedanken an die praktischen Implikationen dreht sich einem sogar der Magen um. Und dennoch will man es, will es unbedingt und ist bereit, einiges aufzugeben dafür. Darin liegt die eigentliche Paradoxie.«

Der Tauberich war inzwischen zum Wasserschälchen hinübergestakst und schnabelte darin herum. Kress, die Stirn gerunzelt, beobachtete ihn. Er lehnte sich zurück und stieß einen tiefen Seufzer aus.

»Sie müssten die betreffende Person einmal kennenlernen, Gieshübler. Die Frau, meine ich. Literaturwissenschaftlerin. Fachlich tipptopp. Hat in Freiburg bei Büsching gehört.«

Wiederum seufzte er.

»Ja, man müsste wohl einmal etwas unternehmen. Aber was? Das ist schwierig. Natürlich, man sieht sich wieder, kommende Woche im Seminar. Aber man müsste doch noch etwas mehr unternehmen. Ja. Bloß was, Gieshübler? Was? Das ist die eigentliche Frage. Darauf müsste man eine Antwort haben.«

Während der folgenden Tage produzierte Kress insgesamt neununddreißig Varianten seines Bewerbungsschreibens. Er hockte im schummrigen Licht seiner Schreibtischlampe, mit krummem Rücken über den Schreibtisch gebeugt, und verwarf eine Version nach der nächsten. Ein regelrechtes Meer zusammengeknüllter Papiere hatte sich vor seinem Schreibtisch gebildet. Mal klang die Bewerbung zu unterwürfig, mal klang es zu hochgestochen; mal strich es seinen enormen Kenntnisreichtum nicht in angemessener Weise heraus, mal verlor es sich in einer Flut aus Fertigkeiten und Kompetenzdetails. Was immer er schrieb, es klang alles dumm und falsch und lächerlich, und am Donnerstagabend, wenige Stunden vor Ablauf der Einsendefrist, war er einem Nervenzusammenbruch nahe und drauf und dran, die ganze Sache abzublasen und irgendeinen anderen Deppen Schleichers Lakai werden zu lassen. Aber gerade dies war angesichts seiner finanziellen Lage unmöglich.

Die Variante, die er am Freitagmorgen völlig übernächtigt ins Postamt trug, war an allen Ecken und Enden ein Kompromiss. Todunglücklich war Kress damit. Aber leider, die Zeit drängte. Und er tröstete sich damit, dass das Schreiben ohnehin bloße Formalie war. Was zählte, war Schleichers persönliche Kenntnis des Studenten Kress.

Dass Kress ein zweites Bewerbungsschreiben abschickte, in dem er sich als studentische Hilfskraft in der Poststelle der Universität bewarb, war eher ein Scherz, den er sich mit sich selbst erlaubte.

Und also, wenngleich mit einem Gefühl großer Unruhe, wandte er sich wieder seiner eigentlichen Bestimmung zu, dem Studium. In Dahlem, wohin er mit der U-Bahn fuhr, roch es nach frisch gemähten Rasen und abgesäbelten Gänseblümchen. Für einen Tag Ende Mai war es ungewöhnlich warm, Kress, der sich nur höchst ungern direkter Sonneneinstrahlung aussetzte, beeilte sich, in die Rost- und Silberlaube zu kommen. Seitdem er der Verspätung begegnet war, ging er mit einem anderen Blick durch die Universität. Hatte er noch am Montag äußersten Wert darauf gelegt, all die Minderbemittelten ringsum spüren zu lassen, dass er sich keinesfalls für sie interessierte, indem er, Blick geradeaus, wie eine menschgewordene Kanonenkugel durch die Gänge schoss, ging er jetzt langsam, sogar bedächtig, und musterte jeden Einzelnen mit besonderer Gründlichkeit. Vielleicht, dass irgendeiner dieser Minderbemittelten die Verspätung war? Zwar würde er sie am kommenden Dienstag im Seminar wiedersehen; aber warum sollte so ein Wiedersehen nicht schon früher stattfinden? Die ganze Welt war ein Dorf, so ging doch das Sprichwort!

Zur Mittagszeit suchte er die Mensa auf, wo Hunderte von Studenten an langen weißen Tafeln mit Geschirr klapperten. Überall wurde geredet, gelacht, krakeelt, nur in den allerseltensten Fällen hob tatsächlich einmal jemand seine Gabel zum Mund. Es war Kress immer schon rätselhaft gewesen, worüber diese Leute die ganze Zeit redeten. Unzweifelhaft alles sehr mittelmäßig, befand er. Mit gerecktem Hals durchmaß er die Mensa, hier und da holte er sich fragende Blicke ab, als er ganz hinten angekommen war, drehte er sich um und lief den ganzen Weg noch einmal zurück. Aber die Verspätung war nirgends zu finden: *Madeleine disparue.*

Das 14-Uhr-Seminar zur Ethik Immanuel Kants war ein Reinfall auf ganzer Linie. Die Hälfte der Studenten hatte den Text nicht gelesen, was Professor Klein dazu veranlasste, die zu lesende Textstelle noch einmal Wort für Wort durchzugehen. Kress zog eine gewisse Befriedigung daraus, eine nervös plappernde kleine Frau brüsk darauf hinzuweisen, dass man bitte sehr Menschen nicht mit Delphinen vergleichen könne, insoweit Menschen, die sich vermittels eines freien Willens eigene Ziele zu setzen vermochten, etwas kategorial anderes darstellten als Delphine, die ihr Lebtag lang nicht anders konnten, als quietschend durch Sardinenschwärme zu schießen – ein Einwand, der unter allen anderen Umständen weit unterhalb dessen gewesen wäre, was er als sein intellektuelles Niveau zu akzeptieren bereit war, und der sofort erheblichen Widerspruch seitens der Hippiestudenten am

Fenster provozierte, die das Seminar bis zu diesem Punkt lediglich durch das Zurschaustellen einer Art trancehafter Betäubung bereichert hatten. Davon abgesehen, blieb die Veranstaltung blass. Obwohl er wusste, dass die Verspätung nicht teilnahm, spürte er doch einen Stich, weil sie tatsächlich nicht kam.

Das Wochenende verbrachte er aufgestachelt von einer eigentümlichen Unrast. Nur einmal ging er vor die Tür, um seinen Kopf auszulüften. Es war weiterhin überdurchschnittlich warm, der Landwehrkanal, an dem er vorüberkam, war gesäumt von jungen Leuten, die auf der Ufermauer saßen und die Beine zum Wasser herab baumeln ließen. Auf dem Rückweg ging er in den Lidl, wo er eine Packung Toastbrot kaufte, eine Flasche Ketchup sowie – immer auf die gesunde Ernährung achten! – ein Röhrchen Multivitamin-Brausetabletten.

Unentwegt dachte er an die Verspätung.

Er hockte auf der Couch und blätterte fahrig in unterschiedlichen Goethe-Werken. Vielleicht ließen sich dem alten Schwerenöter ein paar nützliche Tipps für die Eroberung von Frauen entlocken? Aber kaum hatte er eine Seite gelesen, merkte er, dass kein einziges Wort in seinem Gehirn eingerastet war und er stattdessen ausschließlich an die kleine blonde Person gedacht hatte, die, wie er sich sicher war, irgendwo in der Stadt herumlief.

Dachte die Verspätung auch an ihn? War es möglich, dass sie von ihm ebenso eingenommen war wie er von ihr? Sehnte auch sie den Dienstag herbei, an dem das Schleicher'sche Seminar abgehalten wurde, in dem sie sich also wiedersehen würden?

Bei näherem Nachdenken erwies sich, dass Goethe im Hinblick auf Frauen kein überzeugender Ratgeber war.

Wie auch? Die eine Frau, mit der er eine Art von Beziehung geführt hatte, hatte die meiste Zeit ihres Lebens als seine Haushälterin fungiert. Alle anderen waren ihm weggelaufen, kolossale Schreckschrauben oder ein halbes Jahrhundert zu jung gewesen. Es war eindeutig: Frauentechnisch war Goethe sein Leben lang ein Vollversager gewesen.

In seinem Hinterkopf dachte Kress: Und ich? Wie sieht es mit meinem Erfolg bei Frauen aus? Einen Frauenkörper zu berühren? … also einen richtigen Frauenkörper, der nicht nur in Gedanken, sondern, gewissermaßen, in der richtigen Welt existierte – damit hatte er allzu viele Erfahrungen nicht. Keine einzige, um präzise zu sein. Nicht, weil er es nicht gewollt hätte. Es hatte sich bloß nicht ergeben, bislang.

Kress konnte sich gut daran erinnern, wie *es* damals in der Schule plötzlich Thema geworden war. Auf einer *Party* (auf der Kress freilich nicht anwesend, weil nicht eingeladen gewesen war) hatte ein Mädchen mit einem Jungen einen *polnischen Abgang* hingelegt. Beide waren erst am Folgemontag wieder aufgetaucht, züchtig getrennt voneinander waren sie aus dem Schulbus gestiegen, der die Landjugendlichen ins Kleinstadtgymnasium karrte. Als Kress an jenem Montagmorgen um die Ecke des C-Gangs im dritten Obergeschoss des Heine-Gymnasiums gebogen war, hatte er sofort gemerkt, dass etwas anders war. Überall standen kleine Grüppchen beieinander und tuschelten und kicherten. Bereits im allerersten Moment hatte er begriffen, worum es hier ging, und obwohl er sich einen Finger abgebissen hätte, um zu erfahren, was genau geschehen war, hatte er sich nichts anmerken lassen und stattdessen sein übliches strenges Gesicht aufgesetzt, den Griff der Aktentasche fest umklammert, und sich mit durchgedrücktem Rücken an seinen Platz gesetzt.

Gewiss, damals, in der Schule, wäre es vollkommen unmöglich gewesen, ein Mädchen mit nach Hause zu nehmen. Zumindest, solange er im Kranichweg gewohnt hatte. Jedes Mädchen wäre sofort schreiend davongelaufen. Aber nun lebte er bereits seit sieben Jahren in Berlin. Und was war in diesen sieben Jahren geschehen? Gut, ja, ein einziges Mal hatte ihn ein Mädchen auf die Wange geküsst. Mitten auf der Straße war das gewesen und aus heiterem Himmel gekommen. Außerdem besaß er ein ziemlich durchgelesenes Schmuddelheftchen, für dessen Anschaffung er vor einigen Jahren, als es gar nicht mehr ging, eigens raus nach Lichterfelde gefahren war. Aber sonst? Nichts! Gar nichts! Der idiotische Hans Castorp hatte in sieben Jahren mehr erotische Erfahrungen gemacht als er.

War es am Ende das, was er von der Verspätung wollte? Eine erotische Erfahrung? Durfte man das? Was hätte Kant wohl dazu gesagt?

Am Montagmorgen, also vierundzwanzig Stunden vor Beginn des großen Doppelereignisses – dem ersten Wiedersehen mit Doktor Schleicher nach Absenden der Bewerbung und dem Wiedersehen mit der Verspätung –, war die Spannung kaum noch zu ertragen.

»Wissen Sie, was mich am meisten besorgt, Gieshübler?«, sagte Kress, während er vor dem offenen Küchenfenster auf und ab lief und dabei seine Hände knetete. »Gut, ich verrate es Ihnen: Wie ich mich verhalten soll, wenn just in dem Moment, in dem ich mit der Verspätung zu sprechen beginne, Herr Doktor Schleicher auf mich zutritt und seinerseits das Gespräch sucht. Was mache ich dann? Was muss ich dann tun?«

In seinem Kopf spielte sich dieses Szenario geradezu

filmisch vor ihm ab: Die Verspätung, die er aus irgendwelchen Gründen mit gerötetem Kopf sah, während sie seinen Worten lauschte und nickte, und dann Doktor Schleicher, der von der Seite her auf ihn zutrat: *Mein lieber, lieber Herr Kress, wie sehr ich mich gefreut habe über Ihre Bewerbung. Nicht das beste Bewerbungsschreiben, das ich jemals gelesen habe, aber … Details, Details! Sie, Herr Kress, kenne ich ja, und ich muss Ihnen sagen, ich habe im Grunde genommen nur darauf gewartet, dass Sie sich bewerben, und war schon fast beleidigt darüber, Ihre Unterlagen nicht in meinem Postfach zu finden.*

»In so einem Fall, Gieshübler, das ist klar, kann ich Herrn Doktor Schleicher auf keinen Fall stehenlassen. Das Beste wird sein, ich schreibe der Verspätung einen Brief, in der ich ihr den Sachverhalt erläutere, und den ich ihr im Fall der Fälle aushändige: dass ich mich freue, sie wiedergesehen zu haben und so weiter. Dass ich mich allzu gern mit ihr unterhalten hätte. Aber leider, wichtige und unaufschiebbare akademische Angelegenheiten nähmen meine Aufmerksamkeit in Beschlag. Irgendetwas in dieser Art. Was halten Sie davon, Gieshübler? Das ist doch nicht der schlechteste Einfall, oder was denken Sie?«

»Damen und Herren, ich würde vorschlagen, dabei belassen wir es für heute. Es ist ja auch recht warm geworden, und ich denke, jeder von Ihnen wird froh sein, wenn wir … aber egal, ich verschone Sie. Bitte, Sie denken daran, ich bin in der nächsten Woche nicht hier. Ich stelle mir vor, Sie nutzen die viele freie Zeit, die Ihnen daraus entsteht, um sich in großer Ausführlichkeit mit der *Marquise von* O. auseinanderzusetzen.«

Schleicher, der vor der Tafel stand, warf einen fragenden Blick in die Runde. Als die Runde nur mit leeren, müden Gesichtern antwortete, ließ er das dicke grüne Buch zuschnappen, das er in seinen Händen hielt, trat an den Dozententisch und machte sich daran, seine Sachen zusammenzupacken. Ringsum ließen die Studenten, erschöpft von Schleichers wortwallenden Erläuterungen und der Wärme, die sich infolge des sommerlichen Wetters im Seminarraum gestaut hatte, ihre Fingerknöchel auf die Tische trommeln. Auch Kress trommelte – aber mit einer gewissen Verzögerung. Das Trommeln der anderen hatte ihn aus einer Starre gerissen.

Auf seiner Stirn hatte sich ein öliger Film gebildet. Er blinzelte, und während im ganzen Seminarraum allgemeines Aufbruchsgewusel anhob, blieb er sitzen und blickte mit leerem Gesichtsausdruck auf den aufgeschlagenen Kleist-Band vor sich. Zuletzt hatte er überhaupt nicht mehr zugehört. Erst jetzt, während er sich langsam und irgendwie widerstrebend daranmachte, seine Studierutensilien zu verstauen, fiel ihm auf, dass er die völlig falsche Seite aufgeschlagen hatte.

Als er seine rissige, alte Ledertasche öffnete, um den Notizblock und das Buch zu verstauen, bemerkte er den Brief, den er an die Verspätung geschrieben hatte. Er schob den Notizblock darüber.

Schleicher war inzwischen fertig mit dem Zusammenpacken. Er hatte seine Tasche auf dem Pult abgesetzt und unterhielt sich mit zwei Studenten, die offenbar eine Nachfrage hatten. Kress beeilte sich, seine Tasche zu schließen und sich neben der Tür zu postieren; unbedingt wollte er Schleicher die Chance geben, ihn im Herausgehen anzusprechen. Insgeheim aber hatte er kein gutes Gefühl: Während des ganzen Seminars hatte Schleicher die Kress'schen Wortmeldungen auffällig wortkarg, in zwei Fällen sogar nur mit einem Nicken kommentiert. Kress spürte es mit brennender Gewissheit: Irgendetwas stimmte nicht. Schleicher wollte ihn nicht, Schleicher hatte ihn über Nacht zu verachten begonnen.

Um nicht allzu auffällig einfach nur neben der Tür zu warten, setzte Kress seine Tasche auf dem nächstbesten Tisch ab und kramte darin herum. Sogar seine Hosentaschen klopfte er ab. Aus dem Augenwinkel sah er, wie Schleicher die Hände der beiden Studenten schüttelte. Ohne Kress eines Blicks zu würdigen, trat er zur Tür heraus und verschwand.

Kress hatte Schwierigkeiten zu atmen. Einige Sekunden lang musste er sich auf den Tisch stützen.

»Herr Doktor Schleicher, verzeihen Sie bitte.«

Er war auf den Flur gesprungen und gab sich größte Mühe, seine Aufregung zu verbergen.

»Ah, Herr Kress.«

»Es geht um die Hausarbeit, die ich Ihnen vor einigen Wochen zugesandt habe …«

»Goethes Religiosität«, Schleicher nickte.

»Präzise«, Kress, immer noch etwas atemlos, nickte seinerseits. »Ich wollte mich erkundigen, ob Sie bereits Gelegenheit hatten, einen Blick hineinzuwerfen.«

»Hab ich, Herr Kress, hab ich. Nicht nur einen Blick hineingeworfen, auch gelesen hab ich sie. Zweimal gelesen. Übrigens, man kann Blicke nicht werfen. Davon ab, Herr Kress, Ihre Hausarbeit, was soll ich Ihnen sagen? Freud und Leid. Freud und Leid. Müssen wir drüber reden. Allerdings, jetzt«, er blickte auf seine Armbanduhr, »jetzt ist es ungünstig. Das Beste wird es sein, Sie kommen am Freitag in meine Sprechstunde, in meiner Sprechstunde können wir darüber reden.«

Kress stand da und spürte, wie ihm die Knie weich wurden.

»Sie kennen das, die Liste an der Tür meines Büros, man trägt sich dort ein, und so weiter …?«

»Ich kenne das.« Kress nickte.

»Na dann, Herr Kress, wunderbar. Reden wir da mal drüber. Immer dran denken: Am Ende wird alles gut. Wenn's noch nicht gut ist, ist es noch nicht das Ende.«

Damit vollzog er eine Drehung um die eigene Achse und ließ Kress stehen.

»Freud und Leid? Freud und Leid? Ich bitte Sie, Gieshübler, hat man so etwas schon gehört? Mir platzt der Kopf! Selbst *wenn* die Arbeit irgendeinen Fehler enthalten sollte, einen Tippfehler beispielsweise – und nur fürs Protokoll: Ich gebe das keineswegs zu – selbst wenn sich dort irgendwo ein Fehler hineingeschlichen hätte: Dann wäre das noch lange kein Grund, von ›Freud und Leid‹ zu sprechen. Und mich in aller Öffentlichkeit, mitten auf dem Universitätsflur, zu demütigen, indem man mich in die Sprechstunde einbestellt. Jawohl, einbestellt! Wie Raskolnikoff zum Untersuchungsrichter!«

Abrupt unterbrach er die Wanderung durch die Küche. Es war kurz nach sechs Uhr früh, Gieshübler stand auf dem Fensterbrett und war damit beschäftigt, seine Toastbatzen aufzupicken. Ab und an gab er ein leises, aber gut hörbares und, wie Kress zu wissen meinte, zustimmendes Gurren von sich.

»Da steckt noch etwas dahinter. Denken Sie mal drüber nach, Gieshübler. Soll das Zufall sein? Dass der Herr Dozent gerade in dem Moment, in dem ich mich bei ihm um eine Anstellung beworben habe, bei der Lektüre meiner Arbeit ›Freud und Leid‹ empfunden haben will? Fünf Arbeiten hab ich bei ihm eingereicht in den letzten Jahren. Das muss man sich mal auf der Zunge zergehen lassen. Fünf! Und keine ist anders als bestbenotet zurückgekommen. Keine! Und nun soll ausgerechnet diese, ausgerechnet in diesem Moment, ein Problem darstellen? Lächerlich! Absurd! Man will mich für dumm verkaufen. Man will mich aus dem Prozess der Bewerbung herauskegeln. Es gibt irgendeinen Favoriten für die Stelle, und Schleicher, daran kann kein Zweifel bestehen, will vorbauen für den Fall, dass ich Klage einreiche. Will sagen können: Aber sehen Sie, der Herr Kress war von vornherein nicht kompetent genug für die Stelle. So sieht es aus. Ich sage es Ihnen, Gieshübler, wir dürfen uns das nicht bieten lassen. Der Held ist ein Held, weil er sich auflehnt gegen das Schicksal, das ihn zerschmettern will. Man darf sich nicht für dumm verkaufen lassen, Gieshübler, wir müssen uns wehren!«

Er war in den Sessel gesunken, hatte die Hände gefaltet und starrte mit düstrem Blick an die Decke.

»Und was die Verspätung angeht: Ich weiß es auch nicht. Eine Riesenenttäuschung. Einfach so, mir nichts, dir nichts der ganzen Veranstaltung fernzubleiben? Das macht man doch nicht.«

Er schüttelte den Kopf.

»Ich hätte niemals über die Frau nachdenken dürfen. Darauf läuft es hinaus. Ich hätte sie mir einfach sofort aus dem Kopf schlagen müssen. Machen wir uns nichts vor, Gieshübler, ich kenne die Frau ja gar nicht. Gut, werden Sie sagen, man hat ja auch eine Menschenkenntnis. Man spürt es, wenn einer potentiell, also, wenn er gewissermaßen ... Sie wissen, was ich meine, Gieshübler – wenn er in Frage kommt. Und trotzdem kennt man sich nicht. Man hat nichts weiter als ein kurzes Gespräch geführt, das ist alles. Und auf der Basis eines solchen kurzen Gesprächs, und weil man vielleicht ein Lächeln zu sehen geglaubt hat, spielen plötzlich die Hormone verrückt. So ist es doch, Gieshübler. Die Hormone spielen verrückt. Und da müsste man doch schlauer sein, als sich auf so etwas einzulassen. Das ist doch primitiv, ein Rückfall auf Neandertalerniveau.«

Gieshübler hatte derweil sein Frühstück beendet und spazierte etwas unschlüssig auf dem Fensterbrett umher. Seine Krallen machten tickende Geräusche, gelegentlich gab er ein leises Gurren von sich.

»Nun, was soll's werden?«

Kress erhob sich aus seinem Sessel. Im selben Moment flatterte Gieshübler auf.

Er trat ans Fenster und blickte dem Tauberich nach, bis dieser über dem Dach außer Sicht geriet. Mit zusammengepressten Lippen schloss er das Fenster und ging hinüber ins Arbeitszimmer. Die Dielen unter seinen Füßen gaben ein Knarzen von sich, das irgendwie lauter als sonst schien; abgesehen davon war es vollkommen still in der Wohnung. Einen Augenblick lang blieb er im Türrahmen stehen und lauschte, ob es nicht doch irgendwo etwas Lebendiges gebe. Aber da war nichts, jedenfalls nichts außer seinem eigenen Atem, und indem er einen leisen Anflug von Angst zu ignorieren versuchte, trat er an den Schreibtisch, knipste das Lämpchen an und nahm sich die Hausarbeit vor.

Den Rest des Morgens brachte Kress damit zu, wechselweise an seinem Schreibtisch und auf seiner Couch zu sitzen und dabei den Kohledurchschlag seiner Hausarbeit zu studieren. Besonderes Augenmerk richtete er auf die korrekte Verwendung des Genitivs. Sosehr er sich bemühte: Einen angemessenen Grund für Schleichers »Freud und Leid« fand er nicht. Entsprechend beunruhigt war er, als er gegen kurz nach zehn in die U7 stieg.

Am Fehrbelliner Platz, wo er umsteigen musste, verkündeten die Lautsprecher irgendetwas von Unregelmäßigkeiten im Betriebsablauf, infolgedessen war die U3, als sie endlich kam, auf das Unerträglichste überfüllt. Fremde Arme drückten sich an fremde Bäuche, jemand balancierte kompliziert ein Reclamheftchen vor seinen Augen, jemand unterhielt sich lautstark mit seinem Mobiltelefon, alle Klappfenster waren geöffnet, die Luft war unerträglich, satt von Ausdünstungen und Kosmetikdüften und der dumpfen U-Bahn-Schachtluft, die durch die geöffneten Fenster kam.

Die eine Sache, die ihn sogar noch mehr beschäftigte als der Umstand, dass Schleicher »Freud und Leid« mit seiner Arbeit empfand, war diese: Er hatte die eiserne Reserve hinter der Kachel im Badezimmer hervorgeholt und davon seine Miete überwiesen; die eiserne Reserve würde noch einen Monat lang halten – unter Umständen konnte er auch im zweiten Monat noch die Miete bezahlen. Dann war Schluss. Wenn Schleicher Probleme mit der Arbeit hatte, würde er Kress mit Sicherheit keinen Vertrag als studentische Hilfskraft anbieten. Und ergo würde er sich eine andere Geldquelle suchen müssen.

Die Bahn hatte wieder gehalten, und Kress tadelte mit Blicken den jungen Mann, der sich gerade hereingeschoben und direkt neben ihn gequetscht hatte. Der Mann trug ein weißes Muskelshirt und etwas, das man, wie Kress sich zu erinnern glaubte, Baseballkappe nannte. Eben hatte der Türalarm zu tuten begonnen, die Tür war im Begriff, sich wieder zu schließen – als plötzlich von hinten jemand über den Bahnsteig gerannt kam. Ritterlich zerrte der Baseballkappen-Träger, dessen nackte Schulter so nah an Kress' Kinn war, dass er hätte zubeißen können, die sich schließenden Türhälften wieder auf.

»Danke, danke, danke«, sagte die Verspätung, hochrot und atemlos, griff nach einer Haltestange und nickte dem Türaufzerrer zu.

»Das war ja knapp«, sagte dieser, offenbar in dem Bemühen, Kapital aus seiner Heldentat zu schlagen.

»Jepp«, die Verspätung nickte, und dann sah sie sich um, und ihr Blick fiel auf Kress, der direkt vor ihr stand. »Ach Mensch, da hab ich ja Glück«, sagte sie, während die U-Bahn wieder anfuhr, und wischte sich eine Strähne hinter ihr Ohr, »der Mann, der seinen Vornamen nicht nennen will. Na? Auch auf dem Weg in die Uni?«

Natürlich hatte Kress die Verspätung bereits im allerersten Moment erkannt, ja sogar bevor sie überhaupt zu sehen gewesen war, schon als der Arm des Türaufzerrers zur Tür gezuckt war, hatte er instinktiv gewusst, dass es die Verspätung war, die da den Bahnsteig entlanggerannt kam. Sofort hatte er fliehen wollen – nur, wohin? Also hatte er den Kopf zur Seite gedreht und mit klopfendem Herzen aus dem Fenster geblickt, wo nichts zu sehen war als die in regelmäßigen Abständen schimmernden Lampen in der vorüberrauschenden Schachtdunkelheit.

»Ach, Madeleine, das ist ja …«, presste er hervor, seine Kehle wie abgeschnürt, »ja genau, auch auf dem Weg zur Uni.« Normalerweise hätte er das Wort *Uni* niemals auch nur gedacht, Kress ging nicht in die *Uni*, sondern stets nur in die *Universität*, aber unter diesen besonderen Umständen war dieser kleine Lapsus vermutlich verzeihlich.

Die Verspätung lächelte ihn etwas künstlich an, schien aber kein Interesse an einer Antwort zu haben. Sie hatte sich den Rucksack vom Rücken gezogen und beförderte nun einen kleinen silbernen Apparat heraus, der über ein Kabel mit zwei Ohrstöpseln verbunden war.

Kress, der sich ihr Wiedersehen ganz anders vorgestellt hatte, spürte, dass er etwas unternehmen musste.

»Also«, sagte er und räusperte sich, »hast du ein angenehmes Wochenende verlebt?«

»Hm?«, die Verspätung, die Stöpsel bereits im Ohr, zupfte sie wieder heraus.

»Ob du ein angenehmes Wochenende verlebt hast, wollte ich wissen.«

Die Verspätung musterte ihn überrascht.

»Ach so. Ja. Du auch?«

»Nun, ja, ich auch«, Kress nickte. »Ich habe im Wesentlichen gelesen. Goethe. Die *Italienische Reise.*«

»Na, das ist doch mal was.« Sie machte sich neuerlich daran, die Stöpsel in die Ohren zu schieben.

»Und was genau hast du gemacht?«, sagte er. »Am Wochenende, meine ich?«

»Ich – ähm«, die Verspätung ließ die Hand mit den Ohrstöpseln wieder sinken, runzelte die Stirn. »Dies und das. Gelesen hab ich. Ich war mit 'ner Freundin im Theater. Ich hab 'nem Freund geholfen, sein Auto zu reparieren.«

»Tatsächlich, ein Auto hast du repariert? Aha. Was war denn beschädigt daran?«

»Ähm ...«, die Verspätung schüttelte den Kopf. »'tschuldige, hab ich jetzt irgendwie was verpasst? Kennen wir uns irgendwoher?«

»Aus dem Seminar kennen wir uns.«

»Ja, na ja, weiß ich ja. Doktor Schleicher. Letzte Woche Dienstag. Ich dachte bloß, weil du stellst Fragen, als würden wir uns …«

»Ich versuche lediglich, unseren gemeinsamen Weg zur Universität mit einem Gespräch für dich und mich zu verkürzen«, sagte Kress nervös, irgendwie auch gereizt.

Die U-Bahn rüttelte sie beide durch. Die Verspätung musterte ihn.

»Okay. Gut. Meinetwegen.« Sie rollte das Kabel der Ohrstöpsel zusammen und schob den silbernen Apparat in den Rucksack zurück. »Also. Ich hab diesen Freund, Kai. Und Kai ist DJ, oder will DJ werden, jedenfalls hat er sich letzten Sonntagabend diesen Auftritt in so einem Studentenclub in Oldenburg organisiert. *La Maruca* oder so ähnlich. Kennst du Oldenburg? Ist auch egal. Jedenfalls musste er da natürlich hin. Und das Problem war, dass gerade am Sonntagmorgen, als er seinen Kram verladen wollte, sein Peugeot gestreikt hat. Ist nicht mehr angegangen, das Ding. Und weil er sich keine Werkstatt leisten kann und weil keine Werkstatt am Sonntagmorgen offen hat, bin ich eingesprungen und hab die Zündkerzen ausgewechselt. Reicht dir das als Information?«

»Und so etwas kannst du, Zündkerzen wechseln?«

»Bis Oldenburg hat's gereicht.«

»Und wo hast du das gelernt?«

»Sag mal! Du bist ganz schön neugierig, oder?«

»Wie gesagt, ich versuche lediglich, eine Unterhaltung mit dir zu betreiben.«

Die Verspätung lachte, schüttelte den Kopf.

»Zündkerzen wechseln ist nicht so irrsinnig schwer. Hat mir mein Vater beigebracht. Irritiert dich das?«

»Warum sollte mich das irritieren?«

»Ich hab die Erfahrung gemacht, dass Männer nicht

selten davon irritiert sind, dass ich Zündkerzen wechseln kann.«

»Keineswegs bin ich davon irritiert, im Gegenteil, ich begrüße es sogar. Ich stehe, zu deiner Information, in vielerlei Hinsicht auf der progressiven Seite der Frauenfrage.«

Das Gesicht der Verspätung veränderte sich ins Verblüffte.

»Du *was?*«

»Nun, also«, hob er an, merkte, wie er knallrot anlief, und war geradezu dankbar, dass sich die Türen in diesem Moment neuerlich öffneten. Die U-Bahn war am Heidelberger Platz eingefahren, wo Dutzende Studenten auf dem Bahnsteig warteten. »Bitte noch etwas Platz machen«, rief es von außen, Kress wurde gegen die Wand gedrückt, irgendwer stapfte ihm auf die Zehenspitzen, es war der reinste Kriegszustand, aus dem Augenwinkel war sogar jemand zu sehen, der vergeblich versuchte, sein Fahrrad ins Innere zu bugsieren.

»Sehr geehrte Fahrgäste«, erklang die berlinernde Stimme des Zugführers aus den Lautsprechern, »der nächste Zug folgt in nur drei Minuten nach. Bitte treten Sie von den Türen zurück.« Und als niemand zu hören schien: »Ich wiederhole, bitte treten Sie jetzt von den Türen zurück, je schneller Sie zurücktreten, desto schneller kann der nachfahrende Zug einfahren.«

»Lene«, rief eine Frau, die zu den Neuzugestiegenen zählte, eine dunkelhaarige, etwas moppelige Person mit stark geschminkten Lidern, die versuchte, sich irgendwie zur Verspätung hindurchzuwühlen. »Also das«, sagte sie, während sie aufgeregt mit den Händen wedelte, »ist ja der absolute Alptraum, Herzchen, ich glaube, ich bekomme einen Ohnmachtsanfall, so etwas habe ich mein Lebtag lang nicht erlebt.«

»Mona«, die Verspätung bedachte die etwas moppelige Frau mit einer behelfsmäßigen Umarmung. »Alles gut bei dir?«

»Ich weiß nicht, Herzchen, ich glaube, ich bekomme wieder meine ... Hey!«, rief sie plötzlich. »Du Rüpel!«

»Entschuldigung, ich wollte nicht ...«, sagte der angesprochene Mann, derselbe, der zuvor der Verspätung die Tür aufgezogen hatte.

»Hat dir deine Mama keine Manieren beigebracht?«, rief die Frau.

»Doch, schon, wie gesagt, ich wollte nicht ...«

»Pfff«, machte die Frau, und an die Verspätung gewandt, wobei sie sich mit der flachen Hand Luft zufächerte: »Männer! Was habe ich sagen wollen, ehe Monsieur hier auf meine Füße zu treten müssen gemeint hat?«

Der Zug war wieder angefahren, der Waggon ächzte unter dem Gewicht der Studenten.

»Du warst im Begriff zu erzählen, dass du wieder deine ...«

»Ja, ja, ja. Aber, dem Himmel sei Dank, es ist schon wieder viel besser. Übrigens, hattest du schon dein Gespräch?«

»Heute.«

»Heute? Liebe, das ist so aufregend, ausgerechnet heute«, rief sie. »Bist du vorbereitet? Hast du alles gelesen, was er geschrieben hat? Hast du dich beträufelt mit Hortensienduft? Hast du ein Schächtelchen voller Pralinen dabei?«

Augenblicklich verkrampfte sich Kress. Er hatte die ganze Szene bislang mit beträchtlicher Missbilligung verfolgt, vor allem nahm er es der aufdringlichen, moppeligen Person übel, das Gespräch zwischen ihm und der Verspätung unterbrochen zu haben. Aber Pralinen?

»Du hast wohl einen Termin bei Herrn Doktor Schleicher?«, sagte er, bemüht, seiner Stimme einen Klang von Beiläufigkeit zu verleihen.

»Oh, là, là, wen haben wir denn da?«

»Ach, richtig«, sagte die Verspätung, »ich hab euch noch gar nicht vorgestellt. Mona – das ist Kress. Er steht auf der progressiven Seite der Frauenfrage.«

»Oh, wirklich? Wie charmant. Ich wünschte, ich könnte das auch über mich sagen.« Mona hielt ihm die kleine Hand mit den dicken weißen Fingerchen hin.

»Sehr erfreut.« Kress nickte Mona zu, dachte aber nicht im Traum daran, ihre Hand zu ergreifen, sondern wandte sich wieder der Verspätung zu: »Wie ist das denn nun, hast du einen Termin bei Herrn Doktor Schleicher oder nicht?«

»So, das interessiert dich wohl?« Die Verspätung setzte einen süffisanten Gesichtsausdruck auf.

»Es ist ja nichts weiter als eine ganz normale Frage.«

»Na, also, das mit den normalen Fragen, das ist so eine Sache zwischen uns beiden, meinst du nicht, mein vornamenloser Freund?«

Mona räusperte sich.

»Und ihr beide kennt euch aus dem Studium?«

»Ja«, sagte die Verspätung im selben Moment, in dem Kress »nein« antwortete.

Die Verspätung blickte ihn erstaunt an.

»Selbstverständlich kennen wir uns aus dem Studium.«

»Nun, ich würde argumentieren, wir kennen uns eigentlich gar nicht«, sagte Kress, wobei er spürte, wie ihm neuerlich das Blut ins Gesicht schoss. »Wobei ich mich selbstverständlich freuen würde, an diesem Umstand etwas zu ändern.«

Die Verspätung runzelte die Stirn, eine gewisse Verlegenheit wurde auf ihrem Gesicht erkennbar. Sie kam aber nicht mehr zum Antworten, denn die U-Bahn, die bereits seit einer Weile den unterirdischen Schacht verlassen hatte und an grünen Büschen und Bäumen vorübergerauscht war, fuhr in diesem Moment am U-Bahnhof Dahlem-Dorf ein, dem Zielbahnhof für einen Großteil der Studenten.

»Also«, sagte die Verspätung an Kress gerichtet, sobald das Trio aus dem Waggon heraus war, »hat mich sehr gefreut, dich wiederzusehen.«

»Ja, mich auch. Allerdings, ich glaube, wir haben denselben Weg.«

»Ach ja?«

»Nun, da oben rauf.«

Kress deutete in Richtung der Treppe.

Irgendwie, mit seinem letzten Kommentar hatte er den Bogen überspannt, dachte Kress, während sie zu dritt nebeneinander her auf die Treppe zu schritten. *Wobei ich mich selbstverständlich freuen würde, an diesem Umstand etwas zu ändern* – das hätte er nicht sagen dürfen, das war viel zu unsubtil gewesen.

»Es verhält sich nämlich so«, sagte er, wobei er spürte, wie er noch nervöser wurde, als er es ohnehin schon war, »ich wollte eigentlich nur wissen, ob du einen Termin bei Herrn Doktor Schleicher hast, weil ich selbst einen Termin bei ihm habe. Allerdings erst am Freitag.«

»So ist das also«, sagte die Verspätung, ohne ihn anzusehen.

»Ja, so ist das, und daher dachte ich, vielleicht können wir uns dazu austauschen.«

»Worum geht's denn in dem Termin?«, sagte Mona, die zwischen ihnen lief.

»Nun, wir besprechen eine Hausarbeit, die ich eingereicht habe. Ich habe zu Goethes Religiositätsverhältnis gearbeitet«, sagte er, wobei sie beinahe im selben Moment auf die Treppenstufen stiegen.

Sie traten aus dem reetgedeckten U-Bahn-Gebäude, tauchten in die Sonne und blieben stehen.

»Wo müsst denn ihr lang?«, sagte die Verspätung, wobei sie sich eine im Sonnenlicht schillernde Strähne hinter ihr Ohr strich.

»Wir? Na, da halt«, sagte Mona und deutete in den Iltisweg. Kress nickte.

»Ach, schade. Weil, ich muss«, sie blickte sich um und wies in die entgegengesetzte Richtung, »da lang.«

»Seit wann das denn?«

»Seit immer schon. Also dann, ihr zwei, bis bald.« Damit drehte sie sich um, zog sich ihren Rucksack auf den Rücken und marschierte Richtung Domäne Dahlem.

Kress sagte nichts. Einen Stich im Herzen, beobachtete er, wie die Verspätung in den grün überquellenden Seitenweg verschwand, der parallel zur Brümmerstraße verlief. Er überlegte, ob er ihr nachlaufen solle, aber irgendwie, ahnte er, ging das nicht. Die ganze Woche hatte er an nichts anderes denken können als an diese kleine blonde Person, seit Tagen war es sein innigster Wunsch gewesen, wenigstens ein paar private Worte mit ihr zu wechseln – und nun, da sich die Möglichkeit dazu ergeben hatte, war er wie gelähmt und stand stattdessen mit Mona, dieser impertinenten Kuh, herum.

Mona zuckte mit den Schultern. »Vielleicht will sie uns verkuppeln.«

Abrupt wandte ihr Kress seinen Blick zu.

»Keine Angst, keine Angst.« Sie seufzte. »Ich will nichts von dir.«

Kress nickte grimmig. Verkuppeln, dachte er. So weit kommt's noch. Allerdings, so richtig zufrieden mit Monas letzter Aussage war er trotzdem nicht. Warum, bitte sehr, »wollte« sie denn nichts von ihm? Absurd! Er war ein außerordentlich gutaussehender, außerordentlich intelligenter Mann. Möglich, dass er bisweilen etwas anämisch aussah, was auf den Mangel an Sonnenlicht zurückführbar war. Aber nichts von ihm wollen? Lächerlich! An *ihm* war es, nichts von *ihr* zu wollen, so wurde ein Schuh daraus.

Sie überquerten schweigend die Straße und traten in den Iltisweg ein. Das Wetter hätte besser nicht sein können, der Himmel war blau und wolkenfrei, die Straße weithin in goldenes Sonnenlicht getaucht, beinahe schienen die Blätter der Bäume darin zu glühen, und Kress war jedes Mal froh, wenn sie in den Schatten eines solchen Baums traten. Ohne den Kopf zu bewegen, nur aus dem Augenwinkel, beäugte er Mona. Sie war kleiner als er, hatte langes, dunkles Haar, das sie offen trug: Nur am Hinterkopf waren zwei Strähnen miteinander verflochten.

Irgendwie, befand er, war das auch unbefriedigend, so schweigend neben ihr herzulaufen. Außerdem, wer wusste es schon, mit Blick auf sein Interesse an der Verspätung war es möglicherweise strategisch sinnvoll, sich mit ihr gut zu stellen.

»Was studierst du?«, fragte er also, wobei er starr geradeaus blickte. Mona drehte ihm den Kopf zu und bedachte ihn mit einem leicht süffisanten Ausdruck, sie legte ihre Stirn in Falten, zog die beiden Seiten der Lippen nach unten und hob zugleich die Wangen zu einem feinen Lächeln.

»Was ich studiere? Nichts. Ich bin fertig mit studieren. Ich *hab* Allgemeine und Vergleichende Literaturwissenschaft studiert, wenn du's wissen willst.«

»So. Und worüber hast du deine Abschlussarbeit verfasst?«

»Also, der Zweitgutachter hat das so formuliert: Ich

hätte den Versuch unternommen, mich in de Man'scher Weise den frühen Symbolisten zu nähern. Ich stimme nicht zu, aber so lautete die offizielle Wortregelung.«

»Aha. Gut. Und wenn du also dein Studium abgeschlossen hast, wie erklärst du deine Anwesenheit hier?«

»Sag mal, du bist wohl der Großinquisitor? Wie sieht's denn mit dir aus? Was machst du denn hier?«

»Ich selbst bin ein vollständig ordentlich eingeschriebener Student der Literaturwissenschaft und der Philosophie.«

»Ha, vollständig ordentlich eingeschrieben, ja?« Mona lachte. »Wenn ich das sagen darf, du siehst auch nicht gerade aus, als hättest du eben erst deine Abiturprüfung abgelegt.«

Kress wollte etwas erwidern, entschied dann aber, dass es weiser war, diesen letzten Kommentar zu ignorieren, und konzentrierte sich also darauf, einen unbeeindruckten Blick zur Schau zu stellen.

»Also. Was ich hier mache, ist, ich arbeite an einer Dissertation. Oder, genauer gesagt, ich treffe mich mit Professor Schlüter zum Mittagessen – kennst du den? –, weil der mir helfen soll, aus dem ganzen Wust, den ich in den vergangenen sechs Monaten zusammengedacht habe, irgendein einheitliches Thema zu formen, jedenfalls ist das meine Hoffnung. Und wo ich schon einmal hier bin, werd ich wohl auch etwas Zeit in der Bibliothek verbringen und ein paar Sachen recherchieren, mal schauen, ob das klappt.«

»Ich schätze die Bibliothek sehr«, antwortete Kress.

Abrupt blieb Mona stehen.

»Entschuldige mal, Kress, oder wie du heißt. Kannst du bitte mal *normal* mit mir reden?«

»Ich rede selbstverständlich normal mit dir.«

»Das soll normal sein? *Ich schätze die Bibliothek sehr*«, sagte sie, wobei sie ihre Stimme senkte, offenbar in dem Bemühen, seine Tonlage nachzuahmen. »Du klingst wie ein – was weiß ich«, sie gestikulierte mit den Händen, »wie ein Roboter klingst du. Wirklich, man hat es den ganzen Tag nur mit Spinnern zu tun. Erst spinnt Madeleine, und dann gerate ich an dich. Herzlichen Glückwunsch. Rauchst du?«

»Ich rauche nicht.«

»Ich glaub, du solltest mal anfangen.«

»Mein Verständnis ist, dass Rauchen der Gesundheit abträglich ist.«

»Das kommt drauf an.« Mona zog eine Packung Tabak aus ihrem Leinenbeutel. »Soll ich dir mal erzählen, wie ich zu rauchen angefangen hab? Ich hab nämlich nicht immer geraucht. Noch in der Oberstufe war ich das Mädchen, das besser ist als all die anderen, weil es nicht raucht. Es war im Winter, ich hatte eine ziemlich arge Erkältung und war irgendwie nicht in der Lage, mir etwas zu kochen. Da bin ich, was ich vorher noch nie getan hatte, runter und rüber auf die andere Straßenseite zu unserem arabischen Pizzabäcker. Draußen, vor der Glastür im Schnee, steht der Chef in eine dicke Daunenjacke verpackt und qualmt. Ich will gerade an ihm vorüber, da kommt plötzlich ein Hustenanfall, so heftig, dass ich mich einen Moment lang an die Hauswand stützen muss. Als ich endlich fertig bin, guckt mich der Chef an und sagt: ›Hey Mädchen. Weißt du, was wirklich hilft?‹ Und hält mir seine Marlboros hin.«

»Eine schöne Geschichte«, bemerkte Kress, während Mona die eben von ihr gerollte Zigarette hinter ihr Ohr schob und sich daranmachte, eine zweite herzustellen. Sie waren an einer Straßenecke stehen geblieben, unter einem großen Baum, der ihnen Schatten spendete, mit Sicht auf das Ethnologische Museum.

»Und du?«, sagte sie, konzentriert darauf, den Tabak zwischen ihren Fingern zu einer Zigarette zu rollen. »Rausgefunden hab ich bis jetzt, dass dein Nachname Kress lautet und dass du ein vollständig ordentlich eingeschriebener Student der Literaturwissenschaft und der Philosophie bist. Außerdem *schätzt* du die Bibliothek.«

»So ist es.«

»Und weiter?«

»Wie meinst du das, und weiter?«

»Na ja, die meisten Leute würden argumentieren, dass so eine richtige Person sich aus mehr zusammensetzt als aus einem Nachnamen und einem Studiengang.«

»Zwei Studiengängen.«

»Also, zwei Studiengängen.«

»Nun«, Kress räusperte sich. »Ich bin ein großer Freund klassischer Musik. Bach und Mozart. Bisweilen Beethoven. Allerdings höre ich in letzter Zeit kaum noch Musik, um ehrlich zu sein.«

»Woran liegt das?«

»Der Schallplattenspieler ist kaputt.«

Mona lachte auf. »Hier.«

Sie reichte ihm die zweite Zigarette, die sie gedreht hatte.

»Wie gesagt, ich rauche nicht.«

»Wie gesagt, du solltest anfangen.«

Aus irgendwelchen Gründen nahm er die Zigarette entgegen. Sie hockte sich auf eine etwa kniehohe Klinkermauer, die den kleinen Garten eines Hauses umgrenzte. Einige Augenblicke lang stand Kress etwas unbeholfen auf dem Gehweg herum. Dann, um nicht noch mehr Aufmerksamkeit auf sich zu ziehen, setzte er sich mit sehr geradem Rücken an Monas Seite. Mona ließ eine Flamme aus ihrem

Feuerzeug springen, und Kress, etwas widerwillig, schob sich die Zigarette zwischen die Lippen und beugte sich zu der Flamme herab.

»Ziehen«, sagte sie. »Du musst ziehen. Du hast das wirklich überhaupt noch nie gemacht, oder?«

Kress verzog das Gesicht.

»Gib her.« Mona nahm ihm die Zigarette ab und zog selbst daran. »Du bekommst einen Punkt fürs Versuchen. Aber weißt du was, wenn du klassische Musik magst, dann nehm ich dich mal mit.«

»Ach ja?«

»Ich arbeite im Konzerthaus.«

»Du spielst ein Instrument?«

»An der Garderobe.«

»Ah«, Kress nickte.

»Ist gar nicht schlecht. Man kann sitzen und lesen, und finanziell reicht es, dass ich mein Zimmer bezahlen kann.« Sie lachte und blies eine Wolke Rauch in die sommerliche Luft. »Also, es ist nicht schlecht, wenn man davon absieht, dass ich einunddreißig Jahre alt bin und angeblich unheimlich gut ausgebildet. Weißt du, was ich wirklich gern würde?«

Kress blickte sie erwartungsvoll an.

»Alleine wohnen. Nach Hause kommen und die Tür abschließen und dann *nicht* in der Küche *meiner Wohnung* Kati und Cora vorfinden, die fünf Jahre jünger sind und jedes Mal irgendwie schuldbewusst fragen, ob ich ein Glas Wein mittrinken möchte – das wär was. Das würd ich gern.«

Kress nickte. Und nachdem er einige Sekunden geschwiegen hatte, sagte er in einem leisen, nachdenklichen Ton: »Am Ende wünscht man sich einen Wohntresor.«

Mona lachte.

»Einen was?«

Er blickte auf.

»Als Kind habe ich mir so etwas gewünscht. Ein fensterloses Zimmer, das nach allen Seiten hin sechs Meter dicke Wände aus Stahlbeton hat und bloß durch eine ebenso dicke Stahltür begehbar ist. Eine Stahltür, die nur in den allerseltensten Fällen von einem leistungsfähigen Motor auf speziell hierzu angefertigten Schienen aus den Wänden gefahren wird. Ich stelle mir vor, dass drinnen in einer Ecke, zum Beispiel neben dem Bett, ein etwa stuhlhoher Atomreaktor steht, der von einem Brocken radioaktiven Materials angetrieben wird und auf Lebenszeit eine Schreibtischlampe mit Strom versorgt. Wasser wird gespeichert nach dem Vorbild einer Raumstation und von einem System aus Rohren, Filtern und Pumpen unentwegt aufgefrischt.«

Mona betrachtete ihn amüsiert.

»Man würde die Möbel alle in den Boden schrauben«, sagte sie, »und alle beweglichen Gegenstände mit Klettband festmachen, so dass, wenn draußen die Apokalypse losbricht, drinnen trotzdem alles stehenbleibt. So dass man einfach dasitzen und lesen kann.«

»So etwa stelle ich mir das vor«, Kress nickte und blickte herab auf seine Schuhspitzen. Von seinem Wohntresor hatte er noch niemals irgendjemandem erzählt, nicht einmal Gieshübler. Es war ihm unangenehm, dieser Person, die er nicht einmal zehn Minuten kannte, davon erzählt zu haben, und er spürte das Bedürfnis, aufzustehen und davonzulaufen, blieb dann aber doch sitzen, warum genau, wusste er auch nicht.

»Und woher kennst du Madeleine?«, sagte Kress, halb aus Interesse, halb, um das Thema zu wechseln.

»Findest du Madeleine gut?« Mona nahm einen tiefen Zug von ihrer Zigarette und betrachtete ihn.

»Keineswegs, nein. Das heißt, was bedeutet das, jemanden gut finden? Ich kenne sie kaum. Wir sind uns überhaupt erst in der vergangenen Woche begegnet.«

»Mhm, ja.« Mona lächelte, zog abermals an ihrer Zigarette. »Wir kennen uns ewig, Madeleine und ich, schon seit, keine Ahnung, zwanzig Jahren. Ich bin zwei Jahre älter, aber wir sind in dieselbe Klasse gegangen. Ich hab einen ziemlich substantiellen Anteil meiner Jugend im Haus der Fischers verbracht.«

»Tatsächlich?« Kress spürte einen Anflug von Eifersucht. Er wollte noch mehr erfahren, aber irgendwie war das nicht der richtige Moment, spürte er.

Mona zündete sich die Zigarette an, die sie ursprünglich für sich gedreht hatte, und sie saßen dort auf dem Mäuerchen noch fast eine Viertelstunde. In den ersten Minuten des Gesprächs fühlte sich Kress schrecklich beklommen; unentwegt hielt er Ausschau nach irgendwelchen Leuten, die er kannte und die ihn möglicherweise mit tadelnden Blicken bedenken würden, weil er hier auf der Straße auf dem Mäuerchen saß. Auch hatte er Schwierigkeiten, den Kopf zur Seite zu wenden und Mona ins Gesicht zu schauen. Wenn er es doch tat, fiel ihm auf, wie stark dieses Gesicht gepudert war und wie lang die feinen Härchen waren, die den Ecken ihrer Oberlippen entsprangen.

Mit der Zeit jedoch entspannte er sich, und nachdem Mona davon erzählt hatte, wie sie beinahe zweieinhalb Jahre an ihrer Magisterarbeit geschrieben hatte und niemals ganz fertig geworden war, bis der Dozent ihr gesagt habe, jetzt reicht es, Sie geben das jetzt einfach ab – war Kress sogar bereit zuzugeben, dass er die Bibliothek in Wahrheit nicht schätzte, sondern hasste.

»Eine Bibliothek sollte ein Ort der Ruhe sein, nicht wahr?«, sagte er. »Jede Stecknadel sollte man fallen hören, damit man sich ganz auf die vor einem liegende, geistige Arbeit konzentrieren kann.«

»Aber unsere Bibliothek hier ist kein Ort der Ruhe.«

»Alles andere als das. Was dort an Papiergeblätter zu hören ist, an Getuschel, an Plastiktütengeraschel, an Getrippel, an Kugelschreibergekritzel – das ist schlechterdings unerträglich, in jedem Affenhaus kann man sich besser konzentrieren.«

»Für mich sind das Schlimmste die Laptops«, sagte Mona. »Wie das die ganze Zeit klappert, da werd ich regelmäßig verrückt.«

»Ist dir je aufgefallen«, sagte Kress, »dass es zwischen den Regalen unterschiedliche Ruhegrade gibt? Das liegt daran, dass das Papier in den Büchern die Geräusche absorbiert. Ich habe viele Stunden damit zugebracht, die ruhigste Stelle in der Bibliothek ausfindig zu machen, und nach meiner Meinung ist diese Stelle inmitten der Niederlandistik-Sektion, etwa bei der Signatur AX 217.«

Mona drehte ihren Kopf zu ihm, und Kress bemerkte, dass er während der letzten Minute seinen Kopf ebenfalls zu Mona gewandt hatte. Mit einem Mal spürte er, wie ihm das Blut ins Gesicht schoss, und ruckartig stand er auf und klopfte imaginären Staub vom Ärmel seines Cordsakkos.

»Ich muss jetzt wirklich gehen.«

»Na klar.« Mona stand ebenfalls auf.

Weiter hinten bog langsam, schwerfällig wie ein greiser Elefant, der Müllwagen in die Straße, auf dem Dach das kreiselnde Warnlicht, und versperrte den Weg für einen kleinen VW, der eben das Pflaster heruntergefahren war. Der VW-Fahrer hupte sich den Frust von der Seele, aber es hatte keinen Sinn, im nächsten Moment musste er den Rückwärtsgang einlegen.

»Mein Lieber, ich muss dir sagen, ein solch außerordentlich inspirierendes Gespräch hatte ich seit einer kleinen Ewigkeit nicht mehr. Das sollten wir natürlich wiederholen«, sagte Mona, wobei sie ihren Tabak zurück in ihren Leinenbeutel verstaute. »Wie wäre es denn, wenn wir heute Abend gemeinsam nach Hause fahren?«

»Ich, nun …« Kress schluckte. »Selbstverständlich, warum nicht.«

Mona lächelte.

»So gegen fünf an der Bahn?«

»Exzellent.« Kress beschrieb mit der flachen Hand eine vertikale Linie in der Luft, eine völlig sinnfreie Geste, wie er sofort merkte, wusste dann nicht, wie er diese Fehlgeste noch hätte korrigieren sollen, verschränkte daher die Hände auf Höhe des Bauchnabels, drehte sich um und stapfte mit schnellen Schritten in die Richtung, aus der sie gekommen waren.

Verwirrend, alles in hohem Maße verwirrend, befand er, während er durch die breite Glastür in die Hohe Halle der Literaturwissenschaft eintrat, die Philologische Bibliothek, und seine Tasche in einem der Spinde verstaute. Er hatte noch immer das Gefühl, die Verspätung mit seinem unglücklichen Kommentar verschreckt zu haben, und nun war da auf einmal diese andere Person aufgetaucht, diese Mona. Was hatte das alles bloß zu bedeuten?

Er ging am Eingangstresen vorüber und suchte in einem der Computer nach Texten des Autors »Schleicher, Dr. Emil«. Das Gerät spuckte vierunddreißig Publikationen aus. Die meisten Texte kannte er, aber es gab immer noch eine Handvoll, die er nicht gelesen hatte – eine ungeheure Nachlässigkeit angesichts des bevorstehenden Gesprächs! Zwei Tage blieben ihm, um das alles durchzuarbeiten.

Er setzte sich an einen Arbeitstisch in der Nähe der Niederlandistik-Sektion und verschanzte sich hinter einem Wall aus Schleicher-Literatur. Aber irgendwie, richtig konzentrieren konnte er sich nicht, merkte er. Unentwegt pendelten seine Gedanken zwischen Mona und der Verspätung hin und her.

Warum nur hatte Mona einen gemeinsamen Heimweg ins Spiel gebracht? War es möglich, dass sie ein romantisches Interesse an ihm gefasst hatte? Nun, es sollte ihm recht sein. Wenn sein Charme bei Mona gewirkt hatte – musste er da nicht auch bei der Verspätung wirken? Und bei Frauen ganz allgemein? Seit langem schon hatte er insgeheim diese Vermutung gehegt: Dass er, Kress, ein *gefährlicher Mann* war, und dass die Frauen, wenn sie ihn nur einmal kennengelernt hatten, gar nicht anders konnten, als ihm zu erliegen. Verwundern durfte einen das nicht: In diesen Zeiten, in denen die Männer ausnahmslos verweichlichte Waschlappen waren, die beim leisesten Anzeichen einer Entzündung des Nagelbetts sofort ins Krankenhaus stürmten – in diesen Zeiten spürten es die Frauen, wenn einer sich selbst auf Werte gegründet hatte.

Die Philologische Bibliothek der Freien Universität befand sich unterhalb einer riesigen, teils gläsernen Kuppel. Aus der Vogelperspektive betrachtet, hatte diese Kuppel die Form einer gewaltigen, vollgesogenen Zecke, die über einen begehbaren Rüssel mit den anderen Gebäudeteilen der Universität verbunden war. Im Inneren verteilten sich die Bücherregale auf mehrere, über Treppen begehbare Ebenen, die wie schwebende Inseln der Kuppel entgegenwuchsen. Jede dieser Inseln war von einem Gürtel aus Tischen umgeben. Diese bildeten die Arbeitsplätze.

Kress' Unglück bestand darin, dass er, wenn er sich vorbeugte und über den Rand der Insel hinwegblickte, herab ins Erdgeschoss sehen konnte, in den Eingangsbereich.

Unentwegt wuselte es dort unten, kamen Leute durch die gläsernen Türen herein, gingen heraus, kramten in Rucksäcken, holten sich eine Auskunft am Informationstisch. Nein, Bibliotheken waren keine Orte der Ruhe, darin, zumindest, konnte man sich mit Mona einig sein.

Was ihm gerade heute besonders auffiel, war, dass alle diese Leute, die da zur Bibliothekstür hereinkamen, niemals allein, sondern stets mindestens zu zweit waren. Gerade jetzt, in diesem Moment, schoben sich zwei Studenten durch die Tür, die leise flüsternd zu den Spinden herüberwanderten, offenbar um ihre Taschen zu verstauen.

Woher kannten sich all diese Leute eigentlich? Wirklich, dachte Kress, es durfte einen nicht weiter verwundern, dass diese ganze Generation nur aus Schwätzern bestand, wenn diese ganze Generation den lieben langen Tag nichts anderes tat als schwatzen. Er, Kress, war der letzte Denker, und er griff nach dem Bleistift und notierte eben diesen Begriff, *Der letzte Denker*, in seinen Notizblock – nur für den Fall, dass er irgendwann einen Titel für eine Autobiographie suchen müsste.

Voller Missbilligung blickte er nach links. Dort, auf dem Arbeitsplatz neben ihm, hatte sich eine hagere Brünette mit einer strengen Kurzhaarfrisur und einer runden Metallgestellbrille eingerichtet. Was ihm sofort aufgefallen war: Diese Person war ganz augenscheinlich weder Literaturwissenschaftlerin im Speziellen noch Geisteswissenschaftlerin im Allgemeinen, sondern, wie die beiden dicken Mappen voller Gesetzestexte zweifelsfrei anzeigten, eine Studentin der Rechtswissenschaften. Und das ging nicht! Die philologische Bibliothek war Literaturwissenschaftlern vorbehalten, und der Zuwanderungsstrom von Jura-Studenten, deren eigene Bibliothek aus allen Nähten platzte, hatte in letzter Zeit wirklich überhandgenommen.

Hordenweise fielen sie in der Philologischen Bibliothek ein, wo sie die wenigen Plätze ehrlicher, hart arbeitender Literaturwissenschaftler stahlen.

Kress war drauf und dran, die Juristin anzuheischen, sie solle sich gefälligst eine eigene Bibliothek suchen. Lediglich deshalb verzichtete er darauf, weil eine solche Aktion nichts weiter gewesen wäre als ein Tropfen auf dem heißen Stein: Das Problem der Rechtswissenschaftler-Zuwanderung musste auf politischer Ebene gelöst werden, beispielsweise durch schärfere Patrouillen seitens des Bibliothekspersonals und Auffanglager vor der Rechtswissenschaftler-Bibliothek. Also, obwohl es ihm schwerfiel, versuchte er seine Aufmerksamkeit auf den vor ihm liegenden Text zu lenken. *Patientia vincit omnia.*

Er saß eine Weile lang auf seinem Stuhl und blätterte sinnlos in Schleichers Aufsatz umher. Richtig konzentrieren konnte er sich nicht. Die Frage, ob sein Charme auch bei anderen Frauen wirkte, beschäftigte ihn. Ständig blickte er über den Rand der Insel nach unten. Zweimal glaubte er, in einem blonden Mädchen, das zur Tür hereingekommen war, die Verspätung zu erkennen. Beide Male war er drauf und dran, aufzuspringen und ins Erdgeschoss zu rennen. Beide Male erwies sich die Sichtung als Fehlalarm.

Voller Skepsis lugte er nach links, wo die Juristin mit der strengen Kurzhaarfrisur und der Metallgestellbrille in ihren Gesetzestext vertieft war.

Testhalber räusperte er sich. Aber sein Räuspern wurde nicht zur Kenntnis genommen, die Juristin blickte einfach weiter in ihren Text.

Er drehte sich um und versuchte zu ermitteln, ob sich in Sichtweite irgendein bekanntes Gesicht befand. Er äugte nach links, hinüber zu seiner Juristin. Entweder wollte sie seinen Blick nicht bemerken, oder sie war tatsächlich so konzentriert, dass sie alles ausblendete, was ringsum geschah.

»Entschuldigung«, flüsterte Kress und beugte sich ein Stück weit nach links, »du bist Juristin, nicht wahr?«

Die Juristin drehte den Kopf nach rechts und blickte ihn fragend an.

»Mir sind die Gesetzestexte da auf deinem Tisch aufgefallen, da hab ich gedacht, du bist vermutlich Juristin?«

»Also, ich studiere Jura, wenn es das ist, was du meinst«, erwiderte die Juristin. Nur ihre Lippen bewegten sich. Alles andere blieb starr.

»Ja genau, das ist exakt, was ich meine«, erwiderte Kress, immer noch flüsternd.

»Und?«, sagte die Juristin.

»Nichts weiter.« Kress nickte wie zum Dank und wandte sich wieder seinem Aufsatz zu. Einige Augenblicke lang saß er da und starrte unzufrieden auf die Buchstabenkolonnen vor sich.

»Es ist nur, mir sind die Texte auf deinem Tisch aufgefallen«, flüsterte er, wobei er sich wiederum nach links drehte, »und da hab ich gedacht, dass das natürlich eine Gemeinsamkeit zwischen unseren beiden Disziplinen ist. Wir müssen beide Texte lesen. Ich selbst studiere ja Literaturwissenschaft und Philosophie, auch ich muss, wie du siehst, eine Menge Texte lesen.«

Die Juristin blickte ihn fragend an. Als von Kress nichts weiter kam, runzelte sie die Stirn und wandte sich neuerlich ihrem Text zu. Kress musterte die Juristin. Irgendwie, so richtig glücklich war er mit dieser letzten Aussage nicht.

»Wenn man darüber nachdenkt«, flüsterte er und beugte sich noch ein ganzes Stück weiter nach links, »gibt es natürlich schon eine Menge Unterschiede zwischen unseren Disziplinen. Gerade in der Philosophie ist es schlechterdings so, dass man sich auf eine tiefe und profunde Art und Weise mit den wirklich wichtigen Menschheitsfragen auseinandersetzt. Wohingegen ihr als Juristen eine, wie soll ich sagen …«, die junge Frau wandte ihm ihr versteinertes Gesicht zu, »… eine eher pragmatische Sicht auf die Dinge habt.« Er merkte, dass das Gespräch nicht in die richtige Richtung lief, und um schnell das Thema zu wechseln, fügte er hinzu: »Jedenfalls ist es mir wichtig, dass du weißt, dass ich als Geisteswissenschaftler keinerlei Problem damit habe, wenn du als Juristin hier in unserer Bibliothek sitzt. Ich finde es regelrecht positiv, dass du, sozusagen als Gast, in meiner Bibliothek gewissermaßen interdisziplinär neben mir sitzt.«

»Das freut mich«, sagte die Juristin.

»Ja«, sagte Kress und nickte heftig. »Das wollte ich dir nur mitteilen.«

»Ja«, sagte die Juristin.

Kress betrachtete sie.

Also, ein einfaches *Danke* wäre schon am Platz gewesen, fand er. Offenbar hatte diese Person überhaupt kein Problembewusstsein.

»Es gibt natürlich schon eine Menge Leute, die das mit einem gewissen Argwohn beobachten, dass ihr als Juristen gewissermaßen unentwegt in unsere Bibliothek …«

Die Juristin ruckte den Kopf hoch und warf ihm einen zornigen Blick zu.

»… aber ich wollte nur sagen, für mich ist das nicht so, ich freue mich sogar geradezu darüber, wenn ihr hier herüberkommt. Es ist ja nur auf diese Weise, dass man neue Leute kennenlernt, nicht wahr?«

»Gibt es irgendetwas, das ich für dich tun kann?«

»Nein! Überhaupt nicht.« Kress schüttelte den Kopf und richtete den Blick auf seinen Aufsatz. Auf seiner Oberlippe hatte sich ein Schweißfilm gebildet, sein Herz hatte heftig zu klopfen begonnen.

»Das heißt, offen gesagt, eine Kleinigkeit gibt es schon. Und zwar könnte ich in Betreff einer gewissen Winzigkeit doch eine ganz kurze juristische Beratung gebrauchen, wenn das für dich in Ordnung ist?«

Die Juristin blickte Kress entgeistert an.

»Also: Ich wohne in diesem Hinterhaus in Neukölln. Um in meine Wohnung zu kommen, muss ich durch den Eingang hindurch und die Treppe hinauf. Und nun ist es so, dass dort im Treppenaufgang in letzter Zeit einer der Nachbarn immer wieder ein Fahrrad abstellt. Und zwar exakt vor meinem Briefkasten.«

Die Juristin sah Kress erwartungsvoll an. Kress sah die Juristin ebenso erwartungsvoll an. Schließlich, nachdem einige Sekunden lang Schweigen geherrscht hatte, sagte sie:

»Und?«

Kress zuckte mit den Schultern.

»Nun ja, ich habe mich gefragt, ob das legal ist.«

»Warum sollte es denn *nicht* legal sein?«

Wiederum zuckte Kress mit den Schultern.

»Das weiß ich nicht. Aber ich bin ja auch kein Jurist.«

Die Juristin blinzelte, blickte kurz auf den Boden, dann holte sie Luft und sagte:

»Ich glaube, du musst jetzt mal deinen Aufsatz lesen.«

Kress musterte die Frau unzufrieden. Dann, ärgerlich, drehte er sich wieder zu seinen Büchern. Mit zusammengepressten Lippen machte er sich daran, endlich den vermaledeiten Text in seinen Kopf zu bekommen.

Es war eine idiotische Idee, er war sich beinahe sicher. Bis zur letzten Minute hatte er mit sich gehadert. Sogar jetzt, da er unschlüssig das Gewicht vom einen aufs andere Bein verlagernd auf dem kleinen Platz vor dem U-Bahn-Gebäude stand und nach Mona Ausschau hielt, die, wie er bemerkte, bereits eine volle Minute zu spät war, sogar jetzt war er keineswegs überzeugt, ob es nicht viel besser gewesen wäre, die Sache mit dem gemeinsamen Heimweg abzublasen. Nach dem »Gespräch« mit der Juristin war sein Bedarf an Interaktion mit dem Rest der Menschheit eigentlich für das Erste gedeckt.

Es war immer noch warm, aber in der Spätnachmittagssonne warfen die Bäume und Straßenlaternen längere Schatten. Die große feierabendliche Migration in Richtung der zentrumsnahen Wohnbezirke hatte bereits begonnen, und während Kress die Studenten beäugte, die von überall her auf dem Gehweg zusammenflossen, war es ihm plötzlich unangenehm, so exponiert auf dem Vorplatz zu stehen, und er überlegte, ob er nicht wenigstens vorgehen sollte, die Treppe herunter zu den Bahnsteigen.

Er kam dann aber nicht mehr dazu, denn in diesem Moment entdeckte er sie, drüben, auf dem Gehweg, in einer Gruppe, die an der Ampel wartete. Offenbar hatte sie ihn schon gesehen, denn sobald sie seinen Blick bemerkte, streckte sie die Hand aus und winkte – augenblicklich spürte Kress die Nervosität seinen Körper emporkribbeln. Er sah sich nach irgendwelchen Leuten um, die ihn hätten erkennen können, und als niemand zu sehen war, hob er kurz die Hand und verschränkte sie dann sofort mit der anderen hinter dem Rücken.

»Na?«, sagte sie, als sie herübergekommen war.

»Ich grüße dich«, erklärte er und ergänzte ein knappes Nicken.

»Oha.« Sie betrachtete ihn von schräg unten herauf und zog dabei den Riemen des Leinenbeutels straff, den sie über der Schulter trug. »So schlimm?«

»Verzeihung?«

»Na ja, keine Ahnung. Geht's dir gut?«

»Absolut geht es mir gut.«

»Nichts Furchtbares ist passiert?«

»Durchaus nicht.«

»Du hattest einen guten Tag, alles ist prima?«

»Alles ist außerordentlich prima, wie du dich ausdrückst. Ich hatte sogar einen hochgradig produktiven Tag.«

Mona musterte ihn kritisch.

»Na Mensch! Das freut mich.« Und ein etwas künstliches Lächeln auf den Lippen, zog sie die Packung Tabak aus dem Leinenbeutel, die, wie Kress zu sehen meinte, ein ganzes Stück schmaler geworden war.

Sie hatte zweieinhalb Stunden in der Universitätsbibliothek gesessen und in diesen zweieinhalb Stunden nichts zustande gebracht, weil sie zu nervös gewesen war angesichts des bevorstehenden Mittagessens mit Professor Schlüter, erzählte sie Kress, während sie sich in der U-Bahn gegenüberstanden, Mona an eine Stange geklammert, Kress, weil er nicht dieselbe Stange benutzen wollte, an eine Gummilasche, die über seinem Kopf hing. Ihre aktuellen Überlegungen gingen dahin, in ihrer Dissertation irgendetwas zur Erotik der Buchstaben in den späten Texten Stéphane Mallarmés zu machen, allerdings war die Fragestellung bislang noch zu allgemein, und sie hatte gehofft, dass Schlüter ihr helfen könne, die Ideen zu sortieren, die während der vergangenen Monate in ihrem Kopf entstanden waren.

Aber dann war das Mittagessen zur maximalen Enttäuschung geworden. Nicht nur hatte Schlüter eine zweite Studentin eingeladen, eine Person namens »Michaela«, die er zu allem Überfluss auch noch mit dem sogenannten *Hamburger Sie* angesprochen hatte, also der Kombination aus *Sie* und *Vornamen, Könnten Sie, liebe Michaela, diesen letzten Punkt noch einmal ausführlicher erläutern* oder *Ich stimme Ihnen, liebe Michaela, in allem zu,* Schlüter schien gar nicht genug davon bekommen zu können, *Sie, Michaela* zu sagen, es war Mona vorgekommen, erzählte sie, als vollziehe der sonst so distanzierte Schlüter jedes Mal einen verbalen Geschlechtsverkehr, wenn er den Vornamen seiner Studentin sagte (bei dem Wort »Geschlechtsverkehr« spürte Kress ein elektrisches Zucken im Bauch) – nicht nur also hatte da diese Studentin mit am Tisch gesessen, nein, Schlüter hatte während des gesamten Mittagessens kein einziges Wort an Mona gerichtet, die von zunehmendem Zorn erfüllt neben Michaela gesessen und ihren Grießbrei gelöffelt hatte, nur um schließlich, ganz am Ende, schon im Aufstehen begriffen, zu Mona zu sagen: »Jetzt haben wir, liebe Frau Czarnetzki, uns so in die Unterhaltung verstrickt, dass wir zu Ihrem Projekt gar nicht gekommen sind.«

»Das Schlimmste daran ist«, sagte Mona, während sie am Heidelberger Platz von der U- in die S-Bahn umstiegen, »dass ich irgendwo ganz froh darüber bin, dass ich ihm nichts habe zeigen müssen. Wahrscheinlich wäre es das Beste, ich würde mich zur Friseuse umschulen lassen. Aber mal ehrlich, würdest du dir von mir die Haare schneiden lassen?«

Kress murmelte etwas dahingehend, er könne sich das nicht vorstellen, weil er sich seine Haare seit Jahr und Tag bei einem türkischen Friseur in seiner Straße schneiden lasse, bei Atilla, der seine Wünsche kenne und ihm auch einen Spezialpreis mache.

»Ach wirklich, ja?« Mona lächelte ein etwas irritiertes Lächeln. »Nun, ich bin froh, dass ich das jetzt weiß.«

Wahrscheinlich wäre dies der Moment gewesen, in dem Kress etwas über sich hätte erzählen müssen. Aber irgendwie erschien ihm das vollkommen unsinnig, wem hätte das etwas genützt? Allzu gerne hätte er mehr über die Verspätung erfahren, wo sie wohnte, ob sie eine Beziehung hatte, welche Forschungsinteressen sie verfolgte – aber über sich selbst zu reden, nein, das ergab keinen Sinn. Entsprechend erwähnte er das Gespräch mit der Juristin mit keiner Silbe, als Mona das Schweigen zwischen ihnen zu brechen suchte, indem sie nach seinen eigenen Erlebnissen fragte. Auch nicht den anschließenden Besuch in der Mensa. Oder den Umstand, dass er zwei Stunden lang mit verschränkten Armen auf einer Parkbank gesessen und unzufrieden auf einen kleinen Teich gestarrt hatte, über den irgendein Spinner per Fernsteuerung sein idiotisches kleines Spielzeugboot hatte fahren müssen.

Stattdessen erklärte er: Er habe in den *Briefen über die Ästhetische Erziehung des Menschen* gelesen.

Mona musterte ihn belustigt.

»Das war's?«

»Warum denn nicht?«

»Das ist dann ein ›hochgradig produktiver Tag‹ bei dir?«

»Verzeihung?«

»Hast du das nicht vorhin gesagt, du habest einen hochgradig produktiven Tag gehabt?«

»Ach so. Ja. Hochgradig produktiv.«

Mona lachte.

»Dann möcht ich mal wissen, wie ein unproduktiver Tag bei dir aussieht.«

»Was, bitte, soll denn unproduktiv daran sein, in den *Briefen über die Ästhetische Erziehung des Menschen* zu lesen?«

»Entspann dich, Kress. Es gibt Tage, an denen ist es vollkommen in Ordnung, wenn deine produktivste Handlung in dem Umstand besteht, dass du Zahnseide verwendet hast.«

»Ich verwende keine Zahnseide.«

»Wirklich? Niemals?«

»Niemals.«

»Nun ja, ich, strenggenommen, auch nicht. Das heißt, ich versuch's, jeden Tag aufs Neue. Bloß, die Realität ist halt, dass, nun…« Sie zuckte mit den Schultern. »Die Zähne putze ich mir allerdings. Morgens und abends. Mindestens.«

»Gut.«

»Mit kleinen, kreisenden Bewegungen.« Sie deutete die Bewegungen in der Luft an.

»Sehr gut.«

»Das ist wichtig.«

»In der Tat, das ist wichtig.«

Ein Lächeln huschte über Monas Gesicht, aber im nächsten Moment nahm ihr Ausdruck etwas Unzufriedenes an, und sie blickte zu Boden.

Den Rest der Fahrt standen sie sich gegenüber und schwiegen, Kress blickte aus dem Fenster auf die vorüberziehende Stadtautobahn, Mona tippte auf ihrem Mobiltelefon herum, und als sie wenig später am Rathaus Neukölln die Treppe emporstiegen, schien Mona das Interesse an einem Gespräch verloren zu haben.

»So«, sagte sie, als sie auf dem Gehweg angekommen waren, »ich muss noch ein Buch kaufen, ich geh jetzt da rein.«

Sie deutete auf die Glas-Stahl-Konstruktion, die sich ein Stück weit die Straße herunter erhob, das Einkaufszentrum.

»Tatsächlich? Ein Buch? Was genau suchst du denn? Möglicherweise könnte ich dich beraten?«

»Ehrlich gesagt, ich glaub, das mach ich mal alleine.«

Kress wollte protestieren. Aber Mona blickte ihn so voller Ungeduld an, dass er bloß »Nun, wie du meinst« hervorbrachte und dann zusah, wie sie die letzte Viertelsekunde Grün nutzte, um über die Straße zu springen und zwischen den Passanten zu entschwinden. Etwas unschlüssig blieb er stehen.

Nicht dass es ihn störte, dass Mona gegangen war. Sie redete ja wirklich eine Menge dummes Zeug. Aber irgendwie, so richtig zufrieden war er mit diesem plötzlichen Abschied nicht. Er drehte sich weg, in die Richtung, in der seine Wohnung lag. Passanten strömten ihm entgegen, an ihm vorüber, der Feierabendverkehr staute sich bis herunter zur Ampel. Nein, überhaupt nicht zufrieden war er damit. Den lieben langen Tag hatte er darauf gewartet, mit dieser Person nach Hause zu fahren, er hatte weiß Gott Besseres zu tun. Wenn er sich schon auf so etwas einließ – und es war eigentlich immer falsch, sich auf so etwas einzulassen, man machte sich abhängig von fremden Menschen, und damit hatte er nur die allerschlechtesten Erfahrungen gemacht –, aber *wenn* er sich schon auf so etwas einließ, dann hatte sich Mona gefälligst noch etwas länger mit ihm zu unterhalten.

Das Einkaufszentrum, von innen, war natürlich ein Alptraum. Im vergangenen Jahr war er zum ersten Mal hier gewesen, oben im Elektronikmarkt, um sich über die angebotenen Kaffeemaschinen zu informieren, hatte sich dann aber gegen den Kauf entschieden, weil die Geräte nicht angeschlossen waren und man ergo den von ihnen produzierten Kaffee nicht testschmecken konnte. Der

Verkaufsmensch, den Kress darauf angesprochen hatte, hatte ihn zunächst schief angesehen und auf Kress' Nachfrage hin sogar bepöbelt, was Kress veranlasst hatte, ein Beschwerdeschreiben an den Elektronikmarkt zu senden, das freilich niemals beantwortet worden war.

Er hastete an einem Dutzend Menschen vorüber, die sich durch irgendwelche Ledertaschen in der Mitte des Gangs wühlten. Die Hände hinter dem Rücken gefaltet, reckte er den Hals nach Mona, dabei kollidierte er beinahe mit einem Kleinkind, das in völliger Weltvergessenheit ein riesenhaftes Eis mit der Zunge bearbeitete.

»So, Mona, jetzt warte mal«, rief er, und mit zwei schnellen Schritten stand er plötzlich vor ihr. Sie war im Begriff gewesen, in die Buchhandlung einzutreten.

»Kress! Na, das ist 'ne Überraschung.«

»Ich wüsste jetzt gerne einmal, was ich dir getan habe. Denn ich habe dir nach meiner Meinung überhaupt nichts getan. Und trotzdem stelle ich eine beträchtliche Unhöflichkeit an dir fest.«

Mona blickte ihn mit einem Ausdruck an, in dem sich Verblüffung und Spott mischten.

»Du stellst eine Unhöflichkeit an *mir* fest?«

»Jawohl, das tue ich.« Kress, etwas atemlos, verschränkte die Arme.

»Kress, das ist schwer nachzuvollziehen, muss ich dir sagen. Seitdem ich dich an der U-Bahn wiedergetroffen habe, hast du kein einziges freundliches Wort über die Lippen gebracht. Es liegt mir fern, dir zu nahe zu treten, aber lass mich mal so formulieren: Verglichen mit der letzten halben Stunde mit dir war meine Mittelhochdeutsch-Prüfung eine Party.«

»Das nimmst du zurück.«

»Du, ich hab mich den ganzen Tag gefreut, dich wiederzusehen. Wirklich. Aber versetz dich in meine Lage. Ich komme da an, bei der U-Bahn, und du stehst da wie das Denkmal für den Sowjetischen Krieger und sagst: *Ich grüße dich*, was, meiner Erfahrung nach, Akademisch ist für: *Ich hasse dich, aber angesichts der Tatsache, dass andere Leute zuschauen, habe ich beschlossen, darauf zu verzichten, dich zu erwürgen*. Ich erwarte wirklich keine Parade. Aber das ist schon etwas dünn, finde ich.«

Kress öffnete den Mund, machte Anstalten, etwas zu sagen, aber dann kam nichts heraus und er schloss ihn wieder. Voller Unzufriedenheit blickte er auf seine Schuhspitzen.

»Nimm bitte zur Kenntnis«, sagte er, »dass ich nicht beabsichtige, dich zu erwürgen.«

»Du, geh doch einfach nach Hause.«

»Ich würde es bevorzugen, mit dir ein Buch einzukaufen.«

»Ja, aber warum denn?«

»Nun, ich …« Einige Sekunden verstrichen. Er wollte etwas sagen, aber irgendwie bekam er kein Wort heraus.

Mona runzelte die Stirn. Sie seufzte, sah ihn an. Verzog die Lippen zu einem Schmunzeln, drehte sich um und trat in den Buchladen. Kress, etwas perplex, blickte ihr hinterher. Er wollte etwas rufen. Dann aber, stattdessen, gab er sich einen Ruck und lief ihr nach.

Die Buchhandlung war eine riesige Angelegenheit, die sich über zwei Stockwerke erstreckte. Er hatte kaum die Schwelle übertreten, schon fühlte er sich unwohl. Dass Bücher in einer solchen supermarkthaften Weise verkauft wurden, mit großen Grabbeltischen, auf denen sie angeboten wurden wie Raviolidosen, erschien ihm vollkommen falsch zu sein.

»Was für ein Buch suchst du eigentlich?«, sagte er, mehr,

um überhaupt irgendetwas zu sagen, während sie gemeinsam die Rolltreppe herabfuhren.

»Ja, berechtigte Frage.«

Mona trat ins Untergeschoss, Kress folgte ihr auf dem Fuß. Allzu viel los war hier nicht. Eine Schulklasse ließ sich von einer Angestellten der Buchhandlung etwas erklären, bei den Sachbüchern stand ein Rauschebart in einem T-Shirt, auf dem in großen schwarzen Buchstaben »ATHEIST« zu lesen war, und blätterte in einem Reclamheftchen.

»Hier«, Mona kam vor einem Regal zum Stehen, »so etwas, vermutlich, suche ich.«

Kress betrachtete das Regal.

»Kinderbücher?«

»Meine Nichte Isolde wird nächste Woche vier Jahre alt. Ich wollte ihr eigentlich etwas von Simone de Beauvoir schenken, aber meine Schwester hat eingewandt, dass Isolde erstens zu jung ist und zweitens nicht lesen kann. Deswegen jetzt also eher etwas mit Bildern.«

Ein wenig verlegen betrachtete Kress das Buchregal.

»Ich bin eine gute Tante, für den Fall, dass du daran zweifelst.«

»Ich zweifele daran keine Sekunde.«

»Höre ich da eine Spur Ironie in deiner Stimme?«

»Selbstverständlich nicht, nein.«

»Weil, aus meiner Perspektive hast du dein Recht auf Ironie für heute verwirkt.«

Kress runzelte die Stirn. Irgendwie, solche Gespräche überforderten ihn. Um überhaupt etwas zu tun, zog er ein Buch aus dem Regal, irgendeinen Blödsinn mit sprechenden Schimpansen, und blätterte fahrig, ohne recht eigentlich etwas wahrzunehmen, darin herum. Mona tat es ihm gleich.

»Kress, sag mal, hast du *Breakfast at Tiffany's* gesehen?«, sagte sie wie beiläufig.

»Habe ich nicht, nein.«

»Hast du das Buch gelesen?«

»Gibt es ein Buch?«

Mona setzte ein künstliches Lächeln auf.

»Es gibt da eine Szene, etwa in der Mitte, in der Holly, was die Protagonistin ist, ihrem Schriftstellerfreund vorschlägt, etwas zu stehlen. Einfach so, verstehst du? Die beiden schleichen also zum Spaß in irgend so einen Geschenk- oder Souvenirladen, schauen sich um und rennen eine Minute später mit zwei Tiermasken wieder heraus.«

Kress musterte Mona verständnislos.

»Und?«

»Und, Kress, das liegt doch auf der Hand.« Verstohlen sah sie sich über die Schulter. »Hast du irgendwo schon mal etwas, du weißt schon … mitgehen lassen?«

»Selbstverständlich nicht, nein.«

Mona hob vielsagend die Augenbrauen.

»Siehst du?«

»Ich sehe gar nichts.«

»Vielleicht solltest du das mal machen. Vielleicht würde das helfen?«

»Helfen wobei?«

»Bei was immer dein Problem ist?«

Kress machte ein unzufriedenes Gesicht.

»Hast *du* schon mal etwas … mitgehen lassen, wie du dich ausdrückst?«

»Hier und da.«

»Dann würde ich dir nahelegen, damit aufzuhören.«

»Aha. Und warum?«

»Nun, zum einen, weil Stehlen gegen das Gesetz ist …«

»Genau wie Schwarzfahren oder bei Rot über die Ampel gehen …«

»Was der Grund dafür ist, dass ich weder schwarzfahre noch bei Rot über die Ampel gehe.«

»So ein bisschen Risiko, so ein bisschen Adrenalin?«

»Ich glaube nicht, dass mir danach verlangt.«

»Du glaubst?«

»Ich bin vollkommen sicher.«

»Was ist denn dabei? Das wär doch ein Spaß.«

»Mona, lass es mich so deutlich wie möglich sagen: Weder jetzt noch zu irgendeinem anderen Zeitpunkt werde ich etwas stehlen.«

»Na, schauen wir mal.« Mona bedachte ihn mit einem spöttischen Lächeln, und nur mit dem Zeigefinger zog sie ein Buch aus dem Regal. Kress schoss einen bösen Blick in Richtung des Rauschebarts, der sich neugierig nach ihnen umgesehen hatte. Dann, kopfschüttelnd, rupfte er sich ebenfalls ein Buch hervor und begann zu blättern.

Schließlich entschied sich Mona für ein Bilderbuch, das Kress vage bekannt vorkam. Schweigend fuhren sie nach oben. An der Kasse wollte Mona wissen, ob die Kassiererin das Buch in Geschenkpapier verpacken könne (ja, konnte sie) und ob es auch noch anderes Geschenkpapier gebe als »dieses grüne mit Ihrem Logo drauf, da« (gab es nicht, nein), worauf Mona entschied, das Verpacken des Buches selbst zu verrichten. Kress, mit verschränkten Armen, wachte über den korrekten Ablauf des Verkaufsprozesses.

Sie waren eben im Begriff, aus dem Buchladen hinaus und zurück ins Einkaufszentrum zu treten, Kress war in Gedanken ganz damit beschäftigt, darüber zu sinnieren, ob er nun froh darüber war, jetzt nach Hause zu gehen, oder doch eher nicht – da ertönte, gerade in dem Moment, in dem sie die Schwelle des Ladens überschritten, ein Alarm.

Ringsherum blieben die Einkaufenden stehen, blickten sich nach ihnen um. Auch Kress drehte sich um, aber es war niemand hinter ihm. Offenbar hatte das Geräusch seine Ursache in den weißen Kästen, die an den Seiten des Eingangs zum Buchgeschäft standen und die nun zu allem Überfluss auch noch mit roten Lichtern zu blinken begannen.

»Kress«, Mona war plötzlich knallrot im Gesicht, sie zupfte ihn am Ärmel, »nicht stehen bleiben.«

»Ja sag mal, was soll denn das?« Kress bedeutete Mona mit einem Blick, dass er sich jede Art von physischem Kontakt, und sei es nur am Ärmel, auf das Entschiedenste verbitte.

Ein Stück weiter vorn, hinter der Balustrade, die zu den Rolltreppen führte, erschienen zwei Wachleute, regelrechte Stiernacken, die weiße Uniformen trugen und Mützen nach Art amerikanischer Polizisten.

»Kress, können wir das bitte vielleicht nicht hier …«

»Mona, wenn du etwas gestohlen hast …«

»Kress, *ich* hab nichts gestohlen, nein«, sagte sie, halb flehentlich, halb lachend, alldieweil das Alarmfiepen überhaupt nicht mehr aufhören wollte.

»Nun, dann haben wir nichts zu befürchten.« Kress, stur, verschränkte die Arme.

»Kress, du unglaublicher Volldepp, wir müssen rennen!« Mona griff sich Kress' Arm und versuchte ihn davonzuzerren, aber die beiden Wachleute waren inzwischen so nah, dass Rennen wohl vergeblich gewesen wäre.

»Meine Herren«, wandte sich Kress an die Männer, »ich muss Ihnen sagen, ich finde das außerordentlich ärgerlich. Wir verlassen hier als unbescholtene Bürger dieses Geschäft, meine Begleiterin und ich, und Ihre Geräte heulen auf und machen einen Aufstand, als seien wir Schwerstverbrecher. Ich muss sehr darum bitten –«

Die beiden Wachleute tauschten Blicke aus. Während sich der eine daranmachte, das unerträgliche Alarmgeräusch abzustellen, ließ sich der andere von Mona das von ihr gekaufte Buch sowie den Kassenzettel zeigen. »Sie sehen ja selbst«, sagte Mona, »das stimmt so. Vielleicht ist irgendwo in dem Buch ein Magnetstreifen, das hatte ich schon einmal, da war dann …«

Der Wachmann, schweigend, gab Mona ihr Buch zurück.

»Was ist mit dem da?«

»Entschuldigen Sie mal«, protestierte Kress, »was ist denn das für eine Ausdrucksweise? Ich bin doch gefälligst eine Person und sogar beinahe ein Kunde. Da sprechen Sie mich bitte sehr nicht einfach mit ›dem da‹ an.«

»Sie haben doch gerade gesehen«, sagte Mona, »das Buch ist gekauft und bezahlt. Das hat alles seine Ordnung so.«

»Kann ich mal einen Blick in Ihre Tasche werfen?« Der Wachmann, er hatte Oberarme, in deren Armbeuge man Walnüsse knacken konnte, baute sich vor Kress auf.

»Aha. Und warum?«

»Ich möchte sicherstellen, dass Ihre Tasche kein Diebesgut enthält.«

»Was ist denn das für eine Unterstellung«, rief er, aber seine Stimme war ins Zittern geraten. Er hatte bemerkt, dass die Schnalle seiner Tasche geöffnet worden war.

»Würden Sie die bitte mal aufmachen?«

»Ich habe nichts zu verbergen!«

»Dann sollte das ja kein Problem sein, wenn ich da reinschaue.«

Kress kniff seine Augen zu Schlitzen und warf Mona,

die mit einem Mal sehr zerknirscht wirkte, einen zornigen Blick zu.

»Nein«, sagte er, ohne sie aus den Augen zu lassen. »Sollte es nicht.«

Zwanzig Minuten später saßen sie nebeneinander auf zwei Stühlen in einem fensterlosen Büro irgendwo in den Eingeweiden des Einkaufszentrums und starrten auf eine weiße Tischplatte. Abgesehen von dem Tisch und den vier Stühlen war der einzige richtige Einrichtungsgegenstand ein alter Büroschrank, an dessen Ecken das Furnier abgesplittert war. Darauf standen ein paar Tassen und eine fleckige weiße Kaffeemaschine, die aussah, als hätte sie das Rentenalter schon lange überschritten. An der Wand hing ein Poster, das einen Boxkampf annoncierte, ein junger Mann mit einem nackten Oberkörper stand dort und drohte dem Betrachter mit erhobenen Fäusten, allerdings lag die Veranstaltung schon einige Jahre zurück.

»Ich frag mich, was die da verbrochen hat«, sagte Mona leise.

Kress, der kein Wort mehr gesprochen hatte, seitdem sie in den Raum geführt worden waren, hob seinen Kopf.

»Die Pflanze da.« Sie deutete mit einem Nicken in eine Ecke des Zimmers, wo in einem Blecheimer eine Zimmerpflanze verkümmerte, irgendeine Palme mit hängenden und vergilbten Blättern. »Ich hoffe mal, die lassen uns früher gehen.«

Kress schüttelte den Kopf und blickte wieder auf den Tisch.

Mona presste die Lippen zusammen.

»Es tut mir leid, Kress, ich kann das nur noch mal sagen. Es tut mir wirklich leid. Ich entschuldige mich bei dir. Ich weiß nicht, was in mich gefahren ist. Ich habe irgendwie gedacht, dass das Spaß machen würde.«

»Ich begreife es nicht«, Kress schüttelte den Kopf, »wie man so naiv sein kann. Wie man jemanden, den man überhaupt nicht kennt, in eine solche Geschichte mit hineinziehen kann. Was du in deiner privaten Freizeit machst, das ist mir ja vollkommen gleichgültig. Aber dass du mich involvierst …«

»Kress, ich werde das alles auf mich nehmen.«

»Und ob du das wirst!«, sagte er und blickte Mona an.

Sie nickte. Kress sah, dass sie Tränen in den Augen hatte. Beide blickten sie zurück auf den Tisch. Eine weitere Minute verstrich, ohne dass etwas geschah. Kress erhob sich, weil er es nicht mehr aushielt, im Übrigen musste er zur Toilette, lief eine Runde um den Tisch und trat an die Tür. Aber dann, anstatt sie zu öffnen, setzte er sich zurück auf den Stuhl.

»Bist du schon einmal erwischt worden?«, wollte er wissen.

»Kress, ich hab überhaupt noch nie irgendetwas gestohlen.«

»So? Das hörte sich vorhin anders an.«

Wieder erklangen Schritte hinter der Tür, wieder verschwanden sie. Kress stellte seine Ellenbogen auf den Tisch und quetschte die Hände.

»Ich glaube eigentlich nicht, dass man wegen so etwas ins Gefängnis muss. Was denkst du, Kress?«

»Ich weiß es nicht. Allerdings, ich halte es für unwahrscheinlich.«

»Man wird eine Geldstrafe zahlen müssen. Oder vielleicht ein paar Tage soziale Arbeit. Aber ins Gefängnis wird man nicht müssen.«

»Ich denke nicht, nein.«

»Meinst du, ich bin jetzt vorbestraft?«

»Mona, ich habe von derlei Dingen keine Ahnung. Und aus gutem Grund, wenn ich das hinzufügen darf. Meine Priorität liegt gegenwärtig darauf, diesen Raum zu verlassen und auf schnellstem Wege nach Hause zu kommen.«

Mona schien etwas erwidern zu wollen, aber in diesem Moment wurde die Tür geöffnet, und ein Mann trat in den Raum. Irgendwie hatte Kress den Boxer vom Plakat an der Wand erwartet, aber der Mann war viel älter, mindestens Anfang fünfzig. Er war schlank, sogar beinahe athletisch, mit kahlrasiertem Schädel und einem silbrigen Dreitagebart. Angsteinflößend wirkte er nicht. Trotzdem drückte Kress seinen Rücken durch, und in Erwartung des bevorstehenden Verhörs faltete er die Hände auf dem Tisch.

»Sind Sie von der Polizei?«, sagte Mona.

Kress, der empfand, dass es nicht an ihnen war, zu sprechen, warf ihr einen bösen Blick zu.

Der Mann ließ eine Mappe mit irgendwelchen Unterlagen auf den Tisch gleiten und setzte sich ihnen gegenüber.

»Hausdetektiv«, antwortete er.

»Rufen Sie nicht die Polizei?«

»Nur, wenn es einen Grund dafür gibt.«

»Heißt das, Sie erstatten keine Anzeige?«

Anstatt zu antworten, setzte der Mann ein Lächeln auf. Er stellte die Ellenbogen auf den Tisch und neigte seinen Oberkörper vor.

»Dann erzählen Sie mal«, sagte er und blickte Kress in die Augen.

Mona räusperte sich.

»Also, es ist vielleicht eher so, dass ich reden sollte«, sagte sie und wischte mit der flachen Hand über den Tisch. Aus dem Augenwinkel nahm Kress zur Kenntnis, dass sich dort, wo ihre Hand gelegen hatte, ein feuchter Fleck gebildet hatte. Er atmete tief ein und presste die Lippen zusammen.

»Richtig, ja. Warum sitzen eigentlich Sie hier?«, wandte sich der Hausdetektiv an Mona. »Sie hätten doch genauso gut draußen auf dem Flur auf Ihren Freund warten können?«

»Na ja«, sagte Mona. »Oder eben auch nicht.«

»Etwas klarer müssen Sie sich schon ausdrücken. Wollen Sie mir etwas mitteilen?«

»Also, ja, im Grunde schon, und zwar … Es war so, wir sind vorhin unten im Buchgeschäft gewesen, also Kress, und ähm, ich. Das wissen Sie ja. Und …«, sie drückte die Handballen auf den Tisch, als würde sie einen unsichtbaren Teig kneten. »Also, während wir da einkaufen waren …«

Kress presste seine Finger zusammen, so fest, dass es in den Gelenken knackte. Himmelherrgott, wie unfähig konnte man sein?

»Also, da habe ich dann … da habe ich …«

»*Ich* habe das Buch gestohlen«, entfuhr es Kress.

Monas Kopf ruckte nach rechts.

»Kress …«

Der Hausdetektiv lehnte sich in seinem Stuhl zurück und betrachtete ihn.

»Also doch?«

»Genau, ja, ich war das.«

»Aha.« Der Hausdetektiv musterte Mona. »Und was wollten Sie mir jetzt gerade mitteilen?«

»*Sie* hat damit überhaupt nichts zu tun«, fuhr Kress dazwischen. »*Ich* habe das Buch gestohlen, und seien Sie versichert, mir ist während der vergangenen halben Stunde überdeutlich bewusst geworden, was für einen *epochalen* Fehler ich damit gemacht habe.« Dabei warf er Mona einen bösen Blick zu. »Selbstverständlich übernehme ich die volle Verantwortung.«

»Kress, nein. Das ist nicht …«

»Und dabei bleibt es jetzt.«

»Mhm«, der Hausdetektiv trommelte mit den Fingern über den Tisch. »Irgendwie verstehe ich das jetzt aber nicht so recht. Wenn nur Sie das Buch genommen haben, wie Sie sagen: Was macht dann Ihre Begleitung hier?«

»Eine völlig berechtigte Frage«, sagte Kress, »die ich gerne an Sie zurückgeben möchte.«

»Freunde«, der Hausdetektiv sprach mit einiger Ungeduld, er lehnte sich vor, »ich weiß nicht, ob ihr das begreift, Ladendiebstahl ist kein Kinderstreich. Es spricht überhaupt nichts dagegen, dass wir euch beide anzeigen. Wer von euch hat das Buch eingepackt?«

»Ich«, sagten Mona und Kress gleichzeitig.

»Ihr beide zusammen?«

Kress blinzelte Mona verärgert an, beinahe hätte er ihr den Ellenbogen in die Seite gestoßen. Dann, an den Hausdetektiv gewandt, sagte er:

»Ich.«

Der Hausdetektiv verschränkte die Arme. Kerzengerade sackte er gegen die Lehne seines Stuhls.

»Na gut. Aber dann würde ich Sie, junge Frau, jetzt einfach mal bitten, vor der Tür zu warten. Ihr Freund und ich, wir kommen schon klar.«

Als Kress aus dem Einkaufszentrum kam, war es Abend geworden. Das Tageslicht war beinahe verschwunden, nur ein ganz dünner Schimmer verglomm noch am Ende der langen, bereits vielfach erleuchteten Häuserschlucht, die von der Karl-Marx-Straße gebildet wurde, und Kress, als er heraustrat unter dem Vordach des riesigen Gebäudes, das er niemals, niemals, niemals wieder betreten würde (und zwar nicht nur deshalb, weil ihm Hausverbot erteilt worden war), dachte für einen Moment, wie erstaunlich das war, dass man inmitten der Stadt so viel Himmel sehen konnte.

Mona wartete ein Stück weiter vorn bei den Fahrradständern. Kress, sich nähernd, spürte, wie ihm die Knie weich wurden: Die Verspätung war bei ihr. Sie hatte die Hände in die Taschen eines Trenchcoats gesteckt, der, wie Kress fand, umwerfend an ihr aussah. Ihre Lippen waren rot geschminkt, überhaupt wirkte sie, als hätte sie ganz etwas anderes vorgehabt, als hier vor dem Einkaufszentrum zu stehen.

»Was machst denn du hier?«, sagte er und hob zum Gruß seine Hand.

»Mona hat mir geschrieben, ob ich ihr ihren Ausweis hierherbringen kann. War gar nicht nötig, wie sich gezeigt hat, weil jemand den Helden gespielt hat.«

Ein paar Halbstarke stolzierten an ihnen vorüber und blickten sich nach der Verspätung um, die aber nicht reagierte.

»Hey, Kress«, sagte Mona. Ein scheues Lächeln erschien auf ihrem Gesicht, das sofort wieder verschwand. »Wie war es denn?«

»Ich hab es kaufen müssen«, sagte er und hob das Buch in die Höhe.

Die Verspätung sah Mona an.

»Du wolltest *Frederick die Maus* stehlen?«

»Er ist ein persönlicher Held von mir«, sagte Mona. Es war wohl als Scherz gemeint, aber niemand lachte.

»Kress, du, hör mal«, sagte Mona, »das wäre nicht nötig gewesen, was du gemacht hast. Das war meine Aufgabe, eigentlich.«

»Es ist kein Problem«, sagte Kress. Er hätte noch mehr sagen wollen. Aber einerseits fühlte er sich, als hätte er die Nacht auf einer Parkbank verbracht; und andererseits spürte er den Blick der Verspätung auf sich ruhen, und unter keinen Umständen wollte er den Fehler vom Morgen wiederholen und alles zunichtemachen, indem er mehr sprach als nötig.

»Ich kann dir das Geld für das Buch geben«, sagte Mona.

Er schüttelte den Kopf.

»Aber vielleicht möchtest du es trotzdem haben?«, sagte er. »Womöglich findet sich darin ein neues Thema für deine Dissertation?«

Mona lächelte.

»Ich hab's schon.«

Die Ampel schaltete um und entließ den Verkehr aus der Flughafenstraße in die Kreuzung. Ein paar Sekunden lang standen sie da, alle drei, und schwiegen.

»Ich gehe jetzt«, sagte Kress.

»Du, hör mal. Da ist dieses Ding, das wir machen.« Mona blickte zur Verspätung, als suche sie um Erlaubnis. »Ein paar Freunde und ich, wir fahren übernächstes Wochenende raus zum Haus meiner Eltern, draußen in Brandenburg. Also, meine Eltern wohnen da nicht mehr, es steht nur noch das Haus. Aber man kann zelten und man kann grillen … jede Menge ›Spaß mit Menschen‹. Du bist wirklich sehr herzlich eingeladen. Was denkst du?«

»Ich bin kein sonderlich überzeugender Camper.«

»Es wird sicher nett. Wir treffen uns am Samstag um zehn am Ostbahnhof.«

»Ich denke darüber nach.«

»Mach das mal«, sagte sie. »Würd mich freuen.«

Mona beugte sich zu ihm vor und drückte ihn an sich. Kress verspannte sich, er musste sich zusammenreißen, um sie nicht mit beiden Händen von sich zu stoßen. »Ich dank dir, Kress«, flüsterte sie und entließ ihn aus der Umarmung.

Die Verspätung nickte ihm zu.

»Vielleicht bis nächste Woche«, sagte sie und hob die Hand und winkte, flüchtig. Eine Sekunde lang, ehe sie sich umdrehte, huschte ein Lächeln über ihr Gesicht.

Dieses Lächeln. So flüchtig es gewesen sein mochte, so wenig, so im Grunde überhaupt nicht vorhanden – es ging ihm nicht mehr aus dem Kopf. Es war ihm gewesen, als hätte jemand an einem Regler gedreht und alles ein wenig heller erscheinen lassen, die Konturen ein wenig schärfer, die Kontraste ein wenig stärker.

Er hatte versucht zu arbeiten, aber es war unmöglich gewesen, die Erinnerung an das Lächeln der Verspätung hatte alles andere überlagert, jetzt war es vier oder fünf Uhr morgens, und das Düsterblau des neuen Tages erfüllte das Zimmer. Er lag auf der Couch, reglos, die Füße flach auf der Lehne, und die Verspätung in ihrem Trenchcoat, der sich an ihren zartgliedrigen Körper schmiegte, strich sich eine Strähne hinter ihr Ohr und beugte sich zu ihm herab. *Ja,* hauchte sie mit kirschrot geschminkten Lippen – und seine Nackenhaare richteten sich auf, so warm war ihr Atem auf seinem Gesicht, *wir beide mögen Mona. Mona ist lustig, kein übler Kerl. Aber du und ich, wenn es drauf ankommt, sind die Erwachsenen. Diejenigen, die Verantwortung übernehmen. Du und ich. Du und ich.*

Als es Zeit war, aufzustehen, war er wie gerädert, in seinen Schläfen puckerte ein Kopfschmerz, bei jeder Bewegung knarzte es in den Sehnen. Gieshübler erschien zu seiner üblichen Zeit am Fenster. Nach allem, was geschehen war, hätte es mehr als genug zu bereden gegeben. Doch seltsam, vielleicht war es die Übermüdung, vielleicht etwas anderes – jedenfalls empfand Kress eine eigentümliche Reserviertheit gegenüber seinem alten Freund. Weder von Mona noch von der Verspätung erzählte er ihm, und es kostete ihn einige Überwindung, höflichkeitshalber wenigstens ein paar allgemeine Betrachtungen zur weltpolitischen Lage und zum Wetter anzustellen.

Du und ich, flüsterte die Verspätung. *Du und ich.*

Zehn vor zehn war es, als Kress am Folgemorgen vor Schleichers Büro auftauchte. Die Tür war geschlossen, aus dem Inneren drangen leise Stimmen nach außen. Ob die Verspätung wirklich dort drinnen gewesen war, am vergangenen Mittwoch? Oder war sie möglicherweise sogar jetzt in diesem Moment bei Schleicher? Er setzte seine Tasche ab, stellte sicher, dass die Schnalle geschlossen war, und begann, an seinem Daumennagel zu knibbeln.

Hinter der verschlossenen Tür zog sich das Gespräch in die Länge. Unruhig wanderte Kress im Flur auf und ab. Ständig wurde irgendwo eine Tür geöffnet, jedes Mal blickte Kress erschrocken auf, aber jedes Mal war es doch eine andere Tür, durch die irgendeine Sekretärin auf den Flur schlüpfte. Schließlich – endlich! – wurde auch die Schleicher'sche Tür geöffnet, und zu Kress' beträchtlicher Erleichterung entließ der Dozent nicht die Verspätung, sondern eine andere Studentin, die Kress aus Seminaren kannte und die er in Gedanken »Häschen« getauft hatte, weil die markanten Schneidezähne dieser Person das Einzige waren, womit sie je Aufmerksamkeit erregt hätte. Augenblicklich wirkte das Häschen etwas verstört, kraftlos ließ sie sich von Schleicher die Hand schütteln. Kress hatte das Gefühl, um ein Haar hätte Schleicher die ganze Person mitgeschüttelt.

Dann war er an der Reihe.

»Herr Kress, na, unglaublich, pünktlich wie die Maurer, nichts anderes hätte ich von Ihnen erwartet, wunderbar, wunderbar, vielen Dank, dass Sie sich die Zeit nehmen«, sagte Schleicher, reichte Kress die Hand und zog ihn förmlich in sein Büro herein.

»Na, dann setzen Sie sich mal, da in die Kuhle, ist bereits etwas abgesessen, aber das kennen Sie ja schon«, sagte Schleicher und wies auf das moosfarbene Sofa, das mindestens dreißig Jahre alt sein musste. Kress, zögerlich, nahm in der ihm zugewiesenen »Kuhle« Platz, während Schleicher sich an einem kleinen Kühlschrank zu schaffen machte, der mit Holzfurnier verkleidet neben seinem Schreibtisch stand.

»Zwar nicht ganz die Jahreszeit«, sagte Schleicher, wobei er eine große Pappschachtel ans Tageslicht beförderte, »aber vielleicht darf ich Ihnen trotzdem eine Praline anbieten, ich liebe Pralinen, vielleicht haben Sie davon gehört.«

»Es gibt das Gerücht«, erwiderte Kress, unruhig auf seinem Couchplatz umherrutschend. Schleicher hielt ihm die Packung unter die Nase. Kress, der gerüchteweise vernommen hatte, dass der Dozent äußersten Wert darauf legte, dass man seine Pralinen probierte, tat einen Augenblick so, als studiere er die Auswahl, griff dann wahllos hinein und schob sich eine beigefarbene Kugel in den Mund.

»Ausgezeichnete Wahl, Herr Kress, wirklich ausgezeichnete Wahl. Marzipankrokant. Schmeckt Ihnen?«

Kress würgte die süße Masse herunter und nickte heftig. »Sehr gut.«

»Hm«, sagte Schleicher, befriedigt nickend. »Noch eine?«

Kress wusste nicht recht, was er darauf antworten sollte. »Sehr gern«, sagte er vorsichtshalber und schob sich neuerlich eine Kugel in den Mund. Diesmal hatte er etwas mit Alkoholfüllung erwischt, die Kugel knackte zwischen seinen Zähnen und ein überzuckerter Likör spülte durch seinen Mundinnenraum. Hektisch schluckte er die widerwärtige Masse herunter und rieb sich seine Hände an der Hose trocken. Schleicher hatte derweil die Packung auf dem Tisch abgestellt.

»Herr Kress«, sagte Schleicher und setzte sich Kress

gegenüber in einen braunen Ledersessel, der in Sachen Durchgesessenheit der Couch in nichts nachstand. »Wie lange kennen wir uns jetzt?«

Kress räusperte sich.

»Ich studiere hier seit 2003«, gab er wahrheitsgemäß zur Antwort, »Ihre Lehrveranstaltungen besuche ich seit dem zweiten Semester.«

»Also 2004«, sagte Schleicher. »Sechs Jahre. Ganz schön ordentlicher Zeitraum, meinen Sie nicht?«

»Es ist eine lange Zeit«, bestätigte Kress, dem schleierhaft war, worauf der Dozent hinauswollte.

»Kurz vor dem Abschluss?«

»Es steht noch eine Hausarbeit aus, die ich gegenwärtig verfasse, und dann geht es an die Magisterarbeit.«

»Hm«, Schleicher nickte. »Danach?«

»Im Anschluss an meine Magisterarbeit beabsichtige ich, eine Dissertation zu verfassen.«

»Um dann an der Universität zu bleiben? Karriere als Literaturwissenschaftler und so weiter?«

»So ist mein Plan«, bestätigte Kress.

»Verstehe, verstehe. Hm. Schauen Sie, Herr Kress, die Sache mit Ihrer Hausarbeit … ich habe jetzt wie viele von Ihren Hausarbeiten gelesen?«

»Sechs«, presste Kress hervor.

»Sechs, richtig. Hm. Sehen Sie, Ihre Hausarbeit … wie entwickelt sich das, das ist die Frage, die mich beschäftigt. Wenn Sie mir so eine Hausarbeit zum ersten Mal hereinreichen, dann sage ich, fein, passt alles, und gebe gut und gerne auch mal die Eins dafür. Mag mein Fehler sein, aber andererseits: Warum nicht? Sie sind jung, Sie sind motiviert, gebe ich Ihnen also die Eins, alles passt. Auch bei der zweiten noch, meinetwegen. Aber wenn die Arbeit auf diese Weise zum dritten Mal kommt, dann gerate ich ins Denken. Ich denke mir Dinge, ich stelle mir Fragen, ich frage mich, der Herr Kress – wie entwickelt sich der?«

Kress blickte den Dozenten ausdruckslos an.

»Schauen Sie, Herr Kress, die Frage, die sich doch stellt … wenn Sie an der Universität bleiben wollen … wenn Sie die akademische Laufbahn einschlagen wollen – Sie haben ein Fachgebiet, auf das Sie sich spezialisieren wollen?«

»Goethe.«

»Goethe-Forschung?«

»Präzise.«

»Hm.« Schleicher verzog nachdenklich seinen Mund. »Warum?«

Kress' Finger bohrten sich in seine Knie.

»Verzeihung, ich verstehe nicht ganz, wie meinen Sie das, warum?«

»Warum Goethe?«

»Ich«, sagte Kress und musste sich beträchtliche Mühe geben, Schleichers Blick standzuhalten, »ich bin der Auffassung, dass Goethe ein interessanter Forschungsgegenstand ist.«

»Aber es ist doch wirklich nichts so abgegrast wie Goethe, Herr Kress. Kaum ein Gegenstand in unserer Disziplin ist so genau erforscht. Himmel, wir haben ein Buch, in dem beinahe jeder einzelne Tag im Leben Goethes katalogisiert ist. Wenn Goethe wüsste, was unsere Zunft mit ihm angestellt hat, er würde glatt noch einmal tot umfallen.«

»Aber es lässt sich doch wirklich aus jedem Gegenstand noch etwas herausholen«, wandte Kress ein, wobei seine Stimme mit dem letzten Wort wegbrach.

»Zugestimmt, Herr Kress, absolut zugestimmt. Aber die Frage ist doch, was wollen *Sie* aus Goethe herausholen? Worin liegt *Ihr* ureigenstes Goethe-Interesse begründet?«

Kress schwieg.

»Sehen Sie, ich lese Ihre Arbeit, und ich denke mir, wunderbar, alle Positionen, Deutungen, Interpretationen sorgsam aufgelistet, nichts ausgelassen, einwandfrei. Aber in keinem der Sätze sehe ich Sie, Herr Kress. Ihre eigene Stimme fehlt. Da ist nichts, was ich nicht schon kenne, es wird alles nur noch einmal aufbereitet und in hübschen, eloquenten Häppchen serviert. Aber gerade wenn Sie ein so abgegrastes Feld wie den Goethe beackern wollen, gerade dann, Herr Kress, müssen Sie etwas beisteuern zum Diskurs. Sonst verschwenden Sie Ihre eigene und unsere Zeit.«

»Sie wollen sagen«, sagte Kress mit letzter Stimme, »es ist Ihnen nicht kreativ genug?«

»Der Erkenntniswille, Herr Kress, das ist, was fehlt. Nehmen Sie mal Zimmermann, *Weltbild des jungen Goethe*, was Sie ja ausführlich darstellen. Da wird Goethe-Forschung zum Abenteuer! Da wird diese ganze, unerhört aufregende Zeit plötzlich greifbar, da wird auf einmal die Brüchigkeit dieses ganzen Aufklärungsprogramms spürbar, wie es da brodelt unterhalb der Eisschicht von Kant und Konsorten – und dieser Goethe, junger Mann, Kopf voller Ideen, mittendrin. *Das* ist Goethe-Forschung, Herr Kress. Wenn Sie da reinwollen, dann müssen Sie sich *diesen* Geist zu eigen machen.«

Kress hatte keine Ahnung, was er darauf erwidern sollte. Kerzengerade, mit wässrigen Augen, die Hände auf seinen Knien, saß er in der Sofakuhle und presste die Lippen aufeinander.

»Ich denke darüber nach«, brachte er schließlich hervor.

»Das müssen Sie, Herr Kress. Da führt kein Weg dran vorbei.« Schleicher beugte sich vor, nahm den Blätterstapel auf, der die Hausarbeit bildete, und reichte ihn zu Kress hinüber. »Ich gebe Ihnen das zurück. In einem Monat, spätestens, liegt das wieder auf meinem Tisch. Und wenn ich das wieder lese, Herr Kress, dann will ich verstehen, was *Sie* daran interessiert. Schreiben Sie das auf. Schreiben Sie das nicht für mich auf, schreiben Sie überhaupt niemals etwas für mich. Vergessen Sie mich. Vergessen Sie den Betrieb. Schreiben Sie für sich. Schreiben Sie ziellos, schreiben Sie Ihren Ahnungen hinterher. Schreiben Sie, Herr Kress, schreiben Sie. Wer schreibt, lebt.«

Die Mensa hatte sich geleert. Nur ganz hinten in der Ecke, am Fenster, saßen ein paar Nachzügler, die längst aufgegessen hatten und in irgendwelche Texte vertieft waren. Die Essensausgabe war eingestellt worden, die Mensabediensteten waren mit der Reinigung der Vitrinen und Tresen beschäftigt. Eine dicke Frau in einer weißen Mensauniform schob einen Servierwagen umher und sammelte das Geschirr ein, das vereinzelt von den Studenten auf den Tischen stehen gelassen worden war.

Wenn er hart genug arbeitete, war er besser als alle anderen – das war die Konstante, auf die er sich immer hatte verlassen können. Wenn das nicht mehr galt, was blieb übrig? Nicht *selbständig* genug zu sein: Das war das Schlimmste, was man einem Geisteswissenschaftler vorwerfen konnte. Das Todesurteil.

Er hockte alleine an einem Zehnertisch und stierte durch die breite Fensterfront ins Freie. Vor ihm auf dem Tisch stand ein Essen C, das er zwar gesalzen, aber bis auf eine einzelne Großküchenmöhre nicht angerührt hatte. Über die Bulette, die am rechten Tellerrand erkaltet war, krabbelte eine Fliege.

Der ganze Punkt daran, er, Kress, zu sein, der Punkt an der Art und Weise, wie er sein Leben eingerichtet hatte, das war doch die Vorstellung, *besser* zu sein als die anderen: sich nicht in irgendeine dahinplätschernde Seichtigkeit zu ergeben, sondern tiefer zu sein, mit tieferen Einsichten, tieferen Gefühlen. Sich selbst zu genügen in der eigenen Tiefe und nichts Äußerem zu bedürfen – das war der Punkt. Und dann so völlig jämmerlich zu versagen, Herrgott!

Das Schlimmste an alledem, das Peinlichste daran, das war, erwischt worden zu sein. Er stellte sich vor, wie Schleicher die Arbeit gelesen hatte, wie er sich stirnrunzelnd, kopfschüttelnd, Seite um Seite vorangequält hatte, wie ihn das Lesen so sehr angeödet hatte, dass er die Arbeit an einem bestimmten Punkt auf den Tisch legen und eine Weile die Augen hatte schließen müssen. *Schreiben Sie, Schreiben Sie* – das war nichts weiter als dahingesagter Wohlfühlunsinn. Fakt war: Schleicher glaubte nicht daran, dass er, Kress, zum Literaturwissenschaftler taugte. Und er hatte das Gespräch gesucht, um ihm klarzumachen: Such dir etwas anderes, das dir besser liegt, solange noch Zeit ist.

»Essen Sie dit noch?«

Kress blickte auf, vor ihm stand die dicke Frau in der Mensauniform, die ringsum die Tabletts abgeräumt hatte.

»Ich ess das nicht.« Er schüttelte seinen Kopf und machte ein verwirrtes Gesicht. »Machen Sie damit, was Sie wollen, bitte, ich hindere Sie nicht«, er fächerte das Tablett mit der Hand weg. Die Frau schüttelte den Kopf, verkniff sich aber einen Kommentar, räumte das Tablett schweigend fort und schob ihren Wagen davon. Kress spürte, dass die Frau ihn nicht mochte, aber es war ihm gleichgültig. Nichts auf der Welt hätte ihm gleichgültiger sein können. Die Frau konnte ihn mal.

Er stand auf, klickte seine Tasche zu und wanderte Richtung Ausgang. Er drückte die Glastür auf und blickte sich in der Haupthalle um – er hätte es nicht ertragen, jetzt versehentlich in Doktor Schleicher hereinzulaufen. Als unter den Umherstehenden niemand zu sehen war, den er kannte, schlüpfte er auf schnellstem und kürzestem Wege ins Freie und beeilte sich, außer Sichtweite der Universität zu kommen.

Eine Weile lang lief er mit eingezogenem Kopf entlang einer breiten Straße, die von hohen Bäumen gesäumt war. Ständig fürchtete er, irgendwo könne Doktor Schleicher auftauchen, etwa in einem vorüberfahrenden Auto, oder vielleicht auf einem der Fahrräder, die ihn auf dem Gehweg überholten. Er bog in eine schmale Seitenstraße mit einer Reihe zweistöckiger Wohnhäuser ein, die von biederen Kleinbürgervorgärten umgeben waren. Die Straße war gepflastert und dicht beparkt. Doch sobald er einige Schritt vorgedrungen war, überkam ihn plötzlich die Angst, eines dieser Wohnhäuser könne das Schleicher'sche Wohnhaus sein: Im nächsten Moment würde er den Dozenten im Unterhemd beim Rasenmähen antreffen. Er bohrte den Blick in den Gehweg und beschleunigte seinen Schritt – nur um am Ende der Straße einen Zaun vorzufinden, der eine Reihe von Büschen schützte, hinter denen sich ein großer Komposthügel andeutete. Kress wischte sich durchs Gesicht und machte kehrt.

Es musste später Nachmittag geworden sein, denn die Sonne glitzerte schräg durch die Wipfel der Bäume. Seit dem Frühstückskaffee hatte er nichts getrunken, er war durstig. Sicher war er schon über eine Stunde auf der Straße, eben passierte er eine Baustelle – da, plötzlich, stieß er einen Schrei aus. Im nächsten Moment knickte er ein und konnte eben verhindern, auf den Boden zu sacken.

Ein Brett! Ein einfaches Stück Holz, und darin steckte ein Nagel, der nun samt Brett in seinem Fuß steckte! Kress zerrte den Nagel heraus, was widerlich schmerzte, und humpelte zu einem nahen Bushaltestellen-Häuschen, wo er sich auf die Bank fallen ließ. Dankenswerterweise war die Bushaltestelle nicht in Betrieb; ein roter Kunststoffsack, der dem Bushaltestellen-Schild über den Kopf gezogen worden war, signalisierte, dass hier kein Bus zu erwarten wäre. Vorsichtig zupfte er die Schnürsenkel auf, zog den linken Schuh, einen schwarzen Lederhalbstiefel, vom Fuß und inspizierte die Sohle. Was für ein verdammt großes Loch! In seiner schönen Sohle! Wütend zerrte Kress den Socken vom Fuß. Tatsächlich, es blutete. Sogar recht stark, erbost presste er den Daumen auf den dunklen Punkt, wo der Nagel die Hornhaut durchstoßen hatte.

Eine Fliege summte an seinem Gesicht vorüber, er wedelte sie davon. Schwer atmend starrte er das Brett an, das er auf dem Sitz neben sich abgelegt hatte. Den rostigen Nagel, der in dem Brett stak. Er wischte sich über die Augen, er blinzelte. Schweißperlen hatten sich auf seiner Stirn gebildet.

Und plötzlich sprang er auf, schnappte sich das Brett und schlug es mit solcher Gewalt gegen den Sitz, der aus einem Geflecht aus dicken metallischen Drähten bestand, dass er den Schlag bis hoch ins Schultergelenk spürte. Er schrie auf, laut und langanhaltend, holte aus und schlug neuerlich zu, rammte das Brett mitsamt dem beschissenen kleinen Nagel gegen den Sitz, gegen die gläserne Wand des Bushaltestellen-Häuschens, schlug zu, wieder und immer wieder, und kam aus dem Schreien überhaupt nicht mehr heraus: Er schrie und schrie und schrie und schlug und schlug und schlug, bis er schließlich, nachdem er eine volle Minute lang getobt hatte, erschöpft gegen das Glas sackte, das zwar nicht gesprungen, aber von mehreren Dutzend kleiner Risse übersät war.

Ringsum waren die Passanten in großen Sicherheitsabständen stehen geblieben und starrten ihn an. Ein etwa Dreijähriger, der neben einem Kinderwagen herging, hatte zu flennen begonnen. Schnaufend ließ Kress das Brett fallen, in dem der nunmehr vollends verbogene Nagel immer noch steckte. Die Passanten konnten ihn mal. Er bückte sich nach seinem Schuh, der neben dem Sitz stand. Angewidert den Kopf schüttelnd, setzte er seinen Weg fort.

Kapitel 2

Dreimal schon war die Taube herangetrippelt und hatte den Steinboden vor seinen Füßen bepickt, dreimal schon hatte Kress das Tier verscheucht, aber augenscheinlich hatte es immer noch nicht genug und wackelte eben ein viertes Mal heran. Kress, der auf einer Bank saß und der die Bewegung der Taube aus dem Augenwinkel verfolgt hatte, zog verärgert den Mund zur Seite, rollte eine der fünf Zeitungen zusammen, die auf seinem Schoß lagen, beugte sich vor und war eben im Begriff, auszuholen – da flatterte das Tier auf und landete einige Meter entfernt bei den Gleisen. Wütend rammte er seinen Rücken zurück in die Lehne und bedachte das Tier mit einem feindlichen Blick.

Es war gerade einmal halb zehn, der Zug Richtung Frankfurt/Oder fuhr laut Fahrplan erst in zweiundzwanzig Minuten. Für einen Samstagmorgen, an dem alle diese Menschen doch bitte einmal hätten ausschlafen können, war es nach Kress' Dafürhalten bereits reichlich voll am Ostbahnhof. Überall auf dem Bahnsteig standen Reisende herum, Rucksäcke auf den Rücken, Rucksäcke zwischen den Beinen, nippten an Kaffeebechern, blickten auf die digitale Anzeige über den Köpfen oder in Richtung der Regionalbahn, die eben laut heulend unter dem Kuppeldach einfuhr.

Er saß bereits seit einer guten halben Stunde hier und hatte das Bedürfnis, sich zu bewegen, also legte er die fünf Zeitungen übereinander, die er eigens für diese Reise angeschafft hatte – eine *Frankfurter Allgemeine,* eine *Neue Zürcher,* eine *New York Times,* eine *Washington Post* und eine französischsprachige *Le Monde* –, griff nach seinem Koffer und erhob sich. Zornig die Reisenden betrachtend, die aus dem eben eingefahrenen Zug stiegen, begann er entlang des Bahnsteigs auf und ab zu wandern. Es war eine Schnapsidee gewesen, hierherzukommen, dachte er zum hundertsten Mal, während er eine Frau beobachtete, die offenbar Schwierigkeiten hatte, einen Kinderwagen aus dem Zug heraus auf den Bahnsteig zu bekommen. Eine Woche war vergangen, seitdem ihm Schleicher offenbart hatte, dass er, Schleicher, ihn für eine akademische Niete halte. Eine Woche, in der Kress keinen Fuß in die Universität gesetzt und lediglich dreimal seine Wohnung verlassen hatte, um seine Vorräte aufzufrischen. Noch immer fürchtete er insgeheim, Schleicher irgendwo aus Zufall zu begegnen. Für den Fall der Fälle hatte er sich eine hundertprozentig wasserdichte Gesprächsstrategie ausgedacht, die Schleicher signalisieren sollte, dass er, Kress, mit ihm, Schleicher, keinerlei Probleme habe: Er, Kress, begrüße jede Kritik, sei es an seiner Person, sei es an seinen fachlichen Kompetenzen, er sei sogar dankbar für die geäußerte Kritik, wie anders solle man es bitte sehr irgendwohin bringen im literaturwissenschaftlichen Betrieb. *Es ist ja bekannt, dass auch Sie, Herr Doktor, im Laufe der Jahre von teils herber Kritik nicht verschont geblieben worden sind.* Auf diese letzte Wendung war er besonders stolz, und obwohl er es wirklich vermeiden wollte, Schleicher irgendwo in der freien Wildbahn zu begegnen, wäre er allein für diesen Satz doch ganz gerne in ihn hineingelaufen.

Wirklich, dachte er nun, weitergehend, es war ein Fehler gewesen, hierherzukommen, zum Ostbahnhof. Er hätte in seiner Wohnung sein, an einer Strategie zur Wiedererlangung seiner akademischen Reputation feilen sollen. Mona war noch nirgends zu sehen, also gab es noch immer die Möglichkeit zu verschwinden. Doch nicht nur hätte er dann das schöne neue Zelt, das er für siebzig sogenannter *Euros* angeschafft hatte und das mit dem halben Dutzend Gurten an seinem Koffer festgeschnallt war, zurückbringen müssen (und er hatte nicht die geringste Lust, sich erneut mit dem erschreckend inkompetenten Personal in der Abteilung Freizeit und Sport im Karstadt am Hermannplatz auseinanderzusetzen, das nicht einmal eine Aussage darüber hatte treffen können, wie viele Heringe bei den von Kress zum Kauf erwogenen Zelten enthalten waren); vor allem hätte er dann tatsächlich das Wochenende in seiner Wohnung verbringen müssen, mit Gieshübler als einzigem Ansprechpartner.

Er setzte den Koffer ab und nagte sich ein Stück Daumennagel ab.

Möglicherweise, überlegte er, hatte er es mit den Zeitungen doch übertrieben? Fünf Stück, das nahm ihm ja keiner ab. Er zog die *Neue Zürcher* aus dem Stapel und warf sie in einen Papiermülleimer. Der Stapel war noch immer zu dick, also nahm er die *Washington Post* und stopfte sie hinterher.

»Hallo, Kress.«

So sehr war Kress mit dem Entsorgen der Zeitungen beschäftigt, dass er regelrecht zusammenzuckte.

»Madeleine«, sagte Kress, indem er die verbliebenen Zeitungen, die ihm beinahe aus der Hand gerutscht wären, neuerlich zu einem Stapel zurechtraffte. »Guten Morgen.«

»Also hast du dich entschieden, mitzukommen, was?«, sagte die Verspätung, wobei sie ihren Rucksack von der Schulter gleiten ließ.

»Ja selbstverständlich, natürlich, warum denn nicht, ich bin eingeladen.«

»Na ja, klar.«

»Spricht etwas dagegen?«

»Nein, natürlich spricht da nichts gegen. Ich hatte bloß nicht gedacht, dass du tatsächlich kommst.«

»So? Aha? Und weshalb nicht?«

»Nur so. Ist aber gut. Ich freue mich, dass du mitkommst.«

Kress musterte die Verspätung mit einem unzufriedenen Blick.

»Nun, das interessiert mich jetzt aber, weshalb du nicht mit meinem Kommen gerechnet hast.«

»Na, keine Ahnung, du hast einfach nicht allzu enthusiastisch gewirkt, als Mona dich eingeladen hat, das ist alles.«

»Das mag sein, ja, dass ich nach außen hin nicht enthusiastisch gewirkt habe. Allerdings, nach innen hin stellt sich die Lage vollkommen anders dar, und nur zu deiner Information, ich bin ein außerordentlich enthusiastischer, mitunter sogar leidenschaftlicher Mensch, um nicht zu sagen: Mann.«

Die Verspätung konnte ein Lachen nicht ganz unterdrücken.

»Ach ja?«

»Jawohl, absolut.«

Kress war so unzufrieden mit dem Verlauf des Gesprächs, dass er entschied, erst einmal zu schweigen. Er drückte die Zeitungen zu einem Wulst, verschränkte die Arme und blickte auf den Boden. Die Verspätung schien ihrerseits keine Veranlassung zur Fortsetzung des Gesprächs zu sehen und blickte in Richtung des Westausgangs, wo gerade eine S-Bahn einlief.

Nach und nach fanden sich die anderen ein. Einige der Mitreisenden kannte Kress aus der Universität, aber mit den meisten hatte er nie ein Wort gewechselt. Es gab einen Kurt, mit dem gemeinsam er einmal beinahe ein Referat hatte halten müssen, einen hochgewachsenen, drahtigen Kerl mit einem Flauschebart und zotteligen Haaren, Bergsteigertyp, den Kress mit einem reservierten Nicken begrüßte. Insgesamt kamen dreizehn Leute zusammen, die alle etwa in seinem Alter waren, irgendwo zwischen fünfundzwanzig und dreißig. Alle trugen kurze Hosen oder hatten zumindest ihre Jeans hochgekrempelt, dazu Sandalen und T-Shirts, ein paar der Frauen hatten sich die Haare mit Tüchern zusammengebunden.

»Und du gehörst zu uns, ja?«, sagte einer der Mitreisenden, ein junger Mann, der sich zu Kress' Befremden als Elektrokai vorgestellt hatte und der mindestens einen Kopf kleiner war.

»Besteht damit ein Problem?«

Elektrokai trug einen dieser neumodischen Stecker im linken Ohr, der dieses Ohr offenbar mit Musik versorgte, denn Elektrokais kahlgeschorener Schädel nickte in irgendeinem Takt.

»Quatsch, nein, überhaupt nicht, ist schön«, erwiderte er, wobei er irritierenderweise immer weiter nickte. »Ich mein nur, weil du letztes Jahr nicht dabei warst, oder? Warst du schon mal draußen bei Monas Eltern?«

»Ich fürchte nein, ich war dort noch nie«, erwiderte Kress und bemühte sich, die Unterhaltung mit dem Männlein um ein Lächeln zu bereichern.

»Ist superschön da, der See ist absolut der Hammer um diese Jahreszeit.«

»Der See?«, sagte Kress, und sein Lächeln gefror.

»Das Wasser ist total klar und total warm, keine Algen, kein Dreck, nix. Ich kann's kaum erwarten, da reinzuspringen«, erklärte Elektrokai, immerfort nickend.

»Ja«, sagte Kress.

»Magst du Schwimmen im See?«

»Absolut«, Kress nickte entschlossen, »Schwimmen im See gehört zu meinen bevorzugten Tätigkeiten.«

Elektrokai nickte.

»Und du bist so eine Art Zeitungsnerd?«, bemerkte er mit Blick auf den Papierstapel, den Kress gegen seinen Brustkorb presste.

»Ein Zeitungsnerd, so kann man das sagen.«

»Na, dann wird's ja auf keinen Fall langweilig werden.«

Mona erschien eine Minute vor zehn. Sie trug als Einzige ein Kleid, lang und schwarz, das allerdings die Arme freiließ. Kress, der augenblicklich den Rücken durchstreckte und den Bauch einzog, nickte ihr einen Gruß zu, »Guten Morgen«, rief er beinahe militärisch.

»Hey, Kress! Schön, dass du mitkommst«, sagte sie und umarmte ihn flüchtig, aber ehe Kress zu einer Antwort hätte ansetzen können, waren Elektrokai und irgendein anderer Idiot herangehampelt und nahmen sie in Beschlag. »Lass uns später reden«, sagte Mona in seine Richtung und machte sich daran, die übrigen Reisenden zu begrüßen.

Die Regionalbahn, als sie schließlich einfuhr, war ein feuerwehrroter Doppeldeckerzug, in dessen Innerem ein strenger Zugtoilettengeruch hing. Die Frage, wo man sitzen wollte, oben oder unten, wurde überhaupt nicht erst diskutiert, ganz automatisch kletterten die Studenten nach oben, warfen die Rucksäcke auf die Gepäckablage und hockten sich in die Vierersitze. Aufgrund der ungeraden Zahl der Teilnehmer waren alle diese Sitze besetzt, als Kress die Treppe emporkam, so dass ihm nichts übrigblieb, als einen eigenen Vierersitz in Beschlag zu nehmen. Vielleicht gar nicht so schlecht, dachte er, als er seinen Koffer auf der Gepäckablage verstaute und die Klappe des kleinen Müllbehältnisses unter dem Fenster zudrückte. Auf diese Weise war er entbunden von der lästigen Pflicht, Konversation zu betreiben.

Die Bahn tuckerte durch all die Vororte, die er nur dem Namen nach kannte. Karlshorst, wo es fast schon kleinstädtisch aussah, dann Erkner. Während er durch das schlierige Fenster blickte und die letzten Ausläufer der Stadt an sich vorbeiziehen sah, kleine graue Ost-Einfamilienhäuser mit winzigen umzäunten Vorgärten, in denen Klettergerüste standen, Rutschen, Sandkästen, überlegte er, wann er Berlin zuletzt verlassen hatte.

Richtig, da war sein Ausflug nach Weimar gewesen, morgens hin, abends zurück, zwischendrin Frauenplan und Goethe/Schiller-Denkmal. Vier Jahre war das her. Abgesehen davon?

Nun, abgesehen davon hatte er die letzten sieben Jahre in Berlin verbracht, ausschließlich in Berlin. Warum nicht? In Berlin gab es seine Wohnung, seinen Lidl, seine Universität. Warum hätte er Berlin verlassen sollen? Gut, es stimmte: Manchmal, wenn er auf der Straße jemanden sah, der einen Koffer über das Pflaster zog, oder wenn er in der U-Bahn Gleichaltrigen gegenübersaß, zwischen deren Beinen riesige Reiserucksäcke klemmten, spürte er ein Zwicken im Bauch. Verpasste er etwas, wenn er immer nur in Berlin blieb? In solchen Momenten beruhigte er sich damit, dass er dereinst, als arrivierter Gelehrter, auf Einladung bedeutender Universitäten aller Herren Länder bereisen würde. Überall würde er Vorträge halten, man würde ihn mit dem Taxi vom Flughafen abholen und in vornehmen Hotels unterbringen, die Art, wo einem der

Koffer getragen wurde, und in denen man mitten in der Nacht beim Zimmerservice anrufen und Tomatensauce *ohne* Nudeln bestellen konnte. Herrlich würde das sein! Er musste nur etwas warten, es war bloß eine Frage der Zeit.

Sie stiegen aus in einem Nest, in dem sich seit Ende der DDR nicht viel getan zu haben schien, einer kleinen Ansammlung trostloser, zweistöckiger Gründerzeithäuser, von deren Fassaden der Mörtel bröckelte. Auf den Straßen war kein Mensch zu sehen. Sie umrundeten den historischen Bahnhof, und Mona führte sie hinaus auf den Parkplatz, wo ein ziemlich klappriger türkisfarbener VW stand, ein Dreitürer, der, wie Mona erklärte, ihren Eltern gehöre, und in dem, wenn alles verkehrsrechtlich korrekt zuging, allerhöchstens fünf Leute Platz hatten. Bis hinaus zum See lag noch eine zehnminütige Fahrt vor ihnen; der Plan war, die Reisenden in zwei Gruppen zu teilen: Die erste Gruppe sollte sich gemeinsam mit Mona in den Wagen quetschen und hinaus zum Haus fahren, während die zweite Gruppe blieb, um im Ort die letzten Besorgungen zu machen, als da wären: Bier, Grillwürste, Grillkohle, Zigaretten. Kress, dem das Auftauchen des VWs einen Schock zufügte, weil er auf diese Weise mit den anderen am See gefangen sein würde und also nicht fliehen konnte, war überaus dankbar, als er der Einkaufsgruppe zugeteilt wurde.

Sie betraten einen winzigen, düsteren Edeka-Markt, in dem alles aussah, als wäre das Mindesthaltbarkeitsdatum zwei Jahre überschritten, und der bewacht wurde von einer knorrigen Alten, die von der Kasse aus die jungen Menschen voller Misstrauen im Auge behielt. Kress, der als Letzter eintrat und den anderen die Glastür aufhielt, blieb einen Moment im Freien stehen und überprüfte, wie viel Geld er im Portemonnaie hatte, damit er sich hinterher nicht blamierte. Es waren noch knapp siebzig Euro da, das war alles, was von der eisernen Reserve geblieben war. Wirklich, er musste etwas an seiner finanziellen Situation ändern. Zwar war die offizielle Absage noch nicht bei ihm eingegangen, aber nach allem, was geschehen war, würde Schleicher den Teufel tun, ihn zu seinem studentischen Mitarbeiter zu ernennen. Hier draußen zu sein in den Gebieten der ehemaligen DDR war das Dümmste, was er hätte machen können. Zu Hause hätte er sein müssen, zu Hause, um sich irgendeine Anstellung zu suchen. Es war ja inzwischen beinahe egal, was er machte, dachte er, während er die Tür aufdrückte und aus dem Sonnenlicht in den düsteren Laden trat, Hauptsache, es gab Geld.

Er zog sich einen Einkaufswagen heran und trat am Obst- und Gemüsestand vorüber ans Kühlregal, wo sich Elektrokai und Uwe mit einem blonden Typen berieten, dessen Name Kress sich gar nicht erst gemerkt hatte. Siedend heiß fiel ihm ein, dass er selbst noch überhaupt keine Mitbringsel hatte.

»Ey, Kress, meinst du wirklich, die essen wir alle?«, sagte Elektrokai, als er bemerkte, wie viele Packungen Grillwurst Kress sich in seinen Wagen lud. »Das ist vielleicht ein bisschen übertrieben, ich meine, wir haben ja auch noch das ganze Fleisch, das die anderen aus Berlin mitgebracht haben, ich glaube, so viel essen wir nicht, oder?«

»Jo, das ist ein bisschen viel, nimm lieber noch einen Wein oder noch ein paar Bier oder so, das ist wichtiger als so ein Berg Grillwurst«, sagte der Mensch, der sich Uwe nannte, und warf, was Kress überhaupt nicht passte, Chips und Erdnüsse in seinen, den Kress'schen Einkaufswagen.

Kress, der nichts auf der Welt mehr hasste, als gemaßregelt zu werden, dachte nicht daran, sich hereinreden zu lassen in sein Einkaufsverhalten. »Nein, das essen wir«, erklärte er, schob seinen Einkaufswagen weiter in die Getränkeabteilung und knallte einen Sechserpack Bier und eine 11,99 Euro teure Flasche Rotwein zu den Würsten.

Die Menschen hier draußen in den Gebieten der ehemaligen DDR waren so unerhört rückständig, dass es noch nicht einmal einen Scanner gab, über den die Waren gezogen wurden, ja nicht einmal ein Einkaufsband gab es, auf dem die einzukaufenden Waren der Kasse entgegenschnurren konnten. Stattdessen waren die Waren auf einen Tresen zu legen, und die knorrige Alte tippte alles mit ihren Fingern in die Kasse hinein – ein, wie Kress fand, völlig intransparentes, fehleranfälliges Verfahren, unbedingt nahm er sich vor, den resultierenden Kassenbon einer genauen Prüfung zu unterziehen. Zunächst war Elektrokai an der Reihe, der drei Flaschen Wein und einige Packungen Gummibärchen gekauft hatte; dann kam Kress, und zu seinem Verdruss ließ sich die Frau überhaupt nichts anmerken, während sie die einundzwanzig Packungen Grillwurst, die es im Laden gegeben hatte, in die Kasse hackte. Als die Reihe an die Erdnüsse und die Chips kam, bedachte Kress den Menschen, der sich Uwe nannte, mit einem halb fragenden, halb gereizten Blick. Aber Uwe tat, als merke er nichts, und also presste Kress die Lippen zusammen und ergab sich in sein Schicksal, das sich auf einen Betrag von 63,47 Euro belief.

Als der türkisfarbene VW zurück auf den Parkplatz schepperte, saß nicht Mona, sondern die Verspätung am Steuer. Die sechs Jungs, die zusammen mit Kress als Einkaufstrupp zurückgeblieben waren, hockten im Schneidersitz auf dem Gehweg vor dem Bahnhof und rauchten, Elektrokai und Uwe hatten sich aus den eingekauften Biervorräten bedient, lediglich Kress hatte es mit seiner

Würde nicht vereinbaren können, sich auf den Boden zu setzen und stand etwas abseits mit vor dem Bauch gefalteten Händen. »Na, ihr Zwerge«, rief die Verspätung, sobald sie die Tür des Wagens zugeschlagen hatte. Kress, der sich davon keineswegs angesprochen fühlte, stellte schweigend seine Einkäufe vor dem Fahrzeug ab. Bereits im Zug war ihm nicht entgangen, dass Elektrokai in Gegenwart der Verspätung besonders auflebte. Auch jetzt sprang der Mensch wie ein Eichhörnchen über den Parkplatz, nahm allen ihre Einkäufe und Rucksäcke ab und spielte sich zum obersten Kofferraumverstauer auf. Am liebsten hätte Kress ihm das Kinn zertrümmert. Trotzdem ließ er es sich gefallen, dass auch seine Einkäufe auf diese Weise fremdverstaut wurden.

In der winzigen Streichholzschachtel von einem Auto eingequetscht zu sein war eine Tortur, der U-Bahn-Transport vom Heidelberger Platz hinunter nach Dahlem war dagegen eine Spazierfahrt der ersten Klasse. Vorn, auf dem Beifahrersitz, stapelten sich Elektrokai und noch ein weiterer Mensch, hinten hatten sie sich zu fünft auf die für drei Passagiere vorgesehene Rückbank gepfercht. Kress, der am Fenster saß und der es ertragen musste, dass sich der Körper des Nebenmannes förmlich in seinen hineinbohrte, spürte einen Anflug von Platzangst. Er schob die Hände unter die Achseln, wo niemand sie sehen konnte, ballte sie zu Fäusten und konzentrierte sich auf die vorüberziehende Landschaft. In unregelmäßigen Abständen wanderte sein Blick schräg nach links, wo er sich für wenige Sekunden den Nacken der Verspätung zu betrachten erlaubte, in dem sich das hauchdünne blonde Haar kräuselte.

Der Wagen fuhr über eine kleine Landstraße, zu deren beiden Seiten sich Felder erstreckten, auf denen lange, gleichmäßig verteilte Reihen grüner Büschel sprossen. Weiter hinten sah man dunkle Tannenwälder. Der Himmel war wolkenfrei, lediglich ein Kondensstreifen zerteilte das Blau. Die Verspätung lenkte den Wagen auf einen unbefestigten Feldweg, und eine Weile lang hoppelte das Gefährt den Wäldern entgegen, Kress presste eine Hand gegen die Decke, um nicht zu arg umhergeschleudert zu werden. Kniehohe Gräser streiften die Karosserie, an einer Stelle sah er eine Kolonie von Blumen, die, wie er sich zu erinnern meinte, Klatschmohn genannt wurden.

Als der Wagen auf das Grundstück von Monas Eltern einfuhr, hatten die anderen bereits ihre Zelte aufgebaut. Die Verspätung parkte unterhalb eines Walnussbaums, und mit einem Gefühl beträchtlicher Erleichterung kletterte Kress ins Freie.

Das Grundstück war ein unebenes, leicht abfallendes Gelände mit einem üppigen Baumbestand, das von einem verfallenen Holzzaun umgrenzt wurde. Vom Tor aus führte ein Kiesweg zu einem kleinen, zweigeschossigen Steinhaus mit einem Vordach, unterhalb dessen sich eine Terrasse befand. Es gab etwas, das einmal ein Garten oder ein Gemüsebeet gewesen sein mochte, jetzt aber von Gräsern und Brennnesseln überwuchert war. Dahinter waren die Umrisse einer Holzhütte zu erkennen. Ein Stück den Abhang herab glitzerte zwischen den Bäumen der See.

»Wir können auch ins Haus rein«, erklärte die Verspätung, während sie den Kofferraum öffnete, »aber es gibt weder fließendes Wasser noch Strom, deswegen pennen wir eigentlich alle draußen.«

Sie trugen die Tüten mit den Einkäufen unter den Bäumen hindurch zu den Zelten, die auf einer Wiese auf halber Strecke zwischen Haus und See standen. Die Würste (»Mein Gott, wer soll denn die alle essen?«) wurden auf mehrere Kühlboxen verteilt, Uwe packte die Bierflaschen in eine Plastiktüte und brachte sie runter zum Wasser, in dem er sie kühlen wollte. Es war kurz vor eins und inzwischen ziemlich warm geworden, ein paar der Neuankömmlinge, darunter Elektrokai, hatten nichts Besseres zu tun, als sich sofort in ihre Badesachen zu werfen und ins Wasser zu springen. Kress ging zurück zum Auto, um seinen Koffer zu sichern, und suchte sich einen Flecken etwas abseits des Zeltlagers, wo er den Boden von kleinen Steinen und Zweigen befreite und die eigens für diesen Anlass angeschaffte Zeltfolie ausbreitete.

Was hatte ihn nur geritten, hierherzukommen, dachte er, während er im Laub kniete, um das Zelt aus seiner Hülle zu befreien. Nichts, aber auch gar nichts hatte er mit diesen Leuten gemein. Ohrfeigen hätte er sich können für die Idiotie zu denken, er, ausgerechnet er, habe hier irgendetwas verloren. Er musste einfach irgendwie die nächsten vierundzwanzig Stunden herumkriegen, dachte er, während er herüber zum Zeltlager blickte, um nach der Verspätung Ausschau zu halten. Zwei Mädchen, deren Namen er längst wieder vergessen hatte, hockten zwischen den Zelten im Gras. Eines der Mädchen hatte die langen blonden Haare geöffnet und war darin vertieft, diese Haare mit einer Bürste zu kämmen. Der Ausdruck, der dabei auf seinem Gesicht lag, war so weltentrückt, als sei ringsherum alles verschwunden und diese goldschimmernden Haare auf ihrem Kopf das Zentrum des Universums. Kress senkte den Blick und konzentrierte sich darauf, eine Schlaufe an der Zelthülle zu lösen. Vom See her hörte er Elektrokai jauchzen.

Das Zelt aufzubauen war ein veritabler Alptraum. Die Konstrukteure – wenn es Konstrukteure gegeben hatte – waren ganz offensichtlich völlig inkompetente Stümper gewesen, es gab gefühlte zweitausend Stangen, Heringe, Schnüre, Planen voller Haken und Ösen, nichts passte zueinander oder ineinander. Kress schwitzte, er hasste es zu schwitzen, und während er das Gestänge zusammenzwängte, hasste er nicht nur das Schwitzen, er hasste nicht nur den ganzen Naturdreck, die Erde, die seine Folie verschmutzte, und die Ameisen, die darüber krabbelten, die getrockneten Kiefernnadeln, das zerfallende Laub aus dem letzten Herbst und die aufgebrochenen Eichelschalen – mehr als alles andere hasste er sich selbst, hasste sich dafür, die Idiotie begangen zu haben, hier herauszukommen, mit diesen Leuten, mit denen er nichts gemeinsam hatte, mit der Verspätung, die ihn unzweifelhaft überhaupt nicht erst hatte mitnehmen wollen, mit Mona, die noch kein einziges vernünftiges Wort mit ihm gesprochen hatte, mit Elektrokai, der eine völlige Wurst war, und mit all den anderen, die einfach nur banales, lächerliches, mittelmäßiges, geist- und sendungsloses Pack waren, und nachdem er das Gestänge eine halbe Stunde lang immer wieder zusammengeschoben und auseinandergerupft hatte und immer wieder irgendwo etwas zusammenklappte oder nicht passte oder sich dermaßen verbog, dass es unmöglich so gemeint sein konnte, und sich dieses Scheitern zu allem Überfluss ganz und gar öffentlich unter den Augen all dieser Leute vollzog, war Kress drauf und dran, einen Kreischanfall zu bekommen und den ganzen verfluchten Schrott zu nehmen und unten im See zu versenken.

»Gib mal her«, sagte die Verspätung.

Kress, schnaufend, schwitzend, starrte die kleine Frau an, presste die Kiefer zusammen. Dann, wortlos, reichte er ihr die Stangen, die er in der Hand hielt, und trat zurück.

»Ich glaube, das muss anders«, sagte sie und zog die

Stangen wieder auseinander, »schau mal, da sind Farbringe dran.«

»Wenn man das nach dem Farbsystem macht, funktioniert es nicht, es fällt immer wieder auseinander, ich habe das alles bereits probiert.«

»Hm«, die Verspätung nickte, lief einmal um die Plane herum und schob die Stangen genauso zusammen, wie Kress es versucht hatte. »Kannst du das mal halten, da vorn?«, sagte sie und deutete auf eine Stelle im Gestänge – und seltsam, eigentlich hatte er das ganz genau so gemacht, aber was immer es war, das sie tat, aus irgendwelchen Gründen gelang es ihr besser, und nach ein paar Minuten stand das käferförmige Skelett seines Zeltes auf der Wiese.

»In Ordnung, vielen Dank, von hier aus schaffe ich es selbst«, sagte Kress, aber die Verspätung antwortete nicht, hob stattdessen das Unterzelt auf, klopfte es ab, entfaltete es und reichte ihm eines der beiden Enden. »Du hier, ich da«, sagte sie und blickte ihm in die Augen.

Er nahm sein Ende des Unterzelts entgegen und die Verspätung trat ans Kopfende des Gestänges.

»Okay«, sagte sie. »Ich zähle bis drei.«

Knapp zehn Minuten später standen die Verspätung und Kress vor einem kleinen Kuppelzelt, das nach beiden Seiten hin zwei weite Vorzeltbereiche hatte, was der ganzen Konstruktion die Form eines gestrandeten Rochens verlieh.

»Schon eine recht spezielle Farbe«, sagte die Verspätung, die neben Kress im Gras stand, beide Hände in die Hüften gestemmt. Die Außenhülle war von einem kopfschmerzerregenden, aggressiv-knalligen Orange; auf einem Satellitenbild musste es aussehen, als wäre unter den Bäumen ein Neonmarker ausgelaufen.

Kress sagte nichts, mit einem gequälten Gesichtsausdruck stand er neben ihr und musterte sein Zelt. Er hatte keine Ahnung, was da schiefgelaufen war.

»Ich weiß nicht, ob ich in etwas schlafen könnte, das so eine Farbe hat.«

»Musst du ja auch nicht«, sagte Kress und richtete seinen Blick nach rechts. Die Verspätung trug kurze Jeans und ein ärmelloses dunkelrotes, beinahe braunes Shirt, das ihre Schultern entblößte. Sie sah ihn an und runzelte die Stirn. Eine Viertelsekunde lang bereute Kress, das gesagt zu haben.

»Jedenfalls«, er räusperte sich, »vielen Dank, das war, wie ich zugeben muss, sehr hilfreich.«

Die Verspätung lachte.

»So schwer war's dann doch nicht, oder?«

Kress versuchte sich seinerseits in einem Lachen, klang aber eher wie ein heiserer Uhu dabei und quetschte in seinen Fäusten das Blut aus den Daumen.

»Nun ja«, sagte er, »du scheinst eine gewisse Erfahrung in diesen Dingen mitzubringen.«

»Na, Erfahrung würde ich das jetzt nicht nennen.« Sie bückte sich nach einer großen Flasche voll Wasser, die sie im Gras abgestellt hatte, und trank ein paar Schlucke. »Hier«, sagte sie und reichte ihm die Flasche, »trink mal was, du siehst durstig aus.«

Kress, davon überrascht, nahm die Flasche entgegen. Voller Ehrfurcht betrachtete er die Öffnung; dann hob er die Flasche an die Lippen und ließ Wasser in seinen Mund gluckern.

»Übrigens haben wir alle gedacht, dass das schrecklich nett war, was du neulich für Mona getan hast«, sagte die Verspätung, die ihn beim Trinken beobachtete.

»Mh«, sagte Kress, weil er wasserbedingt nichts anderes

sagen konnte, er beeilte sich, das Wasser zu schlucken. »Zu deiner Information, ich *bin* nett. Sogar sehr.«

»Hab ich ja auch nicht bezweifelt. Kann ich dich was fragen? Warum hast du das gemacht? Für Mona, meine ich.«

»Nun, Mona scheint ebenfalls eine nette Person zu sein«, sagte er.

»Nett ist eine gehörige Untertreibung. Mona ist eine ganz, ganz tolle Frau.«

»Nun«, Kress räusperte sich und blickte auf den Boden, »eine tolle Frau scheinst allerdings auch du zu sein.«

Die Verspätung musterte ihn amüsiert.

»Oh, Kress, wenn du wüsstest.« Abrupt schnappte sie ihm die Wasserflasche weg, drehte sich um und stapfte davon.

»Wohin gehst denn du jetzt?«, rief er ihr hinterher.

»Heringe klopfen. Irgendwo drin schlafen muss ich ja auch.«

»Aber dann lass mich doch helfen.«

»Nee, Kress, bitte nicht«, rief sie lachend.

»Wirklich«, rief er und lief, klopfenden Herzens, plötzlich neben ihr, »das ist ja das mindeste.«

Die Verspätung musterte ihn. Sie schmunzelte, dann zuckte sie mit den Schultern.

»Aber mein Gestell kriegst du nicht in die Finger.«

Ihre Sachen standen mit einer Reihe anderer Taschen und Beutel im Schatten einer Baumkrone, durch deren Zweige das Sonnenlicht blitzte. Es war zwei Uhr nachmittags geworden. Die Hitze hatte ihren Höhepunkt erreicht. Wer nicht sein Zelt aufbaute, lag unten am See im Gras und las oder schlummerte. Lediglich Elektrokai, der zwischenzeitlich an Land gekommen war, hatte neuerlich entschieden, den See zu beglücken, und schwamm, zu einem kleinen Punkt zusammengeschrumpft, auf das andere Ufer zu. In unregelmäßigen Abständen schallte sein Jauchzen über die Wasseroberfläche – was Kress jedes Mal veranlasste, aus dem Augenwinkel einen indignierten Blick in seine Richtung abzusetzen.

»Das kannst du auch mir geben, ich trage das gerne für dich«, sagte er, etwas verkrampft herumstehend, während die Verspätung sich ihren riesigen Wanderrucksack auf den Rücken wuchtete.

»Du kannst die Leinenbeutel nehmen. Die da auf dem Boden, siehst du? Da ist Kram fürs Abendessen drin.«

»Wirklich«, sagte Kress und machte einen Schritt auf sie zu, »ich trage das gern, das sieht außerordentlich schwer aus.«

»Finger weg! Ich trage das! Ich hab meine ganze Kindheit hindurch mein Cello zwischen Charlottenburg und Schöneberg hin und her geschleppt. Ich bin ans Tragen gewöhnt, glaub mir das mal. Außerdem, wir haben's nicht weit. Da vorn, guck mal. Was denkst du? Wenn das Bäumchen hier nicht über Nacht umkracht, dann ist das doch der ideale Schlafplatz für mich. Magst du helfen, den Boden frei zu räumen?«

»Sicher«, Kress bückte sich nach einem faustgroßen Stein, wobei er mit einem Blick die Entfernung zu seinem eigenen Zelt abschätzte. Und um das Gespräch am Laufen zu halten, fügte er hinzu: »Du spielst Cello?«

»Nicht mehr. Ich hab gespielt. Vor allem als Kind, als Jugendliche. Mein Cello ist immer noch da, aber es steht jetzt bloß in seinem Kasten in der Ecke hinter der Tür und staubt vor sich hin.«

»Verstehe.«

»Als Kind hab ich täglich gespielt, weißt du? Jeden Tag

üben. Jeden Tag Musikschule. Und immer das Cello auf dem Rücken, also das Kindercello, aber trotzdem – ich war ziemlich zierlich. Und jeden Tag, oder fast jeden Tag, wenn ich diesen Kasten in die U-Bahn gehievt hab, hat sich irgendein Erwachsener zu mir heruntergebeugt und gesagt: Du, kleines Mädchen, ist das nicht ein bisschen *sehr* schwer für dich? Du kannst dir nicht vorstellen, Kress, wie stolz ich da jedes Mal war.«

Sie hatte ihr Zelt vom Rucksack gelöst und einen Beutel mit Stangen entleert, die sie nun schnell und geschickt ineinanderklicken ließ.

»Und warum spielst du nicht mehr?«, fragte Kress und schob mit der Fußspitze einen Ast beiseite. Damit war, wie er fand, der Zeltplatz ausreichend frei.

Die Verspätung zuckte mit den Schultern.

»Keine Ahnung. Vermissen tu ich's schon. Also manchmal. Aber andererseits, es gibt einfach Leute, die sind viel, viel besser, da komme ich nicht ran, und wenn ich noch so viel übe. Man sagt ja immer, ein Prozent sei Inspiration und neunundneunzig Transpiration. Ich hab mal gehört, Einstein hat das gesagt, aber das ist, glaub ich, falsch. Jedenfalls, in meinem Fall waren nicht die neunundneunzig Prozent das Problem, sondern das eine kleine Inspirationsprozent. Ich bin einfach nicht talentiert genug, jedenfalls nicht fürs Cellospielen. Was willst du machen? Ich hatte da wirklich meinen eigenen kleinen Wertheimer-Moment. Und als ich da geistig angekommen war, da hab ich aufgehört. Weil, weitermachen als Hobby, das konnt ich dann auch nicht. Hobbys sind nicht so meines.«

»Ich bin nicht sicher, ob ich das verstehe.«

»Na ja, hast du ein Hobby?«

»Als Kind, da hatte ich eine Sammlung von Meeresschnecken, also eine Sammlung der Häuser. Aber seither, offen gestanden, nicht, nein.«

»Siehst du? Ich auch nicht. Bei mir ist's so, ich mag's einfach nicht, Dinge als Hobby zu machen. Rumsitzen und Briefmarken in ein Album kleben? Am Wochenende an Tanzturnieren teilnehmen? Ich muss die Sachen, die ich mache, immer richtig machen. Drunter kann ich irgendwie nicht.«

Bei dieser letzten Bemerkung war in Kress' Mundwinkel ein kurzes, aber heftiges Zucken zu sehen gewesen, das die Verspätung allerdings nicht bemerkte. Als sie von ihren Stangen aufblickte, hatte sich die Lage in seinem Gesicht bereits wieder entspannt, und um über seine Restirritation hinwegzuspielen, bückte er sich schnell nach einem kleinen Kieselstein und warf diesen fort. Derweil war die Verspätung ein paar Schritte zurück getreten, um die Stangenkonstruktion zu betrachten, die sie auf der Wiese aufgebaut hatte.

»Was denkst du?«, sagte sie.

»Sieht gut aus.«

Die Verspätung gab ein zustimmendes Schnalzen von sich und machte sich daran, das eigentliche Zelt aus der Verpackung zu pellen.

»Mein Vater hat immer zu mir gesagt: Lene, die Welt, in die du geboren worden bist, ist eine Jungswelt. Wenn du dich gegen die Jungs behaupten willst, musst du überall mindestens zehnmal besser sein als die Jungs, so einfach ist das. Und dann hat mir mein Vater euer Geheimnis verraten.«

»Welches da wäre?«

»Ihr Jungs, ihr kommt auf die Welt und glaubt, dass ihr genial seid. Jedenfalls wird euch erzählt, dass ihr genial seid. Dass ihr irgend so eine Art von Naturgenialität habt, weil euch in irgendeiner Weise der Weltgeist angerührt hat so wie Gott den Adam in der Sixtinischen Kapelle. Wir Mädchen dagegen, wenn wir auf die Welt kommen, da wird uns weisgemacht, dass wir erst mal gar nix können. Und das glauben wir dann auch, dass wir gar nix können. Und verhalten uns entsprechend und versuchen es gar nicht erst. Die Sache ist nur die: Wenn man das weiß, wenn man das einmal durchschaut hat, ist das für uns Mädchen ein Wettbewerbsvorteil. Weißt du, warum? Ich sag's dir. Ihr Jungs, ihr seid immer in Gefahr, euch auf dem dicken Polster eurer vermeintlichen Naturgenialität auszuruhen. Ich behaupte gar nicht, dass Mädchen grundsätzlich genialer sind als Jungs oder so. Ich behaupte bloß, ein Mädchen mit Selbstdisziplin ist ein Geschoss, das sich nur schwer vom Himmel holen lässt.«

»Und du hast Selbstdisziplin?«

»Mein lieber Herr Kress!« Madeleine lachte laut auf. »Vor dir steht die Gottkönigin der Selbstdisziplin. So, und jetzt – fass hier mal an.«

Nachdem alles stand, verkündete Madeleine, sie werde sich jetzt mal ihren Bikini anziehen. Als Kress nicht recht zu wissen schien, was er darauf antworten sollte, fügte sie hinzu: »In meinem Zelt.«

»Ah«, sagte Kress daraufhin, nickte heftig, drehte sich um und wankte widerstrebend zurück zu seinem eigenen Zelt. Mit zittriger Hand verstaute er seinen Koffer im Inneren. Einige Minuten verharrte er dort in einer Luft, die bereits merklich wärmer geworden war und wirklich sehr stark nach Plastik roch, und rang mit der heftigen Aufregung, die er während des ganzen Gesprächs nur mühsam hatte unterdrücken können. Er kniete mit weit geöffneten Augen auf seiner Isomatte, die Haare raschelten am Zeltdach, und versuchte sich darauf zu konzentrieren, seinen Herzschlag unter Kontrolle zu bringen, indem er sich zwang, langsam und regelmäßig zu atmen. Schließlich beförderte er die *Italienische Reise* aus dem Koffer und beeilte sich, aus dem Zelt und herab zu den anderen zu kommen.

Unglaublich, dachte er, während er so schnell es die Würde erlaubte den Abhang hinunterstapfte. Diese Reise war der beste Einfall, auf den er jemals gekommen war! Hatte er während der vergangenen Wochen ein – wie er sich selbst sagte – vages und eher unverbindliches Interesse an der Verspätung empfunden, so war in ihm nun vollends die Überzeugung entflammt, sie *heiraten* zu müssen. Ja, heiraten wollte er sie, vom Fleck weg heiraten. Sie war perfekt für ihn. Intelligent. Selbstbewusst. Schön. Und sie verachtete Menschen, die Hobbys hatten – ganz genau wie er auch! Gott, wie hatte ihm das imponiert, merkte er jetzt, während er sich fiebrig nach ihr umsah. Er konnte es nicht erwarten, sich weiter mit ihr zu unterhalten. Er hätte sich den ganzen Tag, die ganze Nacht mit ihr unterhalten wollen. Er wollte nie wieder aufhören, sich mit ihr zu unterhalten.

Das Ufer war von einem dichten Gürtel aus Schilfpflanzen umgeben. Jetzt, Anfang Juni, waren die Pflanzen allerdings noch nicht zu voller Höhe erwachsen, gerade einmal hüfthoch ragten die grünen Stängel aus dem Wasser. Hier und dort gab es Stellen, an denen der Gürtel aufriss, und an denen man direkt ins Wasser waten konnte, und an einer dieser Stellen hatte es sich die Reisegruppe gemütlich gemacht und Tücher auf dem Rasen ausgebreitet, auf denen nun herumgelegen und sonnengebadet wurde. Leider war die Verspätung noch nirgends zu sehen; daher suchte er sich ein Plätzchen etwas abseits, unter einem

Baum, wo er einerseits ungestört lesen und andererseits alles im Auge behalten konnte. Aber gerade, als er sein Handtuch ausbreiten wollte, hielt er inne und sah herab zum See. Würde ihm diese exponierte Lage nicht als Sonderbarkeit ausgelegt werden? Sicher hatte die Verspätung kein Interesse an Männern, die sonderbar waren?

»Guten Tag«, sagte er, während er sein Handtuch unten am Wasser entfaltete, und nickte flüchtig dem Mädchen zu, das sich zuvor die Haare gekämmt hatte und das inzwischen einen karierten Bikini und eine riesige Sonnenbrille trug. Er blickte sich über die Schulter. Dann, gegen beträchtliche innere Widerstände, hockte er sich auf den Boden. Steif, weil er nicht wusste, ob er etwas sagen sollte oder doch lieber nicht, starrte er auf den See, in dessen Mitte Elektrokai und noch jemand Zweites planschten. Er trug noch immer seine Cordhose und sein blaues Hemd, das inzwischen ziemlich durchgeschwitzt war, und er beschloss, dass es ihm niemand verübeln würde, wenn er die Ärmel des Hemdes nach oben krempeln und seine Schuhe ausziehen würde. So blieb er eine Weile sitzen und bemühte sich, möglichst keine Geräusche zu machen. Dann, versuchshalber, legte er sich zurück, auf den Rücken, blickte noch einmal flüchtig zu dem Mädchen, das damit aber kein Problem zu haben schien, und richtete den Blick nach oben, zum Himmel, der so blau war, dass es blendete.

Langsam, vorsichtig ließ er die Finger durchs Gras fahren, tastete mit den Fingerkuppen nach der Erde, aus der es spross. Ein leichter Wind rauschte in den Blättern der Bäume, im Schilf. Wasser schwappte gegen das Ufer. Insekten brummten. Ab und an kreischte Elektrokai.

Jemand kam von oben die Wiese herab, Kress hob den Kopf und erkannte die Verspätung. Sie hatte nackte Füße und trug einen schwarzen Bikini. Das blonde, wellige Haar hatte sie locker am Hinterkopf zusammengenommen, aber einzelne Strähnen hatten sich wieder gelöst und fielen ihr ins Gesicht. Sie lächelte Kress zu und nickte, Kress erblasste, nickte seinerseits, einen Moment strich ihr Schatten über seinen Körper. Ein Stück vor ihm legte sie ihr Handtuch in die Wiese, stemmte eine Hand in die Hüfte, schirmte mit der anderen ihre Augen ab und blickte aufs Wasser. Kress konnte seine Augen nicht von ihr nehmen. Die schlanken, fast weißen Beine. Das Bikinihöschen, das leicht in die weichen Hüften schnitt. Die Schleife, die das Oberteil zusammenhielt, direkt unterhalb der Schulterblätter. Die Haarsträhnen, die ihr in den Nacken fielen. »Madeleine«, rief Elektrokai, »komm rein, das Wasser ist absolut unglaublich.« Die Verspätung lachte, strich sich mit der Hand über den Hals. Langsam, Schritt für Schritt, watete sie in den See. »Es ist überhaupt nicht kalt«, brüllte Elektrokai. Die Verspätung winkte. Dann, mit einem lauten Planschen, sprang sie vor, tauchte unter, blieb für die Dauer eines Kress'schen Herzschlags verschwunden und schoss einige Meter weiter durch die Oberfläche wieder ans Licht.

Sie schwamm heraus zu Elektrokai, sprach ein paar Worte mit ihm. Elektrokai lachte, dann drehte die Verspätung ab und schwamm weiter, Richtung Mitte des Sees. Elektrokai tauchte unter, vollzog, wie es schien, eine Unterwasserrolle, ratschte jaulend wieder hervor. Er blickte hinüber zur Verspätung, die sich bereits ein Stück entfernt hatte, aber sie blickte nicht zurück; und also drehte Elektrokai ab und kraulte zum Ufer.

»Wow, phantastisch, das musst du dir geben«, sagte er, als er sich neben Kress ins Gras fallen ließ, ein paar Tropfen spritzten auf Kress' Gesicht. »Du warst noch gar nicht schwimmen, oder?«

»Ich bin kein besonders guter Schwimmer«, sagte Kress.

»Hast du nicht vorhin gesagt, du schwimmst gern.«

»Aber nicht gut.«

»Hier wirst du zum Schwimmer«, sagt Elektrokai. »Wer hier nicht zum Schwimmer wird, dem ist nicht zu helfen.« Damit verschränkte er die Arme hinter dem Kopf und ließ seinen Oberkörper ins Gras sacken.

Fünfmal zog die Verspätung zwischen diesem und dem jenseitigen Ufer hin und her, ehe sie zurück zur Liegestelle zwischen den Schilfpflanzen schwamm. »Na ihr?«, sagte sie, als sie dem Wasser entstiegen war, und blickte der Reihe nach auf die Liegenden. Tropfen rannen ihre Beine herunter. »Na du?«, sagte Elektrokai, schirmte mit der Hand die Augen ab und blickte zu ihr herauf. »Ist toll, oder?«

Die Verspätung wischte sich eine Strähne aus der Stirn, löste den Knoten an ihrem Hinterkopf und strich das Wasser aus ihren Haaren.

»Ich wollte seit letztem September hierherkommen. Ich hab die ganze Zeit zu Mona gesagt, Mona, lass uns da hin fahren, sobald die ersten Sonnenstrahlen kommen.«

Sie breitete ihr Handtuch im Gras aus, ließ sich darauf nieder, stützte sich mit dem Ellenbogen ab und blickte auf den See. Ihre schmalen Brüste zeichneten sich unter dem Bikinioberteil ab, Wassertropfen glitzerten auf ihrer Schulter und in den feinen weißen Härchen unterhalb ihres Bauchnabels. Sie sah zu Kress herüber, augenblicklich ruckte er seinen Blick ins Schilf.

Vorsichtig, als bestehe der Untergrund aus Glasscherben, legte er sich auf den Rücken und blickte hinauf in den Himmel.

Eine knappe Stunde lag er reglos im Gras, darauf wartend, dass die Verspätung das Gespräch mit ihm suchte. Bei der kleinsten Regung rechts von ihm spürte er die Aufregung seinen Körper emporkribbeln – war es jetzt so weit? Aber sooft Kress den Atem anhielt, so oft atmete er nach Ablauf einer halben Minute wieder aus. Ganz offensichtlich hatte die Verspätung keinerlei Interesse an einem Gespräch, weder mit ihm noch mit jemand anderem, sie lag einfach im Gras und las in ihrem Buch. Nicht einmal Elektrokai, der mit der Emsigkeit eines hyperaktiven Dackels Sinnentleertheiten anschleppte wie tote Maulwürfe, drang recht zu ihr durch:

»Ey Madeleine, was liest denn du da?«

Die Verspätung hob wortlos das Buch in die Luft und präsentierte den Titel (*Die Brüder Karamasow*).

»Und, ist gut?«

»Mhm.«

»Und, worum geht's?«

»Um so Brüder.«

»Krass.«

Elektrokai, die nackten Arme um die Knie geschlungen, blickte nickend heraus auf den See.

Schließlich ertrug Kress das peinigende Herumgewarte nicht länger, erhob sich (wovon die Verspätung nicht einmal Notiz zu nehmen schien) und entfernte sich wortlos. Eine Weile stromerte er ziel- und rastlos durch kleine Zweige und raschelndes Laub über das Gelände, das im Südwesten von der Straße und im Nordosten von einem verfallenen Bretterzaun begrenzt wurde, hinter dem sich ein Nadelwald öffnete. Gebetsmühlenhaft versicherte er sich, es habe nichts zu bedeuten, wenn die Verspätung nicht mit ihm redete, sie wolle sich einfach entspannen, entsprechend habe sie ganz einfach keine Lust auf Konversation, er, Kress, habe seine nächste Chance beim angekündigten Lagerfeuer.

Er war gut zwanzig Minuten lang durch die Gegend gestreunt, als er im Garten hinter dem Haus, im Schatten der Laubbäume, eine Gestalt knien sah. Im Näherkommen erkannte er Mona. Bis auf die Begrüßung hatte er bislang überhaupt nicht mit ihr gesprochen, sie war die ganze Zeit hin und her gewuselt, hatte Sachen aus dem Auto zur Lagerfeuerstätte geschleppt, hatte mit Uwes Hilfe ihr eigenes Zelt aufgebaut und war anschließend verschwunden. Kress hatte beinahe das Gefühl, gemieden zu werden. Völlig unrecht war es ihm nicht. Immerhin war er wegen der Verspätung hier. Trotzdem, ohne dass er recht eigentlich wusste, weshalb, trat er jetzt näher, nicht ohne sich vorher zu vergewissern, dass die Verspätung außer Sichtweite war.

»Kress«, rief Mona, und winkte ihm zu, als sie ihn kommen sah. »Na du?«

»Was machst du denn da?«

Sie zuckte mit den Schultern.

»Dieser Freund von mir, Karl, hat mir letztes Jahr zum Geburtstag Marihuanasamen geschenkt. Ich wusste nicht so richtig, was ich damit anfangen soll, jedenfalls wollte ich sie nicht unbedingt bei mir in der WG ziehen, deswegen hab ich sie im vergangenen August irgendwo hier eingebuddelt. War natürlich eine Schnapsidee, aber …« Sie schnüffelte an den Grashalmen, die sie abgezupft hatte. »Irgendwie hatte ich gehofft, dass ich, wenn ich zurückkomme, steinreich bin, weil das halbe Grundstück mit Hanfpflanzen überwuchert ist. Aber ehrlich gesagt, das Zeug hier sieht für mich nicht danach aus.«

»Es sieht tatsächlich eher nach normalem Gras aus.«

»Ja. Schade. Ich hatte diese Vorstellung, dass ich zu so einer Art Unterwelt-Königin werden würde, die überall immer nur mit einer Entourage aus dreißig knackigen

Gangsterjungs auftaucht und über unendliche Reichtümer gebietet, weil sie diese geheime brandenburgische Bio-Marihuanaplantage betreibt. Aber so wie's aussieht, ist das hier wirklich bloß Gras.«

»Ich denke schon, ja.«

»So normales Gras wird uns keiner abkaufen, schätze ich.«

»Vermutlich nicht, nein.«

»Also heißt's zurück an den Schreibtisch für uns.« Sie seufzte. »Na, aber sag mal, wie gefällt's dir denn auf meinem kleinen Landsitz hier?«

»Es ist tatsächlich sehr hübsch.«

»All das hier«, sagte sie und beschrieb mit der Hand einen Bogen über dem Gelände, »wird einmal mir gehören.«

Kress legte die Hände hinter dem Rücken zusammen, der Höflichkeit halber zog er mit seinem Blick einen Halbkreis über das Gelände, nickte und setzte ein Lächeln auf.

»Zum gegenwärtigen Zeitpunkt gehört es noch deinen Eltern?«

»Na ja, technisch betrachtet. Aber ich bezweifle, ehrlich gesagt, dass die das überhaupt noch wissen. Die Einzige, die hier noch rauskommt, bin ich. Hier«, sie schraubte einen metallischen Flachmann auf, »willst du was?«

»Ich bin ziemlich schlecht im Fangen. Im Übrigen trinke ich keinen Alkohol.«

»Ich bitte dich, das ist doch kein Alkohol! Das ist bloß irgend so eine Limonade – Himbeere, Zitronengras, irgend so etwas.« Sie nahm einen Schluck, bewegte ihn prüfend im Mund hin und her. »Na ja, vielleicht, dass es einen klitzekleinen Anteil Whiskey gibt. Aber wirklich nur ein homöopathisches Tröpfchen.«

Sie hielt ihm den Flachmann hin.

»Wie gesagt, ich trinke keinen Alkohol.«

»Ach was, das hast du auch übers Rauchen gesagt.«

»Ich trinke wirklich keinen Alkohol.«

»Ohne Ausnahme?«

»Ohne Ausnahme.«

»Was ist mit Medizin?« Sie nahm einen weiteren Schluck und betrachtete ihn interessiert. »Es gibt Hustensäfte, die Alkohol enthalten, was ist mit denen?«

»Nun, ich will nicht ausschließen, dass ich an der ein oder anderen Stelle, ohne mein Wissen, Alkohol als Bestandteil eines Medikaments zu mir genommen habe.«

»Also trinkst du doch Alkohol.«

»Wie gesagt, nicht willentlich.«

»Aber wenn du Alkohol in Hustensaft zu dir nimmst, dann ist das doch willentlich, denke ich. Darüber könnte man diskutieren.«

»Man könnte es auch lassen.«

»Das stimmt. Übrigens, warum nicht?«

»Warum ich keinen Alkohol trinke? Das hat persönliche Gründe.«

»Möchtest du drüber reden?«

»Möchte ich nicht.«

»Ich kann sehr gut zuhören.«

»Meiner Erfahrung nach kannst du vor allem auch sehr gut reden.«

Mona setzte ein breites, sehr zufriedenes Lächeln auf.

»Ich rede, lieber Kress, weil du schweigst. Wenn es eine Unterhaltung zwischen uns beiden geben soll, dann muss einer von uns beiden reden, und wenn du es nicht bist, der etwas sagt, dann eben ich, das ist ja wohl klar.«

Ihr Vater, erzählte Mona, hatte Ende der siebziger Jahre, also bevor sie geboren worden war, in den Künstlerkreisen der DDR so etwas wie eine bescheidene Bekanntheit erlangt, weil er zwei ziemlich radikale Theaterstücke geschrieben hatte, die noch vor der Erstaufführung verboten worden waren. Ihre Mutter, die damals eine schüchterne Medizinstudentin aus einer Arbeiterfamilie gewesen war, hatte er auf einer Theaterpremiere kennengelernt, sie hatte sich sofort vom Bild des Intellektuellen und Schriftstellers angezogen gefühlt, den sie in Monas Vater gesehen hatte. Er hatte nicht heiraten wollen, aus ideologischen Gründen, deswegen war es für das junge Paar kaum möglich gewesen, eine gemeinsame Wohnung in Berlin zu erhalten. Nach etwa anderthalb Jahren hatte ihre Mutter das Studium aufgegeben und sie waren hier heraus gezogen, um zu »überwintern«, wie er das später genannt hatte: sie als Sekretärin in einer Tierarztpraxis, er als Hüter von Haushalt und Kind. Ein Jahrzehnt lang war die Familie zusammengehalten worden von der Vorstellung des verhinderten Künstlers, des Schriftstellers, dessen Stücke nicht aufgeführt wurden. Aber als '89 mit der Mauer auch die Gründe für seine fortgesetzte künstlerische Inaktivität gefallen waren und ihr Vater die alte Schreibmaschine vom Dachboden geholt hatte, weil er endlich die Freiheit hatte, den Roman zu schreiben, vom dem er so viele Jahre geredet hatte, waren die Seiten leer geblieben.

»Er hat es nie wirklich ausgesprochen, aber es war klar, dass für ihn die Schuld bei uns lag, bei meiner Mutter und mir. Wären wir nicht gewesen, hätte er keine Rücksicht nehmen müssen, hätte er weiter schreiben können, wäre er vielleicht ins Gefängnis gekommen, aber immerhin hätte er sich nicht selbst aufgegeben … Irgendwie so.« Sie lächelte. »Sie haben sich dann ziemlich genau zwei Jahre nach der Wende scheiden lassen, und meine Mutter und ich sind nach Berlin gegangen.«

Schon vor einer Weile hatten sie das Grundstück verlassen, waren zum Tor herausspaziert und der schmalen Straße gefolgt, bis der Zaun zum Wasser abknickte. Links, schlaff in der Spätnachmittagssonne, hingen Grasbüschel in den Weg, dahinter ragten die Stämme der Kiefern auf. Mona, während sie mit Kress in das Waldstück trat, das hinunter zum Ufer führte, erzählte ihm von ein paar weiteren Häusern, ein Stück den Weg entlang, die jedoch allesamt leer standen. Die letzten Bewohner, sagte sie, während sie zwischen den Bäumen durch ein Meer vertrockneter Tannennadeln staksten, waren '95 verschwunden. Seither hatte sie hier draußen keine Menschenseele gesehen.

»Vermisst du es, hier zu leben?«, fragte Kress.

»Vermissen ist das falsche Wort.« Sie bog einen Zweig zur Seite. »In dem Maße vielleicht, in dem alle Menschen irgendwo ihre Kindheit vermissen. Aber meine ganze bewusste Sozialisation hat eigentlich in Berlin stattgefunden. Ich könnte nicht leben ohne das Gefühl, um zwei Uhr morgens zum Rathaus Grill gehen zu können. Oder Menschen um mich herum zu haben. Was widersprüchlich ist, weil ich die Menschen auch ziemlich oft kaum ertragen kann. Aber so ist's. Was ist mit dir? Lebst du gern in Berlin?«

»Nun, ich schätze Berlin.« Er machte eine Pause. »Also, das heißt, ich habe schlicht niemals darüber nachgedacht, irgendwo anders zu leben.«

»Aber du kommst nicht von dort?«

»Nein.« Kress schob die Hände in die Hosentaschen. »Ich komme aus einer Kleinstadt in der Nähe von Münster.«

»Fährst du oft nach Hause?«

»Nicht sehr oft, nein.«

»Und deine Familie? Wie oft siehst du sie?«

»Nun«, Kress räusperte sich, »was meinen Vater betrifft, ich kenne ihn nicht besonders gut. Wir sprechen manchmal am Telefon, allerdings selten, es ist meist eher … unergiebig.«

»Okay.« Sie schwieg einige Sekunden. »Und deine Mutter?«

»Meine Mutter …«, Kress blickte hinaus auf den See. »Wenn du es genau wissen willst, meine Mutter lebt nicht mehr. Schon seit einer Weile nicht mehr.«

Mona drehte ihm den Kopf zu und betrachtete ihn mit einem ernsten Gesicht.

»Das tut mir leid.«

»Das muss es nicht, wirklich nicht, es ist kein Problem.«

»Was ist passiert?«

»Nun …«, Kress ballte die Hände, bohrte den Blick in den Boden und die linke Fußspitze ins Laub. »Lass uns einmal dort entlanggehen«, entfuhr es ihm, er deutete mit dem Zeigefinger in die dem Haus entgegengesetzte Richtung und preschte vor, weg von Mona.

Ein Stück das Ufer entlang setzte er sich auf einen großen, moosbewachsenen Felsen, der zwischen zwei Kiefern nahe dem Ufer aus der Erde ragte. Mit verschränkten Armen blickte er aufs Wasser.

Etwas raschelte. Mona trat neben ihn. Wortlos setzte sie sich zu ihm auf den Felsen.

»Ich würde es bevorzugen, nicht über meine Mutter zu reden«, sagte er.

»Okay«, sagte sie.

Er drehte den Kopf nach rechts und bedachte sie mit einem verärgerten Blick. Dann, abrupt, wandte er sich wieder dem See zu.

Er ärgerte sich. Maßlos. Niemals hätte er davon anfangen dürfen. Er kannte das gut, allzu gut: Menschen, die aus irgendwelchen Gründen irgendetwas über seine Kindheit erfuhren und die ihn plötzlich mit anderen Augen ansahen. Nur noch im Licht dieser Kindheit. Unsinn war das, vollkommener Unsinn, und zwar aus folgenden Gründen:

1. Alle Menschen hatten irgendwelche unerfreulichen Dinge in ihrer Vergangenheit, eine sogenannte »schlechte Kindheit« war keineswegs etwas Besonderes, und noch weniger sagte sie etwas über einen aus.
2. Es war zweifelhaft, und zwar in hohem Maße zweifelhaft, ob es so etwas wie eine »Kindheit« überhaupt gab. Wie Ariès (1960) eindrucksvoll gezeigt hatte, war das Konzept der Kindheit historisch betrachtet vollkommen kontingent, die Vorstellung einer Kindheit war überhaupt erst im 16. Jahrhundert aufgetaucht, davor waren die sogenannten »Kinder« stets als das dargestellt worden, was sie nach Kress' Dafürhalten in Wirklichkeit waren: körperlich kleine Erwachsene!
3. Niemand, nicht einmal Mona, hätte die Wahrheit begriffen: dass der Unfall nicht der Anfang einer »schlechten Kindheit« gewesen war, sondern das Ende. Der Tod seiner Mutter war das Beste, was ihm hätte passieren können, eine saubere Lösung für alle Parteien.

Sie saßen dort auf dem Stein eine ganze Weile und schwiegen. Immer wieder musterte er sie aus dem Augenwinkel. Er wartete förmlich darauf, dass sie das Schweigen brach, ihn mit irgendeiner Frage löcherte. Aber nichts dergleichen geschah. Stattdessen hörten sie die Flügelbewegungen der Enten, die sich in halsbrecherischen Landemanövern in den See stürzten, und ab und an ein leises Planschen, wenn ein Fisch aus dem Wasser sprang. Die Abendsonne hatte sich dicht über den Bäumen des anderen Ufers eingerichtet, das zu einem dunklen Strich zusammengeschmolzen war. Mückenschwärme vagabundierten über dem See.

»Komm, ich zeig dir was«, sagte Mona schließlich, stand auf und hielt ihm die Hand hin. Kress betrachtete die Hand. Zögerlich griff er danach und erhob sich.

Das vertrocknete Laub raschelte unter ihren Füßen. An einer Stelle gab es ein Rinnsal, das sich durch einen schmalen Erdgraben in den See schlängelte.

»Schau, da vorn«, sagte sie. »Siehst du den Baum da? Der über das Wasser ragt? Da hatten mein Vater und ich ein Seil befestigt, von dort haben wir uns im Sommer in den See geschwungen.«

»Ist es das, was du mir zeigen wolltest?«

»Das ist ein besonderer Ort für mich, weißt du? Mein Vater und ich, wir haben hier endlose Stunden verbracht. In den Sommerferien, wenn meine Mutter gearbeitet hat, sind wir hier rausgekommen mit einer Decke und ein paar Butterbroten und haben abwechselnd gelesen und geschwommen. Immer nur gelesen und geschwommen. Da vorn, wo sich die Schilfpflanzen öffnen: Da kommt man ins Wasser.«

»Hübsch«, Kress legte die Hände hinter dem Rücken zusammen.

»Siehst du das, da hinten? Den hellen Fleck am anderen Ufer, hinter den Bäumen? Das ist das Haus. Manchmal sind wir um die Wette da rübergeschwommen, mein Vater und ich.«

Kress runzelte die Stirn.

»Sieht weit aus.«

»Weiter als es in Wirklichkeit ist. Man braucht etwa eine Viertelstunde.«

»Kannst du das immer noch?«

»Da rüberschwimmen? Keine Ahnung. Vermutlich

schon. Sag mal, bist du überhaupt schon geschwommen, seitdem du hier bist?«

»Ich bin kein sonderlich überzeugender Schwimmer. Ehrlich gesagt, die meiste Zeit gehe ich unter.«

»Möchtest du? Es ist ganz warm und flach. Man kann bis weit hinten stehen.«

»Ich glaube nicht, nein.«

»Es ist wirklich schön.«

»Ich habe auch überhaupt keine Schwimmkleidung bei mir.«

Mona lachte.

»Das ist wirklich kein Problem, Kress. Hier ist kein Mensch außer uns beiden. Wenn du möchtest, geh ich vor dir rein. Aber, Freund«, sie drohte ihm zum Scherz mit dem Zeigefinger, »du musst dich umdrehen, bis ich im Wasser bin.«

»Du meinst ohne Schwimmkleidung? Ganz ohne Kleidung?«

»Das hast du noch nie gemacht, was?«

Kress schüttelte den Kopf.

»Überrascht mich jetzt nicht wirklich«, sagte Mona, lachend. »Lohnt sich. Ist ganz was anderes.«

»Ich weiß nicht.« Er blickte zum Wasser, auf die Stelle, auf die sie gedeutet hatte, dann wieder zu Mona. »Jetzt sofort?«

Mona wippte vielsagend mit den Brauen.

»Na ja, du musst halt weggucken.«

»Um ehrlich zu sein …«, er blickte sich um, nervös, räusperte sich.

»Ach Quatsch, Kress. War ein Scherz. Lass das mal lassen.«

»Nein, warte mal. Warum nicht? Womöglich … vielleicht macht das ja Spaß, denke ich.«

Mona bedachte ihn mit einem süffisanten, aber irgendwie freundlichen Blick.

»Na dann.«

Kress drehte sich um. Er schirmte die Augen ab, stierte in die entgegengesetzte Richtung, eine leichte Anhöhe aus Laub, Kiefernnadeln und Mooshügeln empor zwischen die Bäume. Sein Herz klopfte. Hinter sich hörte er, wie Mona sich entkleidete.

»Aber schwimmen kannst du schon?«, rief sie. »Weil, ich werd für dich nicht zur Rettungsschwi… *Hey!*«

Im ersten Moment hatte sie ihn gar nicht bemerkt, sie stützte sich gegen einen Baumstamm, hatte einen Fuß angehoben und war eben im Begriff, etwas umständlich ihre Unterhose über den Fuß zu ziehen. Ihr Kleid hing über einem Ast. Sobald sie aufblickte und bemerkte, dass er sich zu ihr umgedreht hatte, machte sie einen Satz nach hinten, krümmte sich zusammen und bedeckte ihre Brüste und ihre Scham mit den Händen.

Kress stand einfach da. Er zitterte. Sie schien etwas sagen zu wollen, aber dann biss sie sich auf die Unterlippe und verkniff es sich. Ein nervöses kleines Insekt brummte an seinem Gesicht vorüber.

Vorsichtig, wie voller Misstrauen, richtete Mona sich auf. Stand vor ihm, mit geradem Rücken, sah ihn an.

Langsam, ganz langsam, Anspannung auf ihrem Gesicht, ließ sie die Hände, mit denen sie sich bedeckt gehalten hatte, an ihre Seiten sinken.

Kress starrte ihr in die Augen. Sein Blick war wie festzementiert. Er musste sich regelrecht zwingen, an ihr herabzusehen. Ihren Körper anzusehen.

Im nächsten Moment wirbelte er um die eigene Achse und stürmte davon, durch Laub und Zweige zurück in Richtung des Hauses.

Unsinn! Kompletter Unsinn, Anzeichen eines außerordentlich schlechten Urteilsvermögens! Vollkommen außer Atem erreichte er die Straße, japsend stützte er sich an einen Kiefernstamm, über den irgendwelche Insekten krauchten. Das war alles überhaupt nicht so gelaufen, wie er sich das vorgestellt hatte. Wobei er nicht wusste, was genau er sich vorgestellt hatte. Nicht jedenfalls, dass Mona sich auszog. Nicht ernsthaft. Er presste die Augen zusammen und stieß die Stirn gegen die Rinde. Monas Körper – der Anblick ging ihm nicht mehr aus dem Kopf! Er hatte niemals zuvor einen richtigen Frauenkörper gesehen. Hätte er dortbleiben sollen? Hätte er die Chance ergreifen sollen? Was, wenn die Verspätung von alledem erfuhr?

Als er zehn Minuten später durch das Tor auf die Lichtung hastete, wo die Zelte standen, bereitete die Reisegruppe bereits das Abendessen vor. Ein paar Mädchen saßen wie die Nymphen im Gras und nutzten ihre grazilen Glieder zum Würfeln unterschiedlicher Salatzutaten. Kurt, der Mensch, mit dem Kress einmal beinahe ein Referat hatte halten müssen, hockte etwas unelegant daneben und war ganz vertieft darin, Kartoffeln in Alufolie zu wickeln, was ihm angesichts der Marihuana-Zigarette in seinem Mundwinkel zunehmend schwerer zu fallen schien.

»Hat einer von euch Madeleine gesehen? Wisst ihr, wo Madeleine ist?«

»Keine Ahnung, ich glaub, die ist mit Elektrokai da runtergegangen, in den Wald, um Holz fürs Feuer zu suchen.«

In Kress' Gesicht zuckte es.

»Da lang?« Er deutete in die Richtung, in die ihn das Mädchen gewiesen hatte.

Warum denn mit Elektrokai, dachte er, während er über den Zaun kletterte und hinaus in den Wald eilte. Ausgerechnet mit Elektrokai, der ja nun erwiesenermaßen die größte Vollniete unter der Sonne war? Warum bloß war er, Kress, nicht hier gewesen? Unzweifelhaft hätte die Verspätung ihn zum Holzsuchen ausgewählt, wenn er bloß da gewesen wäre. Möglicherweise wollte sie ihn sogar strafen für seine Abwesenheit, indem sie mit dieser Maximalpflaume Elektrokai das Holz suchte? War sie eifersüchtig auf Mona?

Sobald er sie entdeckt hatte, versteckte er sich hinter einem Baum. Es war bereits einigermaßen düster hier im Wald, im Gegenlicht der Abendsonne, die durch die Wipfel glomm, waren die Stämme der Bäume und die beiden Figuren vor ihm kaum mehr als schwarze Silhouetten. Die Verspätung, wie es schien, hatte Elektrokai zum Packesel umfunktioniert, etwas unglücklich stand er hinter ihr und musste mit seinen Armen einen Wust aus Ästen und Zweigen tragen, der ihm bereits bis zum Kinn reichte. Immer neue Hölzer schichtete die Verspätung ihm auf. Kress biss sich in den Zeigefinger. Er inspizierte seine Kleidung, plättete mit der flachen Hand seinen Scheitel und trat hinter dem Baum hervor.

»Madeleine«, rief er, eilig Laub und kleine Zweige unter seinen Füßen zerknirschend, »gut, dich hier anzutreffen, sehr gut.«

»Kress«, die Verspätung war stehen geblieben und sah irgendwie verblüfft in seine Richtung. »Was ist denn?«

»Korrekt«, sagte er sinnloserweise, »nun, ähm … könnten wir, wenn das möglich wäre, kurz unter vier Augen miteinander sprechen? Das ist keineswegs unhöflich gemeint, Kai … Elektrokai … es ist bloß, Madeleine und ich, wir haben ein privates Gespräch miteinander zu führen.«

»Ähm. Okay? Ist alles in Ordnung? Was ist denn?«

»Es wäre wichtig, dass wir alleine miteinander reden.«

Die Verspätung nahm einen tiefen Zug Waldluft.

»Ja, gut«, Elektrokai lugte hinter seinem Holzstapel hervor. »Ich könnte vielleicht schon mal vorgehen.«

Die Verspätung antwortete nicht, machte bloß ein unzufriedenes Gesicht, was Elektrokai offenbar als Zustimmung nahm, denn im nächsten Moment trollte er sich.

»Was in aller Welt ist denn jetzt bitte so wichtig? Ist irgendetwas passiert?«, sagte sie, sobald Elektrokai außer Hörweite war.

»Ja, richtig, ich bin froh, dass du das ansprichst«, sagte Kress, der Elektrokai nachblickte. »Die Sache ist diese: Ich glaube, ihr passt nicht zusammen.«

»*Was?*«

»Elektrokai ist ein netter Kerl, ohne Frage, mit seinem rasierten Schädel und dem«, er wirbelte mit seinem Zeigefinger um sein Ohr herum, »Musikstöpsel, den er immerzu trägt. Allerdings, für dich, ich glaube, ehrlich gesagt, nicht der ideale Partner.«

»Kress, hast du irgendetwas genommen?«

»Nein, keineswegs, ich wollte bloß, ich …«, hektisch fuchtelte er mit der Hand hin und her.

»Ist es das, was du mir sagen wolltest? Dass ich mit Elektrokai kein Paar werden soll?«

»Nein. Das heißt, ja. Das heißt …« Sein Gesicht verkrampfte sich, er ballte die Hand zur Faust.

»Kress, wo ist Mona?«

»Verzeihung? Was?«

»Wo ist Mona? Du bist doch mit Mona unterwegs gewesen, oder?«

»Was? Wieso? Woher weißt du denn das?«

»Kress, wo ist sie?«

»Sie ist, ich weiß es nicht, irgendwo dort«, er wedelte mit der Hand in Richtung des Hauses. »Mit Mona ist alles in Ordnung, glaub mir, es ist alles in Ordnung mit ihr.«

Die Verspätung machte ein beunruhigtes Gesicht, sie verschränkte die Arme und blickte ebenfalls in Richtung des Hauses.

»So, und was willst du dann jetzt von mir?«

»Ja, richtig«, einen kurzen Moment lang quetschte er die Wange zwischen Finger und Daumen, »es geht darum, ich bin der Auffassung, dass wir vorhin, beim Aufbauen des Zelts, ein gutes Gespräch hatten, du und ich. Und ich dachte, vor diesem Hintergrund könnte ich dich einmal, wenn wir wieder in Berlin sind, nun … zum Essen einladen?«

Sogar im abnehmenden, im Grunde kaum noch vorhandenen Licht sah Kress die Mischung aus Unglauben und Entsetzen, die sich auf dem Gesicht der Verspätung abbildete.

»Ich meine«, fügte er schnell hinzu, »ich bin durchaus froh, dass ich dich hier sehe, in dieser Umgebung, und wir werden ja auch heute Abend noch essen, nicht wahr, ihr habt ja eigens zu diesem Zweck Holz gesammelt, wobei ich dir übrigens sehr gerne geholfen hätte – es ist bloß, ich war der Auffassung, dass wir vielleicht eine etwas andere Umgebung bräuchten, um uns wirklich gut kennenzulernen, mit etwas weniger Laub und …«, er zuckte mit den Schultern, »Ameisen.«

»Kress, ich will wirklich nicht unhöflich sein. Aber da hat es jetzt ein riesiges Missverständnis gegeben zwischen uns beiden.«

»Wir müssen es nicht überstürzen, Madeleine, ich freue mich durchaus, auch heute Abend mit dir … vielleicht, bei einem Glas … Wasser?«

»Du, hör mal, wir können grundsätzlich gerne irgendwann mal irgendwo was essen gehen …«

»Das wäre schön.«

»… aber wenn du dir vorstellst, dass da irgendwie etwas anderes draus werden könnte als eine … Freundschaft, meinetwegen, dann muss ich dich wirklich enttäuschen.«

Kress blinzelte mehrfach kurzabständig.

»Aber womöglich, wenn wir eine Freundschaft ins Auge fassen, gewissermaßen als Ausgangsbasis, womöglich …«, sagte er, mit der einen Hand die Finger der anderen knetend.

»Kress, nein. Das wird nichts. Wirklich nicht.«

»Ist es wegen Elektrokai?«

»Das hat mit Kai überhaupt nichts zu tun.«

»Oder weil ich dir meinen Vornamen nicht gesagt habe?«

»Du, wirklich, wir müssen dieses Gespräch jetzt abbrechen.«

»Madeleine. Bitte. Eine Minute.«

Die Verspätung, die sich bereits zum Haus gedreht hatte, blieb stehen und sah ihn entnervt an.

»Es ist bloß so: Ich empfinde so nicht erst seit unserem Gespräch heute Mittag … Ich empfinde so seit dem ersten Moment, in dem ich dich gesehen habe. Im Seminar von Herrn Doktor Schleicher, als du dich neben mich gesetzt und nach meinem Vornamen gefragt hast. Ich habe seitdem jeden Tag …«

»Kress!«

»Ich sage dir gerne meinen Vornamen, Madeleine.«

»Kress! Scheiße! Schluss damit! Wie oft muss ich nein sagen? Das kann doch nicht wahr sein! Ich versteh's nicht. Was ist kaputt mit euch Typen, dass ihr euch alle, der Reihe nach, einer nach dem anderen, wie die Dominosteinchen in mich verliebt! Was ist da los! Erklär mir das bitte mal. Ihr kennt mich nicht. Keiner von euch kennt mich. Welche Musik höre ich? Sag mir das mal! Was sind meine

Leidenschaften? Welche Werte machen mich aus? Erzähl mir irgendetwas, irgendeine winzige Banalität, die nicht ausschließlich in deinem Kopf entstanden ist! Einmal im Leben, ein einziges Mal, möchte ich erleben, dass sich irgendjemand Erwachsenes in mich verliebt. Herrgott, ich bin doch nicht die Freakfeuerwehr. Lass mich in Ruhe. Hörst du! Lass mich in Ruhe!«

Kress zitterte am ganzen Körper. Er schluckte einen See Speichel herunter. Er schüttelte seinen Kopf.

»Ich bin kein Freak.«

Madeleine sagte nichts, aber ihrem Gesicht war die Erregung deutlich abzulesen. Sie hatte den Kopf abgewandt.

»Ich hab nicht gesagt, dass du ein Freak bist.«

»Natürlich hast du das gesagt!«

»Ich wollte bloß ...« Sie hob hilflos die Hände.

»Schäm dich.«

»Entschuldige bitte.«

»Schäm dich, Madeleine. Schäm dich.«

Sie wollte etwas erwidern, aber es war bereits zu spät: Kress hatte sich umgedreht und stapfte durchs Unterholz davon.

Einige Augenblicke lang blieb sie reglos stehen und stierte mit leerem Gesichtsausdruck auf die Stelle, wo Kress' Silhouette sich mit der Waldfinsternis vereinigt hatte. »O Gott«, sagte sie. Langsam, sehr langsam, drehte sie sich um und ging in Richtung des Hauses.

Ein Freak? Ein *Freak?* Niemals zuvor, wirklich absolut niemals zuvor, hatte es irgendjemand gewagt, ihn, Kress, dermaßen zu beleidigen! Ein Freak, das war das Letzte, was er war, das Allerletzte, das Gegenteil davon war er, ein lupenreiner, einhundertprozentig in der Mitte der Gesellschaft verankerter, vollständig zivilisierter Mitteleuropäer – das war es, was er war, und je tiefer er in den Wald stach, durch verwitterndes Laub und morsche Zweige, die bei jedem Schritt raschelten und knacksten und ihn knöcheltief einsacken ließen, desto tiefer bohrte sich der Zorn in ihn hinein: Diese widerliche, kleine, hassenswerte Person, wie hatte sie es wagen können? Wie hatte sie es wagen können, ihm einen solchen Begriff an den Kopf zu schmettern! Dass sie ihn verschmähte, dass sie ihn nicht als *Mann* haben wollte, damit hätte er zur Not leben können. Aber dass sie ihn obendrein noch *beleidigte* – das war zu viel.

Eine Ewigkeit war er durch den Wald geirrt, wild gestikulierend, Verfluchungen ausstoßend, auf Büsche und Jungpflanzen eintretend. Schließlich, vollkommen erschöpft, war er gegen den kniehohen Stamm eines Baums gesunken, der hier ins Unterholz gekracht war; mannshoch ragte die Wurzel in die Luft.

Niemals hätte er sich auf diese Reise einlassen dürfen. Niemals. Es war ja nicht allein die Verspätung. Die Verspätung war überhaupt nur die Spitze des Eisbergs. Uwe. Elektrokai. Schleicher. Die Liste seiner Feinde ließ sich beliebig verlängern. Alle hatten sie es auf ihn abgesehen. Alle hatten sie sich gegen ihn verschworen. Er war nun wirklich ein friedliebender, hochgradig sozialkompatibler Mensch, der vom Leben nichts weiter wollte als sein bescheidenes Plätzchen oberhalb aller anderen. Aber ständig – *ständig! ständig! ständig!* – hob irgendwer das Beinchen und nässte ihm auf die Schuhe! Auf keinen Fall durfte er sich das bieten lassen. Auf keinen Fall *würde* er sich das bieten lassen! Was immer ab jetzt geschah, niemand durfte sich beschweren, er habe sie nicht gewarnt. Ein ums andere Mal hatte er versucht, es ihnen zu sagen. Bitte, hatte er gesagt, ich bin hier, ihr seid dort, alles gut. Aber unentwegt hatten die anderen mit ihren Spuckebällchen nach ihm gezielt, ihren Müll über seinen Stacheldrahtzaun geworfen. Damit war Schluss. Damit war endgültig Schluss. Er hatte es ihnen gesagt, sie hatten nicht hören wollen. Was immer ab jetzt geschah: Er, Kress, wies jede Verantwortung von sich.

Irgendwann bemerkte Kress, dass der Wald ringsum finster geworden war. Er konnte kaum noch etwas erkennen, und in plötzlicher Panik erhob er sich und drehte sich in die Richtung, aus der er gekommen war oder von der er meinte, dass er von dort gekommen war. Aber da war nichts, nur die Umrisse von ein paar Bäumen, die sich in wenigen Metern in der Finsternis verloren.

Eine Weile lang stakste er orientierungslos durch die Nacht. Vom langen Sitzen war sein Hosenboden klamm geworden. Er fröstelte, hielt seine Arme umfangen. Hier und da schien der Mond zwischen den Wipfeln der Kiefern hindurch, aber die meiste Zeit war es vollkommen finster, bei jedem Knacksen im Unterholz zuckte Kress zusammen und erstarrte. Immer wieder stolperte er über Äste und Wurzeln.

Er hatte keine Ahnung, wie lange er gelaufen war, als er das Feuer entdeckte. Zunächst war es nicht mehr als ein rötliches Glimmen, das für kurze Momente zwischen den Baumstämmen auftauchte, doch je näher er kam, desto deutlicher wurde es, und nachdem er dem Leuchten etwa zehn Minuten lang mehr entgegengestolpert als gegangen war, erblickte er zwischen den Bäumen die Silhouette von Monas Haus.

Nah dem Seeufer kletterte er über den Zaun auf das Grundstück. Das Wasser war pechschwarz, lediglich der Mond, der zwischen hauchdünnen Wolken hindurch schimmerte, malte eine Lichtstraße auf die fein sich kräuselnde Oberfläche. Frösche schmetterten ihren Gesang in das gleichförmige Gequassel der Zikaden. Von der Lichtung her waren leise Stimmen zu hören.

Das Feuer war fast erloschen. Ein Wunder, dass er es überhaupt gesehen hatte. Im Schutz der Dunkelheit pirschte sich Kress näher. Hinter einem Busch kniete er sich ins Gras. Zwei einsame Figuren saßen auf der Wiese, die Gesichter angeschienen von der schwindenden Glut, und unterhielten sich leise. Von den anderen gab es keine Spur, vermutlich, überlegte Kress, war es lange nach Mitternacht und sie hatten sich in die Zelte gelegt. Was genau die beiden Figuren – Kress meinte Elektrokai und dessen Freund Uwe zu erkennen – miteinander zu besprechen hatten, war aus der Distanz nicht zu hören. Er reckte den Hals und blickte über den Busch hinweg zu den Zelten. Dort war alles dunkel.

Die beiden Figuren blieben noch etwa eine Dreiviertelstunde lang sitzen, murmelten Unverständliches und tranken Bier aus der Flasche. Immer wieder sah Kress Zigaretten aufglühen. Was ihn am allermeisten erzürnte an diesem ganzen Vorgang, was ihn geradezu in den Wahnsinn trieb, das war die Tatsache, dass keiner dieser Leute auch nur einen Finger gekrümmt hatte, um ihn zu suchen. Woher, bitte sehr, nahmen sie denn Gewissheit, dass es ihm gutging, dort draußen in der die brandenburgischen Wildnis? Jedes Kleinkind wusste, dass es in den Wäldern der ehemaligen DDR von tödlichen Gefahren nur so wimmelte. Was dort an Wildschweinen und Nazis durch die Finsternis marodierte, das mochte er sich lieber gar nicht ausmalen. Gut möglich, dass er, ohne es zu bemerken, nur um ein Haar mit dem Leben davongekommen war. Und was hatte die liebe Reisegruppe gemacht? Die Verspätung? Elektrokai? All die anderen? Hier gesessen hatten sie und Grillwürste ins Feuer gehalten. *Seine* Grillwürste, wohlgemerkt.

Schließlich erhob sich der größere der beiden Armleuchter – es war wirklich Uwe – und kippte sein Bier in die ersterbende Glut. Es zischte und blubberte. Gemeinsam schwankten sie zu den Zelten.

Ringsherum war es dunkel, nur der beinahe volle Mond, der über dem See stand, umriss die Konturen der Bäume und Sträucher. Er konnte nicht zurück zu seinem Zelt, unzweifelhaft hätte er die halbe Reisegruppe geweckt, wenn er dort hineingekrochen wäre. Er brauchte bloß einen Ort, um ein paar Stunden zu schlafen, bis es hell genug war, um von hier zu verschwinden.

Die Tür zu Monas Elternhaus, als er sie antippte, war bloß angelehnt. Dahinter herrschte vollkommene Finsternis. Er neigte den Kopf ein Stück in den Flur; als nichts geschah, rückte er vor. Linker Hand ertastete er das runde, kalte Holz eines Treppengeländers. Langsam, wie in Zeitlupe, stieg er die Stufen empor. Oben war es nicht ganz so dunkel. Eine der Türen war geöffnet, ragte in den Flur hinein. Das Mondlicht, das durch die Fenster dahinter fiel, lief auf den Holzdielen zu einer Miniaturvariante der gleißenden Straße zusammen, die er draußen auf dem See gesehen hatte. Kress, zögerlich, trat vor und zog die Tür ein Stück weiter auf – und erstarrte.

Mona schlief. Sie lag zusammengerollt an der Wand neben der Tür, auf einer Isomatte, mit einem Schlafsack, dessen untere Hälfte wie eine tote Natter im Raum lag, während sie die andere, obere Hälfte, die ihr als Kissen diente, mit dem rechten Arm umschlungen hielt.

Er konnte sich nicht daran erinnern, jemals einen anderen Menschen schlafen gesehen zu haben. Vermutlich, früher einmal, seine Mutter, aber das lag so weit in der

Vergangenheit, die Zeit hatte jede Erinnerung daran getilgt. Wie ruhig dieses Gesicht wirkte. Nichts – nicht das leiseste Anzeichen einer Muskelanspannung – war darin zu erkennen.

Eine Weile lang stand er im Türrahmen und betrachtete sie. Irgendwie, Mona, wie sie dort lag, angeschienen vom Mondlicht, hatte etwas seltsam Anziehendes. Er blickte sich über die Schulter, die Treppe hinunter. Es war nichts zu sehen. Er machte einen Schritt auf sie zu. Die Dielen knackten. Er stützte sich an die Wand und zog seine Schuhe aus. Im Schneidersitz setzte er sich neben sie auf den Boden.

Er war müde, merkte er, schrecklich müde. Die Panik, die er im Wald empfunden hatte, steckte ihm noch in den Knochen. Aber dieses Gesicht … dieses weiße Gesicht. Er beugte sich vor, um die Wölbung ihrer Wangen besser betrachten zu können. Ihr Kinn. Ihren Hals. Die kleine Grube, wo der Hals mit dem Brustkorb verschmolz. Das leichte, kaum wahrzunehmende Puckern der Adern.

Er streckte die Hand aus, berührte mit den Fingerspitzen ihr Haar. Spröde fühlte es sich an. Als bestehe es aus feinen Drähten.

»Hey!«

Mona riss ihren Kopf nach hinten, wo er mit einem Rums gegen die Wand stieß.

Sie blinzelte mit verquollenen Augen, runzelte die Stirn. »Ach, du bist das. Wo warst denn du die ganze Nacht? Wie spät ist es überhaupt?«

»Ich weiß nicht. Spät.«

Mona blies Luft durch die Lippen und legte die Stirn in Runzeln. Mühsam setzte sie sich auf und lehnte sich gegen die Wand, wo sie sitzen blieb und ins Nichts stierte. Schließlich entfuhr ihr ein tiefer Atemstoß, und sie rieb sich die Augen mit dem Handrücken. Sie beugte sich zu einer Wasserflasche, die ihr aus der Hand gerollt war, schraubte sie auf und schnupperte daran. »Puh«, sagte sie und setzte die Flasche an ihre Lippen. »Willst du auch was? Ist Wasser.«

Kress nahm die Flasche entgegen und trank seinerseits einen Schluck. Er stellte die Flasche neben sich auf den Boden.

»Jetzt sag mal, wo warst du denn die ganze Nacht? Was suchst du eigentlich hier?«

Unsicherheit schwang in ihrer Stimme mit.

»Ich habe darüber nachgedacht, was vorhin geschehen ist, am Ufer.«

»Du, Kress …«

Sie hatte seinen Namen noch nicht ganz zu Ende gesprochen, da schwang Kress sich mit seinem ganzen Körper vor und stieß seine Lippen auf die ihren.

»Kress«, Mona wand ihren Kopf aus der Belagerung und schob mit beiden Händen seinen Körper zurück. Kress starrte sie mit weit aufgerissenen Augen an. »Du, ich weiß nicht, ob das eine so tolle Idee ist«, flüsterte sie, aber Kress schob ihre Hände beiseite, nahm sie bei den Schultern, drückte sie gegen die Wand und bohrte sein Gesicht in ihr Dekolleté. Mona erzitterte, ihr Kopf stieß gegen die Mauer. Einige Augenblicke lang blinzelte sie gegen die Decke. Dann, auf dem Gesicht ein Ausdruck massiver Irritation, fingerte sie nach seinem Gürtel.

Es war ihr Geruch, der ihn weckte. Er öffnete die Augen und fand sich inmitten eines Gewühls verschlungener Körperteile – ihre Stirn in seine Schulter gebohrt, das schwarze Haar in seinem Gesicht, seine Hände zwischen ihren Achseln, ihre Beine zwischen den seinen – und ihr Geruch, der Geruch fremder Kopfhaut, fremden Atems, fremden Schweißes, wie eine Schlinge um seine Sinne.

Er japste, gewaltsam rollte er sich aus der fremden Umarmung. Eine Sekunde darauf hatte er sich aufgesetzt und zupfte sein Hemd herbei, um wenigstens seine Scham bedecken zu können.

Mona erwachte. Schweigend setzte sie sich auf. Sie sah das Entsetzen in seinem Gesicht und wandte den Blick ab.

Kress, hastig, ohne ein Wort, suchte seine Kleider zusammen und zog sich an. Zog sich die Unterhose über den Po, knöpfte das Hemd zu, stieg in seine Hose und riss den Reißverschluss hoch. Zuletzt hockte er sich auf den Boden und zerrte mit zitternder Hand die Schuhe über die Füße.

Er stand im Türrahmen und schaute bereits in den Flur, spürte aber, dass er noch etwas sagen musste. Mona hatte den Schlafsack herangezogen und bedeckte damit ihre Brüste. Kress sah zu ihr herab. Sie spürte es und hob ihren Kopf. Ruhe und Ernsthaftigkeit lagen auf ihrem Gesicht. Kress zögerte; dann senkte er den Blick und stieß aus dem Raum.

Draußen, auf dem See, stand eine kniehohe Nebeldecke. Feuchtigkeit nistete in der Wiese, am Himmel verkündete ein kaltes Blau den beginnenden Tag. Nichts war zu hören, nur das schmatzende Rascheln, während er durch das Gras wankte, und kurz darauf das Knirschen der Kieselsteine. Das rostige Gatter an der Einfahrt gab ein langgezogenes Gähnen von sich. Als er es von außen zurück in die Verriegelung drückte, bemühte er sich, möglichst keine Geräusche zu machen.

Unmittelbar vor ihm war der Asphalt aufgeplatzt, ein Gänseblümchen mit schlafendem Blütenkopf reckte sich inmitten von allerlei Gräsern aus dem Riss. Kress spähte über den Zaun hinweg zu den Zelten, die zwischen den Bäumen und Büschen hindurchschimmerten. Sein eigenes Zelt, der orangefarbene Rochen, stand etwas abseits. Das Zelt der Verspätung sah er nicht. Er drehte sich nach dem Haus um. Die Fenster im ersten Obergeschoss waren schwarze Vierecke. Keine Bewegung war darin zu erkennen.

Eine Ewigkeit folgte er der Straße durch den Wald. Die Müdigkeit umlagerte seinen Geist, aber die kalte Morgenluft schärfte ihm die Sinne. Das Zwitschern der erwachenden Vögel. Das Sonnenlicht, das zwischen den Kiefernstämmen aufblitzte. Der Tau in den Spinnennetzen am Wegrand. Er ließ den Wald hinter sich, lief entlang des sandigen Feldwegs, den die Verspätung gestern Mittag genommen hatte. In der Mitte des Wegs, wie bei einer Irokesenfrisur, sprossen dunkle Grasbüschel, links und rechts erstreckten sich tiefe Fahrspuren. In großer Entfernung, fein wie Drähte, zitterten Hochspannungsleitungen.

Es war noch früh, als er die Ortschaft erreichte: kurz nach halb acht. Das alte Backsteingebäude des Bahnhofs war dunkel und verschlossen. Auf der Rückseite, bei den Gleisen, war es wie ausgestorben, lediglich der rote Fahrkartenautomat verrichtete schweigend seinen Dienst.

Den ganzen Weg hierher hatte Kress gefürchtet, es könne plötzlich der türkise VW hinter ihm auftauchen. Jetzt, wo die Gefahr fast gebannt war, wollte er nichts als weg. Seine Rückfahrkarte hatte er in seinem Zelt liegenlassen.

In seiner Hosentasche fand er lediglich die paar Münzen, die er als Rückgeld für die Grillwürste erhalten hatte. Es reichte gerade so eben.

Als die Regionalbahn angehalten hatte, schob er sich durch die aufzischenden Türen ins Innere und verschanzte sich sofort in der Zugtoilette, deren Boden nass und klebrig war, als habe sich hier jemand gewaschen. Erst als sich der Zug schon lange in Bewegung gesetzt hatte und die dunklen Zweige der brandenburgischen Wälder an der Milchglasscheibe der Toilettenkabine vorüberwischten, schloss Kress auf und wagte sich auf den Gang. Der Zug war beinahe leer. Kress bemerkte lediglich einen alten, ungepflegt wirkenden Mann in einem beigen Anorak und krausem grauen Haar, der aussah, als sei er eben erwacht. Reglos stierte der Mann aus dem Fenster.

Er suchte sich einen Zweierplatz, achtete darauf, dass ihn der Mann nicht sehen konnte. Dort, endlich, während er durch die Wälder der Stadt entgegenrollte, verkrampfte sich sein Gesicht, und er brach in ein langes, lautloses Greinen aus.

Kapitel 3

Juli. Alles war Provokation. Die Sonne, die wie ein himmlischer Flammenwerfer die Stadt versengte und aus den Wiesen der städtischen Parks braungekräuseltes Ödland machte. Das Obergeschoss der Rost- und Silberlaube hatte sich in eine unbetretbare Todeszone verwandelt, die Luft in den Seminarräumen war flüssiges Karamell. Die Menschen armfrei, bauchfrei, barfüßig, verschwitzt und glänzend. Unter den Dozenten hatten selbst diejenigen, die ihre Würde wie ein goldenes Zepter vor sich hertrugen, ihre Anzüge und Krawatten gegen kurzärmlige Hemden getauscht. Alles klebte. Fliegenschwärme über den Mülleimern. Überall Jogger. Überall Wespen. Ständig saß irgendwo jemand mit einer Gitarre und sang.

In seiner Straße hatten zu Kress' massiver Empörung binnen kurzer Frist zwei Galerien und ein Café eröffnet. Voller Hass stapfte er allabendlich an den Menschentrauben vorüber, die an runden Holztischen den Gehweg überwucherten und ihre minderbemittelten kleinen Gespräche führten, lärmten und lachten, bis es die gesetzliche Situation erlaubte, die Polizei wegen Ruhestörung zu rufen. Wäre es nach Kress gegangen, er hätte sich eine göttliche Panzerfaust gegriffen und alles hier, den Sommer, die Sonne, die Stadt mitsamt ihren glücklichen Menschen, vom Antlitz der Erde getilgt.

Im schnellen Marschierschritt durchmaß er den Verwaltungstrakt der Universität. Sonnenstrahlen fielen in schrägen Bahnen durch die Fenster. Es war präzise neun Uhr achtundvierzig, dementsprechend blieben für die dreißig Meter bis zum Erreichen seines Ziels volle zwölf Minuten – genug Zeit, um noch einmal zurück zur U-Bahn und wieder hierherzukommen. Doch zog er es vor, etwas früher als nötig zu sein, um den Eindruck äußerster Korrektheit aufrechtzuerhalten, den Frau Stöhr während der vergangenen Wochen von ihm gewonnen hatte.

Die Türen zur Wirtschafts- und Rechnungsstelle und zum Referat für Besondere Personalangelegenheiten waren geöffnet, im Vorüberschreiten sah Kress die Verwaltungsangestellten, die sich von Ventilatoren Luft in die schlaffen Gesichter pusten ließen. Vor einer Tür im letzten Drittel des Gangs blieb er stehen. Er zog ein Taschentuch aus der Innentasche seines Cordsakkos, tupfte sich Stirn und Oberlippe ab, und verstaute es in die Innentasche.

Dann klopfte er.

»Herr Kress, Herr Kress, gut, dass Sie kommen! Es ist so weit, jetzt ist es tatsächlich geschehen, es ist vorbei, es ist endgültig und absolut vorbei! Wir müssen etwas tun, so geht es nicht weiter, so geht es absolut nicht weiter.«

Frau Stöhr, eine winzige Person mit einem Körper, der aussah, als hätte eine Schrottpresse ein Rhinozeros auf das Format einer Waschmaschine gebracht, und auf dem, scheinbar ohne Hals, ein viel zu kleiner Kopf steckte, in dem zwei wache Knopfaugen flackerten, sprang von ihrem bemitleidenswerten kleinen Bürostuhl auf und trat mit wedelnden Händen hinter ihrem riesigen, mit Papieren und Akten übersäten Schreibtisch hervor. Kress hatte eben sein Sakko abgestreift und an den Kleiderhaken gehängt, der an der Tür angebracht war.

»Worum geht es denn?«

»Herr Kress, schauen Sie sich das nur an.« Sie trat durch

eine geöffnete Tür in den Nebenraum. »Sechzehn!« Aufgeregt fuchtelte sie mit der Patschhand. »Sechzehn Postkästen voller Briefe, die wir sortieren müssen! Ich weiß nicht, wie wir das mit unseren Ressourcen bewältigen sollen, sechzehn Kisten allein heute, von Woche zu Woche werden es mehr, es geht nicht mehr, wir brauchen zusätzliches Personal.«

Kress trat neben sie, achtete aber darauf, einen Abstand zu wahren. In der Tat hatte die eingehende Post heute sechzehn Kunststoffkästen in die Poststelle gespült, alle randvoll mit Briefen und Päckchen, die an die unterschiedlichen Dozenten, Professoren, Fach- und Verwaltungsbereiche adressiert waren.

Nun war es so, dass sechzehn Kästen nicht unbedingt viel waren, tatsächlich hatte er am vergangenen Mittwoch achtzehn solcher Kästen in die hölzernen Fächer des großen Wandregals sortiert. Seine Arbeitszeit, die auf zwei Stunden täglich bemessen war, hatte dafür so komfortabel ausgereicht, dass er hinterher noch zwanzig Minuten auf dem Fensterbrett hatte sitzen und lesen können.

»Was sagen Sie dazu, Herr Kress? Sie müssen dazu etwas sagen. Sie sind es ja, der unmittelbar betroffen ist.«

»Es sind in der Tat sechzehn Kästen.«

»Das ist es ja, was ich sage! Sechzehn Kästen! Es ist absolut unmöglich, dass wir das noch alleine bewältigen.« Sie trat zurück in den Vorraum, ihr Büro, in dem ein kleiner schwarzer Tischventilator tapfer seine Arbeit verrichtete, und sackte erschöpft in den Bürostuhl. Kress blieb im Türrahmen stehen.

Die Stöhr hatte den Lamellenvorhang zugezogen. Das dadurch entstehende Zwielicht vertrieb sie durch den Betrieb zweier Leuchtstoffröhren, die in einer metallischen Vorrichtung unter der Decke vor sich hin summten.

»Herr Kress, ich bitte Sie, wie soll denn das gehen? Mein Etat wird ja seit Jahren immer nur gekürzt, und die Arbeit wird immer nur mehr und mehr und mehr. Katastrophe! Wir müssen uns etwas ausdenken, einen Schlachtplan machen. Das ist ja auch in Ihrem Interesse, wenn wir Unterstützung erhalten, am Ende tragen Sie ja einen Großteil der Last. Allerdings, bei der gegenwärtigen Haushaltslage, wenn ich da zu Herrn Dönges gehe, der schmeißt mich ja stehenden Fußes wieder heraus. Ich habe schon gedacht, vielleicht, wenn ich …«

Sie beugte sich vor, knetete ihre Hände, was, wie Kress vermutete, ein inneres Ringen zur Schau stellen sollte. Kress, der immer noch in der Tür stand, legte die Stirn in Runzeln.

»Aber nein, Herr Kress, das kann ich nicht … Am Ende, man weiß es nicht. Vielleicht, Ihr Rat wäre mir wichtig. Wenn wir uns vielleicht einmal außerhalb dieser …« Sie ließ den Finger durch die Luft kreisen. »Vielleicht treffen wir uns einmal außerhalb des Gebäudes?«

»Ich prüfe einmal meinen Terminkalender.«

»Sie sind ein Engel, Herr Kress. Wenn ich Sie nicht hätte, ich glaube, ich hätte inzwischen das Handtuch geschmissen.«

Unter Qualen rang sich Kress ein Lächeln ab.

»Ich gehe jetzt rüber.«

Die Stöhr schien ihn nicht mehr zu hören. Ihr Blick hatte sich in den Blättern einer Yucca-Palme verloren. Kress nickte. Er trat in den Sortierraum, beeilte sich, die Tür hinter sich zu schließen, krempelte die Ärmel seines Hemdes nach oben und machte sich daran, die sechzehn Kisten voller Briefe und Päckchen in die insgesamt achtzig Fächer des Postregals zu sortieren.

»Gieshübler, zu spät! Schon wieder zu spät«, rief er, als am folgenden Morgen sein alter Freund auf dem Fensterbrett landete. Der elektrische Wecker zeigte sechs Uhr siebenunddreißig – mithin war der Tauberich volle zweiundzwanzig Minuten nach der vereinbarten Zeit.

»Wie oft müssen wir darüber reden«, schimpfte Kress, während er das Fenster aufriss, was Gieshübler veranlasste, kurz aufzuflattern. »Unpünktlichkeit ist nicht nur eine Nachlässigkeit gegenüber anderen, sondern vor allem und zuvorderst gegenüber sich selbst. Wer unpünktlich ist, der zeigt damit an, dass er kein inneres System hat, nach dem er sich selbst ausrichtet. Es ist diese innere Unausgerichtetheit, die unsere gesamte Kultur bedroht und möglicherweise schon bald ihren Untergang bewirken wird.«

Prüfenden Blicks versuchte Kress zu ermitteln, ob in Gieshüblers Augen wenigstens der Anflug eines schlechten Gewissens zu sehen war. War es aber nicht, befand er, und kopfschüttelnd und mit der Kaffeetasse in der Hand sackte er in den Fernsehsessel – ruckte aber sofort wieder vor, weil sich irgendetwas in seinen Rücken gebohrt hatte. Die Schöpfkelle! Himmelherrgott, es musste hier einmal aufgeräumt werden, dachte er und schleuderte sie Richtung Spüle, wo sie unter Geschepper einen Turm aus Schmutzgeschirr zum Abrutschen ins eigentliche Spülbecken brachte.

»Also gut, Gieshübler, ich habe weiter an meinem Brief geschrieben. Sie werden sich erinnern, wir waren stehengeblieben bei der Anbandlung klassischer Liebesbeziehungen und wollten im nächsten Schritt – aber ich denke, ich lese es einfach vor.«

Er nahm sich einen Bogen schreibmaschinenbeschriebenen Papiers, der auf der Armlehne des Fernsehsessels gelegen hatte, setzte sich aufrecht hin, räusperte sich, vergewisserte sich, dass Gieshübler, der mit dem Bepicken seiner Toastbrotbatzen beschäftigt war, wirklich zuhörte, und begann zu lesen:

»Es ist also die Eroberung des Herzens einer Frau eine Angelegenheit, die einer generalstabsmäßigen Planung unterworfen sein will. Zwar mögen naive Geister die Auffassung vertreten, dass sich das Herz einer Frau im Grunde nicht erobern lasse, weil die Liebe eine Art Feuer sei, das in den Liebenden im selben Moment auflodern müsse, damit sie sich, magnetisch voneinander angezogen, aufeinander zubewegten. Doch sind solche Ansichten dumm und sogar gefährlich und machen die Möglichkeit einer erfolgreichen Eroberungshandlung von vornherein zunichte. Auch sind die Zeiten vorbei, in denen der Mann eine Frau erwählt und dann durch geschickte Verhandlungen mit dem Vater eine Heirat herbeiführt. Der Kenner weiß, dass die moderne Frau ein hochgradig komplexes, von vielerlei, oft widersprüchlichen, teilweise lediglich halbbewussten Wünschen und Hoffnungen getriebenes Wesen ist. Der potentielle Partner soll sie umwerben und umschmeicheln wie ein Minnesänger die Edeldame im Burgturm; zugleich will sie sich nicht überrumpelt fühlen, sie will sich in einem Akt bewusster Willensbildung für einen Partner entscheiden. Sie strebt eine innige, geradezu symbiotische Beziehung mit einem Partner an; im selben Moment will sie um nichts in der Welt ihre Freiheit preisgeben müssen. Da die Frau all diese Aspekte ihrer Persönlichkeit vor dem Hintergrund eines unentwegt sich verändernden Hormonhaushalts erlebt, sind nicht einmal diese vielfältigen widersprüchlichen Aspekte ihres Wesens stabil, sondern verändern sich täglich und oft sogar stündlich.«

Nachdem er fertig gelesen hatte, hielt er den Kopf gesenkt und blickte auf das Papier. Die letzten Worte hatte er immer langsamer und langsamer gelesen. Irgendwie – nein!

Er warf die Papiere auf den Boden und sackte in seinen Sessel zurück. Er hatte vergessen, wie lange er an diesem idiotischen Brief schon schrieb, seit Wochen, so viel war klar. Jetzt, spürte er, hatte er sich endgültig verrannt. Er wollte nicht einmal ausschließen, dass einige dieser Thesen irgendwo einen wahren Kern hatten. Aber konnte er das in dieser Form wirklich an Mona schicken?

Er ließ den Hinterkopf auf die Lehne des Fernsehsessels sinken und ließ einen Stoß Luft zwischen seinen Lippen entweichen. Mona. Kein Tag verging, an dem er nicht an das vermaledeite Seewochenende dachte. An die Verspätung und das ätzende Wort, das sie ihm vor die Füße gespuckt hatte. Und eben an Mona.

Das Erste, was er gemacht hatte, als er vor zwei Monaten nach Hause gekommen war, das war, das Bild der Verspätung, den Ausdruck aus dem Internetcafé, von der Wand zu reißen. Von der Wand zu reißen und unter Kreischen in zehntausend kleine Schnipselchen zu zerrupfen. Er war in die Küche gerannt und hatte aus einem Umzugskarton einen Hammer geholt und damit, immer noch kreischend, so lange auf die Schnipselchen eingedroschen, bis der Schreibtisch, auf dem sie lagen, eine Delle von der Größe und Form Neufundlands aufgewiesen und die Schnipselchen, die links und rechts und überall aufgestoben waren, sich über das gesamte Arbeitszimmer verteilt hatten. Mit Besen, Pinzette und zitternder Hand hatte er jedes einzelne dieser Schnipselchen zusammengesucht und zu einem fingerhut-hohen Haufen arrangiert, den er mit Spiritus übergossen und in einem Flammenball hatte aufgehen lassen. Schließlich, trotz angesengter Handbehaarung, hatte er das kaum vorhandene bisschen resultierender Asche zusammengewischt und auf Nimmerwiedersehen die Toilette heruntergespült.

Das war die Verspätung.

Was Mona anging, so gestaltete die Sache sich schwieriger. Erstens, er besaß kein Bild von ihr. Alles, was er von ihr hatte, war der Geruch ihrer Haut auf seiner. Zweitens, selbst wenn er ein Bild besessen hätte, war er sich nicht sicher, ob er es wirklich hätte zerreißen wollen. Wahrscheinlich schon, ja. Aber angesichts dessen, was geschehen war, hätte er sich womöglich gestattet, es noch einmal kurz anzusehen.

Jedenfalls nahm sich Kress vor, alles, was mit dem Seewochenende zu tun hatte, zu vergessen und dort draußen auf dem Gebiet der ehemaligen DDR zu lassen, so wie er das Zelt dortgelassen hatte. Der Held war ein Held, weil er sich auflehnte gegen das Schicksal, das ihn zerschmettern wollte. Arbeiten würde er, arbeiten, arbeiten, arbeiten. Was den ganzen Rest der Menschheit anging: Damit war er durch, durch, wie es durcher nicht ging. Niemals wieder würde er sich im Zwischenmenschlichen verheddern. Ein Nachdenker war er. Eine Sekundärexistenz. Ein einsamer Wolf. Ein auf Distanz bedachter Betrachter.

Doch seltsam, je stärker er versuchte, das Seewochenende zu verdrängen, desto machtvoller schwappte es zu ihm zurück. Mitten in der Nacht schreckte er hoch, saß er kerzengerade auf der grünen Filzcouch im Arbeitszimmer, weil er wieder das Haus betreten und wieder mit Mona geschlafen hatte. Überall, wo er hinkam, sah er mit einem Mal die Verspätung. Es musste bloß irgendwo etwas Blondes auftauchen, schon zuckte es in seinem Bauch, immer wieder nahm er Umwege in Kauf, nur um die Möglichkeit einer zufälligen Begegnung mit Sicherheit auszuschließen. Auch Mona wollte er unter keinen Umständen sehen. Trotzdem gewöhnte er sich an, am Rathaus Neukölln in die U-Bahn zu steigen.

Er wusste nicht, was er Mona mitteilen wollte, als er den Brief zu schreiben begann. Drei Abende in Folge saß er im Schimmer des Schreibtischlämpchens vor der Hermes 3000, starrte auf das leere Blatt, das er eingespannt hatte, und schaffte es nicht einmal, sich für eine Anrede zu entscheiden. Ein Teil von ihm wollte ihr sagen, dass es ihm leidtat, wie er sich verhalten hatte. Das stimmte tatsächlich, es tat ihm leid, sogar sehr. Und zugleich – und das war das Problem – stimmte es auf eine gewisse Weise auch nicht. Es hatte einen Moment gegeben in dieser Nacht mit ihr, in der sie seinen Schädel, der zuvor wiederholt gegen die Wand gestoßen war, mit den Händen umfasst und zu sich herabgezogen hatte, und Kress, der daraufhin seine Körperhaltung hatte ändern müssen, hatte sich mit der Linken abgestützt und mit der Rechten ins Fleisch ihres Pos gegriffen und sie fast ruckhaft an sich gezogen – womit Mona offenbar nicht gerechnet hatte, denn ihr Kopf war nach rechts gezuckt, sie hatte ihren Mund aufgerissen und eine Welle heißer Luft in sein Ohr gestoßen. In dieser Viertelsekunde, während ihr Atem in seinem Ohr verebbt war, hatte er etwas gespürt, das er niemals zuvor gespürt und dessen Existenz er bis dahin nicht einmal erahnt hatte: das beglückende Gefühl, vermittels des eigenen Körpers im Körper eines anderen Menschen Lust zu erzeugen. So falsch das alles gewesen sein mochte – in diesem Moment war es zugleich auch richtig.

Bloß, diesen Gedanken konzise in Briefform zu bringen war, gelinde gesagt, eine Herausforderung.

Richtig ins Schreiben kam er überhaupt erst, als ihm

aufging, dass Mona auf seinen Brief ja durchaus auch antworten konnte. Durch das vernichtende Schleicher-Gespräch war ihm beinahe entfallen, dass er irgendwann einmal eine bedeutende Geistespersönlichkeit sein wollte. Konnte man wirklich ausschließen, dass so ein Briefwechsel eines Tages veröffentlicht würde? Und konnte er wollen, dass der ganze Schorf, den er sich da mühevoll von der Seele geschabt hatte, ans Licht der Öffentlichkeit kam?

Von dort aus wurden die Briefstellen, die er Gieshübler morgens vorlas, von Mal zu Mal philosophischer. Zunächst schrieb er über ihr Kennenlernen in der U-Bahn, dann über das Kennenlernen im Allgemeinen, dann über die Einsamkeit als Grundvoraussetzung geistiger Tätigkeit. Schließlich, jetzt, war er hier angekommen, bei diesen Betrachtungen über die Eroberung von Frauen.

»Nun, Gieshübler, was denken Sie dazu?«, sagte er, blickte auf und stellte fest, dass Gieshübler davongeflattert war. Ach so? Er beugte sich vor, um zu sehen, ob er sich nicht doch noch irgendwo in in der Nähe der Regenrinne bewegte. Tat er aber nicht. Schade. Er hätte sich gerne über das weitere Vorgehen beraten.

Die Tätigkeit, der er seit nunmehr sechs Wochen nachging, bestand darin, die täglich in großen, gelben Kisten angelieferte Post auf ein Regal mit achtzig kleinen Fächern zu verteilen. Dieses Regal war zugleich eine Trennwand. Auf der anderen Seite, in einem Nebenraum, war jedes der Fächer mit einem kleinen Türchen versehen, an dem der Name eines Dozenten oder Lehrstuhls stand. Dieses Türchen konnte von den Hilfskräften der Fakultäten aufgeschlossen werden, um die von Kress sortierte Post zu entnehmen.

Zu Beginn der Anstellung hatte er gehofft, dass sich mit der Zeit eine gewisse Abgestumpftheit einstellen würde, oder wenigstens so etwas wie Routine, so dass die eigentliche Tätigkeit in den Hintergrund trat und der Geist sich mit gewichtigeren Dingen auseinandersetzen konnte. Diese Hoffnung hatte sich nicht erfüllt. Die schwer, teils völlig unmöglich lesbaren Handschriften verhinderten das Aufkommen jeder Gewöhnung, die ganze Zeit über war maximale Konzentration gefragt. Hier, beispielsweise, ein Brief an Professor Alberich, Institut für Informatik. Der kam ins Fach des Instituts für Informatik – unten rechts. Hier, ein Brief an Frau Doktor Schinkel im Prüfungsbüro des Instituts für Deutsche und Niederländische Philologie: ins Fach des Instituts für Deutsche und Niederländische Philologie – oben links.

»Sind Sie denn durchgekommen?«, fragte die Stöhr, als er an diesem Tag kurz nach zwölf die Tür zum Sortierraum hinter sich schloss. Er nahm sein Sakko vom Haken und streifte es über.

»Knapp«, er nickte.

Tatsächlich hatte er die letzte halbe Stunde auf der Fensterbank gesessen, im Sekundentakt den Hinterkopf gegen die Scheibe ticken lassen und unentwegt auf die Wanduhr blickend der Zeit beim Vergehen zugesehen.

»Herr Kress, wirklich, ich danke Ihnen sehr, das ist ganz toll, und Sie sollen auch wissen, dass ich Sie nicht alleine lasse mit der ganzen Zusatzarbeit. Ich werde auf jeden Fall mit Herrn Dönges das Gespräch suchen wegen des zusätzlichen Personals. Und wegen der anderen Sache … Sie wissen … da reden wir noch einmal. Es waren sechzehn heute, nicht wahr?«

»Es waren sechzehn.«

»Gut, gut, gut.« Die Stöhr machte einen Strich auf einem der Zettel, der vor ihr auf dem Schreibtisch lag.

»Tatsächlich bereite ich das Gespräch mit Herrn Dönges gerade vor. Natürlich ist es so, dass das überhaupt nicht hereinpasst, Sie sehen ja, was sich hier häuft.« Sie beschrieb mit ihrer Hand einen Bogen über die Akten. »Vielleicht, dass Sie mir, ausnahmsweise, noch einen Gefallen tun könnten?«

Kress' Gesicht versteinerte.

»Worum geht es denn?«

»Die Post von heute«, sie deutete auf einen gelben Korb, der randvoll mit Umschlägen war, »die müsste noch zum Postamt gebracht werden. Ich würde ja selbst, aber wie gesagt, die Vorbereitung … und es soll wirklich eine Ausnahme sein.«

Kress drehte sich nach der Uhr um. Zwölf Uhr zwei und sechzehn Sekunden. Der Sturm auf die Mensa war bereits in vollem Gang, realistisch betrachtet, würde man dort ohnehin keinen guten Platz erobern.

Draußen, auf der Großen Akademischen Vorwiese, brieten die Studenten in der Sonne. Einige hatten ihre Tabletts aus der Mensa ins Freie entführt (ob das erlaubt war, daran hatte Kress erhebliche Zweifel), andere saßen im prallen Mittagslicht und zerblätterten Bücher. Die meisten aber hockten oder lagen einfach sinnlos in kleinen Grüppchen beisammen und ließen sich die Sonne auf die studentischen Bäuche scheinen. Es war Kress überaus unangenehm, an diesen Leuten mit seinem Postkorb vorüberzumüssen, er fühlte sich wie ein Dienstbote der untersten Hierarchiestufe; zugleich, paradox und für ihn selbst nicht auflösbar, empfand er den Stolz, eine Mission zu haben, und dieser Umstand, eine Mission zu haben, machte ihn zu etwas kategorial anderem, kategorial Besserem als das sendungslose Sonnenanbetertum der auf der Wiese Dahinbratenden.

Die Luft im Inneren des Postamts roch nach Schweiß und Staub, vor dem Schalter stand sich eine zehn Personen umfassende Schlange die Beine in die Bäuche. Ein einziger Beamter, ein kleines Männchen mit einem Pfannkuchengesicht, stand hinter dem Tresen und lauschte mit der süffisanten Seelenruhe der Mächtigen dem Anliegen einer Frau, die aufgeregt auf ihn einredete, irgendetwas mit einem Bankkonto.

Wie erniedrigend, dachte Kress, während er die Frau musterte. Beinahe spürte er etwas wie Mitleid. Überhaupt war das alles hier außerordentlich erniedrigend. Die Universität, das Leben – nichts weiter als eine einzige Erniedrigungsmaschine. Auswandern musste man. Nach Norwegen oder nach Grönland, wo man in einer Hütte sitzen und den ganzen Tag lesen konnte, fernab jeder Zivilisation, so wie es Nietzsche getan hatte, der oben in Sils Maria klarsichtiger als jeder seiner Zeitgenossen vorhergesehen hatte, was nun eingetreten war und worunter Kress zu leiden hatte: die unerhörte Vermittelmäßigung des Menschen, der voller Neid und Feindseligkeit nichts weiter konnte, als seine kleinen Kompetenzbereiche zu verteidigen.

Düsteren Blicks hievte er den Kasten auf den Tresen und blickte das Pfannkuchengesicht an.

»So, was soll ich jetzt damit tun?«

»Die werden Sie verschicken«, erwiderte Kress, dem nichts leichter fiel, als dem majestätischen Gehabe der Beamten seinen eigenen Gutsherrenton entgegenzusetzen.

»So, und die sind schon frankiert?«

Berechtigte Frage. Er hätte die Stöhr fragen sollen, wie, ganz genau, der Briefübergabeprozess definiert war. Nicht dass er das Porto aus seinem Privatvermögen bezahlen musste.

»Mein Verständnis ist ...«, sagte Kress, nun doch aus dem Konzept gebracht, und zupfte wahllos einen der Umschläge, die in Reih und Glied in dem Postkasten standen, hervor. »Mein Verständnis ist ...«, wiederholte er und betrachtete verständnislos den Brief, den er zufällig aus dem Kasten gezogen hatte.

»Ihr Verständnis ist was?«

Kress starrte den Briefumschlag an.

Die Absenderadresse.

Die Empfängeradresse.

Was in aller Welt war denn *das*?

»Guter Mann?«

»Mein Verständnis ist, dass die Briefe frankiert sind«, sagte Kress und schob geistesabwesend den Brief zurück in die Kiste.

»Na, dann nehm ich die mal entgegen«, erklärte das Pfannkuchengesicht.

Das Pfannkuchengesicht nahm die Kiste an sich und war im Begriff, sie auf einen Stapel ebensolcher Kisten neben dem Schalter zu stellen.

»Könnte ich die Kiste doch noch einmal sehen?«

Das Pfannkuchengesicht blickte Kress genervt an.

»Doch nicht alle frankiert?«

Der Mann knallte sie zurück auf den Tresen.

Kress antwortete nicht, seine Finger tippelten über die Umschläge.

»Da«, sagte er, und zog den Umschlag heraus, »der hätte eigentlich erst morgen herausgehen sollen, da scheint jemandem ein Fehler unterlaufen zu sein. Den nehme ich besser noch einmal mit.«

»War's das jetzt?«

»Das war es«, bestätigte Kress und drückte den betreffenden Briefumschlag an die Brust. Mit klopfendem Herzen, plötzlich hellwach, schoss er aus der Postfiliale ins Freie.

Es war später Nachmittag, als er die Tür seiner Wohnung aufdrückte. Sobald er über die Schwelle getreten war, stemmte er sie mit seinem Körpergewicht wieder zu und schloss von innen dreifach ab. Den Atem anhaltend, verharrte er in der Halbdüsternis seines Wohnungsflurs und lauschte. Erst als er mit Sicherheit wusste, dass jenseits der Tür alles still war, wagte er es, Luft zu holen.

Er bückte sich nach den beiden Tüten voller Einkäufe und trat über die Pfandflaschen hinweg, die sich frei umherstehend am Eingang stapelten und die er nun wirklich einmal entsorgen musste. In der Küche legte er den Lichtschalter um. Nach dem Gespräch mit Gieshübler am Morgen hatte er seine Wohnung versuchsweise aufgeräumt und sogar geputzt – *an*geputzt, musste man sagen, denn beim Anblick des völlig verkrusteten Gasherds, der Umzugskartons, die ohne jedes Ordnungsprinzip herumstanden, und des fettigen Staubpelzes, der sich im Laufe gefühlter Jahrzehnte auf dem leise vor sich hin röchelnden Kühlschrank gebildet hatte, musste er sich selbst gegenüber zugeben, dass er sehr weit nicht gekommen war. Er setzte die Tüten auf den Fernsehsessel, trat ans Fenster und vergewisserte sich, dass ihn niemand beobachtete. Dann, den Rücken zum Innenhof, zog er den Brief aus den Sakko.

Vom Transport her war der Umschlag jetzt etwas verknickt. Man würde ihn bügeln müssen. Immerhin war er noch ungeöffnet, und das war erst einmal gut. Denn fremder Leute Briefe zu öffnen, also das Briefgeheimnis zu verletzen, das war absolut unmöglich, wie überhaupt diese ganze Briefmitnahmeaktion unmöglich von ihm war, er war bloß froh, bis jetzt widerstanden und den Brief nicht aufgemacht zu haben – sagte er sich und hielt den Umschlag gegen die Glühbirne, doch von seinem Inhalt war nichts zu erkennen. »Wenn Sie jetzt da wären, Gieshübler«, murmelte er leise und spähte zum Fenster heraus, zur Dachrinne des Vorderhauses, wo sich Gieshübler und seine Kollegen um diese Zeit manchmal zeigten.

»Also gut. Gut, gut, gut«, sagte er und legte den Brief auf die Fensterbank. Er warf sein Sakko auf den Fernsehsessel, drehte sich nach rechts, tat zwei Schritte vor und blieb abrupt stehen. Was hatte er noch einmal tun wollen? Richtig. Aus einer der Plastiktüten holte er zwei Packungen Fertigbuletten, zog die Verpackungsfolie ab und schnupperte an den faustgroßen Fleischballen. »Gut, gut, gut.«

Aus der Spüle suchte er ein Messer, das einigermaßen sauber erschien, wischte es sorgsam an der Hose ab und schnitt jede der insgesamt zehn Buletten wie ein Brötchen auf. Er öffnete eine Dose Ananas und bettete sonnengelbe Ananasringe auf die Bulettenhälften. Als Nächstes zupfte er zehn kleine Vierecke Scheiblettenkäse aus ihren Folienkleidern und positionierte sie mit großer Sorgfalt (nichts durfte reißen!) auf den Ananasringen. Die letzte Schicht bestand aus einer halben Scheibe Kochschinken, die er auf den Scheiblettenkäse legte. Nickend betrachtete er sein Werk, ein ganzes Backblech voll *Bulette Hawaii*.

Während die Buletten im Backofen schwitzten, hockte Kress auf seiner Couch und versuchte sich auf das Studium des Textes zu konzentrieren, den er neuerdings las, *Breakfast at Tiffany's*. Aber irgendwie, nein, konzentrieren war schwierig, und er stand auf, zog wahllos einen der Bände aus seiner Hamburger Goethe-Ausgabe, die *Italienische Reise*, und starrte sinnlos auf die Abbildung eines

Kupferstichs, der den Canal Grande zeigte. War dort das Gesicht eines Pudels in der Wolke über dem Wasser? Egal, Venedig konnte ihn mal, er warf das Buch zurück in den Umzugskarton und begann, auf und ab zu laufen. Das Beste würde es sein, den Brief in einen öffentlichen Briefkasten einzuwerfen. Warum nicht? Es gab einen Briefkasten an der Straßenecke, womöglich wurde der Kasten noch heute geleert?

In der Küche zog er die Buletten aus dem Ofen, trug sie herüber ins Arbeitszimmer und hockte sich an den Schreibtisch, wo Messer und Gabel noch vom Vorabend lagen. Allerdings, so richtig Hunger hatte er nicht, lustlos kaute er auf einem Stück Bulette herum. Einmal theoretisch gesprochen: Wenn man einen Brief öffnen wollte, ohne dass der Empfänger es merkte, wie ging man das an? Man musste, meinte er sich zu erinnern, Wasser kochen und den Klebstoff des Umschlags im Wasserdampf lösen. Wellte sich das Papier dadurch nicht? Konnte man so etwas bügeln? Aber nein, man durfte den Brief nicht öffnen, so etwas machte man nicht, Kant, in der *Grundlegung zur Metaphysik der Sitten,* zeigte überdeutlich, dass … – anderseits, Kant war lange tot und … Mit der Faust schlug er auf die Tischplatte, dass die Buletten erzitterten. Unerträglich. Absolut unerträglich alles.

So, lieber Kress, dachte er und knetete, von zunehmendem Zorn erfüllt, seine Hände, *was machst du jetzt mit dem angebrochenen Abend? Vielleicht noch ein bisschen etwas sortieren?*

Plötzlich sprang er auf, stapfte in die Küche, schnappte sich den Umschlag, stürmte ins Badezimmer, drosch die Tür hinter sich zu, schloss zweimal ab, klappte den Deckel herunter und hockte sich auf das WC. Das Badezimmer war ein etwa drei Meter langer Schlauch, in dem keine zwei Menschen hätten nebeneinanderstehen können. Es gab ein schmutziges Waschbecken, das mit einem gelblichen Seifeblock verwachsen war, sowie das WC und die Dusche, die keinen Duschvorhang hatte. Der Boden bestand aus einer braunen PVC-Noppenfolie, die sich an den Rändern wellte.

Mit heftigem Herzklopfen betrachtete Kress den Umschlag in seinen Händen. Ein normaler Briefumschlag mit einem Fensterchen. Darüber ein Stempel mit dem Wappen der Universität. Er drückte die Kiefer zusammen, unruhig rutschte er auf dem WC-Sitz herum, starrte den Brief an, als habe er den Röntgenblick – da, zack, ratsch, hatte er der Umschlag aufgerissen und hielt eine einzelne Seite in seinen Händen.

Irgendwo über ihm löste sich eine Abrissbirne, ein riesiges, kugelförmiges Gewicht schwang an einem Stahlseil heran und rammte ihn mit solcher Wucht in den Magen, dass er einen Moment lang glaubte, das Bewusstsein verlieren zu müssen.

Er blickte auf, aber dann blickte er sofort wieder herab auf den Brief. Es musste ein Irrtum vorliegen, es konnte nicht anders sein, er drehte den Brief um, die Rückseite war leer. Nein, kein Irrtum, alles hatte seine Richtigkeit.

Das war seine Anstellung gewesen! Das hier, das war sein Brief, sein Name sollte dort stehen, nicht ihrer. Jeden hätte er akzeptieren können als Schleichers studentische Hilfskraft, die letzte Niete, sogar Elektrokai. Aber die Verspätung? Madeleine? Ausgerechnet Madeleine? Vielleicht, dass sie irgendwie kommunikativer wirkte, irgendwie netter – aber darauf konnte es doch nicht ankommen. Darauf konnte es doch für einen wie Schleicher nicht ankommen! Was zählte, das war Fachkompetenz, das war Methodenbeherrschung. *Er*, Kress, war der Fachmann! *Er* war der

Goethe-Experte. *Er* kannte die Bibliothek besser als sein eigenes Schlafzimmer! Wofür war er denn während der letzten sieben Jahre tagein, tagaus in aller Herrgottsfrühe aufgestanden? Wofür hatte er sich denn jeden Morgen an den Schreibtisch geprügelt? Doch nicht, damit jetzt ausgerechnet jemand wie Madeleine an ihm vorüberzog!

Wenn Schleicher gesagt hätte: Schade, ich finde niemanden, der Herr Kress ist noch nicht weit genug, alle anderen kommen ohnehin nicht in Frage, alle anderen sind offensichtlich vollständig inkompetent – so etwas wäre ja zu akzeptieren gewesen. Mit so einer Aussage hätte man zur Not leben können. Aber dass jetzt diese Madeleine seine Anstellung erhielt – oder nein, nicht erhielt, bereits erhalten hatte, obwohl diese Madeleine dafür ganz offensichtlich ungeeignet war, weil sie in keiner Weise die gebotene innere Reife mitbrachte, das war mehr als ein Skandal, das war absolut, absolut, absolut unerträglich, es musste einem der Kopf explodieren, so unerträglich war das.

Wenn er daran dachte, wie *krass viel* er gearbeitet hatte. Welche *Unmengen* literaturwissenschaftlicher Texte er sich in den Schädel gehämmert hatte, während alle anderen bis in die Puppen geschlafen hatten, um sich allerhöchstens irgendwann spätnachmittags, wenn überhaupt, übermüdet in irgendein Studentencafé zu schleppen und das von den Eltern in harter Arbeit erwirtschaftete, monatlich überwiesene Geld mit irgendeinem Milchschaum-Kaffee zu verplempern! Es musste einem schlecht werden bei diesem Gedanken. *Er* war der Bessere! *Er, er, er!* Und doch änderte das nichts daran: Die Verspätung war Schleichers studentische Hilfskraft. Er, Kress, war der Depp, der die Briefe sortierte.

Er würde das nicht akzeptieren. Er würde etwas unternehmen. Zwar wusste er nicht, was, aber etwas unternehmen würde er, so viel war klar.

Sein Blick wanderte den Brief herauf. Dort, ganz oben, direkt unterhalb ihres Namens, stand Madeleines Adresse.

Die Straße, die auf dem Brief bezeichnet war, befand sich im Norden Berlins, in der Nähe des Weißen Sees, also am anderen Ende der Stadt. Als Kress am folgenden Nachmittag, von der S-Bahn herkommend, umständlich mit einem Stadtplan hantierend, in eine kleine Seitenstraße bog, eröffnete sich vor ihm eine Gegend, in der hohe Bäume vor grauen Altbauten wuchsen, hier ein Discountsupermarkt, da ein Fahrradladen, an der Straßenecke eine Kneipe, die um diese Zeit noch geschlossen hatte – also alles in allem eine absolut mittelmäßige Wohngegend, in der nur absolut mittelmäßige Menschen lebten, sonnenklar, dass jemand wie die Verspätung in dieser absoluten Hochburg der Mittelmäßigkeit lebte. Sicher wohnte auch Schleicher irgendwo in der Nähe.

Während er dem Gehweg folgte, betastete er immer wieder sein Cordsakko, nur um ganz sicherzugehen, dass der Brief nicht verlorengegangen war. Der Brief war nicht der Brief, den er an Mona geschrieben hatte, sondern ein neuer Brief, der sich an die Verspätung richtete.

Auch jetzt noch spürte er das Erstaunen darüber, wie leicht ihm das Schreiben gefallen war. Die ganze Nacht hindurch war das Arbeitszimmer erfüllt gewesen vom Trommelfeuer der Typenhebel und dem Klingeln des Glöckchens, wenn der Wagen gegen den rechten Rand zu stoßen drohte. Als wäre eine innere Talsperre gebrochen, hatte Kress Seite um Seite in die Maschine gehackt, bis er die Anschläge im Schultergelenk gespürt und sich auf dem Schreibtisch ein Stapel von der Höhe zweier übereinanderliegender Eurostücke gebildet hatte. Draußen war es bereits wieder hell geworden, hinter ein paar Fenstern im Vorderhaus hatte schon wieder Licht gebrannt, als Kress schließlich zitternd, mit tief in den Höhlen liegenden Augen und ausgetrocknetem Mund, auf die grüne Couch gesunken war, um den Brief gegenzulesen.

Nicht alles, was er geschrieben hatte, war ihm auf Anhieb verständlich gewesen. Einiges war ihm wirr vorgekommen, aber vielleicht war er nach siebeneinhalb Stunden Briefschreiben auch einfach zu müde? Jedenfalls war ihm erschienen, dass das Ganze einer besseren Strukturierung bedürfe, und also hatte er sich mit letzter Kraft zurück an die Schreibmaschine geschleppt und war alle siebenunddreißig Seiten noch einmal von vorn durchgegangen, um ein Inhaltsverzeichnis zu tippen.

Dieses Inhaltsverzeichnis, das jetzt als erste Seite in dem prallen Umschlag in der Innentasche seines Sakkos steckte, las sich wie folgt:

Begleitendes Inhaltsverzeichnis zu meinem Brief an die Studentin Madeleine Fischer, wohnhaft in der S...straße 74, 13088 Berlin

1. Vorrede
2. Darstellung der notwendigen Qualifikationen für die Position eines studentischen Mitarbeiters am Institut für Deutsche und Niederländische Philologie im Studiengebiet Neuere deutsche Literatur
   2.1. Fachliche Qualifikationen
   2.2. Charakterliche Qualifikationen
3. Bewertung der Eignung der Empfängerin dieses Schreibens für oben genannte Position anhand der erarbeiteten Qualifikationskriterien

4. Persönliche Bemerkungen des Verfassers mit Blick auf den Charakter der Empfängerin I
5. Betrachtungen über das Verhältnis von Männern und Frauen unter den Bedingungen akademischer Koexistenz
6. Betrachtungen über Frauen
7. Persönliche Bemerkungen des Verfassers mit Blick auf den Charakter der Empfängerin II
8. Persönliche Bemerkungen des Verfassers mit Blick auf den Charakter der Empfängerin III
9. Darstellung der historischen Entwicklung, die zur Zulassung von Frauen an Einrichtungen der höheren Bildung führte, unter besonderer Berücksichtigung der Entwicklung im deutschen Sprachraum
10. Weitere persönliche Bemerkungen
11. Abschlussbemerkungen

Vielleicht, überlegte Kress, während er in einen Kiosk trat, wo ein Mann möglicherweise indischer Herkunft hinter dem Tresen hockte und auf einem kleinen Flimmerkasten *Lawrence von Arabien* sah – vielleicht hätte es sich gelohnt, den Brief noch einmal im wachen Zustand zu lesen? Einige Bemerkungen, die er gemacht hatte, ließen sich womöglich als beleidigend verstehen. Was wohl daran lag, sinnierte er, während er sich eine Halbliterflasche Apfelschorle aus dem Kühlschrank nahm, zahlte und zurück auf die Straße trat, dass die entsprechenden Bemerkungen genau so gemeint waren, beleidigend. Er war ziemlich wütend gewesen in der vergangenen Nacht. Er war immer noch ziemlich wütend, allerdings mischte sich jetzt die Müdigkeit hinzu, und er war nicht mehr vollkommen sicher, ob er den Brief wirklich in dieser Form in den Briefkasten der Verspätung werfen durfte.

Er blieb an einer Straßenecke stehen, sondierte das Straßenschild, sondierte seinen Stadtplan und lugte in die Straße.

Das war es also. Viel los war nicht. Ein glänzender Fettwanst im Unterhemd ließ sich von einem Schäferhund durch die Nachmittagssonne ziehen. Ein paar Kinder duckten sich hinter einem geparkten Auto. Eine alte Frau, Lockenwickler im Silberhaar, lehnte aus einem Fenster im ersten Obergeschoss und machte Kaubewegungen.

Kress faltete den Stadtplan zusammen. Er wechselte auf die andere Straßenseite und ging langsam und irgendwie widerstrebend den Gehweg entlang. Über ihm wölbten sich die Baumkronen alter Linden. Während er sich der bewussten Hausnummer näherte, bemerkte er ein ziemlich baufällig wirkendes Klinkergebäude, das irgendwann einmal eine Fabrik oder ein Verwaltungsgebäude gewesen sein mochte, jetzt aber augenscheinlich leerstehend war: Ein Bauzaun umgrenzte das weitläufige, von Sträuchern, Brennnesseln, Disteln und wildwachsenden Bäumen überwucherte Gelände, das das alte Gebäude umgab.

Vor dem Haus mit der Nummer 74 hielt er an. Das Haus befand sich genau gegenüber der Ruine. An seiner Daumennagelhaut knibbelnd, sondierte er die Klingelschilder – da wurde die Tür aufgezogen und ein paar Jungs schossen krakeelend auf den Gehweg. Kress, ohne nachzudenken, nutzte die Gunst des Augenblicks und schlüpfte in den Hausflur.

Drinnen war es kühl. Erst jetzt bemerkte er, wie sehr er unter der vermaledeiten Sonne gelitten hatte, und er zog ein Papiertaschentuch aus der Innentasche seines Cordsakkos und tupfte damit seine Stirn ab. Der Flur war mit alten, buntgemusterten Fliesen ausgelegt, alles etwas eng, alles recht bürgerlich und sehr gepflegt. Es gab einen Glaskasten, in dem die Telefonnummer der Hausverwaltung Schuster-Richter sowie eine Reihe von Arzt- und Notrufnummern aushingen. Eine Treppe führte in die oberen Stockwerke. Daneben öffnete sich eine Tür in den sonnendurchfluteten Hinterhof.

Kress setzte die leere Flasche aus dem Spätkauf auf den Boden, verschränkte die Arme hinter dem Rücken, räusperte sich und trat an die schlichten grauen Briefkästen. Der erste gehörte einer Familie J + A Schneidersandt. Aha, dachte er, räusperte sich neuerlich und bedeckte dabei die Lippen mit dem Handrücken. Der zweite sowie dritte Kasten nahm die Post von Menschen mit ebenso nichtssagenden Namen entgegen. Im vierten Briefkasten hingegen steckte ein handgeschriebenes Schildchen: *M. Fischer*. Kress spürte ein Zucken im Bauch.

Er tastete nach dem Brief in seiner Innentasche. Jawohl, der Brief war immer noch da. Sollte er ihn jetzt also einwerfen? So richtig bereit dazu war er noch nicht, merkte er, und um Zeit zu gewinnen, trat er erst einmal an die Treppe, wo er seinen Blick dem Geländer folgen ließ. So sah es also aus, das Treppenhaus der Verspätung. Irgendwo dort oben lag ihre Wohnung. Diese Stufen hier – genau diese grünlackierten, etwas abgewetzten Stufen – lief sie jeden Tag herunter. Vielleicht war sie auch heute schon hier heruntergelaufen? Ob sie dabei das Treppengeländer benutzte? Er wischte die Hand an der Hose ab. Nur mit Zeige- und Mittelfinger berührte er das Holz.

Langsam, zögerlich, hob er den Fuß und setzte ihn auf die unterste Stufe. Das Holz knackste. Eindringling, schien es zu rufen.

Im ersten Obergeschoss fand er die Wohnung der Familie Schneidersandt. Die Herrschaften schienen daheim zu sein, jedenfalls hörte Kress jenseits der Tür undeutlich Babygeplärr. Ein Klingelschild mit dem Namen Fischer gab es hier nicht. Auch im zweiten und dritten Obergeschoss suchte er vergeblich. Es musste das vierte sein.

Er war stehen geblieben, nagte an seinem Daumennagel. Unsinn! Das ergab überhaupt keinen Sinn, hier hochzukommen, außerdem war das Risiko viel zu groß: Es war Samstag, gut möglich, dass die Verspätung in der nächsten Sekunde die Tür öffnete und plötzlich vor ihm stand. Und dann? Wenn er, eingehängt in eine eingenähte Schlaufe, eine Axt in seinem Sakko getragen hätte – das wäre immerhin ein Plan gewesen. Aber einfach hier hochzukommen?

Aber irgendwie, merkte er, wollte er jetzt doch zumindest einmal ihre Tür sehen, und wenn es nur für ein paar Sekunden war. Mit wenigen Schritten nahm er die letzten Stufen ins vierte Obergeschoss und stand plötzlich vor ebendieser Tür, unzweifelhaft gekennzeichnet durch einen weiteren handbeschriebenen Papierstreifen, der mit Tesafilm am Klingelknopf angebracht war: *M. Fischer*.

Ohne darüber nachzudenken, drückte er die Klingel. Rammte den Daumen förmlich in den kleinen Knopf. Das Resultat war ein schrilles, elektrisches Sirren auf der anderen Seite. Instinktiv hatte Kress mit einem friedvollen *Ding-Dong* gerechnet. Heftig atmend polterte er die Treppe hinunter. Ein Stockwerk tiefer blieb er stehen. Er hielt die Luft an und lauschte. Lauschte eine volle Minute lang. Als nichts geschah, ging er langsam, mit klopfendem Herzen, zurück nach oben.

Was war denn los? War sie jetzt nicht zu Hause, oder was? Er betrachtete die Tür. Eine ganz banale, braunlackierte Altbautür, wie sie alle Wohnungen hier hatten. Kress beugte sich vor und musterte voller Misstrauen das gläserne Auge, das in das Holz eingelassen war, den Türspion. Es war darin nichts zu erkennen, absolut gar nichts. Sein Blick wanderte ein Stück nach unten, auf eine weiße Postkarte, die an der Tür hing und auf der in großen Lettern geschrieben stand:

Männer Coaching Club

Themen: Männerthemen oder die Themen der Männer

Abrupt ruckte sein Kopf nach hinten. Was sollte denn das? Er richtete sich auf, verschränkte die Arme und schüttelte seinen Kopf. Er drückte die Klingel ein zweites Mal. Wieder erklang das Sirren. Diesmal blieb er stehen. Nichts. Nicht einmal die Ahnung einer Bewegung jenseits der Tür. Kress blickte sich um, die Treppe hinab. Sonnenlicht flutete durch die Milchglasscheiben. Es war ihm, als höre er ganz unten das Baby der Schneidersandts schreien.

Er drückte die Kingel ein drittes Mal. Wartete. Nichts.

Er ging zurück ins Erdgeschoss, wo er dem Briefkasten einen verstohlenen Blick zuwarf. Es war ihm, als antworte der Briefkasten mit einem Blick voller Hohn. Grollend zog Kress die Tür auf. Er überquerte die Straße, hinüber auf die Seite des Bauzauns, der das verwahrloste Gelände und die dahinterliegende Ruine abgrenzte, schirmte die Augen ab und blickte das Verspätungshaus hoch, zu den Balkonen im vierten Obergeschoss.

Das Haus hatte eine schlichte Fassade aus dunkelgrauem Putz, allerdings klomm eine Rankpflanze, wilder Wein oder Efeu, in dicken Büscheln das Gemäuer empor. Im Erdgeschoss befand sich ein Ladengeschäft, das offenbar nicht bewirtschaftet wurde, jedenfalls war die Jalousie des einzigen Schaufensters heruntergezogen.

Warum war er denn überhaupt hierhergekommen? Zum Teufel mit dem idiotischen Brief! Das war doch klar gewesen, dass er den Brief nicht einwerfen würde. Wenn er ehrlich mit sich war, hatte er das schon heute Morgen gewusst, noch bevor er überhaupt aufgebrochen war. Und trotzdem war er hier heraus gefahren. Falsch war das! Falsch! Ärgerlich! Sinnlos! Und dumm! Sogar in besonderem Maße dumm! Er blickte die Straße herauf und herab. Langsam, irgendwie widerwillig, alles noch einmal einer gründlichen visuellen Überprüfung unterziehend wandte er sich ab und begann, zurück Richtung S-Bahn zu gehen – just in diesem Moment spazierte sie vorn an der Hausecke in ihre Straße hinein.

Zunächst erkannte er sie gar nicht. So beschäftigt war er damit, düster auf den Gehweg zu blicken, dass er die Person, die da um die Ecke gebogen war, kaum registrierte; und da sie eine Sekunde später hinter einem parkenden Lieferwagen verschwand *(Elektro Gumbricht: Gut, Günstig, Gumbricht)*, hatte er keine Gelegenheit, sie näher in Augenschein zu nehmen.

Erst als sie hinter dem Lieferwagen auftauchte, bemerkte er die kleine blonde Frau, die auf der anderen Straßenseite den Gehweg entlangspazierte. Spazierte – und, wie es schien, telefonierte. Abrupt zuckte sein Kopf zwischen die Schultern. Er richtete seinen Blick auf den Gehweg und beschleunigte seinen Schritt.

Am Ende des Bauzauns blieb er stehen und drehte sich um. Und wirklich, jetzt blieb die Person, die er beobachtet hatte, vor Nummer 74 stehen, kramte nach irgendetwas in ihrem Rucksack, mutmaßlich dem Haustürschlüssel. Einen Herzschlag später war sie im Inneren verschwunden. Kress fuhr sich durchs Haar, blickte sich um. Der Fettwanst im Unterhemd, den er schon vorhin in der Straße gesehen hatte, war mit seinem Schäferhund eben wieder um die Ecke gebogen. Keine Polizei.

Er eilte über die Straße, manövrierte sich zwischen zwei parkenden Autos hindurch und stand vor ihrer Haustür. Er stellte sich auf die Zehenspitzen, schirmte die Augen ab und schielte durch das Glasfenster. Testweise rüttelte er an der Klinke.

Gut. Er neigte den Kopf zur Seite, richtete den Blick auf den kleinen, runden Messingknopf der Klingel.

Langsam, wie jemand, der den Schalter am eigenen elektrischen Stuhl umlegen muss, schob er vermittels der Fingerspitze den Knopf in die elektrischen Eingeweide der Klingelanlage. Was geschah? Nichts! Kein Fiepen, kein Sirren, nicht einmal der Hauch eines Rauschens kam von jenseits der Messingplatte zurück. Verwirrt und verärgert wollte Kress den Knopf eben noch einmal drücken – da knackte es.

»Ja, hallo?«

Offenbar war sie noch etwas atemlos vom Treppenaufstieg. Damit hatte er nicht gerechnet. Womit er aber noch weniger gerechnet hatte, womit er überhaupt nicht gerechnet hatte, was ihn über alle Maßen in Erstaunen versetzte und bis ins Mark traf – das war, wie vertraut diese Stimme war.

Starr stand er vor der Tür und stierte auf den metallenen Türknauf.

»Hallo, hallo?«, singsangte die Verspätung fröhlich aus der Kupferplatte. »Haaallo?« Sie wartete einige Sekunden, dann gab es wiederum ein Knacken in der Leitung.

Er drückte die Klingel erneut.

»Jaaaaa?«

Kress räusperte sich, er hatte sich bereits ein Stück zum Lautsprecher herabgebeugt. Aber anstatt etwas zu sagen, zuckten lediglich seine Lippen.

»Hallöchen? Soll ich da vielleicht mal runterkommen?«

Da wirbelte er um die eigene Achse. Mit eingezogenem Kopf preschte er über die Straße. Ohne darüber nachzudenken, bog er auf dem Gehweg nach rechts und flüchtete in die andere, die entgegengesetzte Richtung, weg von der S-Bahn, von wo er gekommen war.

Er hastete entlang des Bauzauns, der das verwilderte Gelände mit der Ruine in seiner Mitte umgab, streifte eine Brennnessel, die sich durch die Stäbe des Zauns in den Gehweg neigte, und bog in einen kleinen Sitenweg. Zu seiner Linken lief der Bauzaun weiter, zu seiner Rechten ragten die fensterlosen grauen Seitenfassaden der angrenzenden Wohnhäuser auf. Hier, fünfzig oder sechzig Meter in den Weg hinein, die Sicht zur Verspätungswohnung von Baumkronen verdeckt, kam er zum Stehen. Sein Herz polterte gegen den Brustkorb wie ein Rüttler beim Verdichten von Frischbeton. Atemlos stemmte er die Hände auf die Knie, lehnte sich gegen die fensterlose Hauswand. Vor ihm, jenseits des Bauzauns, erhob sich in einem Ozean aus Brennnesseln und Holunderbüschen die Ruine.

Er wischte sich den Schweiß von der Stirn, schüttelte den Kopf. Plötzlich hatte er das Bedürfnis, mit Gieshübler zu sprechen. Ob die Verspätung ihn gesehen hatte? War sie zum Fenster geeilt, hatte sie ihn entdeckt?

Er öffnete die Augen und bemerkte, dass der Fettwanst mit seinem Schäferhund in den Weg eingebogen war. Während er näher kam, registrierte Kress die haarigen, glänzenden Oberarme des Mannes, auf die – ausgerechnet! – ein Schwert eintätowiert war. Der Mann bedachte Kress mit einem abschätzigen Blick, und Kress, zu seinem eigenen Ärger, fühlte sich dadurch veranlasst, den Rücken durchzustrecken und auf den Boden zu sehen. Sofort aber ärgerte er sich über dieses Verhalten und feuerte dem Mann einen feindlichen Blick hinterher, was dieser freilich nicht mehr bemerkte.

Neuerlich lehnte er sich gegen die Wand. Aus irgendwelchen Gründen hatte er beinahe das Bedürfnis, sich bei der Verspätung zu entschuldigen. Natürlich Schwachsinn! Sie war es doch, die sich bei ihm entschuldigen musste! Sie! Nicht er! Und der *verfickte* Fettsack mit seinem *verfickten* Köter! Allzu gern hätte Kress diesem *Arschloch* seinen geschorenen Unterschichtenschädel mit einem Stahlrohr zertrümmert.

Egal. Es war alles egal. Unter seinem Niveau. Er betrachtete die Ruine, löste sich von der Wand und trat an den Bauzaun. Dieser bestand aus einzelnen, etwa zwei Meter langen Zaunelementen, von denen jedes am Boden in einer Art Betonschuh steckte. Wo ein Element ans nächste grenzte, waren sie mit Metallklammern aneinander festgemacht. Testhalber rüttelte Kress an einem der Elemente. Wenig überraschend antwortete das Gestänge mit metallischem Geklapper.

Er blickte in die Richtung, in die der Fettsack sich von seinem Köter hatte zerren lassen. Die beiden hatten sich am anderen Ende des Wegs unter den Ästen der Bäume verflüchtigt.

Bedächtig, mit hinter dem Rücken verschränkten Händen, wanderte er dem Fettsack hinterher, Schritt für Schritt den Zaun inspizierend. Ganz hinten, wo die Zaunelemente an eine Hecke grenzten, hinter der, wie Kress aufgrund der kleinen Laubendächer und Fahnenmaste vermutete, eine Schrebergartenkolonie lag, entdeckte er eine Stelle, wo anstatt zweier Klammern lediglich eine einzige befestigt war. Und diese eine Klammer war verzogen und hatte ihren Griff um das linke der beiden Elemente gelockert.

Neuerlich blickte sich Kress um. Neuerlich war niemand zu sehen. Von den Schrebergärten her dudelten Fernsehgeräusche. Er trat zwei Schritte zurück, ging ein Stück weit in die Hocke – machte einen Satz und rammte sich, Schulter voran, in das Zaunelement. Es schepperte und klirrte, Kress spürte den Stoß bis in die Wirbelsäule hinein. Als er sich aufrichtete, stellte er fest, dass die unglückliche kleine Klammer ihren Dienst quittiert hatte. Danach war es leicht, eines der beiden Zaunelemente aus dem Betonschuh zu heben und durch die entstandene Lücke auf das Gelände zu schlüpfen.

Aufregung kribbelte in seinem Bauch, während er durch das Gestrüpp auf die Ruine zustrauchelte. Nachdem er sich durch den äußeren Wall aus Brennnesseln gepflügt hatte, eröffnete sich vor ihm eine vielfarbige Symphonie aus roten, weißen und gelben Wildblumen, violett blühenden Disteln, kniehohen Gräsern, schwer an ihren Blüten tragenden Glockengewächsen, zwischendrin machte er mehrere Hügel aus Mauersteinen und Ziegeltrümmern aus. Alle paar Meter sah Kress Müll herumliegen, Coladosen, Plastiktüten, die ausgeblichenen Überreste zerfallender Kartons …

Aus der Nähe wirkte die Ruine sogar noch höher. Die Wände bestanden aus Klinkersteinen, die vor Jahr und Tag einmal rot gewesen sein mochten. Jetzt war davon nichts mehr zu sehen, grau waren sie, dunkelbraun, an vielen Stellen von einer grünlichen Patina bewachsen. Eine Fabrik war das nicht gewesen. Eher so etwas wie ein Verwaltungsgebäude, möglicherweise ein Gericht. Kress umrundete das Gebäude. Die Fenster im Erdgeschoss waren sämtlich zugemauert worden. Dagegen waren die Fenster in den oberen Stockwerken offen, hatten nicht einmal mehr Glas. Vorne, auf der Seite, die Madeleines Wohnhaus zugewandt war, gab es eine dreistufige Freitreppe, die hinauf zu einem Eingang führte; aber auch der Eingang war zugemauert worden.

Er umrundete das Gebäude erneut. Immer wieder, während er an der Fassade entlangschritt, vergewisserte er sich, dass er von der Straße oder vom Weg her nicht beobachtet wurde. Als er zum zweiten Mal auf die Rückseite kam, bemerkte er jenseits der Hecke eine Figur, die auf dem Dach einer Schreberlaube herumkrabbelte, offenbar in dem Versuch, eine Satellitenantenne auszurichten. Eilig glitt Kress in den Schatten des Gebäudes. Eine Weile lang wartete er dort, ungeduldig und mit verschränkten Armen, alle paar Sekunden um die Ecke blickend. Aber leider, der Schrebergärtner war offenbar völlig inkompetent, er werkelte und werkelte und werkelte, ohne dass etwas geschah, unbegreiflich, was konnte daran so lange dauern? Schließlich ging Kress in die Hocke und lehnte sich gegen das Gemäuer, das angenehm kühl war und von dem, wie ihm schien, ein modriger Geruch ausging.

Aus irgendwelchen Gründen musste er daran denken, dass er sich am Montag um zehn in der Poststelle einzufinden hatte. Gestern Morgen, beim Betreten des Büros, hatte die Stöhr ihn mit einem vollkommen wirren, zehnminütigen Monolog überfahren. Nur mit Mühe hatte Kress herausgehört, dass sie einen Urlaub gebucht hatte, ihren ersten seit der Wende, wie zu betonen sie nicht müde geworden war. Kress konnte es sich lebhaft vorstellen, wie sie ihn in den kommenden Wochen mit jedem noch so banalen Detail ihrer Reisevorbereitung belästigen würde. Bei dem Gedanken daran spürte er eine bleischwere Müdigkeit. Dieses Zeitalter, in dem er lebte, in dem die Geistesmenschen die Briefe sortieren mussten und Leute wie die Verspätung die studentischen Hilfskräfte wurden – dieses Zeitalter, es war nichts für ihn.

Er schloss die Augen und ließ den Hinterkopf gegen das Gebäude sinken. Natürlich, es war Unsinn, hier zu sein. Die ganze Briefaktion war Unsinn. Bloß, was hätte er stattdessen machen sollen? Daheim sitzen, am Schreibtisch, um sich auf eine Karriere vorzubereiten, die, wie die Dinge standen, niemals kommen würde? Denn so war es doch. Die akademische Karriere, auf die er während der vergangenen Jahre hingearbeitet hatte – sie würde nicht kommen.

So beunruhigend dieser Gedanke war: Neu war er nicht. Er hatte ihn nur niemals zuvor in dieser Klarheit gedacht. Was in aller Welt machte die Verspätung nur besser als er?

Die Verspätung, die ihn abgewiesen hatte.

Freak hatte sie ihn genannt.

Er fächerte eine Fliege weg, die seit einer Weile sein Gesicht umsummt hatte, stand auf und trat im Schatten an die vordere Ecke der Ruine. Ringsumher brummten und summten die Insekten. Von wo er stand, konnte er ihr Haus sehen: Über die Baumwipfel hinweg traf sein Blick geradewegs das vierte Obergeschoss. Mit dem bloßen Auge war niemand zu sehen, aber eine der Balkontüren schien geöffnet worden zu sein. Vorhin, als Kress zum ersten Mal hochgeschaut hatte, war sie noch verschlossen gewesen.

Es war elf Uhr nachts, als er das Zaunelement erneut aus seinem Betonschuh hievte und die Leiter aus dem Baumarkt durch die Lücke bugsierte. Von den nahen Schrebergärten her kam Schlagermusik, auch waren Stimmen zu hören, und Kress gab größtmögliche Acht, leise zu sein, während er die Lücke wieder verschloss und die Leiter, so schnell er konnte, in die Büsche zerrte.

Die Nacht hatte das Gelände in eine Unterwasserlandschaft verwandelt. Die Sträucher waren zu bleichen Meeresgräsern geworden, die Steinhaufen zu Korallenformationen; hinter jeder Brennnessel, die Kress umpflügte, schlummerten Schwärme bunter Fische, die, von der plötzlichen Bewegung aufgeschreckt, in alle Richtungen zerstoben. Vor ihm, in der Finsternis, ragte der Königspalast des versunkenen Atlantis auf, die gespensterhafte schwarze Ruine.

Er hatte keine Ahnung, wo Westen lag, trotzdem spürte er, dass die Seite der Ruine, an die er die Leiter jetzt setzte, die Westseite sein musste. Jedenfalls lag sie im Mondschatten und bot den besten Sichtschutz vor etwaig die Umgebung belauernden Schrebergärtnern. Die Leiter reichte nicht ganz bis zu dem offenen Fenster im ersten Obergeschoss. Er würde sich strecken müssen. Immerhin – er rüttelte daran – stand sie fest auf dem sandigen Untergrund.

Unter leisem Klappern erklomm er die Sprossen. Auf der viertobersten ließ er den Rucksack vom Rücken gleiten; mit einem Ruck schleuderte er ihn hoch, durch die Fensteröffnung. Rumpelnd kam er im Inneren der Ruine auf.

So weit, so gut.

Es lagen noch immer gut anderthalb Meter vor ihm. Kress, da er sich nun zuerst auf die drittoberste und dann – schwankend, beide Hände flach gegen die Fassade gepresst – auch auf die zweitoberste Sprosse schob, merkte, wie sich sein Atem und sein Herzschlag beschleunigten. Langsam schob er sich auf die alleroberste Sprosse. Die Fingerkuppen suchten Halt in der Fenstereinbuchtung, fanden ihn. Er stellte sich auf die Zehenspitzen, die Leiter wackelte, seine Finger krallten sich an der Innenwand fest. Er setzte eine Fußsohle gegen die Wand, gab vorsichtig Kraft auf das Bein und stemmte sich dem Fenster entgegen. Millimeter für Millimeter eroberten seine Fingerkuppen die Innenwand. Als er sicher war, genug Halt zu haben, zog er langsam den zweiten Fuß nach und wollte eben … da rutschte er ab.

Oh, Rotz, Rotz, Rotz, Rotz, Rotz, Rotz, Rotz! Panisch trat er nach der Leiter. Eine Sekunde lang zappelte er mit den Füßen im Nichts. Mühsam zerrte er sich empor, schnappte mit den Händen nach der Innenseite der Wand, rutschte ab, fand wieder Halt, zerrte sich hoch und hing irgendwie, wie auch immer, urplötzlich mit dem Oberkörper im Inneren des Gebäudes. Mit letzter Kraft schob er sich über das Fensterbrett und polterte, Kopf voran, auf einen steinernen Boden.

Es verging etwa eine halbe Minute, ehe er die Augen öffnete. Er blies Luft aus den Backen. Beim Aufprall hatte er sich den Schädel gestoßen, jetzt dröhnte es darin wie von einer Blechkapelle. Stöhnend hockte er sich hin. Er strich sich das verschwitzte Haar aus der Stirn und blickte sich um. Konturen. Schemen. War das ein …? Aber es war eigentlich zu dunkel, um irgendetwas zu erkennen. Er zog seinen Rucksack heran, der ein Stück vor ihm gelandet war, entnahm ihm die Taschenlampe, drehte die Stromkurbel einige Runden im Kreis und richtete den Lichthauch, den sie verbreitete, in die Düsternis.

Er lachte auf, als er den Raum erkannte. Mühsam stellte er sich aufrecht hin. Vor ihm öffneten sich eine Reihe von Toilettenkabinen, weiter hinten die Waschbecken. Keine

Pissoirs. Also ein Frauen-WC. Er strich sich irgendwelche Spinnweben vom Ärmel und trat vor. Sein rechtes Knie schmerzte, beim Auftreten knickte er ein. Die Wasserhähne der Waschbecken waren abmontiert worden, die Becken selbst waren schmutzverkrustet.

Neben den Waschbecken befand sich die Tür. Vorsichtig, jederzeit bereit zurückzuspringen, zog er sie auf. Vor ihm eröffnete sich ein stockfinsterer Flur. Testhalber räusperte er sich. Nichts geschah.

Es zeigte sich, dass er keineswegs in das Verwaltungsgebäude einer Fabrik oder in ein ehemaliges Gericht eingebrochen war. Langsam, das schwache Licht der Kurbellampe hin und her bewegend, hinkte Kress den Flur entlang, von dem alle paar Meter immergleiche Türen abgingen. Dahinter lagen große, unmöblierte Räume, die offenbar seit Jahren nicht mehr betreten worden waren: Überall fanden sich der gleiche Schmutz und der gleiche Staub, die gleichen Zweige, die gleichen Blätter, die durch die glaslosen Fenster hineingeweht worden waren. Hier und da waren die Wände mit Graffiti beschmiert worden, in einem der Räume entdeckte er eine schmutzige Matratze. An einer Tür, die halb geöffnet war, hing ein vergilbtes, gewelltes Papier, eine Kinderzeichnung, die ein Mädchen im roten Kleid mit einem lachenden Buntstiftgesicht zeigte. Er leuchtete den dahinterliegenden leeren Raum aus, bückte sich und hob ein weißes Steinchen auf. Das Steinchen ließ sich zwischen den Fingern zu Staub zerdrücken. Kreide. Er wischte den Staub an der Hose ab und trat zurück auf den Flur. Das Gebäude war eine Schule gewesen.

Am Ende des Flurs fand sich eine breite Steintreppe.

Wie merkwürdig es sich anfühlte, ihre Stufen emporzusteigen. Mit jedem Schritt, den er sich tiefer in die Finsternis schob, schien die Verbindung zu irgendetwas, das unten, im Gelände, geblieben war, schwächer zu werden.

Das zweite Obergeschoss unterschied sich vom ersten nur dadurch, dass die Hälfte der Türen fehlte. In einem der Räume entdeckte er ein paar alte Stühle und Tische, die zu einer Art Möbelpyramide aufgetürmt waren. Auf einem Zettel, der mit Klebeband an einer der Stuhllehnen haftete, stand in blasser Schrift: »So long, Karolin!« Kress blieb eine Weile lang davor stehen und betrachtete die seltsame Konstruktion mit gemischten Gefühlen. Dann, kopfschüttelnd, ging er weiter.

Das dritte Obergeschoss ließ er aus, stattdessen folgte er der Treppe, bis er ganz oben gegen eine Holztür stieß. Die Lackierung hatte die Farbe von Raucherzähnen. *Dachboden* war darauf in kaum noch lesbaren, offenbar von Hand gemalten Buchstaben geschrieben. Er kurbelte frischen Strom in die Lampe, die es ihm mit hellerem Licht dankte.

Vorsichtig zog er die Tür auf.

Dahinter:

Finsternis. Modergeruch. Etwas glitzerte.

»Ist jemand hier?«

Er sog die Oberlippe in den Mund, neigte den Kopf durch den Türrahmen, richtete das Licht der Lampe in den Raum, aber es brachte nichts. Es war, als würde die Finsternis aus gefräßigen kleinen Rußwesen bestehen, die sich voller Gier auf die Lichtwellen stürzten und sie annagten und verspeisten.

»Ist irgendjemand hier?«

Unentschlossen, wie auf der Hut vor einem unsichtbaren Angreifer, trat er über die Schwelle. Der Boden bestand aus breiten, unbehandelten Dielen. Überall war Taubenkot festgekrustet. Testhalber drückte er die Hand gegen einen der Stützpfeiler. Nichts geschah.

Deutlich stärker noch als unten auf dem Gelände hatte er hier das Gefühl, eine im Meer versunkene Stadt zu durchtauchen, und dieses Gefühl wurde noch intensiviert von den Staubpartikeln, die wie Planktonschwärme für kurze Momente im Licht der Taschenlampe aufschienen und wieder verschwanden. Er fand eine Dachluke, wischte mit dem Sakkoärmel über das Glas, aber das Glas war erblindet. Er stemmte beide Hände gegen die Luke. Unter Krachen flog sie auf.

Ein warmer Lufthauch strich ihm übers Gesicht, als er den Kopf ins Freie schob. Gleich zwei Flugzeuge blinkten am Himmel, sogar ein paar Sterne waren zu sehen. Ein plötzliches Kribbeln im Bauch, holte er das Fernglas aus seinem Rucksack und richtete es auf die erleuchteten Fenster des gegenüberliegenden Mietshauses.

Im ersten Moment war nichts zu sehen, alles war schwarz, Kress drehte an den Rädern, aber nichts veränderte sich. Kaputt? Er brauchte ein paar Sekunden, ehe er begriff, dass die Gummikappe noch auf den Linsen steckte. Mit zittriger Hand nahm er sie ab. Leider stellte er sich dabei etwas ungeschickt an, mit einem leisen Plop-Geräusch sprang sie ihm aus der Hand, rutschte das Dach herab und verschwand auf Nimmerwiedersehen in der Finsternis.

Rotz.

Verärgert, weil das Fernglas vor vielen Jahren ein Vermögen gekostet hatte, setzte er es zurück an die Augen und …

Unfassbar! Wie deutlich man sehen konnte! Das Bild war scharf, das heißt, es war scharf und schummrig zugleich, ein wenig, als würde man aus großer Distanz auf einen Fernseher schauen. Was er sah, waren ein Mann und eine Frau, die sich offenbar in einer Küche gegenübersaßen und irgendetwas aßen. Er stellte sich auf die Zehenspitzen, ruckte das Fernglas ein Stück nach rechts und erblickte nebenan einen Mann, dessen Gesicht vom bläulichen Schimmer eines Computers angeleuchtet wurde. Er schwenkte den Blick zurück auf das Paar. War das die Verspätung?

Plötzlich begriff er, dass er im falschen Stockwerk geschaut hatte, statt ins vierte ins dritte. Er justierte die Linsen ein Stück nach oben und … jäh schnappte er nach Luft. So überfordert war er von dem, was er sah, beinahe wäre ihm das Fernglas aus der Hand gerutscht. Die Verspätung stand in ihrer Küche, oder jedenfalls in einem Raum, in dem eine große Gastherme an der Wand hing … er drehte an den Rädern herum, aber das Bild wurde dadurch nur schwammiger … es schien ihm, als … ja, genau … sie trank. Die Verspätung trank ein Glas Wasser! Kress wurde schlecht vor Aufregung.

Denn dass diese Person die Verspätung war, dass sie wirklich und wahrhaftig die Verspätung war, daran bestand kein Zweifel. Das blonde Haar, am Hinterkopf zusammengenommen. Die zierliche Statur. Himmelherrgott, er brauchte ein besseres Fernglas! Sie setzte das Glas ab, trat an eine Zimmertür, deren Rand Kress gerade noch erkennen konnte, warf einen flüchtigen Blick zurück in die Küche. Dann, abrupt, erlosch das Licht.

Was? Warum? Stimmte etwas mit seinem Fernglas nicht? Musste jetzt nicht in einem der anderen Fenster das Licht angehen? Er suchte die Fassade ab, doch die anderen Fenster im vierten Obergeschoss blieben dunkel. War sie ins Bett gegangen? Oder war sie …? Hatte sie möglicherweise …? Konnte das sein? Dass sie die Wohnung verlassen hatte? Um diese Zeit? An einem Samstagabend?

Eine Sekunde später war Kress zurück auf der Treppe.

Niemals war ein Mensch schneller eine Leiter heruntergeklettert. Wie ein Bulldozer mit Raketenantrieb wälzte er sich durch das Gelände, hastete den Seitenweg herauf – und kam gerade rechtzeitig, um eine kleine Frau um die Straßenecke verschwinden zu sehen. War sie das? Er blickte sich um. Weiter vorn schob Arm in Arm ein Paar seinen Schatten durchs Laternenlicht. Er wischte sich durchs Gesicht, blickte zu ihrer Eingangstür. Aber nein, das war sie gewesen, musste sie gewesen sein – dachte er und rannte los.

Gute Güte, er war wirklich massiv außer Form. Schwer atmend erreichte er die Straßenecke.

Die Verspätung war nirgends zu sehen.

Weiter.

Er rannte an dem Spätkauf vorüber, aus dem Augenwinkel war ihm, als sitze am Tresen noch immer derselbe Inder, bei dem er am Mittag seine Apfelschorle gekauft hatte, und starre noch immer in denselben archaischen Flimmerkasten. Weiter! Vorbei an der Eckkneipe, aus deren Fenstern jetzt ein orangegrünes Jägermeisterleuchten nebelte, weiter, immer weiter – bis er schließlich, schwitzend, japsend, den Geschmack von Blut im Mund, an der Hauptstraße gegen einen Laternenpfahl sackte, an den jemand auf der Suche nach Kurzhaarkatze »Jingle Belle« einen Zettel geklebt hatte. Unerreichbare dreihundert Meter vor ihm flirrte das Grün des S-Bahn-Schilds in der Nacht.

Er hatte sie verloren. Verpasst. Entweder, sie war schneller gelaufen oder irgendwo abgebogen. Oder war er einer optischen Täuschung erlegen und sie hatte von vornherein ihre Wohnung niemals verlassen? »Mist!« Er riss die Vermisstenanzeige vom Laternenpfahl – da bemerkte er ein Taxi, das sich knapp hundert Meter entfernt aus dem Strom der fahrenden Autos löste und rechts ranfuhr. Sein

Blick sprang zum Gehweg. Im nächsten Moment wirbelte er herum und winkte sich sein eigenes Taxi heran.

»Folgen Sie diesem Wagen!«, befahl Kress der Taxifahrerin, einer hautigen Mittfünfzigerin mit metallener Rundbrille. Aber die Mittfünfzigerin schüttelte vehement ihren Kopf. »So wat jibt's bei mir nich.« Und als Kress protestierte: »Jetzt machst du janz schnell 'nen Abjang, du Flitzpiepe, sonst werd ick brummich.«

Mit dem nächsten Fahrer hatte er mehr Glück. Aufs Geratewohl ließ er den Mann geradeaus fahren. An der nächsten Ampel entdeckte er den Wagen der Verspätung – nicht zu übersehen aufgrund eines Werbeschilds, das wie ein Höcker auf das Dach des Fahrzeugs montiert war.

»Halten Sie einen gewissen Abstand«, ordnete Kress an, »aber nicht zu sehr, wir wollen sie nicht verlieren.« Der Taxifahrer runzelte die Stirn, sagte aber nichts. Draußen rauschten die Lichter der Nacht vorbei, rote, grüne und weiße Streifen, an einer Stelle kreuzte das geisterhafte blaue Kreiseln eines Krankenwagens ihren Weg, Kress wischte sich mit dem Ärmel den Schweiß von der Stirn. Die Leuchtanzeige am Lenkrad zeigte die Zeit, es war bereits halb eins in der Nacht. Auf einmal merkte er, wie müde er in Wirklichkeit war. Die ganze vergangene Nacht hindurch hatte er den Brief an die Verspätung geschrieben, das rächte sich jetzt. Er schob die Hand unter sein Sakko und war beruhigt, den Brief immer noch in der Innentasche zu fühlen. Die Bilder seines bizarren Einbruchs in das Gebäude flirrten durch seinen Kopf. Er zupfte ein paar abgerissene Gräser von seinem Sakko, wollte das Fenster öffnen, fand aber keine Kurbel.

»Geht das nicht auf?«

Der Taxifahrer betätigte einen Knopf, unter leisem Schnurren senkte sich die Scheibe, Kress ließ die Gräser im

Fahrtwind verflattern. Wie tief musste man gefallen sein, dachte er, um allen Ernstes in eine Ruine einzubrechen und mit dem Fernglas in die Wohnung einer fremden Frau herüberzusehen? Aber es kam keinerlei Bedauern mit diesem Gedanken, eher der Anflug einer Erregung.

Nach einer knappen Viertelstunde, in der sich das Taxi der Verspätung ostwärts bewegt hatte, machte es an einer breiten Straße mit trist im orangen Schimmer der Straßenlaternen liegenden Wohnhäusern halt. Schon von weitem sah Kress die Menschenschlange auf der anderen Seite. Er ließ den Wagen in einigem Abstand an den Rand rollen, zahlte gegen jede Gewohnheit ein Trinkgeld und beeilte sich, in einen Hauseingang zu kommen, in dem ein dürftiges Kunstlicht flackerte. Von hier aus konnte er die Verspätung beobachten, die jetzt über die Straße auf eine kleine Menschengruppe zulief.

Er brauchte nicht einmal sein Fernglas aus dem Rucksack zu holen. Auch auf die Entfernung erkannte er die Leute. Elektrokai, Uwe, eines der Mädchen, das draußen am See gewesen war. Er lehnte sich gegen die Hauswand, kniff die Augen zusammen und versuchte zu ermitteln, ob auch Mona irgendwo zu sehen war.

Aber nein, Mona nicht.

Sie waren nicht allein, die Schlange bestand aus dreißig oder vierzig Menschen, die offenbar darauf warteten, an eine Öffnung vorzurücken, die sich in einem heruntergekommenen Bretterzaun auftat. Man redete, rauchte, trank. Bis zu ihm hin war das leise Blubbern der Stimmen zu hören, und als jetzt die Verspätung zu ihrer Gruppe stieß, die etwas abseits der Schlange stand, gab es ein großes Hallo, Umarmungen wurden ausgetauscht, Küsse verteilt, jeder nahm einen Schluck aus einer ominösen grünen Flasche, dann setzte man sich in Bewegung und schlängelte sich an der Schlange vorbei durch die Öffnung im Zaun. Weshalb durften die das? Er ließ einen Nachtbus passieren und überquerte die Straße.

»Stehen Sie an?«

Aber der junge Mann mit den schwarz gefärbten, langen Haaren, der, wie ihm schien, das Ende der Schlange bildete, war offenbar sehr primitiv, denn er zuckte bloß wild mit dem Kopf, unmöglich zu sagen, was das bedeuten solle. Kress beschloss, dass es weiser sein würde, dieser Person keine Beachtung zu schenken, und begann zu warten.

Langsam wurde die Schlange hinter ihm länger. Den englischen Gesprächsfetzen einer gackernden Gruppe junger Frauen, die kurz nach ihm ebenfalls aus einem Taxi gestiegen waren, entnahm er, dass am Ende dieser Schlange die Möglichkeit zu tanzen bestünde. Daraus folgerte Kress, es müsse sich hier ein sogenannter »Club« befinden. Kress hatte von solchen Orten gehört. Selbst besucht hatte er so etwas noch nie.

»Eks-kjus mie, känn ju plies tell mie wot keind of däänzmjusik säj pläj inßeid?«, wandte sich Kress abrupt an eine der Frauen.

»Oh, I think it's House music.«

»Yeah, pretty sure«, eine zweite Frau nickte.

»Aha.«

Mechanisch drehte sich Kress wieder um. Er hatte keine Ahnung, was das sein sollte, aber ihm schwante nichts Gutes.

Das Warten war eine Quälerei, nichts ging vorwärts, es brauchte allein zwanzig Minuten, bis er an die Öffnung des Bretterzauns vorgerückt war, also dorthin, wo er die Gruppe der Verspätung aus dem Auge verloren hatte, und dahinter war die Schlange mindestens noch einmal so lang. Unzufrieden nahm Kress zur Kenntnis, dass er gemessen an all den aufgetakelten Menschen hier vergleichsweise förmlich gekleidet war, und er knöpfte die zweitoberste Etage seines Hemds auf. Er stellte sich auf die Zehenspitzen, um zu ermitteln, was dort vorn, am Anfang der Schlange, eigentlich los war. Da war eine Stahltür, davor zwei Türsteher, breitschultrige Sicherheitsboliden, Gesichter wie LKWs. Wann immer die Stahltür sich öffnete, weil jemand ins Freie wankte oder weil die Boliden nach einem nicht durchschaubaren Prinzip jemanden ins Innere winkten, wurden die Gesichter der Umherstehenden von rötlichem Licht beschienen. Mehr zu erkennen war nicht.

Als Kress schließlich – endlich! – an die Reihe kam, war mindestens eine Dreiviertelstunde verstrichen, vielleicht sogar mehr. Der Zappelphilipp vor ihm hatte sich eben eine Abfuhr geholt, und obwohl er, Kress, selbstverständlich der allerunbescholtenste, zivilisierteste Mitteleuropäer war, spürte er, da er jetzt vor den Türsteher trat, trotzdem einen Anflug von Nervosität.

Der Türsteher musterte ihn. Dann richtete er den Blick geradeaus.

»Tut mir leid.«

Kress wusste nicht, was das zu bedeuten hatte.

»Entschuldigung, ich würde, wenn es möglich wäre, gerne eintreten?«

»Heute nicht.«

»Ach so? Warum denn nicht? Ich habe doch eben gesehen, wie Sie die beiden …«

»Zu viele Männer.«

»Aber eben gerade habe ich gesehen, wie Sie …«

Der Türsteher richtete seinen Blick auf Kress.

»Ich hab gesagt, heute nicht. Geh mal zur Seite, ja? Mädels?«

Er zog die Tür auf, rotes Licht flutete die Nacht, ein

dumpfes Grollen wogte Kress entgegen, und die englischsprachige Mädchenbande hibbelte ins Innere. Kress war ein Stück zur Seite getreten und presste die Lippen zusammen.

»Verzeihen Sie, aber es sind Bekannte von mir im Inneren, man wartet bereits auf mich, ich würde wirklich sehr gerne …«

»Hör mal, ich hab gesagt, das wird heute nichts, und ich würd sagen, du verlässt jetzt mal …«

»Ist in Ordnung, Jacques. Der kann rein. Der ist ein Freund.«

Beide, Jacques der Türsteher und Kress, drehten sich zum Eingang um.

»Der ist ein Freund von dir?«

»Würd' ich so sagen. Oder wie siehst du das, Kress?«

Mona nahm einen Zug von ihrer Zigarette. Sie schien aber nicht recht zufrieden mit dem Geschmack, jedenfalls verzog sie das Gesicht und schnippte sie fort.

»Mona!« Kress nickte, und dann würgte er ein irgendwie zustimmendes Geräusch hervor.

Der Türsteher schien das irgendwie verdächtig zu finden, unterließ es aber, etwas zu sagen. Kress senkte den Blick und trat in einen engen Gang, in dem es roch, als wäre er in jemandes Rachen gestiegen. Der dumpfe Rhythmus dessen, was die Frauen »House music« genannt hatten, pochte gegen die Wände.

Er wagte es nicht, sich umzudrehen, während sich Mona an ihm vorbeischob und sich auf einen Hocker hinter einen Tresen setzte, wo bereits eine andere Frau saß, tiefschwarz umrandete Augen und die linke Schädelhälfte rasiert.

»Zehn Euro.«

»Ich hab gedacht … Hast du nicht gesagt, du arbeitest im Konzerthaus?«

»Ich hab gekündigt.«

»Ach so? Tatsächlich? Weshalb denn?«

»Mangelnde Perspektive.«

Kress, in seinem Gesicht zuckte es, suchte aus seiner Hosentasche einen Zehn-Euro-Schein hervor und schob ihn auf den Tresen.

»Na dann.« Mona verstaute das Geld in einem Metallkasten, auf dessen Deckel ein Donald-Duck-Aufkleber prangte. Jemand hatte Donald einen schwarzen Balken über die Augen gemalt. Kress nickte. Die andere Frau drückte ihm einen Stempel auf den Handrücken. Wie paralysiert ließ er es über sich ergehen. Er wandte sich ab und trat einige Schritte in Richtung einer zweiten Stahltür, die das Ende des Gangs bildete, kam aber nicht weit. Den Daumen in der rechten Faust quetschend, blieb er stehen.

»Hör mal, Mona …«

Mona hatte bereits begonnen, die nächste Gruppe abzufertigen, darunter einen Mann, der einen mit Silberpailleten besetzten Minirock und eine giftgrüne Perücke trug. Kress, als der Mensch sich an ihm vorbeischob, wich bis ganz an die Wand zurück und zog seinen Bauch ein.

»Mona, hör mal. Sollte es etwas geben, worüber du reden magst, dann möchte ich dir signalisieren, dass ich dazu durchaus bereit …«

Mona lachte laut auf.

»Wenn es etwas gibt, über das *ich* reden möchte?«

»Nun, ich dachte, ich biete es dir zumindest an. Das heißt, wenn du nicht das Bedürfnis hast, irgendetwas zu sagen …« Kress gestikulierte mit den Händen.

»Gibt es denn vielleicht auch etwas, das *du* sagen möchtest, Kress?«

»Nun … Also …«, er räusperte sich, nickte in Richtung

der halb kahlrasierten Frau. »Sag mal, muss das sein, dass deine Kollegin hier mithört?«

»Diese Kollegin ist eine Freundin.«

»Das mag ja sein, aber trotzdem muss sie doch nicht zwangsweise unser Gespräch mit anhören, oder?«

Mona betrachtete Kress. In ihrem Mundwinkel zuckte es.

»Du, Kati …«

»Ist schon gut«, Kati nickte.

Mona glitt von ihrem Hocker, ging wortlos an Kress vorbei und zog die Stahltür am Ende des Gangs auf. »Mona, bist du sicher, dass das eine gute Idee ist, sich ausgerechnet hier …«, aber es war zu spät, Mona war bereits eingetreten.

Nichts hätte Kress vorbereiten können auf den Anblick, der sich ihm dahinter bot. Hüpfende Körper. Schwitzende Körper. Ekstatisch kreiselnde Körper. Arme in der Luft wie die Fontänen eines Springbrunnens. Die Musik, wenn das noch Musik war, schlug ihm ins Gesicht wie ein Rammbock. Er rief Monas Namen, aber es war zwecklos, sie hörte ihn nicht. Einen Augenblick lang erwog er, bis drei zu zählen. Dann ließ er es bleiben und folgte ihr einfach.

Lichter. Stimmen. Jemand stieß ihm gegen die Brust. Zwei Gläser mit irgendeiner giftgrünen Flüssigkeit schwebten an seinem Kopf vorüber – und dieser Krach, dieser unbeschreibliche Krach … Mit verzerrtem Gesicht presste sich Kress die Hände auf die Ohren. Während er sich mit einer Mischung aus Entsetzen und Faszination tiefer hineindrückte in diese Masse zappelnder Glieder und Rümpfe, immer Mona hinterher, einer Treppe entgegen, die auf eine Art Balustrade führte, blickte er sich nach der Verspätung um. Aus dem Augenwinkel sah er

Elektrokai, zappelnd, hüpfend, ganz in seinem Element, aber die Verspätung blieb verborgen.

Mona quetschte sich an der Bar vorbei, durch eine weitere Tür eine enge Treppe herunter. Unten fand er sich in einem grindigen, von rotem Licht gefluteten Flur wieder, links die Toilettenkabinen, rechts ein von Dellen und Brandmalen überzogener Zigarettenautomat. Ein paar Leute mit leeren Rauschgesichtern taumelten ihnen entgegen. Mona schloss eine Tür auf, Kress folgte ihr in einen niedrigen Raum, in dem ein schummriges Licht schien. Er drückte die Tür hinter sich zu. Sofort wurde die Musik dumpfer.

»Was ist das hier?« Kress blickte sich um. An den kahlen Mauerwänden standen unzählige Getränkekisten, außerdem Lautsprecher, Kartons, ein Rennrad. In einer Ecke ein kleiner Schreibtisch, von dem aus ein Schreibtischlämpchen ein funzeliges Licht verbreitete. Mona hatte einem Kühlschrank zwei Colaflaschen entnommen und geöffnet.

»Unser Büro«, sagte sie und reichte ihm eine Flasche.

»Tatsächlich?« Kress, unschlüssig nickend, musterte einen Gegenstand, der vor dem Schreibtisch auf dem Boden stand und der sich auf den zweiten Blick als ein in silberner Farbe übermalter Gartenzwerg entpuppte.

»Ja genau, tatsächlich.« Mona nickte ihrerseits, ohne den Blick von ihm zu nehmen. »Also?«

»Also was?«

»Also, ich bin hier, über was möchtest du reden?«

Sie nahm einen Schluck aus ihrer Flasche.

»Ich …« Kress schüttelte den Kopf. »Wolltest nicht du reden? Ich war der Auffassung, du wolltest reden?«

Mona stieß Luft zwischen den Zähnen hindurch, lachte.

»Das war dann ein Missverständnis.«

Kress nahm seinerseits einen Zug aus seiner Flasche,

beinahe sog er daran. Er hasste den Geschmack von Cola, aber das war jetzt egal.

»Na, das ging ja dann schnell, dann ist ja alles geklärt«, sagte Mona, »Dann gibt's ja eigentlich keinen Grund für uns zwei, hier herum zu stehen. Ich meine, wenn dir nichts einfällt, worüber wir reden könnten.«

»Ich wüsste nicht, über was.« Kress nickte.

»Nun«, Monas Stimme klang ganz ruhig, sogar beinahe sachlich, »vielleicht zum Beispiel darüber, wenn ich mal kurz nachdenke, wenn ich dir womöglich ein bisschen auf die Sprünge helfen darf, dass du mit mir *gevögelt* hast, und zwar nicht, weil du das irgendwie gut gefunden hast, mit mir zu vögeln, sondern weil du dich dadurch rächen wolltest an meiner besten Freundin, die dir kurz vorher einen Korb gegeben hat. Vielleicht hast du das Bedürfnis, dich irgendwie zu diesem Thema zu äußern?«

Kress starrte Mona an.

»So war es nicht.«

»Ach so, so war es nicht? So war es nicht, ja? Wie, deiner Meinung nach, war es denn dann?«

»Es hatte nichts mit Rache zu tun«, sagte Kress. Er sagte es aber sehr leise.

»So, hatte es nicht? Das war völlig unabhängig voneinander, ja? Du hast einfach deine Zuneigung zu mir entdeckt und gedacht, Mensch, die Mona, das ist so 'ne tolle Frau, die könnte ich doch spontan mal vögeln. So etwa war das, ja? Was ja auch 'ne prima Erklärung dafür ist, dass du dich seither exakt null Mal gemeldet hast.«

»Ich hatte ja deine Telefonnummer nicht.«

Mona holte aus und verpasste ihm mit der flachen Hand eine Ohrfeige, laut und klatschend.

»Fick dich, Kress. Fick dich. Du bist so ein unglaublicher Verlierer, du hast nicht mal den Arsch in der Hose, mir ins

Gesicht zu sagen, dass du dich nicht für fünf Cent für mich interessierst. Nicht mal dazu bist du in der Lage.«

Kress' Wange leuchtete in hellem Rot. Er machte einen Halbschritt auf sie zu, ballte die Faust, holte aus –

»Mach doch«, Mona reckte ihm den Kopf entgegen, »mach doch! Ist es das, was deine Mama mit dir gemacht hat?«

Da hielt er inne. Er wollte etwas erwidern. Seine Lippen zitterten. Sein Blick nahm etwas Flackerndes an, sein Brustkorb hob und senkte sich im schnellen Takt. Aber dann, anstatt etwas zu sagen, anstatt ihr etwas ins Gesicht zu brüllen, wirbelte er um die eigene Achse und riss die Tür auf. »Du unglaublicher Verlierer …«, brüllte Mona ihm hinterher, und was immer folgte, es verlor sich im Pochen der Musik.

Er rempelte sich die Treppe empor, schüttelte wild seinen Kopf. Was bildete sie sich ein? Diese dreiste, hässliche, widerliche Person? Raus hier, nichts als raus aus diesem Drecksloch, diesem Babylon, so weit war es gekommen mit Europa! Dann aber erinnerte er sich, dass irgendwo hier die Verspätung sein musste, und anstatt zum Ausgang zu stürmen, baute er sich vor der Bar auf.

»So was da will ich«, fauchte er und deutete auf das Getränk seines Nebenmanns. Etwas Drohendes flackerte über das Gesicht des Barboys, der ein beleidigend schönes Gesicht hatte, so unschuldig, als sei er direkt aus einer Milchreklame gestiegen. Er sagte aber nichts, sondern nahm ein Glas, und während er sich daranmachte, irgendwelche Flüssigkeiten zusammenrinnen zu lassen, wandte sich Kress der Tanzfläche zu.

Das Einzige, was er bereute an diesem ganzen Prozess, das war, dass er seine Unschuld, seine wertvolle Unschuld, an diese hässliche Drecksperson verloren hatte. Aus Rache? Lächerlich! Ihrer erbarmt hatte er sich, so war es gewesen! Ihrer erbarmt! Er wischte sich mit dem Handrücken über die Lippen, sah sich um. Der Club war viel kleiner, als es auf den ersten Blick ausgesehen hatte. Da war einerseits die Tanzfläche, nicht größer als ein Wohnzimmer, die wechselweise in rotes und grellblaues Licht getaucht war, und andererseits die Balustrade, auf der er stand und die durch ein Geländer gesichert war. Die Wände waren mit uralten und vergilbten Tapeten beklebt, teilweise entblößten sie das dahinterliegende Gemäuer. Bunte Lichtflecken kreiselten über die Köpfe. Über allem hing ein ausladender Kronleuchter.

Er lehnte sich auf das Geländer. Hinter ihm rief der Barboy irgendetwas, wahrscheinlich war sein Getränk fertig, egal. Aus dem Augenwinkel sah er Mona die Treppe hochkommen. Er duckte sich weg. Hatte sie geweint? Es war ihm egal, sollte sie weinen. Widerliches, hässliches Monster! Sie schaute sich um, er zog den Kopf ein Stück tiefer, sie rieb sich die Augen und ging die Treppe wieder herab, hinunter zur Tanzfläche. Es war ihm egal, völlig egal, sollte sie weinen, er wusch seine Hände in Unschuld. Er sah nach rechts, sein Blick stach mitten hinein in die Tanzfläche – und sein Herz blieb stehen.

Sie sah überwältigend aus, die Verspätung. Sie trug ein rotes Kleid, dessen Stoff ihren Körper umfloss wie ein warmer Atem. Ihre blonden Strähnen liefen zu einem Kranz geflochten um ihren Kopf und vereinigten sich hinten zu einem lockeren Knoten. Ihre Hände schwebten in der Luft, und ihre Augen waren geschlossen, und wie sie sich dort unten, auf der Tanzfläche, im Takt der Musik wog, wusste er plötzlich, dass dieser ganze Raum, diese von Lichtpunkten überfluteten Wände, dieser Kronleuchter, diese sich drehenden und schwankenden Körper und die sich windenden Arme keine andere Bestimmung hatten, als eine einzige, lebendige, tanzende und vibrierende Bühne zu bereiten, die nur dazu da war, diese Frau in Erscheinung treten zu lassen.

»Ey!« Jemand stieß ihm in die Rippen. »Dein Drink ist fertig.«

Kress drehte den Kopf in die Richtung, aus der das gekommen war, aber er sah nichts, kein Gesicht, nur einen wabernden weißen Fleck. Er schwankte zur Bar, der Barboy schob ihm ein Glas hin und nannte irgendeinen Preis, Kress rupfte aus seiner Hosentasche einen Fünfzig-Euro-Schein.

»Habt ihr Champagner? Zwei Gläser Champagner.«

Er griff sich das Glas und starrte es an. Dann, abrupt, stürzte er das Getränk, was immer das war, in drei Schlucken herunter. Es schüttelte ihn. Er spürte das Brennen in seinem Hals, in seinem Bauch, das Brennen des schlechten Gewissens. Wie süß dieses Brennen war! Wie unendlich schön! Alkohol, ja, Alkohol, so wie es die Mutter getan hatte, immer aufs Neue, abends und mittags und morgens, einen Schluck in den Kaffee, was konnte es schaden, ein Schlückchen bloß, davon ist noch niemand betrunken geworden, die Mutter, die genauso eine widerliche Drecksperson gewesen war, wie es Mona war, dachte er und öffnete seine Lider: In diesem Moment änderte sich die Musik, und ein Jauchzen ging durch die Menge, während der neue Takt aus den Lautsprechern zu wummern begann: Duff-Tchigedig-Du-Duff-Tchigedig-Du-Duff-Tchigedig-Du-Duff-Tchigedig …

Gut, dachte er, lehnte sich gegen den Tresen, schloss wieder seine Augen und merkte, wie ihm schwindelig wurde. Als würde der Geist sich drehen. Darauf also hatte er verzichtet, zehn Jahre lang, für seine Mutter verzichtet, warum eigentlich? Er öffnete die Augen, der Barboy hatte ihm das Rückgeld und zwei Kelche mit einer glitzernden Flüssigkeit auf den Tresen gestellt. Auf dich, Mama, und auf dich, Mona, er nahm einen großen Schluck und füllte dann aus dem anderen Glas nach, damit in beiden gleich viel enthalten war. Gar nicht schlecht, wie er sich fühlte. Als würde der Geist kreiseln. Als würde er aus dem Körper zentrifugiert. Am Ende musste man Mona dankbar sein! Kress nickte, er löste sich von der Bar, schob sich vor an die Treppe, wollte eben auf die Stufen steigen – und blieb stehen.

Unten auf der Tanzfläche hatte ein Mann, den Kress noch niemals zuvor gesehen hatte, der Verspätung seine Hände um die Hüften gelegt. Und die Verspätung beantwortete dieses obszöne Manöver, indem sie die Hände auf die Schultern des Manns legte und ihn, wie Kress schien, förmlich an sich zog. Das Licht verdüsterte sich. Die Geräusche wurden dumpfer. Plötzlich war es Kress, als hänge anstelle des Kronleuchters über den Köpfen der Tanzenden eine riesige, lebendige Fliege. Mit ihren borstenbesetzten Beinen haftete sie an der Decke, ihre von fingerdicken Adern durchzogenen Hautflügel bewegten sich kaum merklich auf und ab.

Wer war das? Woher kam dieser Mensch? Warum ließ sich die Verspätung so bereitwillig auf ihn ein? Im nächsten Moment löste sie ihre Hände und wandte sich ab, aber der unverschämte Mensch ließ nicht locker, und die Verspätung ließ es sich gefallen, dass er seine obszönen Bewegungen dicht an ihrem Körper vollzog.

Kress stürzte ein Glas Champagner herunter, wollte etwas sagen, etwas einwenden, aber die Worte kamen ihm nicht über die Lippen. Die Verspätung und ihr Mann, sie tanzten. Ohne Berührung, aber so nah, dass Kress Übelkeit in sich aufsteigen spürte. Er lehnte sich gegen die Wand und tilgte das zweite Glas – was ihm den befremdeten Blick einer Frau einbrachte, die neben ihm rauchte.

Egal.

Wenn dieser Typ mit ihr tanzen durfte, dann durfte auch er mit ihr tanzen! Also schlingerte er die Treppe herab und wand sich durch das Menschengewühl auf die Tanzfläche. Aber in dem Chaos, das hier unten herrschte, war es schwer, sich zurechtzufinden, er stieß mit Armen, Bäuchen, Rücken zusammen, die Musik hämmerte, Licht streifte seine Augen, blendete, wo war jetzt genau die Verspätung? »Alles okay bei dir?«, rief ihm jemand ins Ohr. Für eine Viertelsekunde, während er nicht mehr wusste, wo oben war und wo unten, gewahrte er die Fliege, deren gigantischer schwarzglänzender Körper unter der Decke kaum merklich sich regte. »Alles in Ordnung, alles in Ordnung, alles in Ordnung«, beteuerte er und klopfte sich Staub von der Brust. Er schaukelte sich zurück zur Treppe, kletterte die Stufen empor, lehnte sich an das Geländer.

Wo war die Verspätung? Er kniff die Augen zusammen. Vielleicht an der Bar, dachte er und wankte an den Tresen, wo er sich ein weiteres Getränk bestellte, »das da«, er legte den Zeigefinger auf das kleine Schnapsglas einer Frau, die neben ihm stand, halb empört, halb angeekelt zog sie das Glas fort. Als er sich umdrehte, erblickte er den Mann der Verspätung, der sich eben die Treppe zu den WCs und Monas Büros herabstehlen wollte. Kurz zögerte er. Dann ließ er sich von einer klaren Flüssigkeit den Hals verätzen und stieß sich von der Theke ab.

Unten, im Keller, von der Verspätung keine Spur. Immerhin. Kress ließ die Tür zur Herrentoilette aufschwingen, der Boden war feucht und schlierig, er trat durch eine weitere Tür zu den Urinalen. Dort stand der Mensch, der Verspätungsbetanz- und betatscher, dieses Riesenarschloch, breitbeinig, die Klöten hingen ihm aus der Hose, ganz in die Verrichtung seines Geschäfts versunken. Kress zerrte den Reißverschluss herab, ließ einen Pinkelplatz frei und positionierte sich links seines Feindes.

Es brauchte einen Moment, bis der Mensch aufblickte.

»Ist irgendwas?«

In den Augen des anderen flackerte es.

»Sag mal, ist irgendwas? Was guckst'n du so?«

Kress, schweigend, zog den Reißverschluss hoch und stellte sich in die Mitte des Raums.

»Sag mal, ist alles in Ordnung bei dir? Hallo?«

Kress trat einen Schritt auf den Mann zu. Der Mann wich einen Halbschritt nach hinten, bemerkte die Klotür, die sich hinter ihm befand, und blieb stehen. Mit beiden Händen schubste Kress den Mann gegen die Tür.

»Hey! Shit! Was hast du denn genommen! Hör mal auf!«

Aber anstatt aufzuhören, presste Kress die Lippen aufeinander und rammte den anderen so heftig gegen die Tür, dass diese nachgab und der Mann in die Kabine taumelte.

»Du hast ja ein Rad ab!«, brüllte der andere, rappelte sich auf, stieß aus der Kabine hervor und schlug Kress seinen Ellenbogen gegen den Kiefer. Kress kippte zur Seite, rutschte aus und knallte mit der Schläfe gegen eines der Urinale. Einige Augenblicke lang wusste er nicht, was geschah, er lag auf dem Boden unter dem Urinal, Stimmen brachen über ihm zusammen, irgendetwas suppte ihm in die Augen, und dann sah er, wie sich die braunen Schlieren auf dem Boden mit einer roten Lache vermengten. »Kacke!«, hörte er den Mann brüllen, es war ihm, als sei noch jemand Zweites in die Toilette gekommen, auch diese zweite Person brüllte, überhaupt alle brüllten, ohnehin war es viel zu laut hier, Kress tastete nach dem Urinal, versuchte sich auf die Beine zu ziehen, aber im nächsten Moment rutschte er in seiner Blutlache aus und sackte zurück auf den Boden.

»Was gibt es denn da zu lachen, du Affenkönig«, schrie ihn jemand an, »was lachst du denn da!« Von der anderen Seite drückte ihm jemand Klopapier auf die Schläfe.

Er presste die Hand gegen die Fliesen, neuerlich versuchte er sich aufzustellen. Diesmal mit mehr Erfolg. Er griff nach dem Klopapier an seiner Schläfe, mit der freien Hand wedelte er die Leute fort, er wusste nicht, wie viele es waren, was wollten diese Menschen von ihm, diese unglaublichen Armleuchter, wussten sie nicht, wer er war? »Du bleibst mal schön hier«, sagte jemand, den Kress nicht kannte, ein schmächtiger Kerl mit langen Haaren, und reagierte damit auf Kress' Versuch, durch die Tür zu torkeln. Der Liebhaber der Verspätung, dieser Wahnsinnsweichling, drückte sich in die Ecke neben dem Handtuchspender und blickte sich hilfesuchend um.

Kress trat dem schmächtigen Langhaarträger entgegen, »Hiergeblieben«, fauchte ihn dieser an und fasste ihn bei der Schulter. Kress beugte sich vor und hielt dem Langhaarträger den durchsuppten Papierbatzen entgegen.

»Mein Blut ist giftig für dich«, hauchte er sein Gegenüber an.

Das tat seine Wirkung. Der Langhaarträger erblasste, im nächsten Moment war Kress an ihm vorbei, entriss einem weiteren Schaulustigen die Klopapierrolle und war plötzlich zurück auf der Balustrade, eingehüllt in die schrille Musik, die kreiselnden Lichtpunkte, den Rauch und die wirr umherspringenden Menschen. Alles Idioten! Unsicheren Schritts stapfte er zur Tanzfläche herunter.

Mona war nirgends zu sehen, auch ihre Kollegin war

ausgetauscht worden. Immer noch strömten Menschen in den Club, die Schlange vor der Tür war noch einmal länger geworden. Die Nachtluft war warm, die Menge vor ihm teilte sich wie das Meer vor Moses. Kress überquerte die Straße. Er war vielleicht hundert Meter gelaufen, ehe er neben einer Mauer, wo in einem Riss im Gehwegsasphalt ein Gänseblümchen schlummerte, in die Knie ging und sich erbrach.

Holzdielen. Licht.

Er öffnete die Lider, langsam, schwerfällig, und was er sah, waren Holzdielen, und diese Holzdielen waren überflossen vom Sonnenlicht. Er stöhnte, schloss die Augen und rollte sich auf die andere Seite. Irgendwo weit in den Hinterwindungen seines Gehirns leuchtete ein rotes Lämpchen auf, irgendetwas stimmte nicht, aber ehe er darüber nachdenken konnte, rollte eine Woge Übelkeit durch seinen Magen. Stöhnend schloss er die Augen.

Als der schwere Seegang in seinen Eingeweiden ein wenig abgeebbt war, öffnete er neuerlich seine Augen und erblickte in der Ferne ein Gebirge – vielleicht die ersten Ausläufer der Alpen? Er sog Luft in die Lungen. War das Bergluft? Dann aber klärte sich sein Blick, und das Gebirge verwandelte sich in seinen Rucksack. Er zwang die Augen ein Stück weiter auf und hob seinen Oberkörper an. Sonnenstrahlen, die in großen und kleinen Säulen durch die Ziegel eines Dachs fielen, zu Lichtlachen auf Holzdielen zusammenliefen. Stützpfeiler. Luken. Er war auf dem Dachboden.

Ruckartig richtete er sich auf. Sein Mund war ausgedörrt, die Zunge aus Sandpapier. Er hatte Alkohol getrunken, warum hatte er das getan? So ein Unsinn! Er durfte keinen Alkohol trinken, es war nicht gut für ihn, Alkohol zu trinken, wie hatte er so naiv sein können? Und wie in aller Welt war er hier hochgekommen? Er blickte sich über die Schulter. Sein Rucksack war ausgekippt worden, der Boden übersät mit Stiften, Notizblöcken, alten Butterbrotpapieren, Werbeflyern. Beim Anblick der Stifte und Zettel glommen zwei weitere Warnlämpchen auf.

Er hatte Kopfschmerzen, schreckliche Kopfschmerzen, er kniff die Augen, zu, mit verzerrtem Gesicht lehnte er sich gegen einen Stützpfeiler und gab ein leises, anhaltendes Geräusch von sich, uuuuuhhh ... Und während er dort saß und vor sich hin brummte, öffneten sich plötzlich seine Augen, und das Uuuuuhhh, das er auf den Lippen hatte, wurde leiser und erstarb schließlich ganz.

Er drückte die Lippen zusammen. Schluckte.

Der Brief.

Er machte Anstalten aufzuspringen, knickte jedoch weg. Auf allen vieren kroch er herüber zu seinem Sakko, das neben dem Rucksack lag, tastete nach der Innentasche. Weg! Der Brief war weg. Er riss seinen Rucksack auf, mit klopfendem Herzen wühlte er in den Papieren, drehte sie um, eins nach dem anderen. Wo war der Brief? Wo war der Brief an die Verspätung? Auf keinen Fall hatte er getan, was er glaubte, getan zu haben. Der Brief war noch immer hier, musste hier sein, irgendwo auf dem Dachboden. Schon allein physikalisch war das unmöglich, dass er den Brief in ihren Briefkasten gesteckt hatte, er war ja viel zu betrunken gewesen.

Aber andererseits – und nun richtete er sich auf, die Hand auf den Mund gepresst, blickte er sich um –, andererseits war er unbestreitbar hier, auf dem Dachboden. Also hatte er zumindest diesen Teil nicht geträumt. Gott, er hätte keinen Alkohol trinken dürfen! Niemals in seinem Leben hatte er Alkohol trinken wollen, sein allerfestester Vorsatz war das gewesen, und nun hatte er ihn gebrochen! Wofür? Nicht auszudenken, was geschehen würde, wenn die Verspätung den Brief las. Oder hatte sie ihn schon gelesen?

Er stemmte sich auf die Beine und humpelte an das Dachbodenfenster. Die Straße war von den Kronen der Bäume verdeckt, in den Fenstern im vierten Obergeschoss spiegelte sich die Sonne. Unmöglich zu sagen, ob sie daheim war. Wie spät war es bloß? Vielleicht gab es noch eine Chance, den Brief zurückzuholen?

Unten, im ersten Obergeschoss, lehnte vor dem Fenster des Damen-WCs noch immer die Leiter an der Wand. Umständlich kletterte er ins Freie. Am Himmel war keine Wolke zu sehen, die Sonne brachte sogar die Gräser zum Schwitzen, ringsherum summte und brummte es wie in einer Fabrik. Er versteckte die Leiter zwischen den Büschen, irgendwie, dachte er, musste es ihm gelingen, den Brief zurückzuholen. Er hatte ja überhaupt keine Wahl, es musste gelingen, musste, wie auch immer. Er stieg durch die Lücke im Bauzaun, eilte den Seitenweg herauf zur Verspätungsstraße und wollte eben in diese einbiegen – da krachte er in jemanden herein, der gerade von der Straße her in den Weg einbiegen wollte.

»Ey, du Rüpel, was …?«

So sehr war er damit beschäftigt gewesen, Strategien zur Wiedererlangung des Briefs durch seinen Kopf zu bewegen, dass er im ersten Moment überhaupt nicht begriff, wen er da beinahe umgerannt hätte.

»Mona!«

»Kress!«

Kress blickte sich um.

»Was machst du denn hier?«

»Was machst *du* denn hier?«

»Ich … habe bei einem Freund übernachtet. Und du?«

»Ich auch, ich hab übernachtet bei«, sie zögerte, »einer Freundin … Und jetzt wollte ich dorthin«, sie zeigte in Richtung der Schrebergärten, »da hinten, also ein Stück die Straße runter, da kommt dann linker Hand so ein Laden, der hat mal einem Freund … und jetzt verkauft da so ein Typ diesen sehr guten Rohmilchkä…«, mit jedem Wort hatte sie langsamer gesprochen, und nun trat sie einen Schritt zurück und musterte Kress. »Du, sag mal, was ist denn mit dir passiert? Wie siehst du eigentlich aus?«

Kress blickte an sich herunter. Kopfschmerzen hatte er, irrsinnige Kopfschmerzen, aber darüber, wie er aussah, hatte er überhaupt noch nicht nachgedacht. Drei Knöpfe seines Hemds waren abgerissen, sein weißer Bauch klaffte durch die Lücke. In seinem Sakko, seinem Hemd und seiner Cordhose war eine unheilige Mischung aus Blut, Alkohol und Erbrochenem festgekrustet. Sogar die Schuhe hatten etwas abbekommen. Seine Hände waren völlig verschrammt. Erst jetzt begriff er, dass er eine ziemlich widerliche Wunde an der Schläfe haben musste, dort, wo sein Schädel gegen das Pissoir geknallt war.

»Fahrradunfall.« Er räusperte sich. »Mir hat so ein Mensch die Vorfahrt genommen, und dann …«

»Brauchst du Hilfe?«

»Also das Fahrrad ist in jedem Fall erst mal kaputt, es ist … Wo, hast du gesagt, hast du übernachtet?«

Mona sah ihn an.

»Bei einer Freundin.«

»Ah«, Kress nickte. Er blickte zum Haus der Verspätung. »Ich wusste gar nicht, dass du Freunde in dieser Gegend hast.«

»Kress, du. Mit diesem Ding an deinem Kopf … das Vivantes ist doch nur drei S-Bahn-Stationen entfernt, vielleicht willst du da mal hingehen?«

»Ja, natürlich. Das mache ich. Das ist sogar eine sehr gute Idee. Allerdings, jetzt … ich muss weiter.« Kaum hatte er das gesagt, war er in den Gehweg hineingetreten, schob sich bereits zwischen den parkenden Autos hindurch – da zuckte es in seinem Gesicht.

»Eine Angelegenheit …« Er drehte sich um.

Mona hatte sich keinen Zentimeter bewegt. Sie trug wieder dasselbe blaue Kleid, das sie auch am Tag ihres Kennenlernens getragen hatte.

»Es ist so …«, er trat auf sie zu, sie wich einen Halbschritt zurück. »Bezüglich dessen, was du gestern gesagt hast.«

»Ich will da nicht drüber reden.«

»Ja«, sagte Kress, »bloß, ich möchte dir mitteilen, dass du … also, dass du …«

Mona starrte ihn an.

»Ich habe mit dir … das heißt, an dem Wochenende am See. Ich wollte … ich habe dich … nun …« Er holte tief Luft. »Der Punkt ist dieser, Mona. Man trifft Entscheidungen in seinem Leben, häufig und im Grunde die ganze Zeit … und in der Mannigfaltigkeit der zu treffenden Entscheidungen verliert der Entscheidende bisweilen die Übersicht. So ist das, ja. Das kennst du selbst. Und dieser Übersichtsverlust führt dazu, bisweilen, dass nicht alle Entscheidungen in überzeugender Weise getroffen werden, es kommt vor, selten, dass gewisse Variablen sich vertauschen und Entscheidungen, die unter normalen Umständen einer Prüfung nach rationalen Gesichtspunkten vollständig standhalten müssten, sich plötzlich ins Gegenteil dessen verkehren, was intendiert war, und es erfolgen Dinge, die so nicht hätten erfolgen sollen, wobei alle Parteien, und ich sage bewusst *alle* Parteien und schließe nicht einzelne aus, Schaden nehmen.«

Mona blickte ihn entgeistert an.

»Was?«

Kress atmete tief ein und aus.

»Entschuldigung.«

»Was? Wofür denn jetzt?«

»Für die Dinge, die geschehen sind. Mona, du weißt doch, was ich meine.« Er wedelte mit den Händen. »Ich bitte dich um Verzeihung, es tut mir leid.«

Er hatte den Blick auf den Gehweg gesenkt, verärgert

und unwirsch, aber zugleich, seltsamerweise, irgendwie auch erleichtert.

»Du, Kress.« Mona zuckte mit den Schultern. »Ich hab keine Ahnung, was ich damit anfangen soll.«

»Gar nichts«, Kress winkte ab. »Ich wollte das bloß sagen.«

»Dass es dir leidtut, dass du mit mir geschlafen hast. Schön. Danke. Zur Kenntnis genommen. Wie wunderbar für mich.«

»Es ist nicht so, dass es mir leidtut, dass ich mit dir geschlafen habe, es ist …«

»Was ist es?«

»Es ist einfach …«, hilflos gestikulierte er mit den Händen.

»Du, lass gut sein, Kress. Geht in Ordnung. Ich bin dir immer noch dankbar für die Sache im Einkaufszentrum.« Sie lächelte traurig. »Hey, weißt du was? Vielleicht ist's ganz gut, dass du mal einen Schlag auf den Kopf bekommen hast.« Sie deutete auf die Wunde an seiner Stirn. »Vielleicht rückt sich da drin irgendwie was zurecht.«

Kress wusste nicht, was er darauf erwidern sollte, verlegen wich er ihrem Blick aus.

Mona schien ihrerseits nicht recht zu wissen, was sie sagen sollte, einige Momente lang, während sie an ihm vorüber auf den Gehweg blickte, wirkte sie, als hänge sie irgendeinem ganz anderen Gedanken nach.

»Also gut«, sagte sie schließlich. »Ich gehe jetzt mal da lang.« Sie deutete in den Weg, aus dem Kress gekommen war.

»Ich dort«, Kress wies in die Straße.

»Was ist denn da?«

»Ich gehe nach Hause.«

»Geh mal zum Arzt. Ich mein das ernst, Kress.«

»Ja. In Ordnung«, Kress nickte.

»In Ordnung«, Mona nickte ihrerseits.

Sie standen an der Ecke des Zauns, Brennnesseln ragten durch die Gitterstäbe, einen Herzschlag lang schien das Brummen und Summen der Bienen und Hummeln so anzuschwellen, dass es alle anderen Geräusche tilgte. Dann, beinahe gleichzeitig, drehten sie sich um und marschierten ihrer entgegengesetzten Wege.

Mit fünf Schritten überquerte er die Straße. Da er nicht riskieren wollte, von Mona beim Eindringen ins Verspätungshaus beobachtet zu werden, stapfte er weiter bis zur nächsten Straßenecke, wo er in eine kleine Bäckerei schlüpfte und einen Kaffee bestellte.

Erleichtert. Ja, erleichtert fühlte er sich, als wäre der Kontinent aus Scham und Schmutz, der auf seinen Schultern gelastet hatte, plötzlich von ihm genommen. Mit seinem Kaffee stellte er sich ans Schaufenster und blickte heraus. Mona, schien es, war ihm nicht gefolgt. Allerdings, er war viel zu nervös, um den Kaffee zu trinken, also ließ er den Pappbecher in der Bäckerei stehen, postierte sich an der Ecke und trat zurück in die Verspätungsstraße.

Er musste sich ändern. Das war sonnenklar. Seine ganze Persönlichkeitsstruktur musste er umbauen. Wenn er bedachte, was allein in den vergangenen vierundzwanzig Stunden alles geschehen war, dann war es überdeutlich, dass nicht Mona, sondern er der schlechte Mensch war. Unmoralisch und verdorben bis in den Kern war er, das alles war ja in hohem Maße abnorm, viel sprach dafür, dass er im Grunde krankhafte Anlagen hatte. Und als ein solcher abnormer Mensch, hatte er da nicht eine Verpflichtung gegenüber der Allgemeinheit, sich gewissermaßen rücknormieren zu lassen in diese Allgemeinheit hinein?

Früher beispielsweise hatte man Menschen wie ihm den Schädel aufgebohrt und so lange Nervenbahnen durchtrennt, bis die abnormen Bahnen, auf denen die abnormen Gedanken flossen, vollständig abgestorben waren, so dass das Gehirn schon rein physisch nicht mehr dazu in der Lage war, andere Gedanken als normale, das heißt der Allgemeinheit entsprechende, das heißt moralische Gedanken zu denken. Möglicherweise war eine solche Prozedur auch für ihn notwendig geworden?

Vor der Haustür der Verspätung blieb er stehen. Aufs Geratewohl drückte er einen der Klingelknöpfe.

»Ja hallo?«

»Guten Tag, ja, hier ist die Post.«

»Die Post? Heute ist Sonntag.«

»Ja, ach so, das stimmt, hier ist die Sonntagspo…«

Beim nächsten Versuch hatte er mehr Glück, unkommentiert ertönte das Einlassbrummen.

Ich muss mein Leben ändern, dachte Kress.

Drinnen war es warm und düster. Sonnenlicht fiel durch die Glasfenster der Haustür und erzeugte schummrige Lichtflecken auf den gemusterten Fliesen. Die Tür zum Hinterhof stand offen und gab den Blick auf einen Baum frei. Er trat an den Briefkasten der Verspätung, einen zerbeulten grauen Metallkasten, stellte sich auf die Zehenspitzen und versuchte, durch den Schlitz etwas zu erkennen. Was nicht funktionierte, der Schlitz war zu hoch. Er drückte die Hand durch den Schlitz, bis ihm das Metall das Blut abquetschte. Vergeblich.

Er hastete in den Innenhof. Der Baum in der Mitte trug eine prächtige grüne Krone. An einem Metallzaun, der die Treppe zum Keller umgrenzte, waren ein paar Fahrräder angekettet. In der Hoffnung, sich unbemerkt eine Speiche ausleihen zu können, bückte sich Kress neben eines der

Räder – da fiel ihm ein zerbeulter Grill auf, der unter einem der Erdgeschossfenster vor sich hin rostete. Darauf lag eine Grillzange, die aus zwei schlanken Drähten bestand.

Mit heftig pochendem Herzen begab sich Kress zurück in den Hausflur. Eben kam ein älterer Herr die Treppe herab. Der Mann bedachte Kress mit einem militärischen Nicken, überprüfte den Inhalt seines eigenen Briefkastens und verfügte sich aus der Haustür ins Freie. Kress wartete einige Momente, dann, mit einem riesigen Kloß im Hals, huschte er an den Briefkasten der Verspätung. Er führte die Grillzange in den Schlitz ein und rührte damit im Briefkasten umher – schwierig, man hatte kaum Bewegungsfreiheit. Aber wirklich, da unten, schien ihm, war etwas. Aber war das ein Brief? Schwer zu sagen, aber irgendwie … nein, ein Brief war das nicht. Eher etwas Metallisches, eine Kette vielleicht. Er stellte sich auf die Zehen, biss sich auf die Unterlippe. Was war denn das? Etwas Metallisches kam aus dem Schlitz zum Vorschein, mit der freien Hand schnappte Kress danach. Auf einmal hielt er einen Schlüsselbund in der Hand.

Ungläubig starrte Kress auf den Metallring mit den drei glitzernden Türöffnern in seiner Hand.

Mona. Mona hatte beim Verlassen der Wohnung den Schlüssel in den Briefkasten geworfen. Er zerrte die Grillzange heraus und benutzte den kleinsten der Schlüssel, um den Briefkasten zu öffnen. Da war sein Brief. Er stopfte den Brief in die Hosentasche und schloss wieder ab.

Er blickte in seine Hand. Drei Schlüssel.

Einer für den Briefkasten.

Einer für die Haustür.

Einer für die Wohnungstür.

O nein, dachte Kress.

Kapitel 4

Die Vorbereitungen hatten den ganzen Nachmittag angedauert.

Es hatte begonnen, als ein klappriger grüner Peugeot in der Mittagssonne in die Straße gebogen und unter Rumpeln und Rattern vor dem Haus der Verspätung zum Stehen gekommen war. Ausgestiegen waren Elektrokai und der Mensch, der sich Uwe nannte. Elektrokai hatte den Kofferraum aufgeklappt, gemeinsam hatten sie ein halbes Dutzend Getränkekisten in den Hausflur geschleppt.

Kurz darauf waren die ersten Bewegungen auf dem Dach zu sehen gewesen. Die Luke war aufgeklappt worden und die Verspätung ins Freie geklettert, Elektrokai und Uwe im Schlepptau. Das Dach war ein Flachdach, das an beiden Seiten von einer Schräge begrenzt wurde, einige Minuten lang hatten sie dort in der prallen Sonne gestanden und geredet, die Verspätung in diese und in jene Richtung deutend und Elektrokai, an einer Zigarette ziehend, immerzu nickend. Nach und nach waren mehr Leute gekommen. Ein Mensch, Kress hatte ihn noch niemals gesehen, hatte mit Tischböcken aus dem Baumarkt und Spanholzplatten eine improvisierte Bar geschaffen, wenig später waren große Lautsprecher durch die Luke gehievt worden. Stromkabel wurden verlegt, Scheinwerfer aufgebaut, Girlanden an den Schornstein gehängt und an den Rändern des Dachs ein improvisierter Maschendrahtzaun ausgerollt.

Kress, von seinem Beobachtungsposten auf der anderen Straßenseite, von seinem Ausguck auf dem Dachboden aus, verfolgte dieses Treiben mit beträchtlicher Missbilligung.

»Was meinen Sie, Gieshübler?«, sagte er und nahm das Fernglas von den Augen. »Rufen wir die Polizei oder nicht?«

Er drehte um. Von den langen Stunden des Herüberspähens war sein Nacken steif geworden. Gieshübler indessen schien an einer Antwort nicht interessiert zu sein. Er hockte teilnahmslos in einer Ecke seines Käfigs. Unzufrieden schüttelte Kress seinen Kopf. Er stand von seinem Fernsehsessel auf, demselben, der in seiner alten Wohnung gestanden hatte, trat an das Zelt, das er hier oben auf dem Dachboden der Schulruine aufgebaut hatte, und holte eine Packung Toastbrot hervor.

»Wirklich, Gieshübler, ich weiß nicht, was in letzter Zeit los ist mit Ihnen«, sagte er und stopfte sich ein halbes Toastbrot in den Mund. Mit der anderen Hälfte trat er an den Käfig heran. »Sie wohnen jetzt hier seit – was? Drei Wochen? Und in all dieser Zeit haben Sie es nicht einmal über sich gebracht, wenigstens Ihre Sitzstange auszuprobieren. Ich verstehe es ja, dass Sie nicht in einem Käfig wohnen wollen, ich habe dafür Verständnis. Aber anstatt die positiven Aspekte zu sehen und sich, wie ich, darüber zu freuen, dass wir jetzt mehr Zeit miteinander verbringen, sitzen Sie eigentlich nur noch in dieser Ecke und blasen Trübsal. Schön ist das nicht. Man möchte meinen, Sie lassen sich gehen. Wenn ich so ehrlich sein darf: Es fehlt eigentlich bloß, dass Sie sich einen Trainingsanzug zulegen.«

Er musterte Gieshübler. Der Tauberich rührte sich nicht. Kress gab ein Brummen von sich und schob die andere Toastbrothälfte durch die Stäbe des Käfigs. Sie landete auf Gieshüblers Rücken. Missmutig schmiss Kress sich zurück in den Sessel und setzte das Fernglas an die Augen.

Es war Abend geworden. Langsam, während die schwindende Sonne den Horizont über den Satellitenschüsseln und Schornsteinen in die Farbe von Kupfer setzte, kamen die ersten Gäste. Lichter erglühten, die Band begann zu spielen, je mehr Leute auf das schmale Dach drängten, desto stärker verschwammen sie zu einer flirrenden Wolke menschlicher Silhouetten. Aus zuverlässiger Quelle wusste er, dass die Feierlichkeit dort drüben in Zusammenhang mit dem morgigen Verspätungsgeburtstag stand. Die Verspätung »feierte rein«. Seit Wochen hatte er nicht mit ihr gesprochen, auch nicht mit Mona. Natürlich war er nicht eingeladen worden. Selbst wenn die Verspätung ihn hätte einladen wollen, sie hätte es nicht gekonnt. Denn bis auf zufällige Begegnungen in der Universität hatte sie keinerlei Möglichkeit, ihn zu kontaktieren. Trotzdem, auf diffuse Weise kränkte es Kress, tatsächlich nicht eingeladen worden zu sein, und wie die dreizehnte Fee im Märchen verspürte er ein beträchtliches Bedürfnis, den Feiernden auf der anderen Seite den Spaß auf das Gründlichste zu verderben.

Der Dachboden der Schulruine hatte sich während der vergangenen Wochen merklich verändert. Neben dem Fernsehsessel und dem Zelt hatte Kress die wenigen Möbel, die er über das Schulgebäude verstreut gefunden hatte, alle hier hochgeschafft. Es gab eine Kochecke, bestehend aus zwei Schultischen, auf denen sich Besteck, Töpfe, ein Campingkocher und ein Umzugskarton voller Dosensuppen reihten. Es gab einen Arbeitstisch, der, weil zu niedrig, auf einem Stapel von Mauersteinen stand und an dem er nicht selten bis tief in die Nacht saß und, eine Stirnlampe um den Kopf, in seiner Hamburger Goethe-Ausgabe las, die er ebenfalls hier hochgeschafft hatte. Abgetrennt durch mehrere Laken, um ihn vor Gieshüblers Blicken zu schützen, gab es sogar eine Waschecke.

Grundsätzlich, musste man sagen, fühlte er sich hier oben wohl. Gewiss, das Dach war undicht, und wenn es windete oder regnete, wurde es ungemütlich; der Zugang zum Schulgebäude war einfacher geworden durch die Strickleiter, die er im ersten Obergeschoss an einem Fensterbrett angebracht hatte, wiewohl nach wie vor etwas umständlich; und ja, gewisse hygienische Verrichtungen waren nicht ohne weiteres möglich. Davon abgesehen, stand der Dachboden seiner alten Wohnung in nichts nach, und er sah keine Veranlassung, in nächster Zeit dorthin zurückzuziehen.

Es war nach elf, als er sich endlich überwand, in sein Cordsakko zu schlüpfen. Im ersten Obergeschoss warf er die Strickleiter aus dem Fenster und kletterte herab ins Gelände. Der Nachtluft haftete noch die Hitze des vergangenen Tages an, die schwüle Wärme mischte sich mit dem Duft der Holunderblüten, die sich noch einmal aufgebäumt und wie im Schlussverkauf ihren letzten Duft in den Sommer geschleudert hatten. Kress hatte inzwischen viel Übung darin, das Bauzaunelement aus seinem Betonschuh zu heben, zwei Handgriffe, und er schlüpfte durch die entstandene Lücke. Er vergewisserte sich, nicht beobachtet zu werden, und folgte dem kleinen Seitenweg. In ihrer Straße ließ er das Haus der Verspätung links liegen. An der nächsten Ecke bog er ab und trat in seinen Spätkauf, nickte Mustafa zu, dem Verkäufer, mit dem er sich in den letzten Wochen immer mal wieder unterhalten hatte und der jetzt hinter seinem Fernseher saß und *Vom Winde verweht* ansah, warf einen grimmigen Blick auf das Regal mit den harten Alkoholika, öffnete den Kühlschrank und entnahm ihm eine Flasche Fanta. »Am Sonntag soll es regnen«, sagte Mustafa, ohne von seinem Film aufzusehen. Kress, der kein Interesse an Konversation hatte, murmelte irgendetwas Zustimmendes und legte seinen letzten Fünf-Euro-Schein hin.

Er bog zurück in ihre Straße. Abfälligen Blicks nahm er die Kleingruppe zur Kenntnis, die sich vor dem Verspätungshaus unterhielt. Zögerlich zunächst, dann mit zunehmender Entschlossenheit schritt er in ihre Richtung. »Mein Name ist Kress«, flüsterte er testhalber vor sich her. Kurz aber, bevor er die Gruppe erreichte, blickte sich einer der jungen Leute über die Schulter, wahrscheinlich hatte er die sich nähernden Schritte gehört. Abrupt zog Kress den Kopf ein und machte Anstalten, die Straßenseite zu wechseln – da, unerwartet, leuchte linker Hand das Licht in der Fahrerkabine eines vor ihm parkenden Autos auf.

»Ey, Kress«, rief Elektrokai.

Kress hatte so wenig mit einer solchen Konfrontation gerechnet, dass er im ersten Moment nicht die geringste Idee hatte, was er tun sollte. Er stand einfach da und starrte Elektrokai an, der aus seinem Peugeot gestiegen war und auf ihn zuwieselte. »Mensch, dich hab ich ja seit Ewigkeiten nicht gesehen«, rief er und klopfte Kress auf die Schulter. »Wie läuft es bei dir? Gesund, munter, alles frisch?«

»Nun«, sagte Kress stocksteif und zugleich bemüht, seine Fanta-Flasche, die ihm mit einem Mal peinlich war, hinter seinen Rücken zu manövrieren, »wie ist es denn bei dir?«

»Jajaja«, Elektrokai nickte, »wir haben den ganzen Tag Kram rumgeschleppt, weißt du, für die Party. Ich hab mal einen Moment Ruhe gebraucht. Aber sonst – topp!«

»Mir war nicht bewusst, dass es eine Party gibt«, sagte Kress.

»Madeleines Geburtstag! Das wusstest du nicht? Mann, was machst du denn hier in der Gegend, wenn du das gar nicht wusstest?«

»Ich, nun«, Kress wies in den kleinen Seitenweg, der zu seiner Zaunlücke führte. »Ich war im Begriff, dort entlangzugehen.«

Elektrokai blickte in den Weg.

»Wow, ja, krass, okay. Guck mal da oben, wo das Licht ist. Siehst du das? Das ist die Party. Auf dem Dach. Das musst du dir unbedingt geben, komm, ich zeig dir das mal, ich …«

Elektrokai, während Kress ihm über die Straße in Madeleines Wohnhaus folgte, schnatterte einfach weiter. Es gab zwei Sorten von Menschen, hatte Frau Johansson einmal zu ihm gesagt, diejenigen, die unter Alkoholeinfluss aggressiv wurden, und diejenigen, die zu reden begannen. Es war deutlich, welcher Kategorie Elektrokai angehörte. Während sie sich dem Dach näherten, kamen ihnen Partygäste entgegen, hier und da saßen Zweier- und Dreiergruppen auf den Treppenstufen, rückten auseinander, wenn sie passierten. Auch waren einige Wohnungstüren geöffnet, Musik kam aus den Fluren, dahinter sah Kress Menschen, die sich miteinander unterhielten. Die Verspätung, schien es, hatte das ganze Haus in Beschlag genommen.

Sie durchquerten einen Dachboden, der im Vergleich zu seinem Äquivalent auf der anderen Straßenseite geradezu luxuriös war. Beleuchtet, sauber, die Möbel fein säuberlich mit Leinentüchern abgedeckt. Über eine Leiter kletterten sie ins Freie.

Draußen, auf dem Dach, standen mindestens doppelt so viele Leute, wie er vermutet hatte, fünfzig oder sechzig

Menschen, die sich unterhielten, lachten und Bier tranken. Vorn am Schornstein spielte die kleine Band, die sich zusammensetzte aus einem Kontrabass, einer Trompete und einer Sängerin in einem rosaroten Rüschenkleid. Kress hatte keine Ahnung, wie man solche Musik nannte, nahm aber zur Kenntnis, dass etwa zwei Dutzend Gäste dazu tanzten. Ein Stück weiter vorn sah er Uwe, der an der Bar stand und Bierflaschen ausgab, auch ein paar andere Leute aus der Universität erkannte er. Sogar die Studentin, die er in Gedanken »Häschen« getauft hatte, war eingeladen worden und schien sich auf das Köstlichste zu amüsieren.

»Was willst du trinken?«, rief Elektrokai zu Kress, der sich im Treppenhaus heimlich seiner Fanta-Flasche entledigt hatte.

Kress war immer noch vollkommen überfordert von dem Anblick, der sich ihm hier oben bot.

»Gibt es Kaffee?«, rief er zurück.

»Nee, glaub ich nicht.«

»Dann einen Tee.«

Elektrokai zögerte. Er runzelte die Stirn und rief: »Ich hol mal zwei Bier.«

Indem er seinen Blick durch die Menge schweifen ließ, entdeckte Kress die Verspätung. Sie stand bei der Bar und unterhielt im Alleingang eine Gruppe von Männern, die Kress nicht bekannt waren. Seit Wochen hatte er nicht mit ihr geredet. Ihr jetzt auf einmal so nahe zu sein, zu wissen, dass sie sich bloß umdrehen musste, um ihn zu sehen, erfüllte ihn plötzlich mit einem Gefühl der Verzagtheit, und er war nachgerade dankbar, als Elektrokai zurückkam und ihm eine Bierflasche in die Hand drückte.

»Prost.«

Sie ließen die Flaschen gegeneinanderstoßen, aber Kress war zu benommen, um tatsächlich daran zu nippen.

»Und, was sagst du?«

»Ja«, Kress nickte, »sehr gut.«

Einige Momente lang standen sie nebeneinander und schwiegen, Elektrokai nickend, Kress mit dem Gefühl beträchtlicher Deplatziertheit ringend. Er drehte den Kopf nach rechts, musterte Elektrokai, folgte seinem Blick und begriff, dass dieser die Verspätung betrachtete.

»Da ist ja Madeleine«, sagte er wie beiläufig.

»Ja, da ist sie.« Etwas an der Art, wie Elektrokai das sagte, ließ Kress aufhorchen.

»Magst du Madeleine?«

»Wie meinst du das, magst du Madeleine?«

»Nun«, Kress zuckte mit den Schultern, »so wie ich es sage.«

Elektrokai seufzte und nahm einen tiefen Schluck von seinem Bier.

Die Verspätung, derweil, schien sich prächtig zu amüsieren, sie hatte sich eine Flasche Weißwein von der Bar besorgt und war nun, redend, lachend, gestikulierend, damit beschäftigt, ringsum Wein nachzuschenken. Kress und Elektrokai blickten beide zu ihr herüber. Dann, als wäre es abgesprochen, blickten sie weg, in die jeweils entgegengesetzte Richtung.

»Vielleicht solltest du es ihr sagen«, bemerkte Kress. »Dass du sie magst, meine ich.«

»Ich glaube nicht, dass das so eine brillante Idee ist«, erwiderte Elektrokai.

»So? Und warum nicht?«

»Weiß nicht.« Kress hatte das Gefühl, Elektrokai wolle noch etwas nachschieben, aber was immer es war, es kam nicht heraus.

Schon beim Seewochenende hatte Kress vermutet, dass Elektrokai romantische Gefühle für die Verspätung hegen könne. Und obwohl er jetzt sehr zufrieden darüber war, sich in seiner ausgeprägten Menschenkenntnis bestätigt zu sehen, fand er zugleich die Vorstellung, Elektrokai »wolle« irgendetwas von ihr, auf das Äußerste unappetitlich. Er entschied, dass diese Unterhaltung zu beenden sei, bedankte sich für das Bier und trat ein paar Schritte zurück zur Dachluke. Ein junger Mann mit einem giftgrünen Zylinder stand dort und wartete, herabklettern zu dürfen, konnte aber nicht, weil sich von unten irgendein Fettsack die Sprossen hinaufquälte. Kress blickte hinüber zur Verspätung, die eben eine neue Flasche entkorkt hatte, da schob sich ein gewaltiger Oberkörper aus der Luke, und Kress erkannte, wen er da vor sich hatte.

»Himmel hilf«, stöhnte der zum Oberkörper gehörige, nicht minder gewaltige Kopf, wobei sich der ganze Rest des Körpers mühsam auf die Beine stemmte. Er zog ein Taschentuch hervor und tupfte sich die Stirn damit ab. »Guck einer an, wen haben wir denn da! Na, lieber Herr Kress, Sie habe ich ja seit einer Ewigkeit nicht gesehen.«

»Herr Doktor Schleicher!«, sagte er mit einer schrillen, beinahe quiekenden Stimme. »Ich grüße Sie!«

»Na«, sagte Schleicher, verstaute das Taschentuch in seiner Hemdtasche und kam herüber. »Wen die Frau Fischer so alles zusammentrommelt. Wenn ich hier oben den Herrn Bundespräsidenten getroffen hätte – das hätte ich noch irgendwie begreifbar gefunden. Aber Sie, Herr Kress? Bei Ihnen alles in bester Ordnung?«

»Es ist«, stammelte Kress und spürte, wie ihm der Kopf knallrot anlief, »alles durchaus sehr gut.« Er wollte die Frage zurückgeben, kam aber nicht dazu, weil Schleicher sofort weitersprach: »Schon mächtig toll, finden Sie nicht, was die Kollegin Fischer so alles auf die Beine stellt. Und ein Ausblick! Hätte ich mir im Leben nicht träumen lassen. Gucken

Sie mal da hinten – das wird das Hochhaus am Alexanderplatz sein. Und wo genau versteckt sich der Weiße See?«

»Herr Doktor!«, rief es hinter ihnen. Die beiden Männer drehten sich um. Vor ihnen stand die Verspätung, in der linken Hand einen Stapel aus zehn oder fünfzehn Pappbechern, in der rechten eine Flasche Wein. »Na, Mensch, schön, dass Sie's geschafft haben.« Sie reichte Schleicher einen vorgefüllten Pappbecher.

»Ich danke für die Einladung. Hier, würden Sie mal«, sagte er, gab den Pappbecher an Kress weiter und zog aus einem etwas zerknitterten Leinenbeutel ein kleines Päckchen. »Hier. Bitte sehr. Alles Gute.«

»Das haben Sie aber nicht selbst eingepackt«, bemerkte die Verspätung, wobei sie die fein säuberlich in buntes Geschenkpapier eingeschlagene, zusätzlich mit einer roten Schleife verzierte Schachtel begutachtete.

»Tatsächlich habe ich die Röderich damit beauftragt. Sie hat vernehmlich geknurrt.«

Die Verspätung lachte. »Na, da dank ich recht herzlich. Und Sie haben, wie ich sehe, einen alten Bekannten mitgebracht?«

»Mitgebracht? Verehrteste, nicht die Spur. Kollege Kress hier war selbstredend bereits anwesend, als ich kam.«

»Madeleine«, sagte Kress. »Das ist richtig, ja, das heißt, ich war, also, ich bin, vorhin, unten, auf der Straße, Kai, also Elektrokai begegnet, aus reinem Zufall, und er hat mir erzählt von deiner, nun … Feierlichkeit, und da dachte ich, ich komme kurz, also ganz kurz, hoch und gratuliere dir zum Geburtstag! Stört es dich, dass ich hier bin?«

»Ähm. Nein. Natürlich nicht. Du kannst gerne hier sein, also … fühl dich frei, bitte …« Die Verspätung lachte, aber es war etwas Beklommenes darin. Verlegen blickte sie auf die Flasche Wein, die sie in der Hand hielt.

»Sie kennen sich gut?«, brach Schleicher in das Schweigen hinein, das zwei oder drei Sekunden zwischen ihnen geherrscht hatte. Und als weder die Verspätung noch Kress antworteten: »Aha, längere Geschichte, sehe schon.«

»Kress, sag mal, eine Frage. Du hast nicht zufällig in letzter Zeit mal mit Mona gesprochen, oder?«

»Mit Mona? Nein, habe ich nicht. Weshalb? Ist sie hier?«

»Ist sie nicht, nein. Du, könntest du das mal machen? Könntest du sie mal anrufen? Du würdest mir einen Gefallen tun.«

Kress spürte, wie ihm heiß und kalt wurde.

»Ich habe, ehrlich gesagt, nicht einmal ihre Telefonnummer.«

»Die kann ich dir geben, ich kann dir …«

»Madeleine!«, rief von hinten eine Frau. »Fünf Minuten!«

»Richtig«, entfuhr es Madeleine, hastig füllte sie einen weiteren Becher und reichte ihn abermals an Schleicher. »Hier, bitte sehr. Herzlich willkommen. Pass auf, Kress, trink mal von mir aus deinen Wein und dann hol ich nachher mal mein Telefon und schreib dir die Nummer auf, wär das in Ordnung für dich?«

Kress, wie paralysiert, nickte bloß, und die Verspätung drehte sich um, schob sich zwischen ihren Gästen hindurch, die alle mindestens einen Kopf größer zu sein schienen, und schenkte Wein ein. Kress spürte das Bedürfnis, ihr hinterherzulaufen.

»Famose Person, unsere Frau Fischer«, sagte Schleicher, ihr nachblickend. Gedankenvoll zog er die Stirn in Runzeln und hielt Kress seinen Pappbecher zum Anstoßen hin. »Auf Ihr Wohl, junger Mann!«

Kress, der in der anderen Hand immer noch die Bierflasche hielt, von der er keinen Schluck getrunken hatte, betrachtete den Pappbecher. Kraftlos ließ er es zu, dass

Schleicher seinen Becher gegen den seinen tickte, Schleicher leerte seinen Becher in einem Zug aus, Kress hielt den seinen lediglich in der Hand umklammert.

»Ich denke, ich gehe jetzt«, sagte Kress, mehr zu sich selbst.

»Sind Sie nicht erst eben gekommen?«

»Schon vor einer Weile. Ich wünsche Ihnen einen angenehmen Abend, Herr Doktor.«

»Machen Sie's gut, Herr Kress«, sagte Schleicher, der die Bar in den Blick genommen hatte und sich nun dorthin aufmachte.

Kress blickte zur Verspätung. Sie war längst wieder von ihren Freunden umschlossen. Wortlos kletterte er durch die Luke, die Leiter herab zurück auf den Dachboden ihres Hauses. Aus der Innentasche seines Sakkos zog er ein kleines, in rotes Geschenkpapier eingebundenes Päckchen: eine alte Reclam-Ausgabe von Platons *Symposium*. Erstaunlicherweise der einzige von Platons Dialogen, der im Bücherregal der Verspätung fehlte. Einen Augenblick lang betrachtete er das Päckchen; dann, weil vom Treppenhaus her neue Besucher auf den Dachboden strömten, beeilte er sich, es in einen blauen Plastikmüllsack zu stopfen, der bereits ziemlich voll war und in dem offenbar die Abfälle der Party gesammelt wurden. Während er mit schnellen Schritten in Richtung des Ausgangs ging, hörte er, wie die Gäste oben im Chor herab zu zählen begannen. Gerade, als er die Tür erreichte, spielte die Band einen Tusch, und die Menge explodierte in Applaus und hob an zu einem Geburtstagsständchen.

Die ganze Nacht hindurch schallten der Bass der Musik und das Kreischen der Partygäste über die Straße. Er lag in seinem Zelt, mal mit geöffneten, mal mit geschlossenen

Augen, und je stärker er versuchte, die Geräusche aus seinem Bewusstsein zu drängen, desto lauter schienen sie zu werden, es war ihm sogar, als höre er Dinge, die er auf die Entfernung unmöglich hören konnte: das Murmeln der Stimmen, das Klirren der Gläser, das betrunkene Säuseln der Turtelnden. Eine Weile lang hatte er mit dem Gedanken gespielt, die Polizei zu rufen. Aber bei der Vorstellung, wie drei große Mannschaftswagen mit quietschenden Reifen vor dem Haus zum Stehen kamen, wie zwei Dutzend Stiefel im Laufschritt die Treppe hochpolterten, wie die Polizisten, angetan mit martialischen schwarzen Rüstungen, das Dach stürmten und mit ihren Schlagstöcken die kreischende Menge zusammentrieben, war ihm schwer ums Herz geworden, und schließlich hatte er sich dagegen entschieden.

Er hätte nicht herübergehen dürfen. Er hatte gewusst, dass es ein Fehler war, genauso, wie er gewusst hatte, dass er der Verspätung ihr Geburtstagsgeschenk nicht geben würde. Noch bevor er sein Portemonnaie aus der Tasche gezogen hatte, um dem Antiquar am Nollendorfplatz den kleinen, in weißes Leinen eingebundenen Band abzukaufen, hatte er das gewusst. Warum hatte er ihn trotzdem gekauft? Warum war er trotzdem herübergegangen? Warum lebte er mit Gieshübler auf diesem Dachboden?

Es war ja, wenn man einmal ehrlich mit sich war, nicht bloß der Umstand, dass die Verspätung ihn verschmähte. Oder dass sie Schleicher auf ihre Feier einlud und ihn, Kress, nicht. Es war die ganze Art und Weise, wie sich das alles hier anließ. Beispielsweise das Beobachten der Wohnung vom Dachboden aus – das hatte er sich ganz anders vorgestellt: Zunächst einmal war es so, dass man überhaupt erst dann etwas sehen konnte, wenn die Sonne den Zenit überschritten hatte, weil sich vorher der idiotische blaue Himmel in den Fenstern spiegelte. War es endlich so weit, sah man trotzdem nichts, weil die Verspätung ihre Mittage in der Universität verbrachte. Erst gegen Abend, wenn die Sonne hinter die Dächer sank und die heimgekehrte Verspätung das Licht einschaltete, wurden die Sichtverhältnisse so, dass man überhaupt davon reden konnte, irgendetwas zu sehen, und es war in diesen drei oder vier kurzen Stunden zwischen acht Uhr abends und ihrem Zubettgehen, dass es sich lohnte, auf dem Sessel vor dem Dachfenster Platz zu nehmen und durchs Fernglas zu schauen. Oft genug jedoch war die Verspätung abends gar nicht daheim und kam erst nach Mitternacht wieder zurück. Gewiss, bisweilen hatte sie die Wochenenden auf dem Dach verbracht. Das war schön. Aber konnte es einen entschädigen für die langen Stunden, die er vergeblich auf dem Sessel gehockt hatte, kerzengerade, wartend, wartend und wartend, bis sein Nacken so steif geworden war, dass er ihn kaum mehr bewegen konnte?

Bloß, was war die Alternative? Konnte er einfach so zurück in sein altes Leben? Und dann? Was machte er dann?

Was war die Alternative?

Knapp zwei Wochen später, es war gerade einmal neun Uhr früh, stand Kress an der Ecke des kleinen Seitenwegs, der zu seiner Lücke im Bauzaun führte, und bewegte hektisch ein Pfefferminzbonbon im Mund hin und her. Auf der anderen Seite der Straße, knapp fünfzig Meter entfernt, war eben die Verspätung aus ihrem Haus gekommen. Sie war etwas später dran als üblich, man sah sogleich die Eile, mit der sie sich bewegte: Kaum hatte sie das Fahrrad aufgeschlossen, ein rostiges Hollandrad, das an eine der Gaslaternen gekettet gewesen war, schlingerte sie schon ratternd und quietschend unter den Kronen der Linden davon.

Kress wartete, bis sie um die Ecke verschwunden war. Der Tag würde wieder sehr heiß werden, ging es ihm durch den Kopf, aber es war bloß einer dieser Gedanken, die kurz aufblitzten und sofort wieder verschwanden. Mit den Zähnen zerknackte er das Bonbon, vergewisserte sich, dass er nicht beobachtet wurde, und schob sich zwischen zwei parkenden Autos hindurch auf die Straße. Die Haustür zum Verspätungshaus stand einen Spaltbreit geöffnet, lautlos drückte er die Tür auf und glitt ins Innere.

Oben, im vierten Stock, hing an ihrer Wohnungstür noch immer die Postkarte mit der befremdlichen Aufschrift *Männer Coaching Club*. Vor einigen Wochen hatte Kress sie abgerissen, aber zu seiner beträchtlichen Verwunderung hatte die Karte zwei Tage später einfach wieder an der Tür gehangen.

Er blieb stehen und lauschte. Aus einer der Nebenwohnungen kamen Radiogeräusche. Irgendwo wurde gesaugt.

Er wischte sich die feuchten Hände an der Hose ab, drückte die Klingel. Das vertraute Sirren auf der anderen Seite erklang. Nur für den Fall, dass er sich geirrt hatte und die Verspätung doch daheim war, um im Zweifel attraktiver zu wirken, zog er den Bauch ein. Als nach einer ganzen Weile nichts geschehen war, schob er die Hand in die Hosentasche und zog den Schlüsselbund hervor. Einige Sekunden lang betrachtete er ihn. Er blickte sich über die Schulter, dann schob er den Schlüssel mit der grünen Gummikappe ins Schloss, drehte ihn um, schlüpfte in die Wohnung und zog die Tür hinter sich zu.

Stille. Abwarten.

»Ist jemand anwesend?«

Er atmete einige Male tief ein und aus. Er stand in dem vertrauten Wohnungsflur, der Begriff Flur war eigentlich übertrieben, man hatte es eher mit einer Art begehbarem Stummel zu tun, der die Küche, das Bad und das einzige Zimmer miteinander verband. Ein Paar ausgelatschter Ledersandalen lag in einer Ecke. Rechts neben ihm, an der Wand, hingen alle möglichen Jacken und Mäntel und auch ein rosaroter Regenschirm; vor ihm, zwischen Badezimmer und Küche, ein Poster: Marlon Brando als *Pate*.

Ohne zu wissen, weshalb, zog er sich die rote Plastikregenjacke, die an der Wand hing, an die Nase. Bizarrerweise haftete dem Plastik ein Mittagessensgeruch an. Unzufrieden runzelte er die Stirn.

Er entnahm der Innentasche seines Sakkos ein Stofftaschentuch, eine Vorsichtsmaßnahme, die er sich in Kriminalfilmen abgeschaut hatte, und zog langsam die vor ihm liegende Tür auf. Dahinter befand sich die Küche: sehr einfach gehalten, beinahe spartanisch, mit Spuren einer Vorliebe für mediterranes Kochen. An der Wand stand ein einfacher, handelsüblicher Gasherd, daneben eine ebenso einfache, ebenso handelsübliche Spüle. Darüber, an der Wand, hingen zwei Regale, ebenfalls handelsüblich, darauf dicht an dicht Tassen, Weingläser, Teller, Kochbücher, Gewürze, Olivenöl, et cetera. Es gab einen hölzernen Küchenschrank mit einer Haut aus rissigem weißen Lack und Fenstern aus gemustertem Glas. Einer der Schrankfüße fehlte und war, wie Kress bereits bei seiner ersten Begehung der Wohnung zur Kenntnis genommen hatte, durch eine Ausgabe von *Geschlecht und Charakter* ersetzt worden – Titelseite nach unten. Auf der Fensterbank standen große Tontöpfe, in denen Basilikum-, Thymian- und Rosmarinbüsche sprossen. Schließlich, in der hinteren Ecke, ein kleiner Holztisch mit zwei Stühlen.

Auf der Spüle stand ein Teller mit Frühstücksresten. Kress strich die Fingerspitze durch einen Marmeladenrest und probierte. Himbeere. Na gut. Er nickte und blickte sich um.

Wirklich, diese Küche war überhaupt nichts Besonderes. Vor allem dann nicht, wenn man diese Küche lediglich wie ein Museumsbesucher betrachten durfte. Anstatt darin bekocht zu werden, was die natürliche Ordnung der Dinge gewesen wäre.

Wie oft hatte die Verspätung während des vergangenen Monats mit Mona oder irgendwelchen anderen Menschen an diesem Tisch gesessen? Durch seine Dachbodenluke hatte er das alles aufs genauste beobachten können. Einmal hatte hier, am Fensterplatz, sogar Elektrokai gesessen, ein Umstand, der Kress in schrille Aufregung versetzt hatte: Als der Mensch um halb eins in der Nacht immer noch nicht das Weite gesucht hatte und sich von der Verspätung stetig neuen Wein einschenken ließ, war Kress drauf und dran gewesen, die Notbremse zu ziehen und hinunter zur Telefonzelle zu rasen, um bei der Polizei eine Bombendrohung auszusprechen. Allein die Tatsache, dass die Verspätung Elektrokai dann gegen Viertel vor eins doch noch, endlich, herauswarf (Kress war gerade in seine Schuhe gestiegen), hatte ihn von dieser Rettungsaktion abgehalten.

Er setzte sich an den Tisch, an den Fensterplatz, und machte ein unzufriedenes Gesicht.

»Nun«, sagte er testhalber, aber es fühlte sich seltsam an, die eigene Stimme zu hören, weshalb er sich erst einmal räusperte. »Nun«, wiederholte er, »ich bin der Auffassung, dass sich Goethes Position in dieser Frage gerade zum Ende seines Lebens hin erheblich verändert. Im Übrigen, Madeleine, du hast schöne Augen.«

Er hob ein imaginäres Glas und prostete damit einer imaginären Verspätung zu. Aber kaum waren die imaginären Gläser gegeneinandergestoßen, errötete er plötzlich, und abrupt stand er auf und rückte den Stuhl zurück an den Tisch.

Unzufrieden. Er war unzufrieden, sogar massiv unzufrieden, stellte er fest, während er sich mit verschränkten Armen umblickte. Irgendwie hatte er die Verspätungsfeierlichkeit auf dem Dach noch nicht recht verwunden. Wobei natürlich nicht klar war, was es da zu verwinden gab, es war ja überhaupt nichts geschehen. Aber vielleicht war genau das der Grund seiner Unzufriedenheit: dass nach all den Monaten nichts geschehen war. Dass er ihr keinen Millimeter näher gekommen war, im Gegenteil: Seit er die Kopien der Schlüssel angefertigt hatte, war alles nur viel vertrackter geworden. Dass sie jemals die Frau an seiner Seite sein würde, war nach dem Seewochenende ohnehin nicht sonderlich wahrscheinlich gewesen. Jetzt schien diese Möglichkeit in unendliche Ferne gerückt zu sein.

Die Kaffeekanne auf dem Herd strahlte Restwärme ab. Vorsichtig öffnete er den Deckel. Am Boden der Kanne stand eine schwarze Pfütze. Er verschränkte die Arme und legte seine Stirn in Falten: Hm, ja. Dann, sich räuspernd, nahm er die gebrauchte Frühstückstasse von der Spüle und goss sich den letzten Schluck ein. Während er nippte, versuchte er sich vorzustellen, dass die Verspätung aus genau dieser Tasse getrunken hatte. Ihre Lippen, die vermutlich warm und weich waren (aber wie, dachte er dann, waren Lippen denn sonst), hatten genau diesen Tassenrand berührt. Er versuchte, dieser Vorstellung irgendetwas abzugewinnen, irgendeine ephemere Romantikerfahrung, und schloss zur Beförderung dieses Gefühls sogar die Augen. Aber ehrlich gesagt, der Kaffee war bloß bitter und kalt, angewidert kippte Kress die schwarze Suppe in die Spüle und stellte die Tasse zurück.

Er trat in den Flur und öffnete die Tür ihres Zimmers. Das Zimmer war klein, sogar noch kleiner als sein eigenes Arbeitszimmer daheim in seiner alten Wohnung. Hinten, an der Wand, stand ein niedriges Bett, in dem (wohlgemerkt!) zwei Personen Platz fanden und über das jetzt eine rote Tagesdecke gebreitet war. Dazu gab es einen Kleiderschrank, ein Bücherregal, eine alte Gründerzeitkommode, auf dem tausendundein Glasflakon und ebenso viele Döschen und Kästchen standen, sowie, neben der Balkontür, einen mehr oder weniger dazu passenden, winzigen Schreibtisch, auf dem sich ein paar Bücher und Notizen stapelten, die von einem weißen Plastiklaptop gekrönt wurden. Der Laptop war so ziemlich das erste Objekt gewesen, das Kress einer Untersuchung unterzogen hatte, gleich bei seinem ersten Besuch, aber leider war das Gerät durch ein Passwort geschützt, und diejenigen, die er ausprobiert hatte (»madeleine«, »madeleinefischer«, »passwort«, »geheim«, »kress«, »ichliebekress« und so weiter), hatten sich alle als falsch erwiesen.

Er hockte sich auf das Bett, Rücken an die Wand, achtete nur darauf, dass die Schuhe nicht die Matratze berührten.

Mit den Fingern trommelte er auf seinen Knien. Neben ihm lag das Kissen, auf dem die Verspätung schlief, er zog es heran und presste seine Nase herein. Das Kissen roch wie alle anderen auch, ein wenig nach Wäsche, ein wenig nach Kopfhaut. Missmutig legte er es zurück.

Irgendwie: nein. Er kam in diese Wohnung, wieder und immer wieder, und jedes Mal war er nach fünf Minuten frustriert. Dabei hatte er wirklich einiges ausprobiert, da konnte er sich keine Vorwürfe machen. Er war die Unterlagen auf ihrem Schreibtisch durchgegangen, jede Menge literaturwissenschaftliches Zeugs, aber nichts, das auf ein spezifisches Forschungsinteresse hindeutete. Er hatte alle Schubladen geöffnet, Socken, Unterhosen, Strumpfhosen, Büstenhalter und so weiter betrachtet. Er hatte den Kleiderschrank geöffnet, hatte das rote Kleid hervorgeholt, das sie an jenem Abend vor gut einem Monat getragen hatte, hatte den Stoff über seine Hand fließen lassen, hatte die Stelle, die ihren Busen beherbergt haben musste, gegen seine Wange gedrückt. Aber irgendwie, so richtig begeistert hatte ihn das alles nicht.

Er hatte in ihrem Badezimmer den Wäschekorb geöffnet und, weil ihm erschien, dass das so üblich war, an einem gebrauchten Schlüpfer geschnuppert. Aber gerade diese Schlüpferaktion war so überaus eklig gewesen (im Inneren, am Boden, hatte er eine feine weiße Kruste entdeckt, als wäre dort eine Schnecke entlanggekrochen), am ganzen Körper hatten sich ihm die Haare aufgerichtet, und er hatte volle zwei Minuten lang die Hände und Arme mit Spülmittel geschrubbt und war unter tausend Beteuerungen, niemals wieder zurückkommen zu wollen, aus der Wohnung geflohen.

Bei seinem allerersten Besuch, am Morgen nachdem er die Schlüssel kopiert und die Originale zurück in den

Briefkasten geworfen hatte, hatte er sich auf ebendieses Bett gesetzt, auf dem er jetzt auch wieder saß, und tatsächlich den Gürtel aufgeschnallt und seinen Penis aus der Unterhose gefummelt. Aber kaum hatte er ihn in der Hand gehabt, hatte er sich so überaus unwohl gefühlt, dass er sich nicht dazu hatte durchringen können, damit etwas anzufangen. Plötzlich hatte er sich vorstellen müssen, wie das für ihn, Kress, wäre, wenn irgendjemand in *seine* Wohnung eingebrochen wäre. Wenn beispielsweise Herr Doktor Schleicher sich ungefragt Zutritt verschafft und dann in der Küche im Fernsehsessel sitzend, womöglich eine Pralinenschachtel auf dem Sesselarm, vielleicht sogar vor Gieshüblers Augen, sein eigenes kleines Würstchen hervorgefummelt hätte. Und also, mit hochrotem Kopf, hatte er alles wieder zusammengepackt und dann noch ein wenig in ihren Büchern geblättert.

Die Wahrheit war doch, dachte er, dass diese ganze Verspätungsausspäherei in der Theorie einhundert Mal faszinierender war als die Praxis. In der Theorie sah er die Verspätung, wie sie splitternackt und goldglänzend dem Dampf ihrer Badewanne entstieg und sich in schimmernde Seide hüllte; in der Praxis war der Ausfluss dieser Badewanne mit Haaren verstopft und auf dem Badewannenrand lag ein Damenrasierer, an dessen Klingen winzige Stoppel klebten. In der Theorie konnte er in ihren Tagebüchern lesen und ein tiefes Verständnis ihrer Gedanken- und Gefühlswelt gewinnen; in der Praxis waren die intimsten Schriftstücke, die er fand, die Kontoauszüge, die ihr die Sparkasse schickte. In der Theorie war er Faust und die Verspätung war Gretchen, der Teufel hatte ihm Zugang zu ihrer Kammer verschafft und er wollte volle Stunden in ihrem Dunstkreis weilen; in der Praxis war er Kress und Madeleine war Madeleine, er hauste mit einem Tauberich auf einem Dachboden, und Madeleine lebte in einer überschaubaren Ein-Zimmer-Wohnung im Stadtteil Pankow, Ortsteil Weißensee. Nein, in der Praxis gab es keinen Ruhm und keine Herrlichkeit zu gewinnen, es wartete am Ende kein Engelschor, es gab nur eine gewisse, allgemeine Grundärgerlichkeit, die allem Sein anhaftete, und mit etwas Glück hatte man hier und da einen lichten Moment, in dem man mit jemandem auf einem Mäuerchen saß und rauchte.

Er ließ den Kopf gegen die Hinterwand ticken. Was in aller Welt tat er hier bloß? Es war falsch, hier zu sein, vollkommen falsch, das war klar. Das Vernünftigste war es wohl, er schnappte sich Gieshübler und vergaß die Verspätung. Am besten kaufte er sich zehn Liter Benzin und ließ das Schulgebäude in Flammen aufgehen.

Und dann? Was dann?

Konnte er sein altes Leben einfach so wiederaufnehmen? Zurück in die Wohnung? Zurück an die Universität? Wozu? Was wartete dort auf ihn?

Er verschränkte die Arme und setzte ein Brummen ab. War das möglich, fragte er sich. Dass er eine Sinnkrise hatte? Sofort aber verwarf er diesen Gedanken, Sinnkrise, so ein Unsinn! Sinnkrisen hatten die anderen, die Mittelmaßmenschen, die Sendungslosen, diejenigen, die sich Solarzellen auf die Hausdächer schraubten. Leute wie er hatten keine Sinnkrisen, Leute wie er nahmen ein Aspirin und setzten sich zurück an den Schreibtisch!

Er sprang auf und zupfte die Tagesdecke zurecht, trat an das Buchregal und zog aufs Geratewohl eines der Bücher heraus, schlug es auf, las eine Zeile, schlug es wieder zu und stellte es zurück ins Regal. Sinnkrise! Lächerlich! Jederzeit konnte er zurück in seine Wohnung ziehen und sein altes Leben aufnehmen. Wenn Schleicher ihn nicht wollte – gut, dann eben nicht! Dann würde er sich einen neuen Mentor suchen. Gerade kürzlich hatte zum Beispiel Herr Doktor Schultze einen hochinteressanten Artikel über die Möglichkeiten computergestützter Lyrikanalyse veröffentlicht. Kress hatte den Artikel nicht gelesen, natürlich nicht, aber er hatte viel Gutes darüber gehört. Ging er eben zu Doktor Schultze! Warum nicht? Computergestützte Lyrikanalyse, das war doch im Grunde genau sein Thema! Goethe wurde ohnehin überschätzt, vor wenigen Tagen erst hatte er das zu Gieshübler gesagt, Gieshübler, hatte er gesagt, wissen Sie was, ich bin zu dem Schluss gekommen, Goethe wird überschätzt.

Er verschränkte die Arme, trat an den Schreibtisch. Neben dem Laptop lagen ein paar Zettel zu einem ordentlichen Stapel arrangiert, mehrere Bücher, eine Seminararbeit, ein schwarzes Notizbuch mit roten Ecken. Das war alles letzte Woche schon da gewesen und von Kress einer genauen Untersuchung unterzogen worden. Bei der Vorstellung, neuerlich durch diesen ganzen Kram zu blättern, spürte er plötzlich eine schwere Müdigkeit. Um überhaupt irgendetwas zu tun, beinahe gelangweilt, nahm er das Notizbuch in die Hand, schlug es auf. Was gab es zu sehen? Die Telefonnummer von irgendeinem Armleuchter namens Peter. Er blätterte vor, einmal und noch einmal – da rutschte etwas zwischen den Seiten heraus, landete unter dem Stuhl auf den Dielen. Kress legte das Notizbuch zurück an seinen Platz, seufzte und bückte sich.

Er kniff die Augen zusammen. Was war denn das? Das sah beinahe aus wie so ein … wie hieß so etwas gleich? Er blickte sich unter Stuhl und Tisch um. War das jetzt gerade eben aus dem Buch gerutscht? Aber ja, es musste aus dem Buch gerutscht sein. Es lag ja nichts anderes auf dem Boden. Er hob den kleinen, dünnen Gegenstand auf und betrachtete ihn. Ja, aber das war doch ein … oder irrte er sich? Plötzlich schrillten in seinem Hinterkopf Alarmglocken auf. Stimmte es also doch?

Ein außerordentlich ungutes Gefühl im Bauch, wischte er sich durchs Gesicht. Wirklich? War das möglich? Doch, ja, es passte alles zusammen. Er schüttelte den Kopf. Sah so etwas *so* aus? Aber wie, bitte, sollte es denn sonst aussehen?

Er drehte sich um. Mit einem Mal hatte er es sehr eilig. Mit fünf schnellen Schritten war er aus der Wohnung heraus. So nervös war er, erst rutschte ihm der Schlüsselbund beinahe aus der Hand, dann wollte sich der Schlüssel partout nicht umdrehen lassen. Er musste sich förmlich gegen die Tür rammen, damit sich das dämliche Ding im Schloss bewegen ließ. Er hastete die Treppe hinab ins Freie. Das Sonnenlicht glitzerte zwischen den Blättern der Linden hindurch, deren sattes Grün ihm mit einem Mal wie eine Provokation erschien. In seiner Hand hielt er noch immer den kleinen Gegenstand. Erst als er schon an der Ecke war, dachte er daran, ihn sicherheitshalber in der Innentasche des Sakkos zu verstauen.

»Du, Margret, kann ich dich zurückrufen«, sagte die Stöhr, als Kress eine knappe Stunde später die Tür zur Poststelle aufriss, legte den Hörer auf die Gabel und eilte hinter ihrem Schreibtisch hervor.

»Herr Kress, ist alles in Ordnung bei Ihnen?«

»Absolut«, murmelte Kress mit eingezogenem Kopf, entledigte sich in einer ruckhaften Bewegung seines Sakkos und hängte es an den Haken der Türgarderobe.

»Ich frage nur«, sagte die Stöhr und trat in vorgebeugter Haltung einige Schritte auf ihn zu, »weil, es ist ja schon beinahe halb elf.«

»Ja, richtig, ich bitte um Verzeihung.«

»Es ist auch nicht schlimm«, die Stöhr machte eine abwehrende Bewegung. »Es ist bloß, weil Ihre Arbeitszeit ja rein theoretisch schon etwas früher beginnt. Eher so gegen zehn.«

»Wie gesagt, ich bitte um Verzeihung.«

»Ja, nein, es ist ja auch wirklich kein Problem. Es ist ja das erste Mal. Übrigens, Herr Kress, wo ich Sie gerade sehe. Es sind jetzt nur noch drei Tage, bis ich fliege.«

Sie wippte erwartungsvoll auf ihren Zehenspitzen.

»Ah ja«, sagte Kress, ohne ihr ins Gesicht zu gucken, und wollte schon die Tür zum Sortierraum hinter sich zuziehen, da ergänzte sie: »Sie haben mir nämlich noch gar nicht Ihre Adresse gegeben. Ich kann Ihnen gar keine Postkarte schicken.«

Kress' Kiefer mahlten aufeinander. Er atmete tief ein, blickte auf.

»Ich ziehe es vor, Privates und Berufliches voneinander zu trennen« – und schlug ihr die Tür so heftig ins Gesicht, dass auf dem Metallregal voller Ordner und Akten, das neben der Tür stand, der kleine Kaktus in seiner Terrakottaschale ins Zittern geriert.

Er lehnte sich von innen gegen die Tür, öffnete die Faust und betrachtete den schmalen Pappstreifen, der zwischen den Seiten des Buchs gesteckt hatte. War das wirklich das, was er dachte? Konnte das möglich sein?

Im nächsten Moment riss er die Tür auf.

»Eine Sache!«, sagte er und kam vor der Stöhr zum Stehen und hielt ihr den Pappstreifen vor das Gesicht. »Was ist das?«

Die Stöhr, augenscheinlich überfordert, war einen Schritt zurückgewichen. Jetzt besann sie sich, tastete, immerzu den Pappstreifen anstarrend, hinter sich auf dem Schreibtisch nach ihrer Brille, einem außerordentlich geschmacklosen Modell, wie Kress stets gefunden hatte, in dessen goldglitzernden Rahmen winzige Kunstdiamanten eingelassen waren – fand sie und setzte sie sich mit zittriger Hand auf die Nase.

»Herr Kress!«, brachte sie hervor.

»Sagen Sie mir, was das Ihrer Meinung nach ist!«

»Darf man denn gratulieren?«

»Das ist ein Schwangerschaftstest, oder nicht?«

»Ist das von Ihrer Frau? Werden Sie Vater?«

»Nein!«, brüllte Kress und schlug mit der Faust gegen das Metallregel, woraufhin der kleine Kaktus erneut ins Schwanken geriet. *»Nein, nein, nein, nein!«*

Er stürmte in den Sortierraum zurück und schmetterte die Tür zu. Einen Atemzug lang schlingerte der Kaktus wie schwerelos am Rand des Regals; dann, wie von Geisterhand beruhigt, kippte er in seine Terrakottaschale zurück.

Kress, im Inneren des Sortierraums, atmete so schnell, dass ihm schwummrig wurde. Er stützte sich auf den Tisch, der am Fenster stand, und auf dem jetzt ein Dutzend Postkästen darauf warteten, von ihm sortiert zu werden. Er blinzelte, warf den Kopf hin und her, richtete sich auf, wollte einen Schritt nach vorn machen, verlor das Gleichgewicht und stürzte gegen einen Viererstapel aus Kästen. Die Kästen rutschten vom Tisch, unter lautem Krachen ergossen sie ihren Inhalt über den Boden.

Kress, ungläubig, starrte die Briefe an.

Im nächsten Moment war er zurück bei der Tür.

Die Stöhr hatte es derweil hinter ihren Schreibtisch geschafft, hatte die Schublade aufgezogen, die Dose mit den Vanillekipferln herausgenommen und war eben im Begriff, sich einen der sichelmondförmigen Kekse zwischen die Zähne zu stecken.

Die Tür krachte auf. Kress, wie ein Pfeil, schoss aus dem Sortierraum, riss die Tür in den Flur auf und verschwand.

Die Stöhr, das Vanillekipferl immer noch am Mund, beugte sich vor.

»Herr Kress?«

Da erschien Kress in der Tür. Ohne sie zu beachten, riss er sein Sakko vom Garderobenhaken. Wild richtete er seinen Blick auf die kleine Frau hinter dem Schreibtisch.

»Ich kündige!«

Damit marschierte er in den Flur und donnerte die Tür in den Rahmen. Diesmal erbebte der ganze Raum. Der Kaktus, der sich durch all das Herumgeschwanke bereits ein Stück weit über den Regalrand geschoben hatte, erhielt den finalen Stoß. Mit einem kaum wahrnehmbaren Ratschgeräusch landete er in einem kleinen grünen Aquarienkescher, den die Stöhr aus Gründen der Betriebssicherheit eine Regaletage tiefer eigens für diesen Fall angebracht hatte.

Er hatte es gewusst. Oder jedenfalls geahnt. Die Anzeichen waren da gewesen. Unübersehbar eigentlich, spätestens in der vorvergangenen Woche.

Zum hundertsten Mal nahm er den Pappstreifen in die Hand und betrachtete ihn. Ein Schwangerschaftstest. Die beiden wässrigen roten Striche bedeuteten: Madeleine war schwanger.

Er blickte auf, drüben auf der anderen Straßenseite hatte eben unter leisem Zischen der Bus gehalten und sammelte endlich das ganze Gesindel ein, das sich dort an der Haltestelle während der vergangenen Viertelstunde angesetzt hatte. Er wedelte eine Fliege weg, die über seiner ketchupverschmierten Pappschale gekreist war, und nahm einen Zug von seiner Zigarette. Vor ihm, auf dem metallischen Stehtisch, der zu dem Imbiss gehörte, wo er sich aus reinem Zorn eine Currywurst bestellt hatte, zeugten die braunen Brösel einer Viertelpackung Tabak vom Ringen mit dem Versuch, eine Zigarette zu drehen. Die zerfledderten Zigarettenpapiere dazwischen wirkten wie entstellte Embryonen aus einem fehlgeschlagenen Genexperiment.

Es war richtig gewesen, bei der Stöhr zu kündigen. Nicht die durchdachteste Entscheidung, die er jemals getroffen hatte, aber allemal richtig.

Wahrscheinlich, dachte er, während er einen weiteren Zug nahm, wenn man gut genug hinsah, hatte sie irgendwo auch akzeptable Seiten. Wäre sie zum Beispiel eine Nachbarin gewesen, die er nur ab und an im Hausflur hätte grüßen müssen – dann hätte er sich sicherlich mit ihr arrangieren können. Aber ihr unterstellt zu sein, sich tagein, tagaus den nicht endenden Strom aus Banalitäten anhören zu müssen, der ihrem Mund entsprang – das hielt er nicht länger aus.

Und Stöhr hin oder her, in diesem Moment spielte das alles überhaupt keine Rolle.

Ein paar Tage vor ihrer Geburtstagsfeier hatte er die Verspätung bei etwas beobachtet, das ihm sofort verdächtig erschienen war. Nach ihrer Arbeit war das gewesen. Sie hatte mit Uwe, Elektrokai und den üblichen Verdächtigen am Ufer des Schlachtensees gelegen, war dann aber nicht mit den anderen essen gegangen, sondern hatte sich an der S-Bahn mit Umarmungen von allen verabschiedet und war in den Prenzlauer Berg gefahren, wo sie in einer Seitenstraße der Schönhauser Allee in einen Laden verschwunden war, aus dem sie eine Viertelstunde später mit einer Tüte in der Hand hervorgekommen war. Kress, der hinter einer Litfaßsäule gewartet hatte, war es erschienen, als hätte sie sich beim Verlassen des Ladens verstohlen umgesehen.

Normalerweise hätte er sie einfach weiter verfolgt, ein ganz normaler Vorgang war das, er hatte in den letzten Wochen beinahe so etwas wie Übung darin erlangt, aber irgendetwas an diesem Laden und der Art und Weise, wie sie sich umgesehen hatte, war ihm seltsam erschienen. Sobald sie in der Schönhauser Allee verschwunden war, hatte er die Straße überquert und war kurz darauf durch die Glastür des kleinen Ladengeschäfts getreten, in dem alles aus Holz oder Stoff zu sein schien und in dem Kleiderpuppen mit unheilvoll angeschwollenen Bäuchen Sommerkleider trugen, mit denen man hätte Delphine fischen können.

»Was in aller Welt ist das hier für ein Ort?«, murmelte Kress, ohne jemanden Spezielles zu adressieren. Die einzige Kundin, eine Frau, die ein ganzes Stück älter war als er selbst und die einen mächtigen Bauch vor sich hertrug, drehte sich zu Kress um. Die Verkäuferin, eine hagere Person mit Haaren so kraus und silbrig wie altes Lametta, trat auf ihn zu. Sie faltete die Hände. Ob sie ihm helfen könne?

»Die junge Frau, die gerade eben den Laden verlassen hat – was hat sie gekauft?«

Die Verkäuferin setzte ein Lächeln auf, so sanft und milde, als hätte sie einen Buddha verschluckt.

»Ich fürchte, ich habe es vergessen. Kann ich etwas für *Sie* tun?«

Kress, hochnervös, kratzte sich das Kinn. Er hatte das Gefühl, Zeit gewinnen zu müssen.

»Führen Sie Herrenbekleidung?«

Das Lächeln auf den Lippen der Verkäuferin veränderte sich keinen Millimeter.

»Sind Sie denn schwanger?«

Idiotische Kuh, dachte er jetzt, zweieinhalb Wochen später. Er öffnete die Packung Tabak und machte sich daran, die nächste Zigarette zu drehen. Die Verspätung war schwanger. Seit wann? Seit wann wusste sie es? Wie hatte ihm das entgehen können? Und wenn es stimmte – und natürlich stimmte es, weshalb sollte sie sonst einen solchen Schwangerschaftstest in ihrer Wohnung aufbewahren, weshalb sollte sie in einem solchen Schwangerschaftsfachgeschäft einkaufen gehen? –, dann bedeutete das: Es gab einen anderen Mann.

Elektrokai? Er konnte sich gut erinnern, wie Elektrokai, dieses Spatzenhirn, um die Verspätung herumscharwenzelt war, damals am See. Bei jeder sich bietenden Gelegenheit hatte er seine schleimigen Schwachmatententakel nach ihr ausgestreckt. Aber andererseits, Elektrokai war ein solch fulminanter Depp, eigentlich war das nicht vorstellbar. Hätte man ihm gesagt, Elektrokai hätte ein Lama geschwängert oder vielleicht einen Pavian – das wäre ihm irgendwie plausibel erschienen. Aber die Verspätung?

Vielleicht, dass es Uwe war? Von Uwe hatte er kein klares Bild. Auf dem Bahnhof hatte er ganz kurz mit ihm geredet, das war alles. An die anderen Männer hatte er ohnehin nur nebulöse Erinnerungen. Karl, Peter und ein Typ, der sich Stochi genannt hatte. Allesamt Deppen, von denen keiner der Verspätung auch nur im Ansatz das Wasser reichen konnte. Oder ihm, Kress. Aber es musste ja nicht einmal einer der Seewochenend-Ausflügler sein, allein auf ihrer Feierlichkeit waren mindestens vierzig oder fünfzig Männer anwesend gewesen, von denen jeder in Frage kam. Wer immer es war, er würde ihn finden. Er würde ihn finden, und wenn er ihn gefunden hatte, würde er die entsprechenden Maßnahmen einleiten. Zwar wusste er noch nicht, worin diese Maßnahmen bestanden, aber da machte er sich keine Sorgen: Irgendetwas würde ihm einfallen.

Es war jetzt Ende August und noch immer sehr warm. Nach wie vor war der Landwehrkanal gesäumt von jungen Leuten, die auf der Ufermauer saßen und die Beine zum Wasser herabbaumeln ließen. Nach wie vor drang aus den Freibädern das Gekreische der Jungs, die sich gegenseitig ins Wasser stießen, nach wie vor brutzelten in den Parks die Čevapčiči, und aus den Biergärten schallte bis spät in die Nacht das Klacken der Gläser und das Blubbern der Stimmen.

Trotzdem hatte sich etwas verändert.

Vielleicht war es die Langsamkeit, mit der die Kinder das Wasser aus den Straßenbrunnen pumpten, vielleicht lag es in der eidechsenhaften Reglosigkeit der Punks, die am Fuß der sozialistischen Denkmäler dösten, vielleicht schwang es mit in der seltsamen Trägheit, mit der die Kleinkünstler ihre Seifenblasen über die Plätze wabern ließen – was immer es war, es lag etwas in der Luft, das alle, sogar Kress, der sich viel einbildete auf seine Unempfindlichkeit gegenüber meteorologischen Phänomenen, spüren ließ, dass der Sommer seinen Höhepunkt überschritten hatte.

Gegen Abend zogen jetzt bisweilen Wolken auf. Es war die Zeit der großen Sommergewitter, die sich in den späten Nachmittagsstunden durch ein feines Knistern ankündigten, das jedes Mal verschwand, wenn man versuchte, darauf zu achten. Drei solcher Gewitter hatte Kress auf seinem Dachboden erlebt, alle drei Male hatte er Gieshübler zu sich ins Zelt geholt. Gemeinsam hatten sie im Schein des Stirnlämpchens ausgeharrt und geschwiegen, während draußen das Wetter tobte und drinnen in immer kürzeren Abständen die Tropfen auf das Zeltdach tickten, Kress die Arme um die angezogenen Knie geschlungen, Gieshübler schwer atmend am Boden seines Käfigs.

An diesem Abend war Kress nicht auf dem Dachboden. Es war bereits nach elf, und er starrte in das breite Schaufenster eines Irish Pubs, gegen das von draußen der Regen schlug. Selbstverständlich hatte er keinen Alkohol getrunken, in dem Bierglas vor ihm trieb ein harmloser Beutel Kamillentee, aber Elektrokai, der schräg gegenübersaß, hatte bereits sechs große Gläser intus. Schon vor einer Weile war er ins Lallen geraten, seit mindestens einer Dreiviertelstunde hatte Kress jeden Versuch eingestellt, den Schwachsinnigkeiten dieses Männchens zu lauschen, und stattdessen lediglich in die zunehmend sich verdüsternden Konturen seines Spiegelbildes gestarrt, die nachgezeichnet wurden vom Kerzenlicht. Zuvor hatte Elektrokai Kress mit quälender Ausführlichkeit von seinem letzten »Gig« berichtet: Elektrokai hatte »aufgelegt« in einem »Club«, und zwar sein »eigenes Zeugs«, so nannte er die Tonerzeugnisse, die er daheim an seinem Computer produzierte und die, wie Kress sich vermittels zweier Ohrstöpsel hatte überzeugen dürfen, aus vollkommen monotonen Tschig-Tschig-Tschig-Tschig-Tschig-Lauten sich zusammensetzten. Auf die Frage, wie er, Kress, diese Geräusche finde, hatte er geantwortet: »Rhythmisch.«

Kress hatte niemals zuvor ein solches Etablissement aufgesucht, aber der Geruch von Bier und Rauch hatte sofort eine intensive Abneigung in ihm erzeugt. Allzu gut war der Irish Pub allerdings nicht besucht, lediglich eine kleine Studentengruppe munkelte in der anderen Ecke des Raums an einem der schweren Holztische und bestellte Runde um Runde die braune Brühe, die auch Elektrokai schon seit einer Weile das bisschen Geist vernebelte, mit dem der Herrgott ihn ausgestattet hatte.

»Verzeihung, das habe ich nicht verstanden«, sagte Kress, weil ihm erschienen war, Elektrokai habe sich mit einer Frage an ihn gewandt.

»Woher du meine – 'tschuldigung«, er hickste. »Woher du eigentlich meine Nummer hattest, wollt' ich wissen.«

»Von wem soll ich sie denn haben? Von dir selbstverständlich. Erinnerst du dich nicht? Als wir uns unten am See unterhalten haben, da hast du sie mir gegeben.«

»Ah ja«, Elektrokai, mit glasigem Blick, nickte, »jajaja, jetzt wo du's sagst.«

In Wahrheit hatte Kress die Nummer aus dem Notizbuch abgeschrieben, das auf dem Schreibtisch der Verspätung lag und in dem sich darüber hinaus alle möglichen interessanten Adressdaten gefunden hatten, unter anderem die von Uwe, Mona und dem Menschen, der sich Stochi nannte; sogar die Privatadresse von Schleicher hatte er darin entdeckt.

»Warst du eigentlich noch lange auf der Feier von Madeleine?«, fragte Kress.

»Puuh«, Elektrokai, in sein Bierglas blickend, lüpfte die linke Augenbraue. »Ich glaube, so halb sieben war ich im Bett.«

»So lange?«

»Ich bin immer einer der Letzten.«

»Und hast du noch mit ihr geredet?«

»Worüber geredet?«

»Darüber, wie du für sie empfindest?«

»Ach so. Das.« Elektrokai hob sein Glas an und nahm einen großen Schluck. »Nee, hab ich nicht. Ich kann so was nicht.«

»Seit wann empfindest du denn schon so für sie?«

»Ehrlich gesagt ...« Elektrokai legte die Stirn in Runzeln und pustete Luft aus den Backen. »Keine Ahnung. Seitdem ich sie ... kenn', schätz' ich. Seitdem ich sie kenn'.«

»Und in der ganzen Zeit hast du nicht versucht, von ihr loszukommen? Gibt es denn nicht unendlich viele andere

Frauen, die auch interessant wären? Was ist zum Beispiel mit Mona? Mona ist doch auch sehr nett.«

Elektrokai lachte.

»Nee, Kress. Nichts gegen Mona, Mona iss … superklasse und …«, er schüttelte den Kopf, als wolle er irgendetwas abwerfen, »auch 'n b'sschen verrückt, was ja irgendwie auch – wie sagt man das – sympathisch ist. Aber als Frau? Nee, nee, nee, bitte nicht.«

Er lachte auf, Kress verzog sein Gesicht ebenfalls zu einem Lachen, in Wirklichkeit hätte er ihm sehr gerne eine runtergehauen für diesen Kommentar.

»Aber warum ausgerechnet Madeleine?«, fragte er stattdessen. »Was ist denn dran an Madeleine, dass du sie so toll findest?«

»Huiuiui«, sagte Elektrokai ohne erkennbaren Grund. Eine Weile lang schwieg er und stierte mit glitzernden Augen in sein Bier. »Die Party, auf der du warst, letzten Samstag«, sagte er schließlich. »Weiss' du eigentlich, warum keine Polizei gekommen ist? Denk mal drüber nach: illegal auf dem Dach und bis sieben Musik. Warum hat keiner der Nachbarn die Polizei gerufen?«

»Nun …«, sagte Kress, »ich habe im Heraufgehen gesehen, dass ein paar der Wohnungstüren offen standen. Wahrscheinlich waren einige Nachbarn involviert?«

»Das Haus hat zweiunddreißig Parteien. Zweiunddreißig. Weißt du, wie viele davon auf der Party waren?«

Kress wusste es nicht.

»Einundzwanzig. Der Typ, der das Buffet gemacht hat? Ist der Typ, der unter ihr wohnt. Die Band? Die Sängerin ist die Frau, die neben ihr wohnt. Weißt du, was sie mit den verbliebenen elf Parteien gemacht hat? Denjenigen, die nicht auf die Party wollten?«

Kress wusste es wiederum nicht.

»Hotelzimmer hat sie ihnen besorgt. Jedem Einzelnen. Und was hat sie für die Hotelzimmer bezahlt? Für alle zusammen?«

Auch hier musste Kress zugeben, dass er vollkommen überfragt war.

»Nix! Kein' Cent! Und warum hat sie kein' Cent bezahlt? Weil sie den Hotelbesitzer überredet hat. Überredet! Deshalb. Sie ist hin und hat ihm erklärt, sie, Madeleine Fischer, werde im Leben nur einmal dreißig, und deswegen hat sie, Madeleine Fischer, ein Anrecht auf die allerallerbeste Party der Stadt, wenn nicht sogar der Welt, was allerdings nur dann möglich sei, wenn die Stinkstiefelnachbarn von nebenan ausgeschifft werden. Ausgeschifft! So hat sie das gesagt.«

»Und darauf hat sich der Hotelier eingelassen?«

»Nix, nee. Kein bisschen.«

»Und was hat sie dann gemacht?«

»Hart geblieben ist sie. Hat gesagt, dass sie nicht gehen werde, bis es nicht zu einer Einigung gekommen ist. Der Typ war so baff, dass er sich schließlich darauf eingelassen hat. Er hat am Ende hinter der Bar gestanden und die Cocktails gemixt.«

»Das ist schwer zu glauben.«

»'s ist die Wahrheit.«

»Hat sie dir das erzählt?«

»Der Hotelier hat's mir erzählt.«

Kress richtete den Blick auf sein Teeglas. Natürlich Unsinn, diese Geschichte, irgendjemand hatte sich einen Spaß mit Elektrokai erlaubt. Und doch – war sie wirklich so unwahrscheinlich? Der Verspätung war so etwas zuzutrauen. So war sie. Genau so. Einen Sekundenbruchteil lang spürte er tatsächlich etwas wie Solidarität mit Elektrokai, spürte, dass sie sich beide auf dieselbe hoffnungslose Art und Weise für dieselbe Frau verbrannten – dann aber besann er sich auf den eigentlichen Grund ihres Beisammenseins.

»Hat sie denn eigentlich einen ... Partner?«

»Nicht dass ich wüsste.«

»Ha, seltsam.«

Elektrokai sah auf.

»Wieso?«

Kress winkte ab.

»Ich hatte nur gedacht, weil ... es ist nicht so wichtig.«

»Nee, sag mal.«

»Nun ... es ist bloß, ich hatte mir eingebildet, als ich sie auf der Feierlichkeit gesehen habe, dass ihr Bauch ein wenig, nun ja ...«

»Wie meinst du, was ist mit ihrem Bauch?«

»Nichts weiter. Es ist gewiss Unsinn. Er erschien mir nur ein wenig ... runder als sonst.«

Elektrokai entglitten die Gesichtszüge.

»Du meinst«, lallte er, »sie ist *schwanger*?«

»Nein, nein, absolut nicht. Mit Sicherheit nicht.«

»Auf *gar* keinen Fall«, stimmte Elektrokai zu.

»Das heißt«, sagte Kress, »wäre das überhaupt möglich?«

»Nee, wie denn? Ich mein', nein ... nee, sicher nicht, denk' ich.«

»Außerdem müsste es einen Mann geben, der dafür verantwortlich wäre, nicht wahr? Und wenn du sagst, es gibt keinen solchen Mann, dann wird das so sein. Es gibt keinen Mann, oder?«

»Nein, gibt es nicht, soweit ich weiß. Wobei ...« Elektrokai machte ein gequältes Gesicht.

Kress, die Arme auf dem Tisch, schob sich ihm ein Stück entgegen.

»Wobei?«

»Na ja, sie verbringt in letzter Zeit schon ’ne Menge Zeit mit diesem einen Dozenten.«

»Diesem einen Dozenten?«, sagte Kress, seine Stimme plötzlich heiser.

»Jajaja. Wie heißt der noch mal?«

»Doktor Schleicher?«

»Ja!« Elektrokai ließ den Zeigefinger nach oben schnellen. »Doktor Schleicher. So heißt der. Der Fette.«

»Aber …«, stammelte Kress, »Doktor Schleicher … der ist mindestens zwanzig Jahre älter als sie.«

»Jajaja, du hast vollkommen recht«, Elektrokai machte eine wegwerfende Bewegung mit der Hand, »Quatsch! Ich hab Quatsch geredet, Kress, vergiss es, dieser Dozent von ihr, Schleicher, der kommt nicht in Frage, auf keinen Fall. Der ist …« Er zog seine Nase hoch, aber was immer er sagen wollte, er behielt es für sich.

Danach kam das Gespräch nicht mehr richtig in Fahrt. Die beiden Männer blickten in ihre jeweiligen Gläser, die im Schein des Kerzenlichts glitzerten. Schon vor einer Weile hatte es zu blitzen und zu donnern aufgehört, aber der Regen prasselte unablässig gegen die Scheiben, und keiner von beiden wollte so recht aufbrechen. So saßen sie da, Elektrokai bestellte ein weiteres Bier, Kress bestellte einen weiteren Tee, sie schwiegen, tranken und rauchten, Elektrokai bestellte einen Wodka, Kress eine Apfelschorle, so ging es weiter, bis die Bedienung begann, ringsherum die Stühle auf die Tische zu stellen.

Als sie schließlich aufstanden, konnte sich Elektrokai kaum auf den Beinen halten. »’tschuldigung, Kress, ich bin …«, säuselte er und stieß gegen den Kleiderständer, an dem das kress’sche Cordsakko hing, »ich bin irgendwie … Was ist eigentlich mit dir? Bist du auch verliebt in Madeleine?«

Kress antwortete nicht. Er bedachte Elektrokai mit einem verärgerten Blick, half ihm in seine Jacke und trat ins Freie. Der Regen hatte aufgehört, aber die Nässe glitzerte auf dem schwarzen Asphalt. Auf dem Gehweg hatte sich das Regenwasser zu großen Pfützen gesammelt.

Hinter ihm wurde die Tür geöffnet, Elektrokai torkelte nach draußen, stöhnend lehnte er sich gegen die Hauswand.

»Nun, Kai, es hat mich sehr gefreut, dich einmal wiederzusehen. Ich wünsche dir einen schönen Abend, ich gehe jetzt dort entlang«, sagte Kress und deutete in Richtung der Tramstation.

»O-kay«, sagte Elektrokai leise. Seine Augen waren geschlossen.

Kress wandte sich ab, aber im nächsten Moment hörte er ein lautes Ratschen. Er drehte sich um. Elektrokai war an der Wand abgerutscht und auf den Po gesackt. Missgestimmt bückte sich Kress neben ihn.

»Kai?«, er zog das Seidentaschentuch aus der Innentasche seines Sakkos und rüttelte ihn an der Schulter. »Kai? Bist du wach?«

»Kress«, Elektrokai hob langsam den Kopf. »Ich bin so … unendlich … verliebt … in Madeleine.«

»Jajaja«, Kress nickte, »das hatten wir ja schon.« Er blickte sich um. Die kleine Seitenstraße, im Schein der Straßenlaternen, war menschenleer.

»Ich hab da überhaupt noch nie mit irgendwem drüber g'redet.«

»Ja, sehr gut, dann ist das jetzt auch abgehakt.«

»Wenn sie wirklich schwanger ist … ich würd's ihr sogar wünschen. Ich wünsch mir so sehr, dass sie glücklich ist. So sehr wünsch ich mir das, so, so sehr.«

»Kai, sie ist nicht schwanger.«

»Ist sie nicht?«

»Du vergisst jetzt, dass wir darüber geredet haben, ja?«

»Okay.«

»Du vergisst das, versprich mir das.«

»Okay«, Elektrokai nickte. Sein Kinn sank zurück auf den Brustkorb.

»Kai, höre mir bitte einmal zu, ja? Ich gehe jetzt dort entlang. Verstehst du? Ich verlasse mich darauf, dass du sicher nach Hause findest. Kann ich mich darauf verlassen?«

Aber Elektrokai antwortete nicht. Kress, hochgradig enerviert, erhob sich. Wartete einige Sekunden. Dann, kopfschüttelnd, stapfte er los.

Er war kaum zehn Schritte gegangen, da blieb er stehen. Ungehalten stieß er Luft durch die Nase und drehte sich um. Elektrokai lehnte immer noch an der Mauer.

Langsam, Schritt für Schritt, Elektrokais Arm schlaff um seine Schulter hängend, sein eigener Arm um den Brustkorb des anderen gelegt, schwankten sie die Straße herab. Wieder und wieder blieb Elektrokai stehen, oder er drohte das Gleichgewicht zu verlieren, so dass Kress sich regelrecht gegen ihn stemmen musste. An der Kreuzung der Hauptstraße waren die Ampeln ausgeschaltet worden, die Schaufenster der Geschäfte waren leer und verdunkelt, die Uhr oberhalb der Werbetafel zeigte halb zwei. Kaum jemand war unterwegs, und es dauerte beinahe zehn Minuten, ehe es Kress gelang, ein Taxi heranzuwinken. Er wusste nicht, ob Elektrokai genügend Geld bei sich trug, also reichte er dem Taxifahrer, einem schnauzbärtigen Mann mit Karomütze, zwei Zwanzig-Euro-Scheine aus seinem Privatvermögen und nannte ihm die Adresse, die im Notizbuch der Verspätung gestanden hatte. Mit tiefernstem Gesicht blickte er dem davonfahrenden Wagen hinterher.

Schleicher. War das möglich? Hatte die Verspätung eine Affäre mit Schleicher angefangen? Oder umgekehrt?

Die Bahnen fuhren nicht mehr, Kress hatte sein letztes Bargeld dem Taxifahrer gegeben, und obwohl er todmüde war, spürte er, dass er genug zum Nachdenken hatte, um einen Rückweg zu Fuß zu rechtfertigen. Viel anderes übrig blieb ihm ohnehin nicht.

Er lief entlang breiter Straßen. Die Glut roter Rücklichter wischte über den Asphalt, vereinte sich in der Ferne mit dem Glitzern der Ampeln, der Straßenlaternen. Vereinzelt schritten Menschen an ihm vorüber, hastig, mit gesenktem Kopf, verschwanden in finsteren Seitenstraßen.

War das möglich? Schleicher und die Verspätung? Er hob den Kopf und fing den Anblick der nächtlichen Wolken auf. Was fühlte er? Zorn.

An einer Stelle passierte er eine Imbissbude, die noch geöffnet hatte. Davor stand eine Frau Ende fünfzig, die einen zerlumpten Mantel trug und sich an einem Einkaufswagen voller Sperrmüll festhielt und mit vor Müdigkeit flackernden Augen in den Himmel forschte, als müsse dort ein Unbekanntes Flugobjekt hängen, das sie mitzunehmen versprach, sie von der Last des Hier und Jetzt zu erlösen vermochte. Kress folgte ihrem Blick, doch da war nichts, kein Flugobjekt, keine Hoffnung, nur die düster schwelenden Wolken und die alles umschließende Nacht.

Als er gegen kurz nach vier Uhr die Tür zum stockfinsteren Dachboden aufstieß und erschöpft an einem der Stützpfeiler niedersank, hing eine riesige Fliege in der hinteren Ecke des Dachs von den Ziegeln. Sie sagte kein Wort, es war nur ein leises Knarzen zu hören, wenn sie die behaarten Segmente ihres Abdomens straffte. Kress blinzelte in die Dunkelheit.

Schleicher.

Es war ihm nicht klar, welchen Plan die Fliege verfolgte. Ob das Sekret, das sie durch die Munddrüsen aussonderte, und das sich bei Berührung mit Luft in faulig riechenden Atem verwandelte, ihn benebeln sollte oder gar seinen Willen manipulieren. Oder ob sie lediglich die Rolle einer stillen Beobachterin einnahm, die im Auftrag einer geheimen Macht jedes Detail registrierte und protokollierte und zurücktrug zu ihren Herren. Wie er da saß, mit tief in den Höhlen liegenden Augen und leicht geöffnetem Mund, wusste er nur dies mit Sicherheit: Die Dunkelheit, die das riesige Insekt umgab, war nicht irgendeine Dunkelheit, sondern die perfekte Dunkelheit, die Art von Dunkelheit, die nicht bloß das Gegenteil von Helligkeit ist, sondern die jede Helligkeit in sich tilgt und sich von ihr ernährt. Die Fliege war nicht wegen der Verspätung erschienen oder wegen Schleicher oder wegen irgendetwas anderem, sondern für ihn war sie erschienen, nur für ihn, und nicht erst heute Nacht war sie erschienen, sondern die ganze Zeit über war sie da gewesen, seit er hier oben auf dem Dachboden wohnte, und – wer wusste es – womöglich viel länger.

Als er am folgenden Morgen erwachte, den Nacken steif und hinter der Stirn ein pochender Schmerz, lag er zu seiner Verwunderung in seinem Zelt. Er zog den Reißverschluss des Fliegengitters hoch und kroch auf allen vieren auf den Dachboden. Ungläubig blickte er sich um. Bei den vorherigen Gewittern hatte er sich stets die Zeit genommen, sein Hab und Gut vor dem undichten Dach in Sicherheit zu bringen. Diesmal nicht. Diesmal hatte der an zahllosen Stellen durch das Dach rinnende Regen sich in den Töpfen gesammelt, in den Tellern, in den Tassen. Er war durch die offene Dachluke auf den Sessel gesprüht, der so durchtränkt war, dass er Schmatzgeräusche von sich gab, wenn man das Polster eindrückte. Seine kleine Goethe-Bibliothek war den Weg aller Goethe-Bibliotheken gegangen, die vierundzwanzig Bände seiner Hamburger Ausgabe waren zu feuchten Papierklumpen degeneriert. Mehrere große Pfützen standen auf dem Boden.

Am schlimmsten aber war, dass Gieshübler die Nacht in einem überschwemmten Käfig hatte verbringen müssen. Beinahe zornig war Kress, weil sich der idiotische Tauberich nicht bemerkbar gemacht hatte. Sein Gefieder war vollkommen durchnässt. Auch stank er, was unzweifelhaft auf die Melange aus Wasser und Kot zurückführbar war, in der er genächtigt hatte. Kress, wütend und verzweifelt, erwärmte vermittels des Gaskochers sein Handtuch, das – wie im Übrigen der ganze Hygienebereich hinter dem Sichtschutztuch – vom Regen verschont geblieben war. Eine volle Dreiviertelstunde brachte er damit zu, Gieshüblers Gefieder, so gut es ging, zu trocknen – erfreulicherweise wehrte sich der Tauberich kaum, scharrte lediglich ab und an mit den Krallen.

Als er fertig war, setzte er Gieshübler so behutsam wie möglich zurück in den Käfig. Was nun? Wahrscheinlich musste hier Ordnung geschafft werden. Aber bei der Vorstellung, die nächsten paar Stunden damit zuzubringen, seine Habseligkeiten zum Trocknen an die Leine zu hängen, spürte er plötzlich, wie wenig das alles noch eine Rolle spielte.

Was zählte, ganz allein, das war die Frage, ob Schleicher die Verspätung geschwängert hatte.

Er kletterte herab ins Gelände. Die Wolken hatten sich verzogen, die Sonne leuchtete am Himmel, aber auf der Schattenseite der Ruine war der Sand immer noch dunkel von Feuchtigkeit. Auf der Straße vor dem Verspätungshaus standen alle zwei Meter Pfützen, Blätter und abgerissene Zweige übersäten den Gehweg und die Dächer der Autos, sammelten sich unter den Scheibenwischern, die Straße selbst aber war ungewöhnlich leer, herauf und herab war kein Mensch zu sehen, nicht einmal einen Vogel sah Kress, es war wie vor einem der großen Fußballspiele, alles schien sich einem entscheidenden Ereignis entgegenzuneigen.

Er fuhr hinaus zur Universität. Am U-Bahnhof Dahlem-Dorf rannte er beinahe den Zeitungsstudenten um, der den Passanten Abonnements für irgendein Regionalblatt aufschwatzen wollte. Er marschierte den Gehweg hinauf, vorüber an eintausend Studenten, ließ den Stand mit den antiquarischen Büchern links liegen, riss die Glastür auf und fand sich zwei Minuten später im Gang von Schleichers Büro wieder.

Vor der Tür des Dozenten stand ein hagerer junger Mann, wahrscheinlich Student. Irgendwie nervös folgte er Kress mit den Augen. »Ich glaube, die reden noch«, wandte er ein, als Kress sich anschickte, an der Tür zu klopfen. Kress, der nicht begriff, woher dieser Mensch das Recht nahm, ihn anzusprechen, und der mit Sicherheit nicht beabsichtigte, sich mit einem solchen, x-beliebigen Herumwartenden auf eine Diskussion einzulassen, ließ die Knöchel mehrfach kurzabständig gegen die Tür krachen.

Die Stimmen im Inneren verstummten.

»Ja, bitte?«

Kress hatte die Tür noch nicht vollends aufgezogen, da wusste er bereits, dass seine schlimmsten Alpträume sich bewahrheitet hatten. Erwischt. In flagranti erwischt. Die Verspätung saß auf Schleichers Couch, einen Notizblock auf den Knien; Schleicher, vorgebeugt, einen Ordner in der Hand, auf seinem Sessel ihr gegenüber. Beide blickten mit überraschten Gesichtern zur Tür.

»Herr Kress«, sagte Schleicher und nahm seine Lesebrille ab, »na, das ist mal was. Was kann ich denn für Sie tun?«

»Ich möchte mit Ihnen reden.«

»In die Sprechstunde! Na klar! Selbstverständlich. Warum nicht? Wobei« – er setzte die Lesebrille wieder auf, zog ein Papier aus seinen Unterlagen –, »eingetragen haben Sie sich nicht, wie ich hier sehe. Macht nichts, Herr Kress, kein Problem, wozu eintragen, sag ich immer, wenn man's auch lassen kann. Kommen Sie doch rein, reden wir ein paar Minuten. Frau Fischer, wir machen hier später weiter – für Sie in Ordnung?«

»Klar«, sagte die Verspätung, raffte ihre Unterlagen zusammen und erhob sich. Sie schob sich an Kress vorbei in den Flur, hielt inne, als wolle sie etwas sagen, aber Schleicher, der seinerseits an die Tür getreten war, kam ihr zuvor.

»So, und Sie? Was wollen Sie?«, wandte er sich an den im Flur Wartenden.

»Ach so«, der Student, augenscheinlich sehr nervös, trat vor und machte eine Bewegung, als ziehe er sich eine Mütze ab. »Ich hatte eigentlich den Termin jetzt, zehn Uhr dreißig.«

»Ja?« Schleicher sah den Studenten an.

»Also, es ging bloß um eine Hausarbeit, die Sie freundlicherweise …«

»Sind Sie Waldner?«

»Der bin ich«, der Student nickte eifrig.

»Gute Arbeit.«

»Ach so? Ja wirklich?«

»Absolut. Aus Ihnen wird ein Großer.«

»Ähm … gut. Ich …«

»Arbeit können Sie sich bei Frau Fischer hier abholen, können im Grunde gleich mitgehen, was meinen Sie, Frau Fischer?«

»Selbstverständlich.«

»Na dann, Waldner, haben wir's doch. Hat mich gefreut, Sie mal außerhalb des Seminarkontexts kennenzulernen, machen Sie's gut.«

»Herr Doktor, entschuldigen Sie.« Die Verspätung war vorgetreten. »Kress, hör mal, neulich auf meiner Feier, da hab ich dich um etwas gebeten, erinnerst du dich? Das hast du nicht gemacht, oder?«

»Ich … ehrlich gesagt, ich bin nicht sicher, ob ich weiß, was du meinst.«

Die Verspätung machte ein unzufriedenes Gesicht.

»Hast du vielleicht so was wie eine Telefonnummer, die du mir mal geben könntest?«

Kress blickte die Verspätung entgeistert an.

»Ich besitze kein Telefon.«

»Äh … ja, vielleicht deine E-Mail … oder nein, das ist Quatsch. Wenn du hier fertig bist, so in zwanzig Minuten. Komm doch bitte mal in meinem Büro vorbei, ja? Das ist einfach da hinten. Wäre das in Ordnung für dich?«

Kress war so irritiert, dass er nicht wusste, was er darauf antworten sollte.

»Ob das in Ordnung für mich wäre?«, sagte er schließlich.

»Nun?« Das Gespräch schien der Verspätung unangenehm zu sein.

»Das ist in Ordnung.«

»Na dann«, sagte sie und wandte sich dem Studenten, Herrn Waldner, zu, der noch nicht recht entschieden zu haben schien, ob er nun ein Pechvogel war oder angesichts der Tatsache, die Verspätung begleiten zu dürfen, das große Los gezogen hatte.

Man sah es ihr an, dachte Kress, während er Schleicher in dessen Büro folgte. Man sah es in ihrem Gesicht, das irgendwie voller schien, so als habe sie sich, wie Brando im *Paten,* Wattebäusche in die Backen gesteckt. Und war das der Ansatz eines Bauchs gewesen, unter ihrem T-Shirt?

»Na, Herr Kress, setzen Sie sich mal, da, die Kuhle im Sofa, kennen Sie ja.«

Kress blinzelte. Erst jetzt begriff er vollends, dass er wirklich in Schleichers Büro stand. Nichts hier hatte sich verändert. Neben der Tür stand das verschlissene moosfarbene Sofa mit dem Couchtisch, davor der Sessel mit der Stehlampe, weiter hinten der Schreibtisch und die Regale, aus denen Bücher und Papiere quollen – bloß dass dieses Mal die Lamellenjalousien geschlossen waren, was den Raum in ein der Tageszeit seltsam unangemessenes Halblicht tauchte.

Am Fenster, auf einem Papierstapel, drehte sich, etwas wackelig, ein Ventilator.

»Ihre Freundin Frau Fischer hat mich ermahnt aufzuhören, meinen Gästen Pralinen anzubieten. Sagt, ich sei das Gespött der Straße – so etwas muss ich mir anhören, stellen Sie sich mal vor. Wenn es nach mir geht, eine einzige gute Praline ist immer noch einhundert Mal besser als der Nahrungsmittelersatz, der einem unten in der Mensa verabreicht wird. Kann ich Ihnen etwas anbieten? Ich habe, sehe ich hier, auch Wasser, falls Sie das bevorzugen. Und bitte, Herr Kress, setzen Sie sich, es ist noch jeder Student lebendig rausgekommen aus diesem Büro.«

Kress hockte sich in die Kuhle im Sofa, bettete die Handflächen auf den Knien und fixierte Schleicher durch zusammengekniffene Augen.

»Hier, nehmen Sie mal«, sagte Schleicher, öffnete eine kleine Flasche Wasser und schob sie über den Couchtisch. Er setzte sich in seinen Sessel und faltete die Hände im Schoß. »So, dann erzählen Sie mal. Was kann ich denn für Sie tun?«

Kress saß in seiner Kuhle und starrte Schleicher an. Halb war er nicht in der Lage, darauf zu antworten, halb verweigerte sich etwas in ihm.

Auf dem Papierstapel wog sich der Ventilator von der einen Seite zur anderen und wieder zurück. Jedes Mal, wenn der Propeller in Richtung des Schreibtischs zeigte, raschelte es in den Papieren, auf die Schleicher, offenbar als Beschwerer, einen Stein gesetzt hatte.

»Na, Herr Kress, dafür, dass Sie mit mir reden wollten, sind Sie ganz schön schweigsam.« Er runzelte die Stirn. »Hier. Ich zeige Ihnen mal was. Das hier hat mir Ihre Freundin Frau Fischer gerade eben kopiert.« Er beugte sich vor und zog ein paar Blätter aus dem Ordner, der auf dem Tisch lag. »Sehen Sie, als ich in Ihrem Alter war, vielleicht etwas jünger, habe ich von Goethe nicht allzu viel gehalten. Für mich war Goethe ein debiler Kräuter- und Steinesucher mit einem Hang zur Antike, der alles und jeden in die Diktatur seiner biederen Bürger-Weltsicht planiert. Sehe ich heute etwas differenzierter, berufsbedingt, können Sie sich vorstellen. Manchmal denke ich allerdings immer noch, Goethe wäre nicht so unerhört berühmt geworden, hätten mehr Leute ihn tatsächlich gelesen. Ist auch egal, jedenfalls, Ihre Freundin Frau Fischer hat mich auf die Idee gebracht, mich etwas mehr hiermit zu beschäftigen. Sagt Ihnen das was?«

Er reichte die Papiere über den Couchtisch. Kress betrachtete sie. Ein dünner Stoß, zwanzig oder fünfundzwanzig Blätter. Er beugte sich vor und griff danach.

»Das ist die Grundlage für den ›Reader‹, den wir gerade zusammenstellen. Scheußliche Sache, dass man euch Studenten jetzt immer alles in angedauten Häppchen servieren muss.«

Kress blätterte durch die Papiere. »Das ist weder Goethezeit noch Romantik«, sagte er, Erstaunen in seiner Stimme. »Das hat überhaupt nichts mit Ihrem Fachgebiet zu tun.«

»Exakt das habe ich auch gedacht, Herr Kress. Bloß wissen Sie, ich werde dieses Jahr einundfünfzig. Frage ist, ob ich den Rest meines Lebens damit verbringen will, Goethe, Schiller und Kleist zu vermitteln.«

»Das ist Brinkmann«, stellte Kress fest.

Schleicher nickte, Befriedigung im Gesicht.

»Ich gebe im kommenden Semester ein Seminar zu Brinkmann. Was meinen Sie, Herr Kress, wollen Sie nicht daran teilnehmen? Ich frage bloß, weil ich Sie natürlich vermisst habe in meinem Kleist-Seminar. Man spürt das immer sofort, wenn sich eine wichtige Stimme aus so einer Sache herauszieht. Man hat es immer gleich mit einer ganz anderen Veranstaltung zu tun. Was meinen Sie? Wollen Sie es nicht einmal mit Brinkmann versuchen? Und dann einen neuen Anlauf auf Ihre Hausarbeit machen?«

Kress schüttelte den Kopf. »Ich kenne Brinkmann nicht

gut«, er blätterte immer noch durch die Seiten, »ein paar Gedichte vielleicht.«

»Das tut nichts zur Sache. Ich habe selbst Fragen an Brinkmann. Aber wenn Sie sich darauf vorbereiten möchten, dann gehen Sie doch vor zu Madeleine und holen sich von ihr die Kopien ab.«

Kress erstarrte.

»Verzeihung?«

»Sie können sich, wenn Sie möchten, gerne bei Frau Fischer vorab die Kopien besorgen.«

»Nein, nein, nein«, er richtete sich auf und blickte den Dozenten an. »Das haben Sie nicht gesagt. Sie haben etwas anderes gesagt.«

Er legte die Papiere zurück auf den Couchtisch und beugte sich vor.

»Warum möchten Sie, dass ich an Ihrem Seminar teilnehme?«

»Nun. Mir schien, Sie würden womöglich davon profitieren, einmal den Forschungsgegenstand zu wechseln und …«

Kress schüttelte den Kopf.

»Bei unserem letzten Gespräch … hier in diesem Raum … da haben Sie etwas anderes gesagt. Sie haben gesagt … Sie haben gesagt …«

»Herr Kress, wenn es darum geht, dass ich nahegelegt habe …«

»Ich weiß, was Sie getan haben, Herr Doktor.«

Schleicher räusperte sich.

»So? Aha? Was habe ich denn getan?«

»Ich weiß, was Sie getan haben«, wiederholte Kress, »und ich werde es beweisen.«

»Vielleicht lassen Sie mich teilhaben an Ihrer Einsicht?«

»Der Held ist Held, weil er sich auflehnt gegen das Schicksal,

das ihn zerschmettern will!«, brüllte es plötzlich aus Kress hervor.

Der Ventilatorkopf neigte sich ein Stück weit dem Boden zu. Die Papiere, die eben noch wie in Vorfreude geflattert hatten, sanken auf den Schreibtisch nieder und regten sich nicht mehr. Schleicher schloss seinen Mund und musterte Kress, auf seinem Gesicht unverhohlenes Erstaunen. Er rückte sich auf seinem Sessel zurecht.

»Nun«, er räusperte sich. »Da ist sicher etwas dran. Wer hat das gesagt?«

»Ich«, brüllte Kress und schmetterte die Faust auf den Couchtisch, dass das Glasfläschchen umkippte und seinen Inhalt über die Brinkmann-Gedichte spülte. *»Ich, ich, ich!* Das ist mein Gedanke! Meiner! Mein persönlicher, ureigenster Gedanke! Und wenn ich diesen Satz in einer Ihrer Publikationen lese, dann *verklage* ich Sie, Herr Doktor! Hören Sie? Ich verklage Sie!«

Er war aufgesprungen und drohte dem Dozenten mit dem Zeigefinger. Dieser war auf seinem Sessel erstarrt, saß dort unverwandt mit gefalteten Händen und musterte Kress mit einem Gesichtsausdruck, auf dem sich Entsetzen und Empörung mischten. Seine Mundwinkel zuckten, er schien etwas sagen zu wollen, entschied sich aber dagegen. Kress sprang an die Tür und riss sie auf. »Der Held ist Held, weil er sich auflehnt gegen das Schicksal, das ihn zerschmettern will. Denken Sie daran, Herr Doktor. Denken Sie daran. Sie werden sich noch erinnern.«

Natürlich war danach nicht mehr daran zu denken, die Verspätung in ihrem Büro aufzusuchen. Konnte denn überhaupt irgendein Zweifel daran bestehen, dass es Schleicher war, der sie geschwängert hatte? Nachdem sie auf seiner Couch gesessen hatte? Nachdem er ihren Vornamen benutzt, sie also quasi geduzt hatte? Nachdem er auf ihrer Party gewesen war? Schwerlich! Mit einem Mal ergab alles einen Sinn, die ganzen Geschehnisse der letzten Monate. Das Gespräch mit Schleicher, die Tatsache, dass die Verspätung, nicht er, die Stelle erhalten hatte. Kress hatte stets geahnt, dass irgendetwas nicht mit rechten Dingen zugegangen war. Immer aber hatte er angenommen, dass sich die Verschwörung gegen ihn richtete, gegen Kress. In Wahrheit war er lediglich eine Nebenfigur gewesen – eine Tatsache, die ihn beinahe genauso kränkte wie die eigentliche Verschwörung. Schleicher hatte es auf die Verspätung abgesehen gehabt, *sie* hatte er haben wollen, *deswegen* hatte er Kress diskreditieren müssen, weil andernfalls seine Entscheidung anfechtbar gewesen wäre, der Verspätung die Anstellung als studentische Hilfskraft zu geben. Möglicherweise hatte er sogar geahnt, dass er in Kress einen Konkurrenten hatte, einen Konkurrenten um die Verspätung.

Und jetzt – jetzt hatte er gewonnen. Oder jedenfalls glaubte er, gewonnen zu haben. Und wollte Kress mit seinem Brinkmann-Bockmist einlullen. Sollte er sich ruhig in Sicherheit wähnen! Bestenfalls eine Schlacht hatte der Dozent für sich entschieden. Wer hier am Ende triumphierte, darüber war das letzte Wort lange noch nicht gesprochen! Denn selbst wenn sie von ihm ein Kind erwartete, war es doch keineswegs vorstellbar, dass die Verspätung mit einem grotesken Pralinenphilister wie Schleicher ihr Leben verbrachte!

Während er jetzt die letzten Stufen hoch zum Dachboden hastete, verfluchte er sich dafür, nicht doch, irgendwie, mit der Verspätung gesprochen zu haben. Irgendetwas hatte sie ihm sagen wollen. Was, wenn Schleicher sie belästigte? Wenn er sie zu allem bloß gezwungen hatte? Vielleicht war die Aufforderung, sie zu besuchen, ein versteckter Hilferuf gewesen? Aber andererseits, die Art und Weise, wie sie sich gegenübergesessen hatten, die Verspätung und Schleicher, hatte nichts von Zwang gehabt, oder? War es vielleicht doch nicht so unvorstellbar? Dass die Verspätung Schleicher wollte? War es am Ende dies, was sie ihm hatte mitteilen wollen? Dass sie und Schleicher ein Paar waren? Aber warum sollte sie ihm das sagen? Das ergab überhaupt nur dann Sinn, wenn sie wusste, wie sehr er sich nach ihr verzehrte. Wusste sie womöglich sogar von seinen Besuchen in ihrer Wohnung? Wusste sie vom Dachboden?

»Alles in Ordnung bei Ihnen? War jemand hier?«, rief er und zog die Tür hinter sich zu. Er wischte sich durch das verschwitzte Gesicht, sah sich misstrauisch um; dann herüber zu Gieshübler, der reglos am Boden seines Käfigs kauerte. Die Sonne hatte das Dach seit den frühen Morgenstunden unter Dauerbeschuss gehalten. Die Luft war dumpf wie in einem Treibhaus, feucht, heiß, mit einem intensiven Aroma von Vogelkot.

»Gieshübler, jetzt aber raus mit der Sprache. War jemand hier?«

Er hastete an den Käfig, um an den Gitterstäben zu rütteln – und schrie auf. »Gieshübler, Gott im Himmel, das kann nicht Ihr Ernst sein! Zwei Stunden lang habe ich Sie abgetrocknet heute Morgen, das kann nicht Ihr Ernst sein, was Sie da machen! Das ist ein *Trinkschälchen*, Mann, ein Trinkschälchen, kein Planschbecken! *Trinken* sollen Sie daraus, *trinken*! Das ist doch unhygienisch, was Sie da veranstalten, das ist doch würdelos! Raus da, aber sofort!«

Er lief herüber zur Dachluke, griff sich das Fernglas.

Der Himmel glühte im Abendlicht. Die Verspätungsfassade lag im Schatten. War das möglich? Hatte sie ihn von dort drüben aus gesehen? Dazu hätte sie ein Fernglas gebraucht. Hatte er ein Fernglas in ihrer Wohnung gesehen? Nein! »Gut«, flüsterte er und nickte. »Gut, gut, gut.«

»Gieshübler«, er trat zurück an den Käfig. »Ich habe unglaubliche Neuigkeiten. Ich habe herausgefunden, warum Doktor Schleicher seinerzeit die Verspätung an meiner statt eingestellt hat. Und warum er behauptet hat, meine Arbeit sei nicht kreativ genug. Es ist nachgerade unfassbar, Gieshübler, wir haben es mit einer regelrechten Verschwörung zu tun. Gieshübler?«

Der Tauberich lag immer noch im Trinkschälchen, der rechte Flügel irgendwie unnatürlich abgespreizt. Nur sein Brustkorb hob und senkte sich langsam.

»Mein Gott, Gieshübler, ich kann nicht begreifen, wie man sich so gehenlassen kann! Es ist ein absoluter Alptraum, ich könnte *brechen* bei Ihrem Anblick!«

Er versetzte den Gitterstäben einen Stoß, aber der Tauberich hob nicht einmal den Kopf.

»Gieshübler, ich *rede* mit Ihnen. Sie reißen sich jetzt *sofort* zusammen!«

Kress sprang auf, hievte einen Eimer voller Wasser empor, seine Brandschutzversicherung für den Fall, dass etwas mit dem Gaskocher schiefging. »Hier, Gieshübler, wenn Sie Wasser wollen …«, er stapfte zurück zum Käfig, Wasser schwappte über den Rand. Er holte aus und mit einem einzigen Schwung leerte er den Eimer über dem Käfig aus. Es gab einen lauten Platsch, Gieshübler machte Anstalten, gegen den Schwall anzuflattern, stieß dabei aber nur gegen seine Sitzstange.

»Lesen Sie mal Ihren Schiller, Mann«, brüllte Kress, während Wasser und Taubenkot seine Füße umspülten. Er rammte den Käfig mit dem Fuß, unter lautem Krachen kippte er auf die Seite.

»Ein Freund ist da für einen, wenn man ihn braucht! Wenn es einem schlechtgeht. Wenn man einsam ist und niemanden hat außer diesem Freund – dann, Gieshübler, dann ist ein Freund für einen da! Und Sie? Das ist doch erbärmlich, wie Sie sich gehenlassen. Sie sind kein Freund, Gieshübler! Ich *kündige* Ihnen die Freundschaft. Hören Sie? Ich *kündige* Ihnen die Freundschaft!«

Schwer atmend ließ er den Wassereimer fallen. Lächerlich! Absurd! Unbegreiflich! Gieshübler hatte kein Recht, sich zu beschweren. Es gab Essen, es gab Wasser – was wollte er mehr? Anderenorts musste man für solcherlei Luxus bezahlen!

Der Käfig war gegen einen der Stützpfeiler gerollt. Das Gestänge hatte sich vom Käfigboden gelöst: Der Käfig war offen.

»Egal, gehen Sie ruhig, Gieshübler, hauen Sie ab! Ich brauche Sie nicht. Da, sehen Sie, die Luke. Gieshübler? Sie sind wohl schon weg, was, Gieshübler?«

Dann aber sah er, dass der Tauberich auf den Dielen lag, ein Stück weit hinter dem Stützpfeiler. Als Kress sich näherte, machte er ein paar Flatterbewegungen, aber es waren wohl eher Übungen, denn er kam nicht recht von der Stelle.

»Aha, na gut«, abfällig blies Kress Luft durch die Lippen. »Wissen Sie, ich brauche Sie nicht. Ich brauche überhaupt niemanden. Doktor Schleicher nicht. Die Verspätung nicht. Und Sie, Gieshübler, erst recht nicht. Sie erst recht nicht.«

Er wandte sich ab, schob den immer noch nassen Sessel von der Luke weg und griff sich das Fernglas. Eine Verschwörung, das war es, was hier stattfand. Eine Verschwörung der lebendigen Dinge gegen den Denker Kress.

Seit über einer Stunde hatte Kress keine Bewegungen hinter der Fensterfront wahrgenommen. Er lag auf dem Bauch unter einem Holunderbusch, die Ellenbogen in die Erde gestützt, inzwischen zweifelte er, ob er dort überhaupt irgendetwas gesehen hatte. In einiger Entfernung war das Brummen eines Rasenmähers zu hören, ein leichter Wind mischte den Geruch frisch geschnittenen Grases mit dem drückenden, feuchtwarmen Dunst, der von den nahen Seen her aufstieg. Mückenschwärme machten die Abendluft unsicher, mehrfach schon hatte sich Kress den Angriffen aggressiver Käfer und Fliegen erwehren müssen.

Das Schleicher'sche Grundstück, das Kress von seinem Beobachtungsposten unter den Holunderzweigen überblickte, war etwas verwildert. Das Gras, satt und grün, schien den ganzen Sommer über nicht geschnitten worden zu sein, die Beete waren von Unkraut überwuchert. Von einem knorpligen alten Kirschbaum hing eine Schaukel.

Das Haus, dessen Rückseite das eigentliche Objekt seiner Beobachtung war, hatte ein steil zulaufendes Spitzdach und eine verwaschene Fassade. Die schmalen Fenster in den beiden oberen Stockwerken waren mit hölzernen Läden versehen, was dem kleinen Eigenheim etwas Beschauliches, ja beinahe Biederes gab. Jedenfalls stand es in hartem Kontrast zu seinem unmittelbaren Nachbarn, einem charakterlosen, le-corbusier-haftem Wohnblock.

Kress hatte den ganzen Tag auf dem Dachboden verbracht. Gieshübler, der Idiot, hatte sich in der Nacht kaum bewegt, möglicherweise hatte er auch gesundheitliche Probleme, hatte Kress überlegt, nun, egal, er hatte keine Zeit, sich damit auseinanderzusetzen und den Tauberich erst einmal zurück in den Käfig gesetzt.

Eines war klar: Wenn er etwas unternehmen wollte gegen Schleichers Verschwörung, dann musste er Beweise haben. Klar war ferner: In der Universität würde er keine Beweise finden. Die Wohnung der Verspätung beobachtete er bereits. Blieb nur Schleichers Wohnhaus am Rand einer Waldsiedlung, die am unteren Ende des Stadtplans gerade noch eingezeichnet war. Die Adresse hatte er aus dem Notizbuch der Verspätung.

Die S-Bahn-Station, an der er am frühen Abend ausgestiegen war, lag am Ende der Strecke. Er trug einen Rucksack auf der Schulter, darin befanden sich sein Fernglas und eine neue digitale Fotokamera, die ein kleines Vermögen gekostet hatte. Er hatte beabsichtigt, sich dem Schleicher'schen Anwesen von hinten zu nähern, und dazu einen komplizierten Pfad ausgearbeitet, der ihn durch den Wald und entlang eines kleinen Sees führte. Abgesehen von einer renitenten Fliege und den allgegenwärtigen Mücken, war er kaum jemandem begegnet, während er den betonierten Uferweg abschritt, nur zwei älteren Damen, die einen Labrador spazieren führten und deren höfliches Nicken zu ignorieren Kress die erste Genugtuung dieses Tages verschaffte.

Seither waren fast zwei Stunden vergangen. Kress kauerte unter dem Holunderbusch auf der Rückseite des Hauses in Schleichers Garten und versuchte durch das Fernglas zu ermitteln, ob jemand daheim war. Langsam wurde ihm kalt. Außerdem war es dunkel geworden. Mehrfach hatte er gemeint, einen Schatten durch die Düsternis jenseits der Fenster huschen zu sehen, aber richtig sicher war er sich nicht.

Etwas raschelte zwischen den Zweigen, Kress blickte sich um und bemerkte eine pechschwarze Katze, die sich ihm bis auf einen Meter genähert hatte.

»Ksch, verschwinde!«, flüsterte er. Aber die Katze machte keinerlei Anstalten zu verschwinden, vielmehr hockte sie sich ins Laub und begann sich zu putzen. Kress machte ein unzufriedenes Gesicht, war aber nicht im Mindesten bereit, sich von etwas aus dem Konzept bringen zu lassen, das noch nicht einmal Abitur hatte, weswegen er sich das Fernglas griff und sich wieder der Schleicher'schen Kleinbürgerhölle zuwandte.

Im nächsten Moment aber schmiegte die Katze ihre Stirn an seinen Hals. Kress versetzte dem Tier einen Stoß. »Hau ab«, fauchte er, woraufhin sich die Katze tatsächlich tiefer ins Gebüsch zurückzog.

Eine Minute lang war Ruhe, Kress konzentrierte sich im abnehmenden Licht auf die vor ihm liegende Aufgabe. Plötzlich aber strich etwas großes Schwarzes an seinen Fernglaslinsen vorüber, ein Katzenschwanz, und die Katze, nunmehr schnurrend, tickte ihn mit dem Gesicht an. »Du dummes Mistvieh«, Kress gab ihr mit dem Handrücken einen Schlag. Die Katze, solche Behandlung offenbar nicht gewohnt, fauchte auf, ließ die Krallen aus den Pfoten schnellen und ratschte Kress über die Wange. Kress kreischte auf, rollte sich zur Seite, schlug nach dem Tier, verfehlte es. »Dreckrotz, verdammter«, rief er, strich sich mit der Hand Blut von der Wange. »Du verfluchtes …« – aber dann verstummte er, weil ihm einfiel, wo er war, und mit klopfendem Herzen rollte er sich zurück auf den Bauch und griff nach dem Fernglas.

Es war in diesem Moment, dass der Wassersprenger zum Leben erwachte.

Im ersten Augenblick wusste Kress nicht, woher das Zischen stammte, das plötzlich die Luft erfüllte, er dachte an eine Schlange, oder vielleicht hatte sich die Katze Verstärkung besorgt. Dann, von einer Sekunde auf die andere, berührte etwas Eiskaltes seinen Nacken. Mit einem Mal war überall Wasser, Kress schrie auf, rollte sich, um sein Leben fürchtend, unter dem Holunderbusch hervor und sprang in den Schleicher'schen Garten hinein – wie übrigens auch die Katze, die sich jedoch sofort durch den Gartenzaun auf das Nachbargrundstück absetzte. Was dann folgte, war in der Hektik des Augenblicks für Kress nicht vollends begreifbar, aber es spielte sich mehr oder weniger in der folgenden Reihenfolge ab:

Die Hintertür des Schleicher'schen Hauses flog auf. Ein muskelbepackter junger Mann, Typ Rugbyspieler, lediglich in ein schwarzes Unterhemd und Boxershorts gekleidet, stürmte, einen Riesensatz über eines der Blumenbeete machend, auf Kress zu. Kress, der eben erst für sich aussortiert hatte, dass keine Lebensgefahr bestand, hatte kaum Gelegenheit aufzublicken, da hatte sich der junge Mann bereits auf ihn geworfen. Außerordentlich unsanft fand Kress sein Gesicht ins Gras gedrückt. In Ermangelung der Möglichkeit, sich begrifflich zu äußern, gab er ein lautes und sehr unglückliches Grunzen von sich, was jedoch lediglich dazu führte, dass sein Gesicht noch unsanfter ins Gras gedrückt wurde. Entsprechend empfand er es beinahe als Befreiung, als er an den Haaren emporgerissen und von dem jungen Mann in den Schwitzkasten geklemmt wurde.

»Ich hab ihn, Mama, hier, ich hab ihn.«

»Karl!«, eine Frauenstimme erklang. Kress, dessen Blick schwitzkastenbedingt auf den Rasen gezwungen wurde, konnte der Stimme kein Gesicht zuordnen.

»Ich hab ihn, Mama«, brüllte der junge Mann wieder.

»Karl, lass den Mann los!«

»Auf keinen Fall lass ich ihn los, Mama, der wollte bei uns einbrechen.«

»Ich hatte nicht vor, bei Ihnen …«, bemühte sich Kress um eine Wortmeldung, die allerdings in einem Keuchen erstickt wurde.

»Du lässt jetzt den Mann los!«

Kress hörte ein grimmiges Schnauben, dann wurde ihm ein Stoß versetzt, und er landete neuerlich mit dem Gesicht im Gras. Er rollte sich auf die Seite und erblickte den Mann. Höchstens sechzehn oder siebzehn Jahre war er. Der Ausdruck auf seinem Gesicht ließ Kress abermals um sein Leben fürchten.

»Vielen Dank!« Er hustete, richtete sich auf und nickte der Frau zu, die aus der Hintertür getreten war und die im abnehmenden Tageslicht nur undeutlich zu erkennen war.

»Was suchen Sie hier?«

»Ich«, Kress klopfte sich Erde und abgerissene Grashalme von seinem Sakko, »ich suche Herrn Doktor Emil Schleicher.«

»Hier unterm Holunderbusch?«, schrie der junge Mann und machte einen Schritt auf Kress zu.

»Karl!«, rief die Frau den jungen Mann, offenbar ihren Sohn, zur Ordnung. Und an Kress gerichtet: »Was wollen Sie von ihm?«

»Ich bin ein Kollege, also, das heißt, ich bin …«

»Sie sind einer von Emils Studenten.«

»So ist es«, Kress nickte heftig.

»Das beantwortet nicht die Frage, was Sie von ihm wollen.«

»Richtig«, Kress, um einen Abstand zwischen sich und den Muskelberserker zu bringen, trat ein paar Schritte in Richtung der Frau, was der Mensch mit einem bedrohlichen Knurren quittierte. »Ich hatte ein fachliches Anliegen, das ich mit Ihrem Mann besprechen wollte, er hatte mir gestern Morgen ein sehr großzügiges Angebot gemacht, und ich wollte darauf zurückkommen.«

»Und dazu haben Sie unter unserem Holunderbusch herumkriechen müssen.«

»Ich … nun …«, Kress deutete auf den Busch, »ich habe mich bloß ausgeruht, es schien niemand zu Hause zu sein, und ich war recht müde und … Sagen Sie, ist Ihr Mann denn daheim?«

Die Frau, die bislang in der Tür gestanden hatte, trat ein paar Schritte vor, wobei sie ihre viel zu weite Strickjacke schloss. Sie zog eine Brille mit schwarzem Rahmen aus ihrem Gesicht, warf einen Blick zu ihrem Sohn, dann zu Kress, der sie jetzt besser erkennen konnte. Schmal, geradezu zierlich war sie, hatte halblanges, allerdings etwas widerborstiges Haar, das die Farbe eines verblühenden, beinahe silbrigen Blonds hatte.

»Mein Mann lebt hier nicht mehr.«

»Was meinen Sie damit, Ihr Mann lebt hier nicht mehr?«

»Mein Mann lebt hier nicht mehr. Das ist alles, was Sie zu wissen brauchen.«

»Frau Schleicher«, Kress näherte sich ein paar Schritte. »Ich habe Grund zu der Annahme, dass Ihr Mann … nun«, er spürte, wie sein Gesicht heiß wurde, »dass Ihr Mann sich auf eine Affäre mit einer seiner Studentinnen eingelassen …«

Der Blick der Frau bedeutete Kress zu schweigen.

»Ich möchte Sie bitten, unser Grundstück jetzt zu verlassen.«

»Frau Schleicher …«, unternahm Kress einen weiteren Versuch, aber ihre Miene duldete keinen Widerspruch. Er tauschte einen Blick mit dem Sohn, dann nickte er und trat – etwas zögerlich, weil ihm das seltsam vorkam – in Richtung des Holunderbuschs.

Die Frau räusperte sich.

»Vielleicht wäre es sinnvoller, wenn Sie dieses Mal unsere Haustür benutzen.«

Wie ein Krimineller, der abgeführt wird, fühlte sich

Kress, als er der Frau ins Wohnzimmer der Schleichers folgte. Es gab keine Fußmatte, trotzdem streifte er sich die Schuhe ab, ehe er über die Stufe in das Zimmer trat, in dem jetzt eine Lampe über einem großen Esstisch glühte, auf dem die ungeöffnete Post des Tages lag. An einer Tür, sie mochte in die Küche führen, stand ein Mädchen, zwölf oder dreizehn Jahre alt, und musterte Kress halb argwöhnisch, halb verunsichert, während es sich gegen den Türrahmen schmiegte. Kress mied seinen Blick, nickte bloß flüchtig. Aus dem Augenwinkel sah er Fotografien an den Wänden. Auf einigen Bildern erkannte er Schleicher: Schleicher im Strohhut, Schleicher in Badehose, Schleicher umgeben von seiner Familie.

Im Flur hingen gerahmte Kinderzeichnungen an der Wand. Kress spürte einen Blick, er drehte sich um. Auf der Treppe hockte ein weiteres Mädchen, dieses kaum älter als zehn Jahre. Es drückte das Gesicht durch die Stangen des Geländers, die es mit beiden Händen umklammert hielt.

»Weiter«, der Sohn hinter ihm stieß ihn gegen die Schulter.

Die Frau hatte die Tür aufgezogen.

Kress wagte es nicht, ihr in die Augen zu sehen. »Danke«, flüsterte er und trat die drei Stufen herunter auf den kleinen Weg, der zum Bürgersteig führte. Es war dunkel geworden, der Himmel düsterblau, beinahe schwarz. Die Straßenlaternen waren angesprungen, und in den Nachbarhäusern brannte Licht. Es war Kress, als höre er in einiger Entfernung das Heulen der S-Bahn.

Dort, wo der gepflasterte Weg in den Bürgersteig mündete, blieb er noch einmal stehen und drehte sich um. Die Frau stand in der Tür, das Licht des Hausflurs leuchtete ihren Rücken an.

Kress wollte etwas sagen, aber dann ließ er es bleiben. Er wandte sich ab und machte sich ans Gehen.

»Junger Mann.«

Er blieb stehen.

»Bezüglich dessen, was Sie über meinen Mann gesagt haben – meinen Exmann.«

Die Frau machte ein unzufriedenes Gesicht. Sie sah sich um, zog die Tür ein Stück weit zu, so dass bloß noch ein Streifen Licht auf ihre Schulter fiel.

»Mein Exmann hat unzweifelhaft sehr viele Fehler. Aber was Sie da beschrieben haben ... was Sie da im Garten angedeutet haben ... das gehört nicht dazu.«

Kress brauchte einige Sekunden.

»Woher wollen Sie das wissen?«

Frau Schleicher lächelte, aber es war keine Wärme in diesem Lächeln.

»Ich war achtzehn Jahre lang mit ihm verheiratet. Wer sonst würde es wissen?«

Sie nickte Kress zu, wandte sich ab und schloss die Tür hinter sich. Kress blieb stehen und starrte ihr hinterher. Einige Augenblicke lang zitterte etwas in seinem Gesicht; dann, obwohl es keinen sachlichen Grund dafür gab, räusperte er sich, und mit Beinen, die auf einmal sehr wacklig waren, trat er den Heimweg an.

Es war nach elf, als er zurück auf den Dachboden kam. Auf den Ziegeln tapsten die ersten Tropfen des Regens, der den ganzen Tag in der Luft gehangen hatte. Im Schein seiner Kurbeltaschenlampe schloss er die Tür hinter sich, hängte das Sakko auf, trat an den Tisch, auf dem die Vorräte standen, setzte dort eine Tüte mit Einkäufen ab und entzündete die Gaslampe.

Eine kleine Ewigkeit, während der Regen über die Ziegel strich, blieb er so stehen, beinahe reglos; schließlich, mit einem leisen Zischen, entlud sich die Luft, die er in seinen Lungen angehalten hatte. Er öffnete die Augen und umrundete das Zelt, hob die Gaslampe an, der Lichtkreis vergrößerte sich, ihr Schein fiel auf Gieshüblers Käfig, dessen langer Schatten bis an die Wand reichte.

»Gieshübler?«

Er trat an den Käfig. Ganz leicht, mit der Schuhspitze, gab er ihm einen Stups. Nichts regte sich, und er bückte sich, setzte die Lampe ab, wackelte an den Gitterstäben.

»Gieshübler?«

Er öffnete den Käfig und hob ihn heraus. Der Körper des kleinen Tiers war erschlafft, der Kopf hing kraftlos auf dem Brustkorb, das Gefieder war feucht, ein beißender Geruch ging von ihm aus. Gieshübler unternahm nicht einmal mehr den Versuch, sich zu wehren. Er war krank. Kress wusste es, er wusste es schon seit einer Weile, aber irgendwie hatte er nicht darüber nachgedacht oder nicht darüber nachdenken können, er wusste selbst nicht, weshalb.

Er hielt die Luft an und tastete nach dem Brustkorb. War da etwas? Aber doch, ja. Ganz leicht bewegte er sich. Vorsichtig erhob sich Kress und trug Gieshübler zu sich ins Zelt.

Er holte die Plastiktüte mit den Einkäufen ins Zelt und kippte sie auf dem Schlafsack aus: eine Packung Toastbrot, ein Netz Äpfel, eine Flasche Cola, ein Röhrchen Multivitamin-Brausetabletten und eine Spritze aus der Apotheke am Ostbahnhof. In einem Schälchen löste er unter Blubbern und Blasenwerfen eine der Brausetabletten auf. Mit einer Gabel matschte er ein Toastbrot herein. Den so entstandenen Brei sog er in die Spritze.

»Gieshübler?«, Kress tickte mit der Spritze gegen den Schnabel.

Der Tauberich reagierte nicht.

»Gieshübler? Wollen Sie vielleicht hiervon essen?«

Keine Reaktion.

Er biss sich auf die Unterlippe. Ganz sanft, als bestehe er aus dahingehauchtem Glas, hob er Gieshübler auf seinen Schoß. Mit Zeigefinger und Daumen, unter Zuhilfenahme der Fingernägel, öffnete er Ober- und Unterschnabel gerade weit genug, um die feine Düse einzuführen, in die der Spritzenzylinder mündete. »Essen Sie das mal«, sagte er, während er Gieshübler ein paar Millimeter des rosa Breis in den Schnabel drückte, »das macht Sie wieder gesund. Wir bekommen Sie wieder hin, das verspreche ich Ihnen.«

Der Regen drosch auf die Ziegel, leckte durch eine der vielen Ritzen, tickte auf das Zeltdach, und der Dachboden war erfüllt von einem Rauschen, das mit der Zeit leiser wurde und irgendwann verschwand. Nachdem sie einige Stunden so gesessen hatten, wurde das Licht des Gaslämpchens schwächer, das von draußen durch die Zeltwände schimmerte. Schließlich erlosch es, so dass Kress auf allen vieren durch die Finsternis kriechen und blind die Ersatzkartusche ertasten musste. Er dachte an Frau Schleicher. Er dachte an die drei Kinder, mit denen sie in dem kleinen Haus lebte. Das Bild des Mädchens, das auf der Treppe gesessen, sein Gesicht durch die Stäbe gedrückt hatte, ging ihm nicht aus dem Kopf. Was war in diesem Haus vorgefallen? Hatte Schleicher diese Familie verlassen? Womöglich für die Verspätung verlassen? Oder hatte die Schleicherfrau ihren Mann herausgeworfen? Wie konnte das sein, dass man eine Familie verließ, wenn man das Glück hatte, eine zu haben?

Er betrachtete Gieshübler. War nicht Gieshübler, bis zu einem gewissen Grad, seine Familie?

Sie hatten viel Zeit miteinander verbracht, Gieshübler

und er. Kress musste bloß die Augen schließen, schon kamen die Erinnerungen. Einmal, es war ein regnerischer Morgen gewesen – er erinnerte sich an das Wetter, weil es an diesem Tag gewesen war, dass er den Doppler London gekauft hatte, den er später in der U-Bahn verloren hatte –, war Gieshübler ewig nicht erschienen. Kress hatte schon nicht mehr damit gerechnet, dass er überhaupt noch auftauchen würde. Trotzdem, nur für den Fall, hatte er das Küchenfenster offen stehen lassen. Dann, es war schon nach elf, als er gerade aus dem Bad zurückkam, hatte Gieshübler auf der Lehne des Fernsehsessels gesessen, genau dort, wo Kress das Herder'sche Reisejournal hatte liegen lassen. Das Reisejournal hatte er erst eine Woche zuvor antiquarisch erstanden, und zwar in einer besonders schönen Leinenausgabe. »Gieshübler, was zum Teufel«, hatte er gerufen, woraufhin der Tauberich aufgeflattert und aus dem Fenster entschwunden war. Aber gerade, als Kress sich hatte setzen wollen, hatte er den Kotfleck auf den schönen weißen Seiten seines Buchs entdeckt: wie eine verflüssigte Version des Yin-Yang-Zeichens. Im ersten Moment wie gelähmt, war er im nächsten ans Fenster gestürmt und hatte Verfluchungen in den Regen gebrüllt, schließlich das Fenster zugeschmettert und versucht, das Reisejournal erst unter Zuhilfenahme eines Schwamms und dann unter fließendem Wasser zu retten – eine Maßnahme, die das Buch in einen unlesbaren Teig aneinandergepappten Papiers verwandelt hatte. Und obwohl das alles wirklich auf das Äußerste ärgerlich war, hatte Kress den Vorfall nie auch nur mit einem Wort zur Sprache gebracht.

Gegen kurz nach drei Uhr flößte er Gieshübler mit der Spritze einige Millimeter Cola ein – irgendwo hatte er einmal gelesen, dass das bei Schiffbrüchigen, die viele Wochen lang über die hohe See getrieben waren, eine lebensrettende Erste-Hilfe-Maßnahme sei. »Wobei von Lebensrettung in Ihrem Fall natürlich keine Rede sein kann, Ihr Leben ist ja keineswegs in Gefahr, da brauchen Sie sich keine Sorgen zu machen.«

Er dachte an Frau Schleicher. Wahrscheinlich schlief sie jetzt alleine in einem Bett, das für zwei Personen bestimmt war. Seine Mutter hatte ein solches Bett gehabt. Groß. Für zwei Personen. Oben, in ihrem Schlafzimmer, das direkt neben seinem gelegen hatte. Gott, wie sehr hatte er es geliebt, auf der Matratze herumzuspringen.

Kress schloss die Augen.

Er hatte sich stets gesagt, dass es nicht *seine Mutter* war, die er vermisste, sondern *eine Mutter zu haben*. Aber während er hier saß, auf dem Dachboden, in seinem Zelt, Gieshübler auf dem Schoß, war es nicht irgendjemandes Gesicht, das er sah, sondern ihres: klarer und deutlicher als in all den Jahren zuvor. Die verweinten Augen, erschöpft von einer Trauer, die er, der Sohn, niemals hatte begreifen können. Und nach der zu fragen er keine Gelegenheit gehabt hatte. Seine Mutter war keine Frau Schleicher gewesen, gewiss nicht. Im Haus am Kranichweg hatte kein einziges Buch gestanden. Trotzdem hatte er sie geliebt. Geliebt, ja, trotz der Dinge, die sie getan hatte. Wahnsinnig geliebt.

Und war es nicht so, dachte er, seine Augen öffnend, dass es seine Schuld war, was geschehen war? War es nicht so, dass alles kaputtging, worauf er seine Liebe richtete? So wie er es auch mit Mona kaputtgemacht hatte? Und mit Gieshübler?

Aber nein, er zog den Tauberich ein Stück näher an seinen Körper, nicht mit Gieshübler. Er würde nicht zulassen, dass Gieshübler etwas geschah. Gieshübler nicht. Er tastete nach dem Brustkorb des Tauberichs und war froh, die kaum merkliche Regung seines Atems zu spüren. »Alles gut«, murmelte er und streichelte dem Tauberich das Gefieder. »Alles gut.«

Mit seinen weißen Fliesen und seinem Leuchtstoffröhrenlicht erinnerte das Wartezimmer des Tierarztes eher an eine Bahnhofshalle als an eine Arztpraxis. In der Mitte des Raums gab es einen metallenen Tisch, auf dem ein paar verwitterte Lesezirkelhefte auslagen. Rechts, in der Ecke des von Lamellenjalousien verhüllten Fensters, stand eine verkrüppelte Yucca-Palme in einem Topf, der so klein war, dass die Pflanze unzweifelhaft umgekippt wäre, wäre sie nicht an der Wand festgebunden worden. Dort, wo in Menschenpraxen der Chagall hing, hatte man alle möglichen Hinweisschilder angebracht, darunter *Rauchen verboten* und *Aus gegebenem Anlass bitten wir Hundebesitzer, ihr Tier* ***vor*** *dem Betreten der Klinik auszuführen.*

Kress hatte sich im ersten Morgenlicht auf den Weg gemacht, über nassglitzernde Straßen, auf denen der schwere Geruch feuchten Asphalts lag. Er hatte sich erinnern können, dass es eine Praxis unweit seiner alten Wohnung gab, und war dankbar gewesen, festzustellen, dass sie bereits geöffnet hatte, als er um kurz nach acht durch die gläserne Tür getreten war. Er hatte unbedingt der Erste sein wollen. Entsprechend verdrossen war er, als er das Wartezimmer bereits gut gefüllt vorfand. Links, neben der Tür, hatte ein etwa fünfzigjähriger Mann gesessen, dessen pomadiges Resthaar so präzise an seinen Schädel frisiert war, dass man den Eindruck gewinnen musste, hier habe sich jemand vermittels seiner Frisur einen Lebenstraum erfüllt. Mindestens eine Viertelstunde lang hatte der Mann nicht ein einziges Mal seinen Kopf gehoben und lediglich einen Dackel gestreichelt, der apathisch auf seinem Schoß lag. Dann war er in einem der Behandlungszimmer verschwunden.

Kress war alleine mit einem Vater und seiner unentwegt wimmernden Tochter, die sinnloserweise einen Käfig betätschelte, in dem irgendein Nagetier zu liegen schien.

Er rutschte auf seinem Stuhl neben der Yucca-Palme umher und streichelte Gieshübler, der in einem Schuhkarton lag. Zum hundertsten Mal prüfte er, ob der Tauberich, der sich um kurz nach fünf erstmals wieder geregt hatte, noch atmete. »Es wird alles gut, Sie werden es sehen«, flüsterte Kress so leise, dass Vater und Tochter ihn unmöglich hören konnten.

In Erwartung etwaiger Behandlungskosten hatte er auf dem Weg hierher an einem Bankautomaten einen Zwischenhalt eingelegt. Aber anstatt die gewünschten zwanzig Euro auszuspucken, hatte die Maschine Kress' Bankkarte konfisziert und sich erdreistet, Kress für das weitere Vorgehen an seine Bank zu verweisen. »Ey«, hatte Kress geschrien, »du kreuzidiotisches Drecksmonster«, und dem Automaten einen Tritt und einen Schlag mit der Faust versetzt, was indessen seine Karte nicht zurückgebracht hatte.

Es war egal. Es spielte keine Rolle. Was zählte, war Gieshübler, irgendwie würde es auch ohne Geld gehen.

Jetzt blickte er auf, weil die Tür geöffnet wurde. Aber anstatt der Bediensteten vom Tresen kam der Mann herein, der hier mit seinem Dackel gewartet hatte. Er schluchzte und schniefte und war offenbar bemüht, diesen Umstand vor den anderen Wartenden zu verbergen, während er seine Jacke von der Garderobe zog. Der Dackel war nirgends zu sehen. Kress konzentrierte sich darauf, in die andere Richtung zu blicken.

»Herr Kress!«

»Ja! Hier!«

Man geleitete ihn in einen Raum, der einem für Menschen bestimmten Behandlungszimmer nicht unähnlich war. Bloß dass die Behandlungsliege aus Metall war, und an der Wand hing eine anatomisch-schematische Darstellung eines Windhundes. »Es wird alles gut, lieber Gieshübler, eine einzige Vitaminspritze, und Sie sind wieder auf den Beinen«, flüsterte Kress und versicherte sich, dass der Tauberich noch atmete. Er hatte kaum zu Ende gesprochen, da wurde die Tür geöffnet.

»So, und wen haben wir hier?«, sagte der Tierarzt, ein Mittfünfziger mit ungepflegt wirkendem silbrigem Stoppelbart, der einen intensiven Tabakatem verströmte. Er wirkte müde, hatte geschwollene, tiefhängende Tränensäcke.

»Kress«, sagte Kress mit einer Stimme, die schwanger mit Anspannung war, und hielt dem Tierarzt die Hand hin. Der aber hatte ganz offenbar gar nicht Kress, sondern Gieshübler gemeint, denn er ließ Kress' Hand links liegen, zog sich stattdessen dünne Wegwerfhandschuhe über und trat an die metallene Liege, auf der Kress den Karton abgestellt hatte.

»Was ist denn das? Eine Straßentaube?«

Er sah Kress fragend an.

»Warum denn nicht?«

»Haben Sie die angefahren, oder was?«

»Die habe ich auf der Straße gefunden.«

»In diesem Zustand?«

»In diesem Zustand.«

»Und jetzt bringen Sie die zum Tierarzt?«

»Natürlich zum Tierarzt, wohin denn sonst?«

Der Tierarzt gab ein mürrisches, aber irgendwie auch zustimmendes Brummen von sich, zog einen Bürostuhl heran, setzte sich und tastete Gieshübler ab. »Einfach so auf der Straße lag die?«

»Auf dem Bürgersteig, um präzise zu sein.«

»Und wie lange ist sie schon in diesem Zustand?« Der Tierarzt hatte sich Gieshüblers Augen vorgenommen.

»Also, das weiß ich wirklich nicht. Wie gesagt, ich kenne das Tier ja nicht, es ist ja im Grunde nur eine Nettigkeit von mir, dass ich es überhaupt hierherbringe.«

Der Tierarzt blickte auf und machte ein unzufriedenes Gesicht.

»Als Sie die Taube auf dem Bürgersteig gefunden haben: War sie da schon in diesem Zustand?«

»Ach so«, Kress nickte. »Ja, war sie.«

Der Tierarzt schüttelte den Kopf, dann hob er Gieshübler aus dem Karton und tastete seinen Bauch ab. Er wollte noch ein paar andere Sachen wissen, zum Beispiel, wann das gewesen war, dass Kress Gieshübler gefunden hatte, oder ob es sein könne, dass er gegen eine Scheibe geflogen sei – Kress gab an, er wisse es nicht. Schließlich erhob er sich schwerfällig aus seinem Drehstuhl, hörbar ausatmend, als laste eine schwere Bürde auf ihm, schlurfte er an einen Tisch und nahm von dort ein Stethoskop und eine kleine Taschenlampe. Kress hatte nicht gewusst, dass Tierärzte mit Stethoskopen hantierten. Es flößte ihm ein eigentümliches Unbehagen ein, ansehen zu müssen, wie der Tierarzt den metallenen Kopf des Geräts auf Gieshüblers Gefieder drückte.

»Hm, hm, hm, hm«, machte der Tierarzt, nachdem er seine Untersuchung abgeschlossen hatte. Er legte seine Stirn in Falten und drehte sich auf seinem Stuhl zu Kress.

»Also?«

»Nun, sie ist sehr schwach …«

»Ja …«

»Man könnte noch weitere Tests machen, eine Blutprobe nehmen.«

»Gut.«

»Ehrlich gesagt, das hat hier keinen Sinn.«

Kress starrte den Tierarzt an.

»Wie meinen Sie das?«

Der Tierarzt zuckte mit den Schultern.

»Sie müssen ein großer Tierfreund sein, junger Mann, dass Sie eine Straßentaube auflesen und hierherbringen. Ich würde sogar helfen. Aber in diesem Zustand …«

»Was soll denn das heißen, in diesem Zustand! Was hat er denn?«

Der Tierarzt runzelte die Stirn.

»Wie gesagt, wir müssten weitere Tests machen, um zu einer vernünftigen Aussage zu kommen. So wie es von außen ausschaut, hat sich Ihre Taube einen Flügel gebrochen, und zwar schon vor längerer Zeit. Das war ein offener Bruch, der ziemlich dürftig abgeheilt ist, und sich überdies bakteriell infiziert hat. Hier, wenn Sie möchten, können Sie sich die Entzündung gerne mal ansehen. Da hat sich ein regelrechter Abszess gebildet. Der Laie sieht so was nicht, weil die Federn die Verletzung verdecken, aber das sieht ziemlich übel aus.«

Kress sah den Tierarzt entgeistert an.

»So etwas muss schnell und angemessen behandelt werden, sonst kippt Ihnen so ein Tier halt vom Dach. Da kann man jetzt wirklich nicht mehr viel machen. Vielleicht, wenn Sie eine Woche früher gekommen wären …«

»Vor einer Woche kannte ich ihn noch gar nicht!«, rief Kress, schrie es beinahe.

Der Tierarzt bedachte ihn mit einem tadelnden Blick.

»Man würde hier Antibiotika geben und zusehen, dass man die Entzündung in den Griff bekommt. Aber schauen Sie sich das Tier doch mal an. In dem Zustand würde sie nicht einmal die initiale Behandlung überstehen. Und gehen Sie mal davon aus, dass das ziemliche Schmerzen sind, die sie da auszustehen hat. In so einem Fall kann man eigentlich nur noch versuchen, das Leiden möglichst zu verkürzen.«

Kress sah den Tierarzt mit einer Mischung aus Entsetzen und Unglauben an.

»Auf keinen Fall!«

»Es wird so oder so geschehen, und eher heute als morgen.«

»Nein! Nein, nein, nein, nein, nein. Ich will eine zweite Meinung. Ich will … Holen Sie einen anderen Arzt. Er ist stark, er schafft das, er braucht bloß eine richtige Medizin, er …«

»Sie«, unterbrach ihn der Tierarzt.

Kress schüttelte den Kopf.

»Was?«

»Ihre Taube«, der Tierarzt deutete auf Gieshübler. »Wie kommen Sie darauf, dass sie ein Männchen ist?«

»Wie meinen Sie das, wie komme ich darauf, dass sie ein Männchen ist?«

»Sie ist ein Weibchen.«

»Nein.« Kress schüttelte energisch den Kopf.

»Einhundertprozentig.«

»Absolut nicht!«

»Absolut doch.« Der Tierarzt lachte beinahe.

»Nein, nein … Unmöglich.« Kress sank auf den Besucherstuhl und betrachtete Gieshübler. Das Tier lag auf dem Untersuchungstisch, den rechten Flügel weit von sich gestreckt. Mit dem bloßen Auge waren keine Bewegungen zu erkennen.

»Mir ist's gleich, meinetwegen kann sie auch vom Mars kommen. Von mir hören Sie bloß, was die Fakten sind.«

Kress hielt den Blick unverwandt auf Gieshübler gerichtet.

»Und was das Einschläfern angeht ... Ich kann das eigentlich nicht verantworten, dass Sie so ein Tier wieder mitnehmen. Was wollen Sie denn damit tun? Zurück auf die Straße legen? Ins Tierheim bringen? Die schicken Sie ja gleich wieder zurück. Wenn Sie da überhaupt ankommen.«

Kress schaffte es nicht, dem Tierarzt in die Augen zu sehen. Er vergrub seine Hände zwischen seinen Knien und bohrte sich den Nagel des Mittelfingers so fest in die Daumennagelhaut, dass es anfing zu bluten.

»Wenn ich Ihnen sage ... dass sie möglicherweise doch nicht auf dem Bürgersteig lag. Wenn ich Ihnen sage, dass sie mir etwas bedeutet ... würde das etwas ändern?«

Der Tierarzt atmete tief ein und lehnte sich zurück.

»Nicht am medizinischen Befund.«

Kress, in sich zusammengesunken, stierte auf den Boden.

»Ich will eine zweite Meinung.«

»Das können Sie gerne machen, aber das ändert nichts an der Sachlage.«

Es war still in dem Raum. Das einzige Geräusch kam von Kress' Atem, heftig und schnell.

»Er ist mein einziger Freund.«

»Sie«, korrigierte der Tierarzt.

»Sie.« Kress nickte.

Es war immer noch früh, nicht einmal neun Uhr, als er zum Kanal kam. Er hatte vergessen, dass Markttag war, und wie er jetzt stehen blieb und die Verkäufer betrachtete, die rechts und links und die ganze Straße hinunter beschäftigt waren, ihre Stände aufzubauen, Planen zu verschnüren, Obstkisten aus Transportern zu laden oder Stoffballen in allen Farben und Mustern auf die Stände zu hieven, fragte er sich, ob es nicht besser wäre, umzukehren und einen anderen Weg zu nehmen. Schon vor einer ganzen Weile hatte es zu regnen aufgehört, aber das Pflaster schillerte noch von Feuchtigkeit, und überall standen Pfützen.

Kress hielt sein Cordsakko, das zu einem kleinen Paket zusammengerollt war, dicht, beinahe schützend an seinen Körper, während er langsam zwischen den Ständen hindurchschritt, zwischen den Gemüsehändlern, die alle mit einer Hektik arbeiteten, als hänge ihr Leben davon ab, den Backwarenverkäufern, die Türme aus Plastikcontainern voller Baklava bauten, den Hilfsarbeitern, die Paletten voller Gemüse mit ihren hydraulischen Wagenhebern durch die Gegend zogen, Kabel verlegten.

»Hier, schauen Sie mal, was ich uns besorgt habe«, hatte Kress einmal zu Gieshübler gesagt und ihr stolz eine Pappkiste mit zwanzig oder dreißig Miniaturavocados präsentiert, die er auf dem schließenden Markt zum Preis von zwei Euro ergattert hatte und deren eine Hälfte binnen des Wochenendes verfault war und an deren anderer Hälfte er sich so überfressen hatte, dass ihm zwei Tage lang schlecht gewesen war. Nie wieder, hatte er sich danach geschworen, würde er eine Avocado anrühren.

Er ließ den Markt hinter sich und folgte dem Kanal, überquerte eine Brücke und kam an einem Fußballplatz vorüber, der auf der anderen Straßenseite lag. Um diese Zeit spielte niemand darauf. Hier kletterte er über den grünen, etwas angerosteten Zaun und trat im Schutz von Büschen und Sträuchern die paar Schritte zum Wasser herab, auf dem das schwere Grün der umgebenden Bäume flirrte. Ein Stück weiter vorn sah er eine Gruppe von Schwänen, die sich das Gefieder putzten, dahinter tummelte sich, unter Ästen, die sich über das Wasser neigten, eine Entenfamilie. Mit dem Fuß schob er ein paar nasse

Zweige und Nusshülsen beiseite und hockte sich ans Ufer, von dem eine kleine, moosbesetzte Mauer fast senkrecht zum Wasser lief. Er zog die Beine an und bettete das Cordsakko in seinen Schoß. Ein Feuerkäfer krabbelte durch das Gehölz.

Eine Weile lang blieb er so sitzen. Der Himmel war weithin bedeckt, grau und verhangen von einer zerklüfteten Wolkenschicht, die sich langsam nach Osten bewegte. Ab und an sah er, wie sich darin Öffnungen formten, durch die man in das Blau der höheren Schichten sehen konnte. Zogen die Öffnungen weiter, vernarbten sie in der Distanz und wuchsen endlich, weit hinten, zurück in die Wolkenschicht, wo sie nicht mehr zu sehen waren.

Schließlich erhob sich Kress und nahm das Cordsakko in beide Hände. Er hielt es über das Wasser, wartete ein Auto ab, das auf der Straße vorbeipolterte; als nur noch die normalen Umgebungsgeräusche der Stadt zu hören waren, ließ er das Sakko los. Es gab ein Platschgeräusch, das Wasser warf ein paar Kreise; sofort war alles wieder ruhig. Nur weiter vorn hatte das Geräusch die Aufmerksamkeit der Schwäne erregt, die jetzt Kurs auf ihn nahmen.

Er blieb noch eine Zeitlang hier stehen und blickte hinab zu der Stelle, an der das Paket verschwunden war. Dann wischte er sich über die Augen und erklomm die Böschung. Gerade aber, als er über den Zaun klettern wollte, hielt er inne. Er drehte sich um, trat an einen nahen Baumstamm und zog seinen Weltraumkugelschreiber hervor. Mit der Spitze der Mine ritzte er, kaum größer als ein Daumennagel, ein »G« in die Rinde.

Die ganze Nacht war Kress wach geblieben. Jetzt, da er wieder auf der Straße war, forderte der aufgeschobene Schlaf sein Recht. Die Fußgänger, die sich an ihm vorbeischlängelten, die Fahrräder, die erst klingelten und ihn dann überholten, die Prospektverteiler mit den fleckigen Baseballkappen, die müde ihre Trolleys voller Broschüren hinter sich herzogen – all das war verschwommen und schien Lichtstreifen nach sich zu ziehen, als würde es durch eine beschlagene Linse betrachtet.

Wie lange war er gelaufen? Er war sich nicht sicher. Es fiel ihm bloß auf, dass sich die graue Decke über den Dächern verflüchtigt hatte. Kress war an einer Ecke stehen geblieben und starrte auf die gegenüberliegende Straßenseite. Dort, wie der Stier dem Matador, stand ihm eine Telefonzelle gegenüber.

Im Inneren herrschte ein dumpfer Mief, die Luft hing noch der Wärme der vergangenen Tage nach. Eine der Scheiben zeigte ein Spinnennetz winziger Scherben, der Telefonapparat selbst war mit Feuerzeugen gefoltert worden. Er zog aus der Gesäßtasche den Zettel mit den Nummern und Adressen, die er aus dem Notizbuch der Verspätung abgeschrieben hatte. Während er mit klopfendem Herzen dem Tuten lauschte, das aus dem schweren schwarzen Hörer kam, merkte er, dass an seiner Hand noch immer der Geruch von Gieshüblers Gefieder haftete.

Ein Wagen fuhr an ihm vorüber, eine Sekunde war Kress sicher, im Inneren, auf der Rückbank, die Verspätung gesehen zu haben. Irritiert blickte er dem Wagen hinterher, einem schwarzen Geländewagen, im selben Moment gab es ein Knacken, und die vertraute, aber völlig übermüdete Frauenstimme erklang.

»Czarnetzki?«

Kress brauchte einen Augenblick, bis es ihm gelang, etwas zu sagen.

»Hier ist Kress«, sagte Kress. Bereits mit der ersten Silbe hatte seine Stimme zu schlackern begonnen.

Stille.

»Was willst du?«

»Ich …«, er schloss die Augen, »ich habe gedacht, vielleicht könnten wir uns treffen?«

»Warum?«

»Ja, ich dachte … womöglich können wir reden?«

»Es gibt nichts zu reden.«

»Ja, allerdings … ich habe gedacht, vielleicht gibt es doch etwas zu reden, oder wir können ein neues Thema finden, über das wir reden, oder auch zwei, es wäre nur für eine halbe …«

»Du kannst hier nicht anrufen, Kress. Du hattest deine Chance, dich zu melden, jetzt ist es vorbei.«

»I-Ich …«

»Du kannst hier nicht anrufen. Verstehst du das?«

»Ich verstehe schon, allerdings …«

»Verstehst du das, Kress?«

Kress schloss den Mund. Eine Krähe pickte auf dem Pflaster der gegenüberliegenden Straßenseite, er wandte den Blick ab.

»Ich verstehe.«

»Ruf hier nicht wieder an, klar?«

»Ich wollte bloß …«

»Ist das klar?«

Kress, sinnloserweise, nickte.

»Das ist klar.«

»Okay.«

»Mona, ich wollte noch …«, aber es war schon zu spät, wie eine Nulllinie tönte das Freizeichen aus dem Hörer.

Schnee. Er hatte das Bedürfnis, durch Neuschnee zu gehen. Der Erste zu sein, der in einer Winternacht durch eine frisch eingeschneite Straße ging, durch eine weiße Puderschicht, die den Asphalt und die Autos und die

Zweige der Bäume eindeckte, durch das Stöbern der Flocken, die einem ins Gesicht wehten, im Haar haften blieben, die einen winzigen Augenblick aufglühten im Licht der Laternen und dann für immer in die Dunkelheit fielen.

Eine Weile lang, während er orientierungslos durch die Stadt driftete, überlegte er, ob es das Beste wäre, zur Polizei zu gehen und sich zu stellen. Aber dann fiel ihm ein, dass er nichts Verbotenes getan hatte. Gut, er besaß einen Schlüssel zu einer Wohnung, den er nicht besitzen durfte, aber das spielte ja doch in einer anderen Liga, als, um ein Beispiel zu nehmen, eine Beamtenwitwe und ihre Schwester zu erschlagen – nein, Polizei war Unfug, bestenfalls würde man ihn in eine Zelle sperren, damit er sich ausschlafen könne.

Stundenlang war er durch die Straßen gelaufen. Jetzt, als er die Augen öffnete, merkte er, dass er an einer Hauswand lehnte. Er trat vom Bürgersteig herab zwischen die parkenden Autos und blickte aus kilometertief in den Höhlen liegenden Augen eine graue Fassade empor. Eine Rankpflanze, Wein oder Efeu, wand sich in dicken grünen Büscheln das Gemäuer empor, im Erdgeschoss gab es ein Ladengeschäft. Ein kaum wahrnehmbares Lachen, beinahe dankbar, erschien auf seinem Gesicht. »Ja klar«, murmelte er in sich hinein, »wohin denn sonst?«

Er trat in den Hausflur. Sonnenlicht fiel durch die Tür zum Innenhof, schwamm auf den Kacheln. Auf dem Treppenabsatz zum ersten Obergeschoss war eine kleine Frau mit blaugefärbten Haaren und einem blauen 1.-FC-Union-T-Shirt damit beschäftigt, den Boden zu feudeln. »Tag auch«, sagte sie nachdrücklich und sah ihm mit einer Mischung aus Misstrauen und Missbilligung hinterher.

Wie oft, dachte Kress, hatte er während der vergangenen Wochen vor dieser Tür gestanden. *Männer Coaching*

Club. So ein Unsinn! Er wollte klingeln – er klingelte immer zuerst –, aber dann überlegte er es sich anders und schloss einfach auf.

Drinnen, im Flur, sah alles wie immer aus. Die Verspätung war nicht daheim. Die Türen zur Küche und zum Zimmer standen offen. Ganz offenbar war der Morgen vorüber, denn das Sonnenlicht war weitergezogen und schimmerte nicht mehr auf den Dielen. Oder vielleicht war es bloß bewölkt, dachte er und trat in der Küche ans Fenster, aber am Himmel waren nur ein paar Quellwolken zu sehen. Er zupfte sich ein Blatt Basilikum von der Pflanze am Fensterbrett, sank gedankenverloren auf den Stuhl am Fenster und kaute darauf herum. Er spürte, dass das jetzt irgendwie das Ende sein musste. Allerdings war er zu müde, als dass er sich einen Reim auf dieses Gefühl hätte machen können. Er zog sich den linken Schuh aus, zerrte den Socken vom Fuß und betrachtete eine riesige Blase, die vom langen Laufen herrühren musste. Die war jetzt auch schon egal.

Er zupfte die Packung Tabak aus seiner Hosentasche, feuchtete Daumen und Zeigefinger an, und indem er sich auf die Unterlippe biss, begann er, sich eine Zigarette zu rollen. Richtig geübt war er immer noch nicht, insgesamt brauchte er sieben Papiere, ehe etwas einigermaßen Rauchbares dabei herauskam.

Er lehnte sich zurück und nahm einen tiefen Zug. Sofort wurde er von einem Hustenanfall nach vorn gerissen. Er holte Luft. Dann, langsamer, versuchte er es noch einmal, blies blaugrauen Rauch in die Luft. Er durfte später nicht vergessen, das Fenster zu öffnen, dachte er.

Aus irgendeinem Grund kam ihm eine Stelle aus dem *Werther* in den Sinn. Bei dem Gedanken daran lachte er laut auf, dann schniefte er und nahm einen weiteren Zug von der Zigarette. Man könne, so hatte es Goethe seinem Herausgeber in den Mund gelegt, Werthers Schicksal seine Tränen nicht versagen. Nun, Kress hatte das stets anders gesehen. Er konnte sehr wohl. Musste sich nicht einmal sonderlich anstrengen. Gott, wie er Werther hasste. Das ständige Jauchzen, das ständige Jammern – schwer, so jemanden zu ertragen. Werther war einer von diesen Leuten, die man einmal quer durch die Stadt ohrfeigen wollte, damit sie zur Besinnung kamen. Hätte er sich am Ende nicht selbst das Hirn aus dem Schädel geschossen, liebend gerne wäre Kress ihm dabei zur Hand gegangen.

Er musste schon eine ganze Weile hier sitzen, dachte er, denn die Zigarette war erloschen und ihm aus der Hand gerollt. Mit beiden Armen lehnte er sich auf den Tisch und ließ den Kopf hängen, der schwer wie ein Amboss war. Plötzlich schlug er mit der flachen Hand auf das Holz und sprang zum Herd. Nein! Nein, nein, nein! Er weigerte sich! Der Held war ein Held, weil er sich auflehnte gegen das Schicksal, das ihn zerschmettern wollte! *Er* war der Überlegene. *Er, er, er!* Vielleicht, dass er sich in eine Sackgasse manövriert hatte. Aber so, wie er dort hereingekommen war, würde er auch wieder herauskommen. Arbeiten! Er musste mehr arbeiten, überhaupt war Arbeit der Schlüssel zu allem. Sie, nur sie, würde ihn aus der Misere führen! Man musste sich nur einmal vorstellen, dachte er, während er mit klopfendem Herzen auf und ab zu gehen begann, welche *Möglichkeiten* sich eröffneten, wenn jemand mit *seinen Talenten* zugleich *Disziplin* entwickelte. Er würde sich etwas Neues suchen. Wenn ihn die Universität nicht wollte, bitte sehr! Dann eben in der Privatwirtschaft! Warum nicht? Einen wie ihn, einen mit seinen Fähigkeiten und seinem Intellekt, würden sie in der Privatwirtschaft doch mit Kusshand nehmen. Mit Kusshand! Kress, Manager.

Kress, Führungskraft. Kress, Vorsitzender des Vorstands. Wie klang das? Gut! Sehr gut! Gleich morgen würde er die Bewerbung schreiben!

Plötzlich stolperte er, polterte gegen den Küchenschrank und krachte auf den Bastkorb, in dem die Verspätung ihr Altglas aufbewahrte. Er hockte auf dem Boden, irritiert sich umblickend, und wollte sich hochziehen, da fiel ihm auf, dass er sich den Handballen aufgeschlitzt hatte. Blutete das? Aber nein, tat es nicht, bemerkte er nicht ohne Stolz. Dann aber füllte sich der Schnitt mit einem satten Rot, Verfluchungen ausstoßend kroch er herüber zum Herd und zog vom Griff des Backofens ein Spültuch, das er sich um die Verwundung wickelte. Völlig gleichgültig, sollte die Hand bluten, diese Dinge spielten keine Rolle, er würde es ihnen zeigen! Wem? Egal. Allen! Er machte Anstalten, sich hochzuziehen, aber sofort sackte er zurück auf den Boden und schlug mit dem Hinterkopf gegen den Herd. Ist ja gut, ist ja gut, ist ja gut, ging es ihm durch den Kopf. Er spürte, wie eine ungeheure Müdigkeit ihn herabzog, und er atmete tief ein und lehnte sich nach hinten, testweise, nur um einmal auszuprobieren, wie sich das anfühlte. Irgendwie, wenn das jetzt alles einmal vorbei gewesen wäre, dachte er – es wäre ihm gar nicht so unrecht gewesen.

Kress schlief. Er lag vor dem Herd, mal auf dem Rücken, mal zusammengerollt auf der Seite. Immer wieder durchzuckte es seinen Körper, bahnte schwer verständliches Gemurmel sich seinen Weg an die Oberfläche. Es war beinahe vollständig finster, nur die Straßenlaternen, die vier Stockwerke unter ihm stoisch ihr Licht in die Nacht abstrahlten, legten einen matten Schimmer auf die Wände der Küche. Ab und an polterte ein Auto über die Pflastersteine, und einmal, um kurz nach vier, hielt ein Taxi direkt vor dem Haus und spie eine Horde angetrunkener Männer aus, die noch eine Weile grölend und lärmend vor der Tür standen und rauchten, ehe sie sich in alle Winde zerstreuten.

Gegen fünf Uhr früh veränderte sich die Färbung des Himmels ins Tiefdunkelblaue, in kurzer Folge erschienen in der Straße zwei müde Körper, dürftig von Trainingsanzügen zusammengehalten, die ihre Hunde ausführten. Gegen kurz nach sechs rollte ein Fahrzeug der Straßenreinigung mit einem kreiselnden Licht über die Pflastersteine – da war über der Ruine auf der anderen Seite bereits die Sonne erschienen.

Kress merkte nichts, während das Licht über seine Beine wuchs, die zerfetzte, schmutzverkrustete, ehemals braune Cordhose, die er über mehrere Wochen getragen hatte. Er schlief weiter, als es über den zerschnittenen Handballen wanderte und über das schmutzstarre hellblaue Hemd, dessen Fasern sich unrettbar mit den Gerüchen von Schweiß und Angst verbunden hatten. Er spürte es nicht einmal, als es über seinen Hals kroch und winzige Schatten zwischen die Bartstoppeln auf seinem Kinn warf. Nicht eher kehrte das Leben in ihn zurück, als sich das Morgenlicht, das ihn ganz einhüllte und bereits die Nasenflügel erklommen hatte, über die geschlossenen Lider schob.

»Rotz!«

Er zuckte zurück, stieß sich den Schädel an der Unterkante des Herds.

Oh, Mist, was war hier los?

Er stöhnte, setzte sich auf, blinzelte irritiert und hielt sich die Stirn. Er stemmte sich auf die Beine, sah überall Sternchen. Schwer atmend, stützte er sich auf die Herdplatte. Langsam kehrten die Erinnerungen zurück. Ach so … wie spät war es denn? Hatte er geschlafen? Wo war die Verspätung? Er humpelte in ihr Zimmer, wo auf dem Nachttisch neben dem Bett der Radiowecker stand. Kurz nach halb neun. Also abends? Er blickte zum Fenster. Draußen war es taghell.

Dreck, dachte er und ließ sich auf das Bett fallen. Das hätte nicht passieren dürfen. Völliger Wahnsinn, unverantwortliches Risiko. Man musste sich nur einmal ausmalen, was alles hätte geschehen können, wenn die Verspätung heimgekommen wäre. Wahrscheinlich wäre er längst auf dem Weg in die Strafanstalt Moabit. Offenbar hatte sie die Nacht woanders verbracht, da hatte er Glück –

Abrupt, mit einer eckigen Bewegung, erhob er sich. Die Verspätung hatte die Nacht woanders verbracht. Also bei einem anderen Mann? Bei Schleicher? Aber hatte die Schleicherfrau das nicht ausgeschlossen? Mit ein paar schnellen Schritten war er bei der Tür, schon hatte er die Klinke in der Hand – im letzten Moment hielt er inne. Ihm war nicht klar, merkte er, wohin er eigentlich wollte. Zurück auf den Dachboden? Wo Gieshüblers Käfig lag? Bei dem Gedanken an Gieshübler spürte er ein Ziehen im Bauch, und er ließ die Klinke los und betrachtete unschlüssig das Poster des *Paten*.

Er trat ins Bad, um sich erst einmal kühles Wasser ins Gesicht zu klatschen. Kühles Wasser war gut, ein Kaffee wäre noch besser gewesen, aber kühles Wasser war immerhin ein Anfang. Er schlief ja fast noch. Aber kaum hatte er den Wasserhahn zugedreht und sich aufgerichtet, durchzuckte es ihn. Himmelherrgott, dachte er, als er sich selbst im Spiegel erblickte, wie sah er denn aus! Er lachte auf, wollte sich abwenden, konnte sich aber doch nicht recht von seinem Spiegelbild lösen. Abgemagert, sogar sehr, die Wangenknochen bohrten sich förmlich aus der Haut; außerdem war er bleich, beinahe weiß. Dunkle Ränder unter den Augen. Dass ihm ein zwei Wochen alter Bart im Gesicht stand, war ihm bewusst gewesen. Aber wie schauderhaft ungepflegt das aussah, gerade auch zusammen mit seinen Haaren, die in dicken, fettigen Strähnen in alle Richtungen von seinem Schädel abstanden – damit hatte ja keiner rechnen können. Er hatte sich abgewandt, aber nun drehte er sich doch wieder zum Spiegel und warf sich selbst einen feindseligen Blick zu. Beinahe noch mehr als der Anblick, den er bot, ärgerte er sich über die Art und Weise, auf die er davon erfahren musste. Der Held, der sich im Spiegel seiner Verwahrlosung bewusst wird – das war unterste Schublade, eine Beleidigung seiner Ehre als Literaturwissenschaftler!

Erfüllt von plötzlichem Zorn, griff er sich den rosaroten Rasierer, der am Badewannenrand lag, seifte sich das Gesicht ein und begann, sich den idiotischen Bart aus dem Gesicht zu schaben. Gar nicht so leicht, es zwickte und kratzte, und an ein paar Stellen ratschte er sich auch den Hals auf.

Unmöglich, das war alles absolut unmöglich, wie das hier lief, dachte Kress, während er die Klingen, die wirklich stumpfer nicht hätten sein können, über sein Kinn zog. Er hatte sich gehenlassen. Damit war Schluss. *Attacke, Attacke, Attacke* – so musste fortan sein Motto lauten. Er würde sein Studium wieder aufnehmen, mit Bravour würde er es beenden. Im Anschluss würde er alles daransetzen, absolut alles, in die Leitung des Instituts aufzusteigen. Sobald er dort war, würde seine erste Amtshandlung, die allererste, darin bestehen, Schleicher, diese Pottsau, rauszuwerfen, achtkantig rauszuwerfen, ihn unter Aufsicht abtransportieren zu lassen und ihm Hausverbot zu erteilen. Und dann, wenn er das alles erreicht hatte, dann, ja, dann …

Mit einem lauten Schrei schleuderte er den Rasierer von sich. Er knallte gegen das Fenster und rutschte hinter das WC. Aufgebracht wusch sich Kress die verbliebene Seife ab und betrachtete sein Gesicht. Bitte, es ging doch. Unbegreiflich, dass die Verspätung ihm jemals hatte widerstehen können. Plötzlich blickte er auf. Waren das Schritte, draußen im Treppenhaus?

Eine Sekunde lang stand er mit gespitzten Lippen im Badezimmer und lauschte. Ja, Schritte. Oder nicht? Beunruhigt schlich er in den Flur und legte ein Ohr an die Tür. Ja, doch, eindeutig. Aber zu laut, als dass sie zur Verspätung hätten gehören können. Ein regelrechtes Poltern war das, was da die Treppe hochkam. Er hastete in die Küche. Dort, neben der Spüle, stand eine Weinflasche. Gestern Abend schon war sie ihm aufgefallen. Er schnappte sich die Flasche. Schlagbereit postierte er sich neben die Wohnungstür und horchte.

Die Schritte, schwer und dumpf, waren jetzt ganz nah. Sicher schon im vierten Obergeschoss. Kress hielt die Luft an. Draußen rasselte etwas, wahrscheinlich ein Schlüssel. Vielleicht sollte er die Tür als Erster aufreißen? In diesem Moment erklang im Flur eine Stimme. Eine Frauenstimme, aber dunkler und älter als die Stimme der Verspätung. Mehrere Sekunden lang war Kress wie schockgefroren, unfähig, einen klaren Gedanken zu denken. Dann wurde die Stimme leiser, und Kress begriff, dass dort jemand zu telefonieren begonnen hatte. Kurz darauf wurde eine Tür zugestoßen und die Stimme verklang.

Fehlalarm. Erschöpft stellte Kress die Weinflasche auf den Boden. Trotzdem fühlte er sich mit einem Mal unwohl. Er hatte sein Glück schon viel zu sehr strapaziert. Er trat ins Zimmer, glättete die Beule in der Tagesdecke, blieb stehen und lauschte: nichts. Er ging in die Küche. Auch dort waren unzweifelhaft zehntausend Details durcheinandergeraten. Kopfschüttelnd beseitigte er den Zigarettenstummel, der auf dem Tisch lag. Er bückte sich nach dem Geschirrspültuch, mit dem er sich gestern die Hand verbunden hatte. Das Tuch war hin, überall Blut. So gut es ging, stopfte er es sich in die Hosentasche. Er zog den Küchenschrank auf, nahm ein frisches Tuch und hängte es über den Griff des Herds. Die Espressokanne fiel ihm ihn den Blick.

Er trat in den Flur und legte abermals das Ohr an die Tür. Als nichts zu hören war, öffnete er sie einen Spaltbreit, lugte hinaus. Irgendwo weiter unten heulte ein Staubsauger.

Etwa eine halbe Minute blieb er so stehen und lauschte. Aber es war wirklich überhaupt nichts Verdächtiges zu hören, und also drückte er die Tür wieder zu. Seine Unzufriedenheit war zurück, merkte er. Er trat in die Küche, verschränkte die Arme und bedachte die Espressokanne mit einem grimmigen Blick. Neuerlich zog er den Küchenschrank auf. Ganz oben, hinter einer Packung Zucker, fand er das Espressopulver. Eine halbe Minute später stand die frisch verschraubte Kanne auf dem Herd und die bläuliche Gasflamme umzüngelte ihren Boden.

Kress hatte sich einen Küchenstuhl an den Gasherd gezogen. Die Ellenbogen auf die Knie gestützt, lauschte er dem Zischen der Flamme und betrachtete dabei missmutig seine Schuhe.

Wie hatte das alles bloß so weit kommen können? Er hatte, musste man sagen, eine ganze Reihe außerordentlich schlechter Entscheidungen getroffen. Überhaupt niemals hätte er auf den Dachboden ziehen oder die Schlüssel kopieren dürfen. Das war alles kolossal falsch gewesen. Dieses ganze Verhalten der vergangenen Wochen musste einer gründlichen Neubewertung unterzogen werden, allein für diese Neubewertung musste man im Grunde einen regelrechten Projektplan aufstellen, also Problembeschreibung, Analyse der Ursachen, Ableitung von Maßnahmen, unzweifelhaft gab es da eine ganze Menge Fachliteratur, die musste er sich jetzt einmal in aller Ruhe zu Gemüte führen. Er war immer noch wirklich sehr müde, merkte er, vielleicht sollte er sich noch einmal hinlegen?

Die Kaffeekanne röchelte. Er stand auf, um sich eine Tasse aus dem Schrank zu holen – und erstarrte. Er schnellte zum Herd, drehte das Gas ab, horchte. Ja, da war etwas, draußen auf dem Flur.

In plötzlicher Panik hastete er zurück an die Tür und griff sich die Weinflasche. Beinahe im selben Moment rumste es von draußen gegen die Wand. Kress stand neben der Tür, die Flasche in der Hand, den Arm ausgestreckt. War da jemand? Da hörte er hinter der Tür das Rasseln eines Schlüsselbunds. Mit zwei schnellen Schritten war er im Verspätungszimmer.

Sie war zurück, Himmel, was für ein Idiot er war! Wohin? In den Kleiderschrank? Er machte einen Satz in Richtung des Schranks. Sofort blieb er stehen. Der war mit Kleidern voll. Unters Bett! Aber unter dem Bett lagen alle möglichen Kisten und Kartons. Verzweifelt blickte er sich um. Im Türschloss klickte es jetzt. Vielleicht, dass er die Tür zudrücken sollte? Aber das hätte alles nur noch schlimmer gemacht.

Hinter die Zimmertür, das war der einzige Ausweg. Wenn er die Zimmertür zuzog, dann, vielleicht, mit etwas Glück, würde sie ihn nicht entdecken. Er schob die Tür zur Seite. In der Ecke stand der schwarze Cellokasten, ziemlich angestaubt. Egal, er schmiegte sich so weit wie möglich an das Instrument und zog die Zimmertür gerade in dem Moment vor seinen Kopf, in dem unter leisem Quietschen die Wohnungstür aufgedrückt wurde.

Sie hüstelte. Sie war es, die Verspätung, er war sich ganz sicher. Er spürte, wie ihm die Knie weich wurden. Gott, die ganze Wohnung roch ja nach Kaffee, was für ein Idiot er war! Er drückte sich in die Ecke, der verfluchte Cellokasten nahm viel zu viel Platz weg.

Jetzt schritt sie durch die Wohnung. Schritt, wie ihm schien, in die Küche. Etwas klapperte, kurz rauschte es, dann – Stille. Eine knappe Minute verging, ohne dass etwas geschah. Kress hatte das Gefühl, den Verstand zu verlieren. Fieberhaft ging er die Optionen durch. Etwas sagen – aber was? Die Stimme verstellen, ihr drohen? Oder das Gesicht verdecken und einfach auf gut Glück aus der Wohnung stürmen?

Aber wo war sie denn? Er neigte den Kopf zur Seite, um besser hören zu können. Wieder verstrichen Sekunden – da, auf einmal: ein Knarren. Im nächsten Augenblick begriff er, dass sie wieder im Flur sein musste. Schlich sie? Hatte sie Verdacht geschöpft?

Plötzlich bewegte sich die Tür, seine Tür, einige Millimeter auf ihn zu. Kress riss die Augen auf, er hielt die Luft an. Schon berührte der Lack seine Nasenspitze. Er zog den Bauch ein, so gut es ging, presste er sich gegen die Wand. Er steigerte den Druck um den Flaschenhals, spannte den Armmuskel an.

Einziger Ausweg: Er musste zuschlagen. Allerdings, die Flasche neben seinem Bein befand sich in einer außerordentlich ungünstigen Schlagposition. Darüber hatte er vorher nicht nachgedacht. Wenn er schlug, dann nach oben, sehr ungünstig für die Kraftentwicklung. Bestenfalls würde er sie am Kinn erwischen. Mit etwas Glück wäre sie so benommen, dass er Zeit genug hatte, vorzustürmen und ihr einen zweiten, effizienteren Schlag zu verpassen, direkt auf den Schädel, oder vielleicht in den Nacken. Er drückte den Flaschenhals noch fester, merkte, wie sein ganzer Körper unter Strom stand. Es war ihm, als spüre er bereits das Gewicht der Schuld, die er im Begriff war, auf sich zu laden.

Wiederum knarrte es, diesmal direkt hinter der Tür. Beinahe schien ihm, er könne sie atmen hören. Handeln, er musste handeln. Solange das Überraschungsmoment auf seiner Seite war.

Eins.

Seine Hände waren eiskalt und zugleich klitschnass. Auch auf seiner Stirn und auf seiner Kopfhaut hatten sich Tropfen gebildet. Jetzt liefen sie ihm in die Augenbrauen. Es kitzelte.

Zwei.

Er biss die Zähne zusammen, presste die Augen zu, versuchte, irgendetwas auf der anderen Seite zu hören.

Drei.

Aber seltsam, anstatt die Tür zur Seite zu rammen, blieb er einfach stehen, regte sich nicht. Jetzt, dachte er, jetzt, jetzt, jetzt!

Zugleich wusste er, dass der Moment schon verstrichen war: Er würde es nicht tun. Eine ungeheure Erleichterung durchströmte ihn. Um ein Haar wäre er hinter der Tür hervorgestürmt, um die Verspätung zu umarmen, aus reiner Dankbarkeit dafür, dass sie noch lebte, unversehrt. Er atmete aus und verlagerte das Gewicht vom linken aufs rechte Bein und …

Wann immer Kress in seinem späteren Leben an diesen Moment zurückdachte – den Moment, in dem er das Gewicht von einem Bein auf das andere verlagerte –, schnitt das Knarren der Dielen, das diese winzige Veränderung auslöste, durch alle anderen Geräusche hindurch: das Geräusch seines Atems. Das Rauschen des Kühlschranks. Das leise Poltern eines Autos über die Pflastersteine. Vermutlich war es in Wahrheit nichts als ein ganz gewöhnliches, knappes Knacksen. In seinem Kopf aber war es, als höre er jeden einzelnen der mikroskopischen Hohlräume im Inneren des Holzes bersten, während sie unter der Last seines Gewichts zusammenbrachen. Und dieser unerhörte Krach wurde in seiner Wirkung überboten nur von der Stille, die auf ihn folgte. Sie währte nur einen Herzschlag.

Was dann geschah, in den drei oder vier Sekunden, die folgten, daran blieben Kress nur schemenhafte Erinnerungen. So viel wusste er, dass sich, sobald das Knarren der Dielen verklungen war, sein Körper zusammenkrampfte. Plötzlich, mit seinem ganzen Gewicht und seiner ganzen Kraft, warf er sich gegen die Tür. Mit einem Riesenkrach schlug sie zur Seite. Er preschte vor, riss die Weinflasche hoch, holte weit aus und wollte sie eben niederrasen lassen – da bemerkte er, dass dort, wo er hinschlagen wollte, nichts war, überhaupt nichts – nur Luft. Er geriet ins Schlingern, strauchelte, die Weinflasche rutschte ihm aus der Hand, halb rollte, halb schlitterte er über den Boden und krachte gegen das Bett.

Er machte ein stöhnendes Geräusch, sein Kopf hatte etwas abbekommen, der Schädel fühlte sich an, als würde darin der Klöppel einer Kirchenglocke die volle Stunde schlagen. Er rollte sich auf den Rücken, beide Hände schützend vor sein Gesicht, bereit hochzuspringen – aber es war niemand da.

Irritiert setzte er sich auf. Der rote Rucksack der Verspätung lag auf der Schwelle zum Zimmer. Zur Seite gekippt, der Inhalt auf dem Boden verteilt. Ein Etui. Eine Plastikflasche Wasser. Eine Rolle Geschenkpapier. Die Zimmertür war zurückgefedert und eröffnete den Blick in den leeren Flur. Die Wohnungstür stand offen, sperrangelweit ins Treppenhaus.

»Madeleine?«, rief er, wartete, erhielt aber keine Antwort.

»Madeleine? Ich bin es, Kress.« Er neigte den Kopf ein Stück nach rechts, um besser in den Flur sehen zu können. Als er niemanden sah, erhob er sich unter leisem Ächzen. Seine Beine waren etwas wacklig.

Er trat an den Rucksack. Ein dickes Buch, halb verdeckt von einem Notizblock, fiel ihm ins Auge. Behutsam schob er den Block zur Seite, so weit, bis er den Titel des Buchs lesen konnte: *Die Phasen der Schwangerschaft*.

Einige Augenblicke verharrte er so, starrte das Buch an und versuchte zu verstehen. Alles flirrte. Alles drehte sich. Etwas zuckte in seinem Gesicht.

Er rieb sich über die Wange, hob seinen Kopf. Im Treppenhaus war niemand zu sehen.

Langsam schob er die Hand in die Hosentasche. Der Bund mit den Schlüsseln zu ihrer Wohnung hatte sich in seinem Portemonnaie verhakt, er musste ein wenig daran herumzupfen, um ihn freizubekommen. Kurz zögerte er, dann, mit einer schnellen Bewegung, gut sichtbar, legte er ihn auf den Rucksack.

Er drehte sich noch einmal nach ihrem Zimmer hin um. Draußen war es endgültig Tag geworden. Auf dem Balkon war eine Pflanze zu sehen, eine Ranke, die sich einen Bambusstab emporwand. Den ganzen Sommer über hatte Madeleine die Pflanze täglich gegossen. Vom Dachboden aus hatte er sie dabei beobachtet. Jetzt war die Ranke so hoch, dass sie das obere Ende des Bambusstabs umschlängelte und sich bereits ein Stück darüber hinaus in den Himmel flocht.

Er atmete aus. Seine Lippen öffneten sich und formten ein Wort. Ganz leise, im Grunde nicht wahrnehmbar. Er senkte den Blick und stieg über den Rucksack hinweg. Nichts war zu hören als das Knarren der Dielen. So leise wie möglich zog er die Tür hinter sich zu.

Kapitel 5

Wie seltsam das war, U-Bahn zu fahren. Auf der Bank zu sitzen, an die Plexiglasscheibe gedrückt, die Schulter des Nachbarn zu spüren und in die leeren Gesichter zu schauen, die auf den Boden stierten oder hoch in die Fernseher: Jeder für sich, jeder seinen eigenen Gedanken nachhängend, als wäre nichts, gar nichts geschehen. Seit einer Weile schon betrachtete er einen jungen Mann, der an der Schiebetür gegenüber stand und ein Bündel auf die Brust gebunden trug, aus dem zwei winzige nackte Füße heraushingen, und der sich an eine Gummilasche klammerte und mit müden Augen aus dem Fenster sah. Jetzt erwiderte er Kress' Blick, und dieser, plötzlich schreckhaft, beeilte sich, seine Aufmerksamkeit in die andere Richtung zu lenken.

Die Verspätung hatte ihn gesehen, daran zweifelte er nicht. Durch das Guckloch irgendeiner Nachbarwohnung. Spätestens, als er aus ihrem Wohnhaus gekommen war, von irgendeinem Versteck aus. Und selbst wenn sie ihn nicht gesehen hatte, so war ihre Wohnung übersät mit seinen Fingerabdrücken. Die Polizei brauchte bloß hier und da ein wenig zu pudern, schon würden diese Fingerabdrücke in allerschönster Klarheit erscheinen. Es spielte keine Rolle. Er verdiente es, bestraft zu werden. Um ein Haar hätte er eine Katastrophe angerichtet. Nicht sie war davongekommen, sondern er, dahingehend machte er sich keine Illusionen.

In seiner Straße hatte ein neues Café eröffnet, dort, wo vorher die türkische Bäckerei gewesen war. Die Sonne schien hell und warm vom Himmel, und Kress wechselte auf die gegenüberliegende Straßenseite, wo Schatten war. Halb hatte er erwartet, vor seinem Wohnhaus ein Dutzend Polizeiwagen mit kreiselndem Blaulicht vorzufinden. Stattdessen kam ihm, als er sich der Haustür näherte, lediglich der Nachbar aus dem Erdgeschoss entgegen. Er trat durch den Hinterhof ins Treppenhaus. Nichts hier schien sich verändert zu haben. Sogar der feine, süßliche Geruch, als hätte jemand gebacken, war ihm vertraut. Langsam nahm er die vierzig Stufen zu seiner Wohnung.

Seltsam, sein Name stand noch am Klingelschild. Er kramte den Schlüssel hervor und schob ihn ins Schloss. Unendlich langsam knarrte die Tür vor ihm auf. Etwa auf der Hälfte stieß sie gegen die Pfandflaschen.

Eine Weile lang konnte sich Kress nicht dazu durchringen, einzutreten. Er stand in der Tür, es war ihm, als wehe ihn eine seit unendlicher Zeit verlorene Vergangenheit an. Wie jemand, der nach Jahren in das Haus zurückkehrt, in dem er aufgewachsen ist, und überwältigt wird von den Gefühlen der Kindheit. Bloß dass die Gefühle, die in ihm aufstiegen, als er in den düsteren Flur blickte, eher vertrockneten Mumien glichen, die bei jeder noch so sanften Berührung auseinanderbrachen und zu Asche zerfielen.

Langsam, über die Pfandflaschen hinwegsteigend, trat er in die Flurdüsternis. In der Tür zum Arbeitszimmer blieb er stehen. Die Luft war warm, abgestanden, es roch nach Staub und Papier. Die schweren Vorhänge waren vor die Fenster gezogen, nur an den Rändern fiel das diffuse Hinterhoflicht ein.

Er stand in der Tür und sah das Zimmer an, als wäre es ein Fremder. Die völlig durchgesessene Biedermeiercouch, notdürftig überzogen mit einem grindigen Laken, so als sei er eben erst aufgestanden. Der Schreibtisch, die ausrangierte Tischplatte mit ihren Stapeln von Büchern und Notizen, Tassen, Tellern, Briefumschlägen, Tesarollen, einzelnen Socken, mittendrin der Abdruck seines Gebisses, der vor einigen Jahren einmal für seine Beißschiene angefertigt worden war. Und überall Umzugskartons, Umzugskartons, Umzugskartons, aufgerissene, geschlossene, zur Seite gekippte, an den Wänden, mitten im Raum, voller Bücher, voller Kleider, ohne jedes Ordnungsprinzip.

Hier hatte er gelebt. Sieben Jahre lang. Es war schwer zu glauben.

Kress wollte kein Mitleid, von niemandem, am wenigsten von sich selbst. Aber wie er so an die Wand gelehnt saß, reglos, die Knie an den Körper gezogen und mit den Armen umfangen, und das einzige sichtbare Zeichen für das Vergehen der Zeit die Veränderungen im Licht waren, das durch die Spalten an den Rändern der Vorhänge fiel und feine Muster auf die vergilbte Tapete warf, musste er sich eingestehen, dass er sich an Momente erinnern konnte, in denen es ihm besser gegangen war. Irgendwo hatte er einmal gelesen, dass es eine Komponente im Herzen gab, die den Herzschlag verursachte, indem sie winzige elektrische Impulse in den Herzmuskel sandte. Unter bestimmten Umständen, hatte er gelesen, konnte es medizinisch notwendig werden, die Verbindung dieses sogenannten Sinusknotens zum Herzen zu kappen, so dass das Herz von sich aus nicht mehr zu schlagen imstande war.

So fühlte sich Kress: Als wäre die Verbindung seines Sinusknotens zu seinem Herzmuskel durchtrennt worden.

Er versuchte sich vorzustellen, wie es jetzt weitergehen würde. Er konnte zurück in die Universität gehen. Zu Frau

Stöhr und um seine Wiedereinstellung bitten. Oder zu Doktor Schleicher, irgendeine Geschichte erfinden. Aber das alles war unendlich weit weg. Hätte ihm jemand gesagt, als Nächstes fliege er zum Mond, es wäre ihm nicht weniger glaubhaft erschienen.

Das Schlimmste an alledem war, dass niemand anders verantwortlich war. *Er* war auf den Dachboden gezogen, hatte über Wochen die Verspätung ausgespäht. *Er* war in ihre Wohnung eingebrochen, wieder und immer wieder. *Er* war es, der sie beinahe umgebracht hatte. Umgebracht, mit einem Kind im Bauch. Er, niemand sonst. Der Held war ein Held, weil er sich auflehnte gegen das Schicksal, das ihn zerschmettern wollte. Aber was war denn das, Schicksal? Langsam, während er an die Wand gelehnt saß und ins Zwielicht stierte, dämmerte ihm, dass das vielleicht man selbst war. Aber sich selbst konnte man nicht entkommen.

Kress hatte Menschen, die sich das Leben nahmen, stets verachtet; hatte sie verdächtigt – insbesondere, wenn sie gut sichtbar und mit besonderer Dramatik ans Werk gingen –, sich in einem finalen Aufbäumen selbst ein Denkmal setzen zu wollen. So als wollten sie sagen: Seht her, ihr alle, im Leben habt ihr mich ignoriert, wenigstens im Tod könnt ihr mich nicht übersehen. So etwas kam nicht in Frage.

Mehr als zwei Stunden lang hatte er an der Wand gesessen. Jetzt, langsam, erhob er sich. Sein linkes Bein war eingeschlafen. Mit einem schrägen Lächeln auf den Lippen und sehr müden Augen humpelte er in die Küche. Auch hier: Umzugskartons. Der Schimmel, der sich auf dem verkrusteten Geschirr im Spülbecken gebildet hatte, war seit Ewigkeiten vertrocknet. Gieshüblers Wasserschälchen, eine kleine rote Porzellanschüssel mit weißen

Herzchen an den Seiten, stand immer noch auf dem Fensterbrett. Der Anblick bohrte sich förmlich in ihn hinein.

Vermutlich würde die Hausverwaltung die Chance ergreifen und die Wohnung renovieren, wie sie die Vorderhauswohnung des alten Mannes renoviert hatte, der im letzten Jahr gestorben war. Sicher war das eine gute Investition, in der Gegend hier sprossen Cafés und Galerien schneller als Pickel im Gesicht eines Jugendlichen. Er dachte an den Angestellten der Hausverwaltung, mit dem er diese Wohnung besichtigt hatte, sieben Jahre zuvor. Wie hatte der noch geheißen? Mittelwald? Mittelbeck? Es war egal, in zwei oder drei Monaten würde irgendein Student einziehen und sich der frisch abgezogenen Dielen und des frisch gefliesten Bades erfreuen, und natürlich würde dieser Student nicht die geringste Ahnung davon haben, was hier geschehen war. Für Doktor Schleicher würde er allenfalls eine Fußnote im Laufe seiner langen akademischen Karriere sein. Die Verspätung würde ihn schneller vergessen, als er bis drei zählen konnte. Allenfalls Mona würde sich an ihn als jemanden erinnern, der sie nicht gut behandelt hatte.

Er runzelte seine Stirn. Wie ging man so etwas an? Alle seine Messer waren totale Krücken. Er hatte immer geplant, einen Schleifstein anzuschaffen, aber vor dem Hintergrund seiner Zukunftspläne war das jetzt vermutlich rausgeschmissenes Geld. Vielleicht Gas? Er betrachtete seinen Gasherd. Von allen Lösungen war Gas doch die harmloseste, oder nicht? Er musste bloß irgendwie dafür sorgen, dass der Knopf, den man drückte, damit Gas durch die Leitung floss, eingedrückt blieb. Normalerweise flutschte der immer zurück.

Von seinem Schreibtisch holte er sich eine Rolle Klebeband, drückte den Knopf und klebte einen Streifen darüber. Das Ganze hielt kaum zwei Sekunden, dann gab es einen Klick und der Streifen hatte sich wieder gelöst.

Er versuchte es erneut, klebte einen weiteren Streifen fest, diesmal senkrecht, und als das einigermaßen zu halten schien, einen dritten und einen vierten, so dass die Streifen einen Stern bildeten. Das schien zu reichen. Allerdings, etwas anderes stimmte nicht. Einige Sekunden lang betrachtete er den Herd voller Irritation und fragte sich, was genau ihn störte. Dann bemerkte er, dass es überhaupt nicht zischte. Er beugte sich herab und versuchte den typischen Gasgeruch zu erschnüffeln, von dem es hieß, er entstehe durch die Anreicherung mit dem Gestank fauler Eier. Aber seltsam, da war nichts. Er versuchte die anderen Herdplatten, aber auch die anderen Herdplatten reagierten nicht. Er trat an die Tür und legte den Lichtschalter um. Nichts.

Mit einem Mal kam ihm die Bankkarte in den Sinn, die der Geldautomat vor einigen Tagen verschluckt hatte. Konnte das wahr sein? Dass der Strom abgestellt worden war? Und das Gas?

Er lachte auf, das war ja lächerlich! Er rieb sich die Augen. Vielleicht, dass er jetzt vom Dach springen sollte? Aber irgendwie widerstrebte ihm das, er konnte sich nicht recht vorstellen, dass er den Mut aufbringen würde. Und außerdem wollte er Aufsehen ja gerade vermeiden.

Es war in diesem Moment, dass es an der Tür klopfte. Kress erstarrte. Also doch Polizei? Er trat an die Wohnungstür und lugte durch den Spion. Draußen, auf dem Flur, stand der Postbote. Oder ein Polizist, der sich als Postbote ausgab? Er überlegte, ob er die Kette vorlegen sollte – aber dann entschied er sich dagegen und öffnete ganz einfach die Tür.

»Na, da schau an.«

Der Postbote, er war ziemlich klein und trug, wie Kress sofort bemerkte, einen goldenen Ohrring, stellte ein außerordentlich genervtes Gesicht zur Schau. Kress betrachtete den Mann mit einer Mischung aus Irritation und Abneigung, wollte etwas sagen, kam aber nicht dazu, weil der Mann sofort loszureden begann.

»Ich sag's Ihnen mal ganz ehrlich, das, was Sie da mit mir machen, ist eine absolute Schweinerei. Ich hab's bis hier, ja? Bis hier! Draußen herrschen gefühlte sechzig Grad im Schatten! Ich fahre mit dem Fahrrad, ja? Vielleicht haben Sie das ja noch nie gemacht, bei solchen Temperaturen mit dem Fahrrad zu fahren, aber ich sag es mal so: Ein Tag im Freibad ist angenehmer. Glauben Sie mir nicht? Fühlen Sie sich herzlich eingeladen, mal an meinen Achseln zu schnuppern.«

Kress blickte den Postboten entgeistert an.

»Verzeihung?«

»Ihr Briefkasten, Mann! Ihr Briefkasten ist so voll, die Mafia hätte Schwierigkeiten, da einen kleinen Zeh reinzuquetschen. Geschweige denn so was hier«, er wedelte mit einem Brief. »Ich laufe seit zwei Wochen zu Ihnen hoch, um Ihnen Ihre Post hier durch den Türschlitz zu werfen, und jetzt stellt sich heraus: Der Herr ist daheim und womöglich einfach zu bequem, seinen Briefkasten zu entleeren. Damit ist Schluss. Ich hab Sie gesehen, ich weiß, dass Sie da sind. Wenn ich morgen wiederkomme und Ihr Briefkasten ist immer noch voll, dann lasse ich Ihre Post als unzustellbar zurückgehen, *capisce?*«

Kress wusste nicht recht, was er darauf erwidern sollte, er nickte, dann nahm er den Brief entgegen und sah dem Postboten zu, wie er irgendwelche Verfluchungen murmelnd die Treppe herunter verschwand.

Er betrachtete den Umschlag in seiner Hand. Er stammte von seiner Hausverwaltung, der Eureka/Rivers Property Management GmbH. Er ratschte ihn auf. Seine Miete war zum wiederholten Mal nicht überwiesen worden. Die Hausverwaltung kündigte ihm die Wohnung. Kress seufzte, zerknüllte den Brief und warf ihn in den Flur. Er griff sich den Schlüsselbund, der auf dem nunmehr nutzlosen Zählerkasten lag, und stapfte die Treppe herunter.

Vor seinem Briefkasten stand wieder das Fahrrad, das dort vor einigen Monaten schon gestanden hatte. Irgendwie, es überraschte ihn nicht. Er schob das Gefährt zur Seite und schloss seinen Briefkasten auf. In der Tat, viel Platz war darin nicht. Er hob den Inhalt heraus, entsorgte an Ort und Stelle den offensichtlichen Werbemüll in die Briefkästen der Nachbarn und trat mit den verbliebenen Briefen auf die Treppe. Sechs von der Bank, vier von seinem Stromlieferanten, drei von seinem Gaslieferanten, auch der ADAC und die Evangelische Kirchengemeinde wollten etwas von ihm. Plötzlich stockte er.

Er stand auf der halben Treppe ins erste Obergeschoss und hielt einen handschriftlich beschriebenen Umschlag zwischen den Fingern. Der Umschlag war an ihn adressiert, nur mit seinem Nachnamen. Er drehte ihn um. Mona. Wie zum Teufel hatte Mona seine Adresse herausgefunden?

Er ratschte den Umschlag auf. Eine einzige, mit blauem Füller geschriebene Seite steckte darin. Im ersten Augenblick hatte Kress Schwierigkeiten, Monas etwas abenteuerliche Handschrift zu entziffern, aber nach ein paar Sekunden hatte er sich daran gewöhnt. Mit jedem Satz, den er las, mit jedem Wort beschleunigte sich sein Herzschlag. Die anderen Briefe rutschten ihm aus der Hand, verteilten sich über die Stufen. Er konnte nicht glauben, was er da las. Er schluckte, blickte auf, las den Brief von vorn. An seinem Inhalt änderte sich dadurch nichts.

Nein, auf keinen Fall! Auf gar keinen Fall! Damit hatte er nichts zu tun. Er sah sich um, halb erwartete er, dass ihn jemand beobachtet hatte, aber es war niemand da. Stocksteif trat er die Treppen herunter. Im Innenhof war er allein mit den rostigen Fahrrädern, die an den verwaschenen Wänden standen. In der Mitte war der Asphalt aufgeplatzt. Er schwankte an die blaue Papiermülltonne, öffnete sie. Wie benommen warf er den Brief hinein und wandte sich ab. Sofort blieb er stehen. Er blickte nach oben, in das kleine Rechteck Himmel, das sich zwischen den Fassaden öffnete. Alles war blau. Sie waren nicht zu sehen, aber anhand ihres Gurrens verrieten sich ein paar Tauben, die auf den Dächern unterwegs sein mussten.

Kress drehte sich um. Die Lippen ein Stück weit geöffnet, zog er die Mülltonne auf. Zögerte. Der Brief lag zuoberst auf einem Stapel Zeitungen und geplätteter Kartons. Er nahm ihn in die Hand.

Und begann zu rennen.

Er rannte seine Straße hinauf, an eintausend kleinen Cafés vorüber, die alle in der vergangenen Woche eröffnet hatten, an Cappuccino- und Schorletrinkern, die um hölzerne Tische saßen, von denen jeder handgefertigt war, jeder ein Unikat, jeder mit einer zartrosa blühenden Rose darauf. Weiter, an einer türkischen Großfamilie vorbei, die gemächlich mit ihren Kinderwagen den Gehweg pflügte, bis hoch zur Einmündung der Hermannstraße, die bewacht wurde von drei Telefonsäulen mit purpurfarbenen Häubchen. Keuchend preschte er über die Straße, zwischen hupenden Autos hindurch, passierte sein Internetcafé und stoppte mit beiden Armen, wie ein Andreaskreuz, das nächstbeste Taxi.

Drinnen, im Wagen, kam aus dem Radio *The Girl from*

Ipanema, in der 1964er Version von Astrud Gilberto und Stan Getz, und Kress, indem er sich in den Sitz warf, war eine Sekunde lang wie paralysiert, ehe er dem Taxifahrer den Briefumschlag mit Monas Adresse unter die Augen hielt. »Können Sie nicht schneller fahren, es geht um Leben und Tod«, sagte er, und kaum hatte er das gesagt, begriff er, dass er damit den Nagel auf den Kopf getroffen hatte. Plötzlich fiel ihm ein, dass er überhaupt kein Geld bei sich trug, und er setzte ein hochverbindliches Lächeln in Richtung des Taxifahrers ab, der ihn aus dem Rückspiegel heraus misstrauisch im Auge behielt. An der nächsten roten Ampel riss er die Tür auf und stieß aus dem Wagen.

Keine fünfundzwanzig Minuten nachdem er den Brief gefunden hatte, erreichte er das Haus mit der Nummer 63. Wie es aussah, befand sich im Erdgeschoss ein Kindergarten. Jetzt, während er sich näherte, öffnete sich die Haustür und vierundzwanzig kleine Füße in Gummistiefeln trappelten vor ihm auf den Gehweg. Er nutzte die Zwangspause, um sich gegen die Hauswand zu lehnen, Atem zu holen und sich das Gesicht trockenzuwischen, und schlüpfte dann durch die sich schließende Tür ins Innere. Monas Nachname teilte sich das Schild am Briefkasten mit zwei weiteren Namen. Kress hastete die Treppe hoch. Das Treppenhaus war erfüllt von verschiedenen Mittagessengerüchen, aus irgendeiner der Wohnungen kam das Geklapper von Porzellan, Tellern und Bestecken.

Er klingelte an einer braunlackierten, doppelflügeligen Altbautür, strich sich, nervös auf den Zehenspitzen wippend, mit den Fingern durch die Haare, um seinen Scheitel einigermaßen in Form zu bringen, blickte an sich herab und begriff, dass er nach wie vor seine vollkommen verwahrlosten Kleider trug – da wurde die Tür einen Spaltbreit geöffnet.

»Ja?«

Kress erkannte die Frau an ihrem zur Hälfte geschorenen Schädel. Es war dieselbe, die damals mit Mona im Club die Kasse bewacht hatte.

»Ist Mona da?«

»Wer will das wissen?«

»Mein Name ist Kress«, sagte Kress.

Die Frau trat ein Stück aus der Wohnung.

»Nope.«

»Was heißt denn das, nope?«

»Nope, sie ist nicht da.«

»Ach so, sag das doch.« Kress war immer noch etwas atemlos. »Bist du sicher?«

»Allerdings«, die Frau verschränkte die Arme.

»Na gut.«

Doch dann, anstatt den Rückzug anzutreten, machte er plötzlich einen Satz auf die Frau zu, was diese, da sie offenbar nicht damit gerechnet hatte, dazu veranlasste, einen ebenso weiten Schritt zurückzuweichen.

»Ey!«

»Mona«, rief Kress mit gerecktem Kopf in die Wohnung, während die Frau ihn zurückdrängte, »Mona, ich bin es, Kress, ich muss dringend mit dir reden, Mona, bitte, es ist wirklich von außerordentlich beträchtlicher Wichtigkeit.«

»Du hast ja ein Rad ab«, die Frau stieß ihn mit beiden Händen zurück ins Treppenhaus, »wenn ich sage, sie ist nicht da, dann ist sie …« – aber in diesem Moment wurde die Wohnungstür zur Gänze aufgezogen.

»Ist gut, Kati, lass uns eine Sekunde allein, ja?«

Die fremde Frau, Kati, warf Kress einen abfälligen Blick zu.

»Bist du sicher?«

»Ich bin sicher.«

Mona trug ein weites blaues Kleid, das Kress irgendwo schon einmal an ihr gesehen hatte. Offenbar war sie beim Friseur gewesen, denn zum ersten Mal, seit er sie kannte, waren ihre Haare nicht völlig wild und zerzaust, sondern beinahe ordentlich zu einer Art Zopf zusammengebunden. Sie wartete, bis die Frau in der Wohnung verschwunden war, und zog die Wohnungstür ein Stück zu, so dass sie beide alleine waren im Treppenhaus.

»Ich hab dir doch gesagt, dass du hier nicht herkommen kannst.«

»Anrufen, hast du gesagt. Dass ich nicht anrufen darf.«

»Was willst du denn?«

»Mona, ich habe deinen Brief gelesen«, er hielt den Umschlag in die Luft. »Das, was du da schreibst«, er schluckte, »es ist absolut unmöglich, dass du das machst. Du kannst das nicht machen, Mona, das geht nicht.«

Mona sah ihn ungläubig an.

»Wovon redest du denn?«

»Hier«, er trat einen Schritt auf sie zu, »von dem Brief, den du mir geschrieben hast. Du kannst das nicht machen. Auf keinen Fall kannst du das machen.«

»Kress. Das ist fast einen Monat her, dass ich dir das geschrieben habe.«

Kress sah Mona an, wollte etwas sagen, wusste aber nicht, was. Er öffnete den Umschlag, zog den Brief hervor, der inzwischen etwas verknittert war. Ganz oben, in der rechten Ecke, hatte Mona das Datum notiert. Dritter August.

»Nein, das geht nicht«, stammelte er. Irritiert blinzelnd, blickte er auf. »Also ist es zu spät?«

»Du kannst mir doch nicht erzählen, dass du das erst jetzt gelesen hast. Das ist ja lächerlich.«

»Aber es ist die Wahrheit! Ich wusste das nicht. Und

wenn ich es gewusst hätte, ich wäre auf jeden Fall gekommen.«

»Ich kann das nicht glauben.«

»Aber es stimmt. Ich war nicht daheim, ich war«, er gestikulierte mit den Händen, »weg.«

Mona schien sogar noch unzufriedener als zuvor zu sein. Sie schüttelte den Kopf, sah auf den Boden.

»Ich hab's nicht getan, in Ordnung?«

Kress spürte, wie ihm flau im Magen wurde. Er hatte das Bedürfnis, sich zu setzen.

»Also bist du immer noch …?«

»Ja. Bin ich.«, Mona nickte unwirsch. »Aber du wirst nichts damit zu tun haben«, fügte sie sofort hinzu. »Verstehst du? Nichts. Gar nichts. Du weißt das jetzt, aber damit hat es sich auch.«

»Aber …«, flüsterte Kress.

»Kein Aber. Du bist raus, komplett. Das debattiere ich nicht. Mit niemandem, schon gar nicht mit dir.«

»Mona …«

»Und ich will nicht, dass du hier noch mal auftauchst.«

»Mona, ich …«

»Hast du das verstanden, Kress?«

Kress schloss seinen Mund. Er nickte, schaffte es aber nicht, Mona dabei in die Augen zu sehen.

»Dann, bitte, geh jetzt.«

Langsam, widerstrebend, drehte sich Kress um und trat auf die Treppe. Mona blieb in der Tür stehen. Er war bereits auf der zweiten Stufe, da drehte er sich noch einmal um.

»Mona, das funktioniert so nicht, du kannst mich nicht einfach …«

»Kress, bitte.«

»Darf ich wenigstens etwas fragen?«

»Was denn?«

»Nur, ob du weißt, ob es ein Junge wird oder ein Mädchen?«

»Kress …«

»Es ist nur, weil, ich habe gedacht, womöglich könnte ich einen Namen vorschlagen?«

Mona machte ein leidendes Gesicht.

»Was denn für einen Namen?«

»Ich habe gedacht – ich weiß nicht, ob das in Frage kommt –, aber vielleicht könntest du es Gieshübler nennen?«

»Du hast ja ein Rad ab.«

»Es ist nur eine Idee.«

»Ich schreib's auf die Liste.«

Kress nickte. Er spürte, dass es Zeit war zu gehen, und machte Anstalten, sich umzudrehen. Dann aber, für einen kurzen Moment, überkam ihn die Erinnerung an die letzte Nacht, die er mit Gieshübler auf dem Dachboden verbracht hatte, und er blieb stehen.

»Mona …«

»Kress, nein!«

»Mona. Ich weiß, dass du denkst, dass ich nicht geeignet bin, und ich verstehe es sogar, und es ist sicher auch etwas Wahres daran. Ich will mich auch überhaupt nicht aufdrängen, allerdings …«

»Du verstehst überhaupt nicht, worum es hier geht!«, rief Mona und trat drei Schritte auf ihn zu. »Du hast nicht die geringste Ahnung, Kress. Du denkst an dich, an dich, an dich, das ist alles, woran du denkst. Ich schreibe seit einem halben Jahrzehnt an einer Doktorarbeit, die keinen Hund interessiert und die mich niemals irgendwo hinbringen wird. Ich hangele mich von einem erbärmlichen Job zum nächsten. Ich habe *nichts*, Kress, *nichts, nichts, nichts*. Dieses Kind, das in meinem Bauch wächst und von dem das Unglück wollte, dass es ein paar deiner Gene hat, ist das *Einzige*, was in meinem Leben auf der Plusseite steht. Ich verspreche dir, dass ich ihm alle Liebe geben werde, zu der ich fähig bin. Aber ich werde es auch vor Leuten wie dir beschützen.«

Kress' Augen hatten sich mit Tränen gefüllt. Wie er jetzt blinzelte, liefen sie herab. Beinahe zornig rieb er sie sich aus dem Gesicht. »Das ist unfair.«

»Das soll *unfair* sein? Du hast es mit mir getan, und dann bist du abgehauen, Kress. Abgehauen! Du hast nicht mal die Güte besessen, dein idiotisches Zelt von meinem Grundstück zu räumen. Was glaubst du, wie ich mich gefühlt habe, als ich es abgebaut hab?«

»Es tut mir leid.«

»Das bringt mir nichts, Kress. Das bringt mich keinen Meter weiter.«

»Mona …«

»Was erwartest du denn von mir?«

»Ich erwarte gar nichts von dir, ich will lediglich …«

»Nein!« Mona schüttelte ihren Kopf. Ihrem gequälten Gesicht war aber deutlich ablesbar, dass sie selbst nicht recht glücklich war mit dem, was sie sagte.

Über ihnen wurde eine Tür geöffnet und wieder geschlossen, und ein dürrer Mann in Rennfahrermontur, ein Fahrrad über den Schultern, erschien auf dem Treppenabsatz. Er stockte, ganz offenbar hatte er nicht mit ihnen gerechnet, und mit eingezogenem Kopf, einen unverständlichen Gruß murmelnd, flink wie ein Karnickel, huschte er an ihnen vorüber die Treppe hinab.

»Würdest du wenigstens kurz eine Zigarette mitrauchen?«, sagte Kress, als der Mann verschwunden war und hielt die Packung Tabak in die Luft, die noch in seiner Gesäßtasche gesteckt hatte.

»Kress, ich bin doch schwanger …«

»Ach so, ja«, er nickte.

»Ich dachte, du rauchst nicht.«

»Das war doch deine Idee, dass ich damit anfange.«

Mona lachte auf. Ganz kurz, eigentlich war es kein richtiges Lachen. »Das ist nicht dein Ernst, oder? Übernimm mal Verantwortung.«

Er schob die Tabakpackung zurück in die Hosentasche.

»Dann musst du mich aber auch lassen.«

Mona blickte ihn hilflos an.

»Du, Kress, wie stellst du dir das vor? Dass du hier einziehst? Und wir plötzlich auf Familie machen? Und morgen machst du mir einen Heiratsantrag, und wir schweben in rosaroter Zuckerwatte durch Neukölln? Ich kenne ja nicht einmal deinen Vornamen.«

Er zuckte mit den Schultern.

»Julian.«

Monas Kopf sank herab. Irgendwie resigniert blickte sie auf den Boden.

»Ich weiß nicht, Kress.«

»Man könnte es halt versuchen.«

»So was versucht man nicht. Das ist zu groß, um es bloß zu versuchen.«

»Da hast du recht, ja, das verstehe ich. Aber wie die Sache liegt, bin ich, nun … der Vater.« Er merkte, wie ihm schwummrig wurde bei diesen Worten, einen Augenblick lang wurde er erfasst von einem Impuls, die Treppe herunter die Flucht zu ergreifen; im nächsten Moment hatte er ihn niedergerungen. »Ich bitte keineswegs darum, eine Familie zu bilden oder etwas in dieser Art. Ich würde aber, wenn es für dich möglich ist, sehr gerne teilhaben dürfen. Ich kann, denke ich, durchaus auch eine Hilfe sein.«

»Kress, das ist kein Scherz. Du kannst nicht heute aus

einer Laune heraus entscheiden, dass du Vater sein willst, und morgen bist du wieder weg.«

»Ich weiß das.«

»Das ist richtig ernst. Du kannst dann nicht wieder abhauen.«

»Das ist mir klar.«

Mona verzog das Gesicht, mit den Händen machte sie eine Bewegung, als wolle sie ihn erwürgen. Sie schüttelte den Kopf, schnaufte.

»Ich mache keine Versprechungen«, sagte sie, zur Seite blickend. »Für nichts.«

»Einverstanden.«

»Wenn das irgendwie schiefgeht, ich schmeiß dich raus. Hochkantig. Und will dich nie wiedersehen.«

»Ja. Einverstanden. Allerdings, vielleicht besteht auch die Möglichkeit, dass es gutgeht.«

Sie schien etwas erwidern zu wollen. Aber dann, stattdessen, schloss sie die Augen und ließ hörbar Luft aus den Lungen entweichen. Es war ein friedlicher Mittag mitten in der Stadt, sogar die gedämpften Fernsehgeräusche, die, aus einer der Nebenwohnungen kommend, bislang an der Stille gekratzt hatten, waren verstummt. Kress, aus Gründen, die er nicht völlig durchschaute, musste plötzlich an die Gedichte denken, die ihm Schleicher gezeigt hatte.

»Hm.« Sie öffnete die Augen und sah ihn an.

»Was heißt denn das, hm?«

»Keine Ahnung, was das heißt.« Ein paar Sekunden verstrichen.

»Hallo, Julian, vermute ich mal.«

Trotzig klang das. Nicht überzeugt. Langsam, etwas widerwillig, streckte sie ihre Hand aus.

Kress schluckte. Er trat eine Stufe empor, wischte sich die Finger an der Hose ab und ergriff diese Hand. Sie war trocken und warm. Auf einmal hatte er das Gefühl, heiser zu sein, und er räusperte sich, um besser sprechen zu können. Er holte Luft. Dann, klopfenden Herzens, sagte er:

»Hallo.«

Dank

Niemand schreibt ein Buch ganz alleine.

Mein Dank gilt dem Literarischen Colloquium Berlin und den Teilnehmern der Prosawerkstatt 2008, insbesondere Ulrike Draesner und Thorsten Dönges; sowie der Berliner Akademie der Künste für drei produktive Monate in Wewelsfleth.

Für Kaffee, Zuhören, Kritik und viel Ermutigung: Katja Boldt, René Braun, Olf Dziadek, Anne-Kathrin Heier, Caroline Heinrich, Lydia Hibbeln, Martin Lechner, Andreas Mängel, Björn Märtin, Anika Müller, Katja Schmitz-Dräger, Sebastian Schultze, Kressen Thyen.

Meiner Agentur: Elisabeth Ruge und Valentin Tritschler.

Dem gesamten Team der Ullstein Buchverlage, insbesondere und vor allen Dingen meiner Lektorin Kristine Kress für ihre kluge und leidenschaftliche Unterstützung.

Meiner Familie: Christine Richter-Schuster, Christian Richter, Johanna Richter, Annina, Antonia, Marcel, Dorothea, Mario und Jonathan Brell.

Sowie, natürlich, der einen Person, ohne die dieses Buch niemals entstanden wäre: Susanne Richter.